青春因梦想而绚丽

石穆海 / 著

重庆出版集团　重庆出版社

图书在版编目（CIP）数据

青春因梦想而绚丽 / 石穆海著. — 重庆：重庆出版社, 2016.5
 ISBN 978-7-229-10755-0

Ⅰ. ①青… Ⅱ. ①石… Ⅲ. ①长篇小说—中国—当代 Ⅳ. ①I247.5

中国版本图书馆CIP数据核字(2015)第296428号

青春因梦想而绚丽
QINGCHUN YIN MENGXIANG ER XUANLI
石穆海 著

责任编辑：陶志宏　曾　玉
责任校对：刘　艳
装帧设计：姚小丹

重庆出版集团
　重庆出版社　出版

重庆市南岸区南滨路162号1幢　　邮政编码：400061　http://www.cqph.com
北京欣睿虹彩印刷有限公司印刷
重庆出版集团图书发行有限公司发行
E-MAIL:fxchu@cqph.com　　邮购电话：023-61520646
全国新华书店经销

开本：710mm×1000mm　1/16　印张：17　字数：290千
2016年5月第1版　2016年5月第1次印刷
ISBN 978-7-229-10755-0
定价：28.80元

如有印装质量问题，请向本集团图书发行有限公司调换：023-61520678

版权所有　侵权必究

目 录 | Contents

第一章　惊险采访 \ 1

第二章　蹊跷之事 \ 11

第三章　越级行动 \ 19

第四章　凌空爆炸 \ 31

第五章　追踪采访 \ 41

第六章　疑窦大增 \ 51

第七章　法院传票 \ 61

第八章　寻找证人 \ 69

第九章　法庭对阵 \ 77

第十章　红颜一怒 \ 85

第十一章　倾诉苦闷 \ 97

第十二章　述说巧遇 \ 105

第十三章　担惊受怕 \ 115

第十四章　风雨欲来 \ 123

目 录 | Contents

第十五章　激愤出走 \ 133

第十六章　北京之行 \ 141

第十七章　暗访记者 \ 151

第十八章　意外相遇 \ 159

第十九章　仇人相见 \ 167

第二十章　喜出望外 \ 177

第二十一章　证人失踪 \ 187

第二十二章　冤家路窄 \ 197

第二十三章　二审风云 \ 207

第二十四章　即将出击 \ 215

第二十五章　开始突破 \ 223

第二十六章　闯进黑窝 \ 235

第二十七章　死里逃生 \ 245

第二十八章　轰动全城 \ 257

第一章　惊险采访

对于这次采访的难度，苏锦心不是没有想到过。可是叫她万万没有想到的是，竟然"难"到了令人惊心动魄的地步。屠刀高举，寒光闪闪，棍棒相加，差点闹出了血光之灾。

一早，她与摄像王逸晨赶到茂达超市门前时，正是顾客纷纷朝里面光顾的时候。按照二人事先策划好的操作流程，立即进入采拍状态。苏锦心对着话筒很流利地进行现场播报：

"各位观众：我现在是在茂达超市向您作现场报道。人们说如今吃什么都不保险，唯有吃亏最保险。这未免说得太极端。可也道出了一种现实的存在。反映出市民对餐桌上的食品安全的一种无奈、担心、焦虑、愤怒与期待。那么，这家超市的真实情况究竟怎样呢？请随我们的镜头去看看吧。"

苏锦心把这段播报完，就问摄像王逸晨道："怎么样，这段现场播报还行吧？"

王逸晨点点头调皮地说："一气呵成！呵呵。"

苏锦心边收起话筒，边与提着摄像机的王逸晨进到里头时，麻烦跟着就出来了——匆匆赶来了一名壮实的保安。他黑煞个脸，凶神恶气地说："你们是南源电视台的？来曝光的吧？"就在双方这样对峙着时，忽儿跑出来一个单瘦个儿，生得有几分清秀的年轻员工，他拉着壮实大个子说："曾强盛，保安的职责是维护超市的正常秩序，干涉记者采访就超出了职责范围。别狗撵耗子了。""他妈的就你华仔会当好人。"

苏锦心很感激地朝单瘦个儿的年轻小伙笑了笑，这才领着摄像王逸晨进到里头去了。

里面熙熙攘攘地穿梭着各色顾客，流连于各种商品部那儿，挑挑拣拣，好不热闹。二人穿过众多的顾客，快要走到食品部时，一个身穿便服的年轻小伙子已经等候在那儿。

"间谍，怎么样？"王逸晨老远就打起招呼来。被唤作"间谍"的小伙子朝他俩点点头，低声对来到跟前的他俩说："有情况！"示意他俩跟他走。

唤作"间谍"的小伙子也是南源电视台的记者。大名叫作常谷川。他平时主要采访一些曝光之类的新闻，而这类新闻采访起来不光难度大，而且还有很大的风险，必须化装变形去私访偷拍，待正式播出来时署名字幕从来打的都是"本台记者报道"，决不能像其他记者一样字幕实行实名制。这就决定他每每外出采访不会被采访单位喜欢，甚至做深恶痛绝的新闻时，还必须将自己打扮得"面目全非"，叫别人不容易认出来。不然被挑了刺的曝了光的出了丑的部门或单位还恨不得一枪崩了他。因这，台里还替他买了人生意外伤害险。时间一长，他便落得了这么一个外号：间谍。

本来间谍没打算来参与采访的，见苏锦心接到电话报料，就像战士听到枪声一样热血沸腾急于冲锋陷阵，一番紧急策划完毕后，啪啪地要按起电话欲找食药监管局配合采访，常谷川自告奋勇说不用找了，干脆我配合你们去。我有尚方宝剑，完全可以配合你们完成采访任务，并且告诉说我近期还就一些问题食品向专家讨教了一些专业知识。说着他将食药监管局特约监督员的证件拿出来亮亮说："这个应当管用。"

当下办公区里好多编辑记者都用看太阳从西边出来的眼光瞧他。因为他基本上是个独行侠，从来不会帮谁去采访。这下创了奇迹了。

责任编辑施蔚然撇撇嘴，冷笑着悄声嘀咕道："献殷勤呗。一只癞蛤蟆，想吃天鹅肉呗！"胖得很上档次的记者宋汝成笑成了弥勒佛，说："可别给人八卦了。"

他是有所指的。苏锦心刚从大学毕业到台里应聘播音员时，叫常谷川见到了，灵魂顿时跑出了天灵盖，他打从娘肚子里出来还从来没见过这么美的女孩。据说常谷川就想办法套近乎。苏锦心第一轮PK下来，正往暂住的宾馆走去时，常谷川就颠颠地赶了上去，说："这位同学，请问一下你的手表上的时间是多少？"苏锦心不知就里，抬腕看了一下手表说："下午5点30分。"常谷川惊奇地说："哈哈，这就巧了，我的手表也是下午5点30分，这说明咱俩有缘！"这个恐怕是好事之徒编的桥段，难说个真假，流传甚广倒是真的。反正常谷川愿意当苏锦心的马前卒，心甘情愿地供她驱遣。

宋汝成的话刚一落地，就惹得施蔚然红颜生怒："死胖子，你在帮谁说话呢？"

这边热火朝天地打口水仗，那边苏锦心已高兴得满脸灿烂，对常谷川说："太酷了！"

"如果攻下了这个碉堡，你怎么来谢我呢？"常谷川嬉皮笑脸地盯着苏锦心问。苏锦心忙说你说怎么谢就怎么谢吧。"那就赏我几口……"苏锦心知道他就喜欢来点荤的，过过嘴瘾，赶紧说："赏你撮一顿——两碗白米饭一盘酸咸菜。"

"不！我要红唇之吻。"从来不喜欢开这种男女情事玩笑的苏锦心脸都涨红了。"去你的吧!"

苏锦心一行三人来到了正在销售猪肉的柜台。这儿正有几个顾客挑挑拣拣地指这要那地叫售货员给称几斤他们看中的猪肉。一个头发花白的老奶奶瘪着个嘴笑得好不舒心,说:"这瘦肉好,给我割那块,我家孙女就喜欢瘦肉。"另几个顾客也七嘴八舌地称赞说:"从来没见过这么好的猪肉!""不错,看着就抢眼,不像往常尽是一些叫人反胃的肥膘肉。""嗯,这肉好像红得不太正常吧?"

诸如此类的议论与一砍一剁一递一接的繁忙场景都一一拍摄到镜头里了。跟着下来的得由间谍出镜接受现场采访。当镜头对准常谷川时,他凑到苏锦心跟前将嘴巴——应当贴着对方的耳朵——他却借机快贴着对方脸庞悄声地说道:"注意!镜头不要对准我的面部!"

苏锦心赶紧用手挡着常谷川的嘴巴,脸红红地说:"一切遵命照办!"于是摄像机镜头转向一边了。

间谍没有面对摄像机,而是回过身去问起了几个买猪肉的顾客:"你们觉得这猪肉可靠吗?我刚才听你们中的一位说'这肉好像红得不太正常',对极了。这肉是不太正常。"

此言一出,刚才还要买这块买那块的顾客都停住了接肉装肉的动作,一起围过来,惊讶地问道:"怎么?这肉有问题?""不能吃?"

"对!这肉不能食用!这就是典型的靠苯乙醇胺A喂养出来的猪肉。"刚才那个还喋喋不休直夸这瘦肉好,准叫她的孙女高兴的老奶奶惊异地问道:"哦哟,是靠这东西喂养的猪肉?前三四年不是出过这类事儿的么?怎么又跑出来害人了?"

常谷川很肯定地说:"这位奶奶,过去的那种瘦猪肉是靠掺有盐酸克伦特罗喂养出来的,如今变了花样,改用苯乙醇胺A了,用这种东西喂养出来的不像盐酸克伦特罗喂养的好识别。"接着很专业地告诫说:"用苯乙醇胺A喂养的猪肉残留毒性进入人体后会中毒,现状不会马上显现出来,一般一年后才出现临床症状。这症状就是心悸,面颈与四肢肌肉颤动,甚至不能站立,头晕乏力。如果高血压、冠心病、甲状腺功能亢奋、原有心律失常患者食用后更容易发生病变反应……"

"啊呀。这真是阴魂不散,死灰复燃。这肉不能买了。退货退货!"

王逸晨给了这位连喊退货的老奶奶一个大大的面部特写:惊恐神态跃然于镜头里。

一时间十几个已将猪肉猪排骨装进食品袋里的顾客,人人大惊失色,纷纷将

第一章 惊险采访

……③

货物扔进柜台里。那个说"这肉好像红得不太正常"的中年顾客转而请教间谍道："看来你是个很权威的食品鉴定专家。那我们以后再买猪肉咋样识别它呢？"

间谍顿时成为了那些退货顾客的焦点人物，他随手拿起一块丢弃在案上的肉来，指指点点地说："主要看肉色，红得太鲜亮，纤维比较疏松，不时有少量黄色'汗水'渗出来……"

此话一出，立即引得这些顾客又是一片哗然，惊叫道："你们看，快看，果然流出黄色'汗水'来了……""红得好怕人哪！""天啦！还叫人活不活了！这些伤天害理的商家也没人来管管……"

刚才还很热闹的猪肉柜台的买卖一刹那间就变得冷寂了。

这些自然都一一录进了摄像机里。苏锦心很满意采拍到的现场，正准备采访一下手握砍刀的售货员时，不料急急地赶来了一个膀大腰圆黑黑胖胖的中年人。那人一身职业装的穿着打扮，举手投足间有股子剽悍威猛的劲头。"刚才是你在胡说八道吗？"他凶狠地逼问间谍，"你是哪个部门的？有什么资格在这儿说三道四？"

"怎么？你们居然置市民身体健康于不顾，还不许别人说道说道吗？"这种刁难的场合间谍见得多了，虽然知道来人恐怕是个柜长或者食品部的主管级的人物，却并不把他放在眼里，轻蔑地反问道："你们根本就没有把国家的《食品安全法》放在眼里，竟敢做这种危害人民生命安全的事情，是不是有丧经商的伦理道德？"

在他俩这样夹枪带棒地打着嘴仗时，苏锦心已敏锐地意识到：作为电视记者，当务之急，最聪明的做法是迅速将你采拍到的素材带藏匿起来。如今的磁带不再像过去那样傻大粗，砖头那么一大块，你想隐藏简直是异想天开，现在很袖珍，只不过像火柴盒一样一点点，藏起来很方便。就在这位黑胖主管喊叫着好像要朝间谍常谷川挥舞拳头时，苏锦心已示意王逸晨赶紧将磁带取出交给她。

当苏锦心刚刚将拍摄带藏到内衣里，轻声叮嘱王逸晨赶紧换上一盒备用带时，这儿重又围满了看热闹的顾客，人群中也挤进来了几个保安人员，苏锦心一眼看到了那个有几分清秀的年轻小伙子，与那个五大三粗叫作曾强盛的保安，都在人头攒动围成一堵墙的顾客里挤动着，攥紧拳头，似在待命准备着大打出手。

间谍毫不在乎对方态度如何蛮横，他将手里用来讲解的巴掌大的一块猪肉丢到柜台里时，苏锦心轻喊了一句"给我"，便敏捷地将它接了过来，并迅捷地用塑料袋装好。那边，间谍从衣袋里摸出执法证件来说："看看吧。南源市食药监管局特约监督员。这是我的证件。那么你是干什么的呢？""他是我们食品部的主管！"那个五大三粗的保安曾强盛骄横地说。

黑胖主管看了几眼证件，见挑不出什么毛病来，只好心有不甘地将执法证扔还间谍。眼见这儿的生意做不成了，总得找个出气筒，便将火烧向了正在忙碌采访拍摄的苏锦心与肩扛摄像机的王逸晨，厉声喝问道："谁给你们的采访拍摄权？怎么不经许可就擅自闯来捣蛋来了？"

　　苏锦心气得脑门儿顶上都要冒青烟了，说："你说话最好文明点。世界上任何国家的新闻记者都有采访权，这个权力不需要你批准！你也没这个权力！"

　　一句话惹恼了这位主管，他脖子一拧，两眼一瞪，突然焦雷击顶一般吼道："保安、售货员，你们通通跟我上，缴了她的摄像机，扯出她的磁带当场给我毁掉！还反了天不成！一切后果我负责！"

　　事发突然！苏锦心从播音员与主持人队伍里跳槽出来加盟到记者队伍才半年多时间，这种蛮不讲理的场合也曾遇到过，阻挠的、硬抗软磨的、扣押记者的、砸毁摄录设备的诸种恶劣行径也一一领教过，因此此刻并不惧怕，知道对方再怎么凶狠，一般并不敢大打出手，更不敢刀劈"鬼子头"。黑胖主管所命令的人马立即扑了上来。一把剁砍猪肉的剔骨刀寒光闪闪乱挥乱舞，随时都有可能劈到头顶上。情形异常危急。这些人的目标很明确，就是摄像机。七手八脚喝吼连天地扑向王逸晨，你拉我扯，奋力躲闪与挣脱中，苏锦心手里的那块可作为物证用的非法添加剂喂养出来的问题猪肉也被挤掉了。嗯，好像是被那个清秀的小伙子捡到了手里。他要它干什么？正在这时，"哧"的一声，王逸晨的衬衣被扯破了一大块，糟糕，他手里的数码摄像机也被抢跑了。

　　苏锦心浑身迸发出一种从来没有过的野性，透着一股拼着头颅掷地血斑斑的凛凛正气，一头扑向铁塔一样的五大三粗的保安曾强盛，一把夺过摄像机——可惜毕竟身单力薄，犹如蚍蜉撼大树，倒惹得曾强盛一声怪笑说："别自不量力了，我自岿然不动！"他扬扬得意地边说边将摄像机掰开，一把抓出磁带盒，将摄像机还给王逸晨后，就从带盒里很野蛮地像扯面条一样扯出绵延不绝的磁带来。"我叫你曝光！我叫你曝光！"边说边掏出打火机将磁带点着了，磁带嗞嗞地很快化作了一缕青烟。

　　正在这时，猛然传来一声怒喝："放肆！"

　　众人扭头望去，只见一个三十几岁的青年人匆匆地赶了来。这人身材高大笔挺，五官匀称，眼睛不大却很有神采，显得精明强干。最叫人佩服的是四肢搭配得相当协调，决没有当下这般年纪人的共同标志：将过剩的油水全都积累到腹部那儿高高耸起，以至中部崛起得难以买到合适的裤带。几个动手动脚的保安与食品部的营业员立即停止了野蛮的行动，连那个手握着寒光闪闪剁肉刀的"屠夫"也赶紧将刀扔到了柜台里。

"哎呀！居然连美女主播都光临本超市了！难得难得！欢迎欢迎！"这青年人像多年不见的老友相遇了，满脸洋溢着感人至深的笑容，赶上前来与苏锦心王逸晨——握手说："走！二位到我办公室坐坐。"跟随而来的文秘之类的小姑娘介绍说："这是我们超市的总经理王如瑾先生。"

王如瑾转过头去严厉地呵斥着刚才揎臂动膀的一干人说："干涉记者采访活动是种素质低下没有文化教养的行为！还不赶快散去！"

刚才闹腾得格外起劲的一伙人不得不偃旗息鼓，连围观看热闹的各色顾客也都纷纷地离去了。

苏锦心一时看不懂这位超市的总经理是演戏还是出于一片真诚。她只是有些惋惜手里的那块非法添加剂喂养的猪肉刚才在推搡中挤掉了。出于记者职业的本能，她觉得那就是证据，有了它，说话就有了底气。她当然不好从柜台里再去剁下一块来带走。既然超市最高管理层的首脑人物殷勤相邀，她觉得这分明是给了自己一个深度采访的机会，哪能傻乎乎地放弃呢？她与王逸晨会意地对视了一眼，就露出职业的笑意说道："既然老总这么开明，愿意拨冗接见我们，那就恭敬不如从命。"

"哈哈！接见？我都成为了国家首脑级的人物了！"

二人相跟着王如瑾乘电梯上到六楼总经理办公室。

苏锦心与王逸晨刚一坐下，春风拂面的王如瑾就喜笑颜开连连说道："美女主播今天莅临敝公司，这是我们全体超市员工莫大的荣光！"那眼睛就放射出晶亮的光来。那光全都罩在了苏锦心的脸上身上。手就连忙从抽屉里摸出精致的名片来，一边给两位客人分发一边豪爽地说："苏小姐与这位记者啥时要到本超市买服装什么的，尽管找我，我给你们打折。你们说几折就是几折。"说完就要苏锦心也给他一张名片："来而不往非礼也。苏小姐也得给我名片呀。"

苏锦心很厌恶这种大献殷勤，说不定包藏祸心的做派。便推说："对不起，我忘了带名片了。以后见面再补给王总吧。"

"那就留个电话号码给我吧。"苏锦心极不情愿地将手机号码告诉给了他。他像获得了宝贝似的连忙记在了台历上。

王逸晨则知道这家伙看到美女恐怕连魂都丢了，内心不定怎么蠢蠢欲动哩。便很有分寸感地说："我想王总约我们到你的办公室来，不是为夸奖我们的美女记者的吧——顺便更正一下，苏锦心早改行当记者了，不再是主播了！"

"哦哦……"王如瑾这才醒悟过来，赶紧回到正题上来，表示十二分歉意地说："我刚刚与北京总部通了一个电话，就得知食品部的一帮子不懂得初一十五的东西阻挠二位采访，听说还把你们的磁带也给毁了？摄像机没有弄坏吧？"

王逸晨接过那个清秀小伙子送来的名贵绿茶，仔细一看，原来这清秀小伙子正是进超市时拦住保安曾强盛，不得横蛮阻挠记者采访的被称之为"华仔"的小员工。不觉多看了他几眼，说："摄像机倒没有怎么的，就是把一盒好好的磁带给彻底地毁掉了。"

王如瑾忙问："呃，什么型号？"待问清楚了型号后，立即问那清秀的小伙子："华诗辉，事情办得怎么样了？"

叫华诗辉的小伙子回答说："弄妥当了。"

"那你赶快跑到电器部拿盒崭新的磁带赔给记者们吧。"

华诗辉遵命地匆匆离去后，王如瑾开始作起自我批评来："前一刻差点闹出血案来的事实，充分说明，我们茂达超市的员工素质太低下了。这是我们的企业没有构建自身先进文化的恶果。一个没高素质员工的企业，注定是不会有发展前途的！"

苏锦心不愿听他讲这些空洞乏味的东西，就说："王总，市民近段时间对食品安全问题反映强烈，人心惶惶，作为媒体的记者不报道市民的呼声，使问题得到解决，就是种失职。国家治国方略强调以人为本，民生第一。无论是搞媒体的，还是经商的，都得恪守不二。我台的热线接到市民报料，说贵超市有一些不当上架的食品上架了，问题猪肉只是其中的一种，不知王总是否知道这些情况？"其时她已经悄悄地打开了隐形摄像机。

王如瑾愕然地睁大了眼睛，说："我刚刚从北京总部开会回来，对于你说的这些我还不很清楚。如果有，坚决下架，决不能继续让它毒害市民。"

"那么对于我们采拍的问题猪肉一事不知王总怎么看？"

"如果事实确凿，一定要严肃处理。"王如瑾态度很鲜明，决不容许他的超市有违食品安全法的问题存在。"至于你刚才说到问题猪肉，我会立即展开彻查，并且举一反三，凡是国家明令禁止的譬如苏丹红啦，膨大剂啦，硫酸泡出来的看相鲜活的毒蘑菇等等，凡是添加剂超标或者添加剂不当有的此类食品通通下架，而且还要在最近两天内制定出相应的赔偿条款。"他滔滔滚滚地说出了一大堆市民深恶痛绝的名堂后，设身处地说道："你们说一个商家如果靠这个来敛财，来赚钱，是不是连最起码的商业伦理都不要了？经商首先是个如何做人的问题。伤天害理的事情向来为我们茂达超市所不齿！"他几乎是痛恨切齿地说完这一番很真诚的话，之后就严肃地说到了苏锦心最为关心的问题上来："我们欢迎电视台曝光，以促进我们整顿不良风气，借这股强劲的东风把商业风气廓清理顺，让茂达成为最受南源市民信赖的商家。岂不是一件天大的好事？"

苏锦心由于平时对这类真真假假的演戏见得多，对王如瑾的一番表白不能不疑信参半。心里猜测王总可能亲眼所见采拍的磁带被他的员工扯出来烧毁了，世界上根本就不存在记录茂达超市的不法行为的录像，故而这般慷慨大度吧？他哪里知道我身上内衣里就藏着刚才拍摄到的原始录像带呢。待王如瑾说话告一段落后，苏锦心赶紧追问道："这么说王总是赞成我们曝光的喽。"

"当然。只要事实确凿，你们就大胆地播出吧！"

苏锦心等的就是这句话，她已经将他的声音录下来了。正准备说我们得回台里去了，那个奉命买磁带的叫作华诗辉的员工进来了，手里真的拿着一盒型号一致的磁带。苏锦心接过磁带，起身告辞说："王总是我见到的最开明的老总。我们该回台里去了。"

王如瑾高低要挽留他俩吃顿便饭，苏锦心高低谢绝了。

"你们跟我好好送送电视台的客人！"王如瑾十分友好地朝在办公室里搞服务的两名男女员工努努嘴。

待几个人一走，曾强盛就大模大样地走了进来说："王总，那个姓苏的会不会狡兔三窟，把拍摄的东西藏到身上了？应当逼她脱衣搜身。"

王如瑾笑起来说："你是想叫茂达曝出轰动全国的大新闻吧？去吧，我自有办法！"

王逸晨一路与华诗辉谈笑风生。

苏锦心随意问了一句："你俩聊什么呢？"

边往外走去时，王逸晨边很钦佩地对苏锦心说："这个年轻小伙子很有文化内涵。他向我求教一个古典诗词的问题，他说唐代诗人朱庆馀《闺意》里写的'洞房昨夜停红烛，待晓堂前拜舅姑。妆罢低声问夫婿，画眉深浅入时无？'是什么意思？我望文生义地回答说是新婚女子问丈夫关于化妆是否适合中意。他摇摇头说，我在哪儿见过一则资料，说作者是巧妙地问考官我的文章能不能中举。只是不太清楚有一些怎样的细节。"

"哦！这个小伙子倒是个书生型的员工哩。"苏锦心不觉地朝那个叫作华诗辉的小伙子投去敬佩的一瞥。

二人出得茂达超市，来到大街上，往前走了几步，苏锦心刚要问问间谍常谷川在哪儿时，一抬头，就见常谷川在一株枝繁叶茂的梧桐树下用手在脖子那儿抓挠什么。走到跟前，苏锦心好奇地问："怎么像个孙悟空，不抓挠浑身不舒服？"

常谷川笑着，从衣领处摸出一件精美的翡翠雕像来说："刚才在茂达超市血腥搏杀时，叫一帮土匪差点把我的传家宝给抢跑了。这不，红丝绕都给扯断了。"他将翡翠雕像呈到苏锦心眼前，说："整个地球人都知道，中国有个叫常谷川的80后男孩从来不撒谎。"

王逸晨捉在手里瞟了几眼说:"男戴观音女戴佛,你说你这个大老爷们儿戴个佛像是不是不伦不类?"

苏锦心接过来说:"既然如此,那就送给我好了。"说着就装模作样地往自己的脖子上戴。

常谷川高兴地说:"我还巴不得哩。我可不可以理解你其实给我传递了一个信号?"

苏锦心说:"什么信号?"

常谷川鼓起勇气说:"这是我爷爷年轻时作为信物送给我奶奶的。奶奶传给我时叮嘱说,你看中了哪个女孩就戴在她脖子上吧。"

苏锦心脸上顿时臊红一片,往常谷川手里一塞说:"整个地球人都知道,目前我不会选择跳槽。我的爱从一而终。"

常谷川装作毫不介意的样子,小声地叮嘱说:"节目编辑制作时,一定得将我的面部作技术处理,让别人认不出我来。我的声音也得作技术处理,叫别人听不出是谁来。不然我就当不成间谍了。"

几个人都好一阵大笑。

第二章 蹊跷之事

南源的五月，到处是一派葱绿与苍翠，烟树半掩满城风，那风似绸缎拂面，在肌肤上轻轻抚摸，将略略的凉意浸润到了人的五脏六腑，令人熨帖惬意。坐在的士里的苏锦心心情大好。出师虽然有些磕磕绊绊，总的来说还是打了个大胜仗。她下意识地摸了摸内衣口袋里的磁带盒，它就是战利品。

一回到彩电中心大楼，她就拉着王逸晨直奔五楼编辑制作室。她将那盒巧妙隐藏起来的磁带插进编辑机，让带子快进，看看镜头拍摄得怎么样。嗯，不赖。特写——问题猪肉与那位花白头发的老奶奶都很突出，间谍常谷川食品专家似的解说，顾客大惊失色的表情，都很到位，都很有冲击力。编辑一条重磅新闻的武器弹药足够了，应当很有杀伤力，在观众中肯定会引起轰动。轰动是什么？轰动就是最佳的社会传播效应，就是记者的成就感。

"苏锦心苏锦心，"间谍常谷川急急地赶了来，说，"我们快要死无葬身之地了，'猪圈'里都翻天覆地慨而慷了。你还有心思忙这个。"常谷川说话总喜欢耸人听闻，尖酸刻薄。苏锦心正要问问咋回事时，常谷川接着说："龙总监叫你去他办公室，好像有什么十万火急的事情要与你谈。去吧去吧！"说罢一溜烟地跑了。

苏锦心心里一紧，马上意识到可能茂达超市的一号老板王如瑾给台里什么重量级的人物说情来了，不让播出这条新闻了？在王如瑾头脑里，拍摄带已经给毁了，他根本就不必担心了。他哪里知道，狡兔三窟，其实真正的拍摄带就藏在自己身上。那么是谁把这一消息捅给他的呢？既然自己的顶头上司要与自己谈话，她当然不好拒绝。她交代一同看素材带的王逸晨说："你就接着大略地粗编一下吧。特别是一些很有冲击力的画面，尤其是问题猪肉的特写千万别冲掉了。千万千万！"

"你太小瞧人了吧。我是幼儿园大班的小朋友么？"平时总缺乏点年轻人那种灵动劲儿的王逸晨居然说起了玩笑话。

带着诸多疑问，苏锦心来到了新闻频道总监的办公室。总监龙得云正在阅览一份什么表格。他人瘦高瘦高的，整个一个瘦金体，脸上总像是皮笑肉不笑，一副严肃有余活泼不足的样子，才三十多点的年纪，就历经到如此老练的程度，便给人一种很威严的感觉。

"龙总你找我？"

"嗯。你坐。"

龙得云自己随即坐在了苏锦心的对面，扔给她一份索福瑞公司收视调查表，说："你好好看看这个吧。"

她迅速寻找到《与你同行》栏目的收视点数。天哪！悲惨世界！才百分之零点三。连平时经常处于末位的《警事追踪》的零头都赶不上。她镇定着没有吭声。难道这就是自己当初费尽唇舌，再三要求恳求加祈求，甚至写血书表达强烈愿望，加盟记者队伍，来到《与你同行》栏目的报应吗？"这个数据没有搞错吧龙总？"话一出唇，她就后悔自己说了一句废话。这是目前世界上最先进的调查收视数据公司的客观公正的结论，还能有错吗？

"你说呢？"龙得云面无表情地说，"台领导刚刚开了会，强调严格按照末位淘汰制办事，鉴于《与你同行》栏目长时间一直处于垫底的位置，初步决定撤销。"

仿佛挨了当头一棒，一阵晕眩突然袭来，苏锦心强力镇定自己。难怪常谷川说死无葬身之地了。原来《与你同行》栏目就要撤销了，那么自己的归宿在哪里呢？台里会将自己发配到哪个栏目呢？不会还是回去干原来那个老本行吧？"龙总，定下来了吗？"

"差不多吧。"龙得云皱着眉头说。

"总得画个句号吧。怎么说也得播到月底，向观众说几句告别的话吧。"她心有不甘地想来个缓期执行。

"台里又没有说今天就结束它的使命。播完最后几期看看反响，实在不可救药就停播嘛。"龙得云有些不耐烦地继续说道，"这是台领导们的决定。本来用不着我亲自跟你谈话的，由你的制片华颜杰通知你就得了。因为你毕竟是台里费尽九牛二虎之力招聘的特殊人才嘛。台领导希望你还是干播音主持这个老行当，也算归队吧。"

"我……"苏锦心咬着嘴唇，停了半响才说道，"龙总，如果没有其他的事情我就走了。"

"去吧去吧。收拾一下就准备搬到你原来的办公室去吧。"龙得云朝她挥挥手，撵她快点去执行台里的决定。

苏锦心感到两条腿灌满了铅，沿着楼道一步一步地回到四楼办公区。果然《与你同行》栏目的编辑记者们早就懒得等待了，开始提前拉抽屉拖椅子，整理各种文件夹资料，忙忙碌碌地将要"交换场地"了。分明是一副散伙的架势。

这个办公区至少150个平方，全都用钢化玻璃隔成一个个不大的方格，每个方格里安放两张桌子。里头可供两个人办公。常谷川很刻薄说的"猪圈"就是指的这种办公场所的模式。可不，还真有点大型养猪场的架构哩。台里新闻类主打栏目的编辑记者统统都在里面办公。一个格里一个格里都填满了办公桌。好在记者们因为外出采访忙，很少待在里面，因而平时就显得寥落冷清。只有开例会或特别事情需要集中时，这里才人头攒动熙熙攘攘。这刻办公区里热闹非凡，好几个栏目的编辑记者都在忙忙碌碌地做着往调整的栏目里"归队"的准备。

　　在靠近窗户的办公区域里，那张统一样式与颜色的办公桌上，它的主人却没来光顾。这张办公桌有点与众不同，别的办公桌，特别是男记者的办公桌总是乱糟糟的，满面尘灰呈烟黑色。好像不这样就不够爷们儿似的。而这张办公桌不光整洁，文件之类的东西放置得有条不紊，而且，特别引人注目的是上面还供着一个精致的相框，相框里那张彩色照片，是一个上了年纪的西方女士。那位女士托颐侧身斜坐，修长的手指夹着一支雪茄香烟，在烟雾缭绕中，她凝睇浩渺的前方，眼神里透射出来的不是普通人的那种目光，而是好似思索着整个世界人类与人生的重大问题，透出一种厚重的忧患意识与历史的沧桑感。

　　记者宋汝成将自己的文件资料归到一起后，就指着这张与众不同的办公桌嘀咕起来："咦！苏锦心怎么不见人影，还是按兵不动？"说着就准备过去帮她把桌子的东西整理一下，然后好让她搬走。他正准备帮帮忙时，突然一声低沉的喝喊吓得他一个激灵："你想干什么？还不快来帮帮我！"责编施蔚然最见不得宋汝成随时要叛变的嘴脸。她虽然明知道他没有这个狗胆。

　　旁边的间谍常谷川突然仰头大笑起来，模仿施蔚然的腔调揶揄宋汝成道："还不滚过来帮老娘一把。"这"老娘"他是故意用半生不熟的英语"madam is speaking"含糊着说出来的，如果他毫无顾忌字正腔圆地说出"老娘"来，施老娘们儿还不得叉腰把他骂个半死。至少鼻子一哼骂他个"德行"。

　　间谍故意伸伸舌头，笑嘻嘻地说："难怪外企不准有办公室恋情的。看来这近亲繁殖就是弊病多。今后说不定养的儿子女儿也要挤进电视台，那才热闹哩。打起架来父子母女齐上阵，这电视台还不搅得周天寒彻！"

　　施蔚然桃花眼一瞪，说："外企的文化就不符合人性。你还崇拜它？"

　　"我崇拜你，崇拜你的观念行了吧！"常谷川拱手告饶，又忍不住怨声怨气地嘀咕道："台里准备撤销咱们的栏目是很不英明的。"他当然不敢图嘴巴快活大骂一通台里的头头们。

　　"德行。台里的决策相当英明！你还不服气？"施蔚然还是弱弱地送了他一个很抒情的轻骂。她边骂边来到苏锦心的办公桌旁，手脚快当地几下就帮苏锦心桌上的东西收拾好了。她动手去拿那幅照片，嘀咕道："这女士谁呀？好像成了她心中的圣母。"正在这时，传来一声淡淡忧郁的叫声："别动，施姐。"

施蔚然抬头一看，见苏锦心很沮丧地朝这儿走来。苏锦心见施蔚然正在动自己桌上的那幅圣洁的照片，快步抢过去，用手护着照片说："谢谢你。我桌上的东西暂时不要动。"

"怎么，你不回播音员主持人队伍里去了？"

"嗯。"说着苏锦心就坐在自己的办公桌前，轻轻地抚着照片发愣发呆，好半天回不过神来。

施蔚然劝慰她："你呀太死心眼儿了，全台就数播音员主持人风光了，平时风不吹雨不淋，神仙过的日子，别人做梦都想不到的美差，你倒看成敝屣一双。何苦呢？"

"施姐请别打扰我，我想一个人静坐一会儿。"

大伙见她满腹心事地闷闷不乐，也就不好再拿她说事了。宋汝成过来用他惯常的慢节奏的语调给她支招说："是不是龙总已经亲自跟你谈过话了？要不你亲自找找郭台说说去。"

施蔚然瞪了宋汝成一眼，教训他说："死胖子，别出馊主意了。快去忙你的去！"

常谷川恍然大悟地说："噢，对对对！要叫皇太子晓得了，也没她好果子吃。赢了也意味着失败了。越级打小报告就是罪过！"

皇太子指的是龙得云。他是新闻频道的总监，记者们都喊他龙总，龙总长龙总短的，时间一长喊龙总就喊变味了，龙总变成了龙种，过去只有皇太子才有资格称为龙种，因而龙得云得了个皇太子的雅号，当然记者们只在背地里悄悄这么叫他，谁也不敢喊在当面。

见苏锦心既没有说行也没有说不行，依然凝然呆坐不动，施蔚然摇摇头，忙自己的去了。

那边常谷川笑嘻嘻地喊着施蔚然说："施大侠，你们家的老宋刚才给她出那么一个馊主意，叫她越过好几级直接找台长？"常谷川就喜欢跟别人起绰号。"施大侠"是他即席创作。好像也挺贴切，在一般人眼里，施蔚然热心快肠，挺乐意帮人出个主意或帮个小忙什么的。

宋汝成肉肉地笑笑解释说："好多事情不闹到台长那里就解决不了嘛。我这是好心帮助她。"

"好心办坏事。"施蔚然眼一横，责怪说，"胖子，就是闹到台长那里去，姑且不论输赢，可是违反了办事程序呀。那就是违规！想想后果吧！"

常谷川恍然大悟地说："噢，对对对！要叫皇太子或者鲁台晓得了，也没她好果子吃。越级行动就是罪过！"

"胖子你别在那儿斗嘴了，《与你同行》还有最后几期播出，华制片急得不得了，他不想滥竽充数地给观众塞些太次太滥的东西，你就不能把功夫下在拍摄几条好新闻上？"施蔚然很有气势地吼了宋汝成一嗓子。

苏锦心不想听他们斗嘴论是非，很感激地望了施蔚然一眼，一声不响地起身重又来到五楼编辑室。她要看看王逸晨将茂达超市的那条重磅新闻粗编得咋样了。不管怎么说，《与你同行》栏目还可以存活最后一段时间，既然还没有寿终正寝，就得继续向观众提供最好的新闻作品。她一进到编辑室，很感意外地发现制片华颜杰正在审看茂达超市的新闻。华颜杰比栏目组的记者们大个两三岁吧，也有着年轻人的那股朝气与冲劲，对待部下像个大哥哥似的，从来不像一些手里有那么丁点小权就要用足，恨不得用过界的那副德行。他正在评述王逸晨粗编完毕的那条新闻，说："这条新闻涉及的问题正是当前社会的热门话题，是为民鼓与呼的好选题，应当很受观众欢迎。可惜镜头太缺乏冲击力，太平淡了。"

苏锦心心里很不服气地想，你老大哥也有看走眼的时候，这条新闻怎么说也是枚重磅炸弹，肯定引起震动与轰动。那一瞬间她已经忘记了刚才龙总与她谈话所引起的烦恼，忍不住说："华老师，你可能没有看完整吧，镜头应当很有特色呀。"

华颜杰见苏锦心来了，立即大哥哥似的说："苏锦心，我并没有冤枉你们。你自己看看吧。"说着叫王逸晨让开座位，让苏锦心自己坐下好好看看。

苏锦心坐下后将片子调到开头看起来。目不转睛地看完，不禁惊呆了，天哪！怎么会是这个样子！在交给王逸晨编辑制作时她都对素材带认真地扫掠过几遍，特别是那几处至关紧要的特写，她看得清清楚楚，甚至应当选择哪些画面都有周到的考虑。重点很突出，很有制高点，现场群情汹汹的气氛都渲染得很到位，尤其变种的问题、猪肉的特写很叫人触目惊心。怎么编辑起来这些都消失了呢？真像制片华颜杰所说的太平淡了。这是怎么回事呢？

"王逸晨，片子怎么会编辑成这个样子？那些很有冲击力的画面呢？连问题猪肉的特写都有的呀，怎么不用上去？"苏锦心告诫自己要心平气和，其实她已经把持不住自己了，说出的话竟然气呼呼的，好像要吵架一样。

"我我我……"王逸晨就像个做错了事的小学生，低下头，吭哧吭哧了半天，才结结巴巴地说道，"我不小心……不小心给冲了。"

"这么说你把很富于表现力的画面都给报废了？"

华颜杰这才明白，不是素材拍摄得不理想，而是王逸晨编辑制作时不小心

第二章 蹊跷之事

······ 15

将有价值的画面给冲掉了。他知道苏锦心肯定心里很火很难过，哪个记者采访到难得的镜头不珍贵得如同自己的心肝宝贝似的。华颜杰一听就火了，逼问王逸晨道："你是怎么搞的？当记者已经有一两年了吧，怎么会出现这样的低级错误？"华颜杰掉头很期待地望着苏锦心道："看看能不能补救。"

苏锦心真想大哭一场，冲破重重阻力到手的极富震撼力的镜头却叫王逸晨很轻松的两个字"冲了"就了结了，这画面冲得也太蹊跷了！她强忍着泪水说："把原始拍摄带给我。"

王逸晨嗫嗫嚅嚅地说："原始带上的镜头也是这个样子的。我下载到硬盘上时不小心都给冲掉了。我真该死！"

"这么说原始拍摄带与下载到硬盘上的编辑带都是这般模样了？"

"嗯。"王逸晨蚊子一样哼了一声。

"你……"苏锦心腾地站了起来，两颊绯红。

"我我……"王逸晨生怕剜到他的痛处，赶紧用其他的话题搪塞过去，"反正冲掉镜头我又不是第一个人，经常有这种事情发生。再说栏目也快撤销了，还值得那么认真吗？"

"当一个病人濒临咽下最后一口气时，作为医生是抢救呢还是补他一枪呢？"气极的苏锦心也不管措辞恰当不恰当，直杵杵地驳斥他的歪理邪说。

制片华颜杰生怕他俩吵起来，赶紧把王逸晨打发走："栏目组记者都在收拾自己的东西，你赶紧去收拾收拾，到时候就到其他栏目组报到去吧。"

王逸晨低着头闷声不响地走了。

"怎么回事苏锦心？"

"我也不知道……"苏锦心此时已乱了阵脚。

华颜杰只得安慰她说："这条新闻也只能这样了。不过整个说来所揭露的问题还是很具轰动效应的。也是市民普遍关注与关心的问题，必将引起观众的共鸣。只是必须将点评点透，酷一点辣一点，观众也会欢迎的。看来今晚是播不成了，有别的节目顶上去，开不了天窗。"

华颜杰说了节目便说到了苏锦心的去留问题："苏锦心，台里既然决定撤销《与你同行》这个栏目，那你还是回到老本行去吧。"

"我不想回去搞老行当。我就热衷于当第一线记者。"

华颜杰老大哥似的劝道："服从命令是每个员工的天职。就像军人一样以服从为天职。如果一个员工不听从招呼，这个团队还有什么战斗力？"

"大不了我去报社应聘当个记者去。"苏锦心因为信任华颜杰，所以说出的话都是真情告白。

"好啦，气话就不要说了。"华颜杰设身处地说着宽慰她的话。

华颜杰走后，苏锦心就重新修改茂达超市的新闻。她总感到这里面有名堂，王逸晨做了手脚，不然这么好的一条新闻咋就编辑制作得这么平淡？原来在回来的路上她还暗暗高兴，这条新闻简直就是一颗重磅炸弹，凌空一爆炸，还不引起上上下下剧烈震动。起码能够引起市民的警惕，免受问题猪肉之害，免遭问题食品之殃，岂不是件利国利民的大好事。想不到事情竟然闹得如此狼狈。她心事重重地将茂达超市的新闻重新审看了一遍，便操作起编辑系统来。她只能在可能的范围内将节目做得好一些。她把标题做得醒目一些：《惊呼：南源茂达超市出现了有毒猪肉》，然后飞快地写好点评：《市民餐桌上的食品安全谁来保障？》重点谈商家经商的道德，严厉遣责不良商家的违法行径。告诫市民要有自我保护意识。好在她预先采访这个选题时，就请市里的食品专家谈了谈市民日常饮食中的几种主打食品怎么识别的专业常识。她索性一并做到了节目后面。最后连贯起来一看，觉得还很有点看头，很有点警世惊心的味道。

她的心情这才好转了不少。无意间抬头望望窗外，不知啥时路灯开始眨起眼睛来，天已经暗下来了。编辑制作室里除她外空无一人。她好想就这么坐着，肚子也不感到饿，好像有股子什么气堵塞在胸口，这时什么都吃不进去的。

"哟！你咋一个人单相思呀？"播音员梅梦嘉大惊小怪地叫喊，惊得她醒过神来。梅梦嘉与苏锦心是同时考进电视台的，苏锦心的美貌在编辑记者私下八卦打分的结果是：绝对胜过梅梦嘉。此刻梅梦嘉还没洗去化着上镜的淡妆，紫罗兰西服套裙将整个窈窕身段包装得恰到好处，小蛮腰，骨感的肩胛，真是一副魔鬼般的好身材。皮肤白皙细腻，眼角眉梢都荡漾着巧笑的媚态。

梅梦嘉开完苏锦心的玩笑，就用一双忽闪忽闪的，仿佛黑漆漆天幕上的星星一样的眸子盯着苏锦心，"还没吃饭吧？走吧，走吧，姐姐我请客。"其实她比苏锦心也就大那么十来天吧。

"谢谢。我不想吃。"苏锦心摇摇头，仍然凝然坐着没有动。

"既然不愿回到播音员队伍里来，别找皇太子了，要找就找郭霸王得了。"她所说的郭霸王就是台长郭海山。他人很凶，动不动火冒三丈，训你个七荤八素的。

"越级的事情我不想干。那会付出代价的。"苏锦心声声慢地说得好不伤怀动情。

"你怕龙得云报复？"梅梦嘉杏眼圆睁说，"程序走不通呗。不然你就等死吧。"

"算了别说了，我心里烦。"

"好吧。其他的需要姐姐帮忙的，姐姐愿意听从驱遣。"说罢梅梦嘉袅袅娜娜地扭动着杨柳细腰走了。

苏锦心坐了一会儿，情绪到底缓解了不少。她正准备在手机里跟制片华颜杰说说明天播出时茂达超市的新闻应当排在头条，不巧手机响了。她一看是个很陌生的电话，便懒得理睬它。哪知它很顽强地响了下去。直到对方第三遍呼她，她才很勉强地接听了。立即从里面传出一个热情得过于夸张的声音："美女记者苏小姐吧。哎呀，好不容易要通你，真是太荣幸了！"这个声音很熟，她突然想起来了，这不就是茂达超市的总经理王如瑾么。她冷冷地问道："你是谁？找我有什么事吗？"

"哎呀！苏小姐，我是茂达超市的王如瑾呀！我想请你吃个饭。千万得赏个光哟。"

苏锦心警觉了，不觉坐直了身子，说："没有理由呀。不存在赏光不赏光的问题嘛。"

"理由看怎么说了，应当有几箩筐。俗话说不打不成交。你来到我们茂达超市采访，我们那些不懂初一十五的家伙对你们爆粗口，还动了手脚，把你们的磁带也给毁了，请请你算是向你赔罪吧。"

"没有扣押我们已经很不错了。还得感谢你王老总的开明哩。"

"这一说我越发要请你们了。"王如瑾不屈不挠地送来过分的殷勤。

苏锦心不想与他纠缠，说了句"以后再说吧"，就挂了手机。手机是挂了，但心里的疑问却涌了出来，该不是知道我手里还保存有拍摄茂达超市的素材带，编辑制作了成型的新闻，准备明天播出而慌了神，就大献殷勤企图感化人吧？王如瑾是不是得知电视台下一步如何动作呢？如果是，那又是谁将这一消息捅给他的呢？莫非王逸晨……

第二天，总监龙得云和分管新闻频道的副台长鲁怀远将苏锦心请到办公室，就这条新闻没有猪肉特写，缺乏冲击性和实质性的镜头，播出后会让电视台背上记者不专业等负面影响的包袱等相关利弊进行了剖析，表示反对这条新闻的播出。

"小苏，你是个聪明人，不需我们多说了。播音组随时欢迎你回来。"鲁副台长说得相当恳切，"如果你回到播音组了，今后台里有现场直播活动我会多多安排你主持的。"鲁怀远既分管新闻频道同时也分管总编室。播音组隶属于总编室。鲁怀远说着便朝龙得云使使眼色，意思是说她不会违拗我们的劝说的。不会与台里的领导或频道的顶头上司对着干的。"走吧。苏锦心忙碌了一天了，也该休息了。她是个顾全大局的人，我们就不必啰唆了。"

第三章　越级行动

　　苏锦心颓丧地回到办公区，偌大的办公区已空空荡荡，她深情地望了几眼相框里那个拿着雪茄的女人，便呆呆地坐着凝然不动了。过了好一会儿，估计自己的男友这会儿午休该起床了，得好好向他倾诉一番，请他帮自己出个好主意。她先用手机要通了商煜辉。然后便坐在了电脑前，从抽屉里拿出了摄像头，配置在了电脑上。果然她日夜悬心的知心男友神采焕发地出现在了电脑屏幕里。商煜辉棱角分明的脸上那双眼睛出奇的明亮，简直将整个人都照得俊雅帅气起来。人的长相就是这样，五官上哪怕只是一点特别夺目抢眼，就能将其他部位提升到一个最佳的档次。一件印着外文的文化衫随意地套在身上，都显得特别有韵味。她看着就有一股甜蜜漾动在胸臆间。

　　"嗨！我说你咋闷闷不乐呀？"商煜辉热情地与她打着招呼，"你呀，好像目睹黄叶飘飞都会潸然泪下似的。怎么，在电视台混得不如意？"

　　"你都跟我说了些什么呀？"苏锦心忘却了暂时的不快，眉眼飞动地送去了一个甜甜的笑靥。"我需要你帮我出出主意。"接着她将自己所拍摄新闻的麻烦一一告知了。不知为什么她没有提茂达超市。她还一并告诉说台里要她回到老行当去。她不愿意。她说她从小就梦想着当一名记者。她不想轻言放弃。

　　"既然遇到这么大的难题，我觉得人嘛，要学会变通，曾经的理想，不是不可以放弃的，当它山穷水尽无路可走时，也许换一种活法，人生或许会获得意想不到的精彩。"

　　"得得得！别跟我贩卖你的西方人生哲学了。我矢志不移！"

　　商煜辉大度地一笑，大包大揽地说："既然不愿离开新闻这个专业，那么换一个单位总是可以的吧？我介绍你到一家大型企业当个内部刊物的副主编如何？那个大型企业的老总与我不是一般的沾亲带故，他不会拒绝的。"

　　"去你的内刊副主编吧！那也叫新闻机构？只不过是一本自我吹嘘自我炫耀，从头至尾都是广告的小册子罢了。我就想在真正的新闻机构去搏风击浪。这种机构才能焕发出我生命的激情。你倒是说说我目前遇到的麻烦该怎么处理才好呢？"——与知心男友对话，她整个儿活过来了，显得生动活泼情趣盎然。

　　"你认为被逼到终点失去希望了么？"

"有点吧。"

"可是上帝却在暗中对你微笑，告诉你说亲爱的孩子，这不是终点，而是人生的一个拐点。当你转过这个弯时，前面便是一片艳阳天。"

"好像你读的是工商管理，不是哲学嘛。怎么当起我人生的教父来了。你就不能设身处地地帮我出出主意么？"

商煜辉仍然像个教父似的指点她。这一次他是真诚的，满脸都焦急忧虑之色——他说："你既然不能改变环境，那么就只能适应它。当你不甘心适应的时候，那就勇敢地冲破它。可以找更高级别的……"

"可是职场的规则是不能越级的，否则就会付出更大的代价。"

"这一般来说是对的。但不能一概而论。关键是你是不是碰到一个很开明的最高长官。有许多事情捅到了最高长官那里，事情往往就会起到根本性的变化，你会获得一份意想不到的惊喜。"商煜辉是初进研究生院，她读大一时，二人相识熟识而产生恋情的。出国留学前，他曾经在一个公司任过副总经理，对于职场他有相当的体会和比较成熟的经验。"能告诉我你们南源电视台最高长官是怎样的一个人吗？"

"他是个很凶的人。一般人都怕他。动不动就火冒三丈。"苏锦心叹了一口气，显得很是无奈。

"那么你能不能分辨清楚，他发火也好骂人也好，是出于工作上的原因还是挟嫌报复？"

"都是因为工作上的事情。"

"那么他是不是竭尽全力为员工谋福利呢？"

"当然。就在今年年初，他把政府奖励给他的50万元全都作为福利发给员工了。"

"嗯，不赖。他的业务素养怎么样？"

苏锦心咯咯地笑起来了说："哎，你是不是当上了美利坚合众国的特工人员了？想发展海外间谍？"

商煜辉严肃谨然地说道："快告诉我，我好帮你作出正确的判断嘛。"

"新闻业务素质就是全省都是金牌得主，他是个最高标准，永远进击的人。他力主创办的几个栏目在全国都打雷一样响亮，并产生了悠久的回声。所以我愿意在他的手下当记者，而不愿意在一个对你很亲切却是很平庸的领导手下混日子。因为跟着他能够学到很多真本领。"

"这个人你就放心大胆地去找他面谈一次吧。这其实是个非常值得信赖的领导。他凶，你才能服从他；他能够时时想到为员工谋福利，说明他非常关心员工的疾苦，员工自然愿意服从他；他有超强的新闻业务素养，员工崇拜他，那么就真心地服从他。在这样的领导手下工作，应当是你的福气。还有什么犹豫的。找他谈一次。听我的没错的。"

她叹了一口气，说："这么重大的新闻分管的副台长与总监却不让播出，我心有不甘。"

"这条新闻对你很重要吗？"

"我既然执着地要当一名记者，那么采拍有分量的新闻就是我矢志不移的追求。你说对于我重要不重要呢？"她的心到现在都隐隐地疼痛。那么好的一条新闻真要枪毙了，她无论如何不能接受。那条新闻自己付出了多少心血啊。它承载着自己的情感，自己的梦想，自己的追求，甚至植入到了自己的信念之中。她不能叫人就这么轻而易举地给否定了。她的拗劲上来了。她不能就这么轻易地放弃！

"有梦想的人生才是突破平庸的人生。小生这厢行三跪九拜大礼，以示敬重！"

"去你的吧，人家在火上烤，你还油嘴滑舌。"

临关闭视频系统时，苏锦心再次叮嘱说："千万别忘了6月29日是她的生日，到时到她的坟墓前替我献上一束康乃馨。"

商煜辉笑起来了说："她是你母亲么？西方人一般将康乃馨献给母亲的。"

"这样理解也行。我既然崇拜她当然少不了有儿女对母亲的那份情怀喽。可别蒙我。到时候我可是要看视频的。"

"行了，亲，你都快变成祥林嫂了。好像这是第三次重复了吧？那么我也第三次重申一遍：如果你觉得在南源待不下去了，就到佛罗伦萨来吧。同样留学佛罗伦萨大学，除了专业你自己做主外，一切都包在我身上。你只需要来一个裸人就行了。"

"去你的吧。"苏锦心忍着笑佯装愤怒地呵斥道，"我怎么听着都有点国际流氓的味道，趁早收起你的那一套吧！"

"唉，好心当成了驴肝肺！"商煜辉故意装出一副蒙受天大冤屈似的，不停地摇头叹息……

这个晚上苏锦心香香甜甜地一直睡到大天亮。从床上爬起来，果然窗外升起一轮崭新的太阳。她简单地盥洗了一下，化了淡妆，将自己收拾得清清爽爽的，墙上的镜子里出现了一个美目盼兮巧笑嫣然的女孩子娇艳如花的脸庞。她朝镜子里的女孩做了一个鬼脸，便吃了几片微波炉烘烤的面包，喝了一杯牛奶，开门上班去了。她昨晚考虑了好久，觉得商煜辉替自己的"诊断"是对的，不将事情捅到一台之长那儿去，你的诉求就得永远尘封下去。当然这在职场是最大的忌讳，也极具风险。这叫作剑走偏锋，一着险棋。无论胜了败了，都有着严重的后果，那就得作好承受打击报复的准备。当然也不能一概而论，也许转过这个弯去，迈过这道坎儿，前面就是平坦的大道呢。话也得说回来，哪怕真的酿成了严重的后果，但你却获得了心理的平衡，你绝对不会从此背上了良心账。

坐在的士上的她给台长郭海山发了一则短信："郭台长，我是苏锦心，我想与你面谈几分钟。可以吗？"很快郭海山台长回复了："给你十分钟。九点半到我办公室来。"

一进到办公区，就遇到制片华颜杰。华颜杰好像专门在等候着她，一见到她就说："我昨晚仔细地想了想，为了把那条新闻做得有深度，得请专家进行分析评论。"

苏锦心觉得这是个好点子，忙说好的，我与郭台长面谈后就到南源大学去找相关专家。本来与郭台长约谈她不应当随便就告之于人的，由于华颜杰是她很敬重的大哥哥一样的直接领导，故而她悄悄地告诉了。一听经她请求，台长郭海山应约与她谈话十分钟，华颜杰顿时明白了，她定是为冲破龙得云等人设置的障碍，不让播出茂达超市问题猪肉新闻寻求尚方宝剑的。他正准备叮嘱她几句需要谨记遵守的戒律时，不料她却主动求教于他道："华老师，我这是第一次单独去见郭台长，你说我该注意些什么？"

华颜杰警觉地望望各个办公区，见少有记者待在里面，大多数都外出采访了，就小声问道："你找郭台是为去向问题，还是为问题猪肉新闻播出问题？"

"都谈行吗？"

"那绝对不行。你只能选择一项最当紧的去谈。因为你与台长不是一个级别，不可以放胆去谈你想谈的问题。拜菩萨一次也只能恳请菩萨保佑一桩心愿哩。不然领导肯定很烦。闹不好一件事情都解决不了。"

"那——"苏锦心毅然决然地说，"去向问题就放到下一步再说。就谈问题猪肉新闻的播出问题吧，只要它能够播出来，说不定能够阻止它毒害成千上万市民（观众）哩。"

"你是怎么考虑的呢？我是说你不谈自己的去向问题而专门谈毒猪肉新闻的播出问题……"

"华老师我是这样想的，新闻播出是为公，个人去向是私事。以人为本，民生第一。播出问题猪肉的新闻，这可是关乎民生的大问题啊。两下一比较，在领导那里就有了轻重之分。前一个问题向郭台长谈起来就比较容易达到预期的效果。"

"好！"华颜杰忍不住喝起彩来。他为苏锦心将媒体的社会责任放得高于一切的使命感而击节赞赏。

"可是我还是有点紧张，因为毕竟我是第一线的记者，第一次去面见他。最主要的他是个很强悍的人。面对这样的人，心里头总像打鼓一样。"

"没关系的。一定要记住一条重要的原则，与领导对话，领导这时的性格并不重要，重要的是你要关注的仅仅是他的心理活动，能够做到有针对性地谈你想谈的问题就够了。"

"嗯。记住了。"

"还有，领导一般喜欢简洁明快。你必须在五秒钟内将你要谈的主题点清楚。十秒钟内将你的请求说明白。三十秒钟简明扼要阐述你所主张的道理。余下的时间才能适当展开诉说你的理由。十分钟足够了。"

苏锦心得到了真经，脸上笑成了一朵花，连说："好的。好的！"

华颜杰再次叮嘱她："在领导面前，要注意三条：不能情绪化；不能说过头话；不能扭曲事实真相。还有，你越级与郭台面谈这事哪儿都不要说，不然鲁台与龙总知道了，肯定很恼火。"

苏锦心点了点头。

九点半，苏锦心便坐到了郭海山的办公室的沙发上。尽管她并不怕谈话的失败——她已经做好了准备，大不了走人，到别的新闻单位求职去，不必顾忌什么。但当她一进到郭海山的办公室时，心还是怦怦地跳得急骤如鼓。

台长郭海山身材并不高大威猛，面孔白白净净的，很像个儒雅的书生。怎么看都不像个很凶的人，不像个动不动火冒三丈的一台之长。"有什么事说吧。"

她谨记制片华颜杰的叮嘱，说："我们拍摄了一条茂达超市销售问题猪肉的新闻，希望能够播出。"她听说郭台对新闻很有自己独到的见解，只要是严格意义上的新闻，他都取欣赏的态度。她觉得自己拍摄的就是一条很有价值的新闻。

"嗯，可以播出嘛，找我干什么？"郭海山很奇怪地问。

"中间遇到阻力，新闻频道与台里有关领导不让播出。"她当然不便直接点出龙得云与副台长鲁怀远的名字。

郭海山简单地询问了几句采访的相关问题，然后斩钉截铁地说："播出！今晚就播出。道理不要说了。你可以走了。"郭海山果然噌地一家伙，两眼都喷射着熊熊的火焰，转身就叭叭地按起桌上的座机，吼一样叫道："龙得云，你在办公室吗？好！三分钟内到我办公室来！"

往自己的办公区走去时，苏锦心看看表，她与郭海山面谈不多不少刚好10分钟。她佩服郭海山超强的判断力，知道她往下该说些什么理由了。而这些理由作为一台之长焉能不知道，何须她一二三地阐述个什么劲。只是她知道尽管没有点出副台长鲁怀远与新闻频道总监龙得云的名字，那么郭海山找龙总监去，肯定会给龙得云一通霹雳闪电般的猛批狠剋的，龙得云能不知道是谁告了他的状？恐怕鲁副台长也被牵扯进来，尽管郭海山不会像批龙得云一样去批鲁台。依着郭台的性子肯定会闹得鲁台不愉快。鲁台迟早会弄清楚是谁把事情捅到郭海山这儿来的。那么等待自己的将是一连串的记恨与报复。回到办公区的苏锦心望着办公桌上的那张照片，心里非常坦然：既然豁出去了，还顾虑个啥？世间没有十全十美的事情，有所得必有所失。为了心中矢志不渝的梦想，应当有点古人虽九死其犹未悔的浩然正气。再说龙得云、鲁台也不一定就是鸡肠小肚的人，短时间可能会给你个脸色看看，过后说不定就云消雾散了哩。

那边龙得云已经敲门进到台长郭海山的办公室里了。他谨慎地极力叫皮笑肉也笑起来说："郭台你找我？"

郭海山沉着脸说："你这不是废话么！我打的电话叫你来当然是我找你哪！"

龙得云很谦卑地掏出笔记本。连笔帽也给拧开了。一副记录领导指示很虔诚的样子。

"你不要做样子给我看了。"郭海山劈头盖脸吼一样说道，"茂达超市的新闻准不准备播出？"

龙得云心想坏了，怎么这么快就捅到郭台这儿来了？他弄不清究竟是王如瑾担心他龙得云与鲁台镇不住苏锦心，最后还是会捅将出来，便转弯抹角地人托人地找到郭台，请郭台高抬贵手，放过一马？还是苏锦心告状告到了郭台这儿？他不得不佯装糊涂反问道："你说的是哪条新闻？"

"你别打马虎眼了。问题猪肉的新闻，我说的就是它！"

"哦。一是这条新闻没有问题猪肉特写，也没有冲击性的镜头，二是茂达超市今年投放我台广告费就有二三百万，是不是就给人家一个面子，不要播出算了。"

"如果茂达给个几千万或者上亿，是不是把台都卖给它呢？"

龙得云避开郭海山咄咄逼人的盯视，一双有些狡黠的眼睛在瘦长的脸上始终眨巴出尊崇的微笑，说："那不会，就是你郭台给我一百个胆子我也不敢。因为……因为……台里已经作出了部署，《与你同行》栏目就要撤销了……"

"你这是什么狗屁理由？不是还有最后几期嘛。怎么就可以因为这个不播呢？食品安全问题差不多与环保问题一样成为了世界性与人类生存的大问题了。你看看过去的一段时间，我国台湾的塑化剂问题，西欧的毒黄瓜问题，还有前两年美国暴发的'毒菠菜事件'，甚至殃及加拿大的一个省。不久后，美国共有43个州发现沙门氏菌疫情，几乎所有感染沙门氏菌的患者，都食用过花生酱。美国因此年损失1500亿美元。一个新闻记者应当有点世界眼光与人类的眼光，要有点历史的责任感。推三阻四地不让播出发生在我们眼皮子底下毒害人民群众的食品问题。这是什么性质的问题？唵？"

龙得云勾下头去。他在心里恶狠狠地想，这肯定是苏锦心越级告状告到郭霸王这儿的。哼！一个小小的嫩黄瓜一样的记者，我就不信你还翻了天了！抬起头来满脸的笑打理得愈益谦恭，说："我懂了。有些财大气粗的老板你不曝曝他的光，他就舍不得放点血。这样也好，叫茂达超市多向我们南源电视台投入广告费……"

郭海山真正气坏了，吼一样喝道："滚远点！电视台他妈的成了拦路抢劫的了。这还叫作什么狗屁新闻媒体？它还有什么公信力！"

龙得云吓得一个哆嗦，却并没有"滚"，而是呈现出一副领导骂你就是看得起你的几分荣耀的感觉来。连连说："坚决执行郭台的指示，我这就去安排今晚的播出。"

上午10点50分，苏锦心与制片华颜杰守候在电视台院子外面，终于迎来了南源大学老教授王一帆。王一帆是文学院的老教授，他的专业并不是研究食品的。但他锲而不舍地研究食品安全问题，在学报与当地的日报、晨报上发表了几篇很有分量的文章。南源大学就推荐了他，说他对食品安全很有见地，绝对能谈出很有深度的见解来。

"王教授，您看是在我们演播室还是就在这院子外面树底下评述？"华颜杰征询王教授的意见。

王教授满头白发，却并不显老，脸色红润，精力充沛，说话底气很足，洪钟大吕一般，而且很富于激情。华颜杰与苏锦心虽然没有听到他正式评述问题猪肉一事，心里已经给他判了个满分。这种精神状态上到电视屏幕自然相当理想。

王教授说："事先说明一下，我并不是研究食品的，只是社会上屡屡出现食品问题，我就下了点功夫钻研了一番，居然有些见解，大学宣传部就推荐我来评论一下。我还是先看看你们的新闻，然后再说几句我的感受吧。不接触点事实很难保证说到点子上。"

这样王教授在华、苏二人带领下，来到审片室看片子。片子一放完，老教授很不客气地说："你们拍摄得不怎么的呀——我虽然对电视新闻是个门外汉，可是我看央视的新闻看得多，觉得他们的新闻拍摄得很到位。诸如特写，关键事实的关键点都把握得很好。该突出的突出，该强调的强调——我指的是镜头的运用。你们既然费了老鼻子劲去拍摄，怎么就没有把问题猪肉的特点拍摄出来，叫观众一看，就晓得'哦，是这样的呀！'岂不是更具说服力？"

苏锦心心里有苦说不出，只得这样解释道："当时对问题猪肉的特写拍摄得应当效果不错，叫观众一看就会悚然惊心的，可惜编辑制作时不小心给冲掉了。"她甚至想到自己悄悄藏起的那块"样品肉"要是不在被围攻推搡中给弄掉

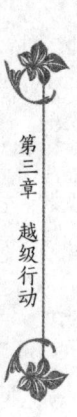

第三章 越级行动

25

就酷毙了。"

　　王教授一听，果然来了情绪，愤慨地说道："唯利是图、利欲熏心，便造成了问题猪肉之类的毒性食品斩不尽，灭不绝，只要炮制者感到气候一合适，它就会跑出来祸害人民群众……茂达超市是全国特大型商业帝国，我相信它有行业内最先进的信息化管理系统，茂达缺的不是设备、仪器或制度与法则，缺的是德。道德是个人，也是企业立命的根本。小胜靠智，大胜靠德。如果丧失这一点，一切都是妄谈。商业道德决定企业经营的走向，否则一个企业生意做得越大，对社会的危害反而越大。国家出台政策要让人民过上有尊严的生活，诸多问题食品就是对人的尊严，甚至人的生命的一种挑衅一种蔑视一种践踏！对待坏人坏事，任何时候都要抡起道德大棒，法律的大棒！法律这根大棒敲下去的力度还不够。否则此时问题食品过后，等待我们的可能是新的另一种食品灾难……"

　　华颜杰在老教授看片子时就已经将摄像机打开了，老教授刚才激愤痛斥的这席话一字不漏地摄录了下来，根本就用不着重新一本正经地评述了。恐怕那样一来这么好的精彩评述不复存在了。

　　送别老教授回去时，走到大院门外，老教授突然问起了这么一个问题："听说你们台里的王逸晨也在《与你同行》这个栏目？"

　　"对呀。您认识他？"华颜杰问道。

　　"嗯。"老教授似有几分忧虑地说，"这几天他整天魂不守舍的，你们知道是怎么回事吗？"

　　苏锦心顿时明白是怎么回事了，却不得不这样回答道："可能因为栏目要撤销吧？"

　　"什么？这个栏目要撤销？为什么？你们总得有个民生类的栏目吧！以人为本，执政为民已经写进了国家的治国方略，民生民情民意，媒体不去特别关注，那你们的节目甚至你们的电视台还能走多远呢？是与时俱进还是离世而退呢？"

　　"谢谢您的建议。"华颜杰打心眼里感谢老教授的至诚箴言，同时他心里开始对栏目定位有了新的设想。

　　送别老教授，往台里办公楼走去时，华颜杰小声问苏锦心道："老教授说的王逸晨魂不守舍，你知道是因为什么吗？"

　　苏锦心心下有几分明白，不过她不好妄下结论，于是说道："不好说。也许时间会证明一切吧。"

　　老教授斥责他们没有拍摄问题猪肉特写的愤愤声言犹在耳，苏锦心觉得相当有道理，想了想，决定到台里磁带库找找相关资料看看。说不定有这方面的画面资料哩。她果真匆匆地跑到了磁带库。带库管理员很热心，在电脑上一搜索，嘿，真棒，还真找到一个特写镜头。她立即借到手里，又匆匆地跑到编辑制作室，将它编辑到了茂达超市那条新闻里，只是在问题猪肉特写右上角加上了"资料"二字。再认真完整地看了一遍，果然感觉相当好。

做完这些，苏锦心意犹未尽地想从电脑上下载一些关于食品安全的资料链接，这样可能效果会更好。她进到办公区，在自己的桌前刚一坐定，正在忙着一条新闻解说词的施蔚然施施然地走了来，样子神神秘秘，就像搞地下工作似的还带几分警觉，说："哎，锦心，听说茂达超市的新闻决定今晚播出？"

苏锦心不想谈论这个问题，可是施蔚然又是很知心的闺密，平时她总是以大姐姐的热心快肠来对待自己，不想谈也不能采取不理睬的政策，说："是的。"

"听说皇太子不同意播出，还说鲁副台长也是这么个意见，怎么过了一个晚上就变了呢？"

"施姐你知道我只不过是刚入新闻门槛的学徒工，新闻上的事我只能服从安排。"

"这么说就是郭霸王力排众议要播出的喽。"

"可能吧。"

"那郭霸王是怎么知道的呢？我是说肯定有人捅到他那里去了，他才赐予了尚方宝剑。"

"可能吧。"

"可能吧可能吧！你只会说这句模棱两可的话。将情况捅上去的这个人是哪个呢？你帮助分析分析。"施蔚然明知苏锦心很不情愿回答这个问题，她今儿个就是有点不屈不挠的劲头，非要打破砂锅问到底不可，"给姐姐保密就说不过去了。告诉姐姐这个人是不是你？"

正在网上点击查找相关资料的苏锦心警觉了，不觉停止手里的动作，回过身来，很陌生地望着施蔚然，她想起制片华颜杰大哥哥一样叮嘱过自己，别看电视台是个有文化很文明的新闻机构，其实与别的职场一样，充满了钩心斗角尔虞我诈的通病，你得用一半心思来加以防范，不然你就会掉进陷阱里。如果连自己都保护不好，还怎么去施展所谓的才华追求所谓的梦想。苏锦心尽管打心眼里对施蔚然有着天大的好感，但她还是不敢真情告白，沉吟了好一会儿才回答说："也许是龙总自己去找的郭台吧。"

施蔚然分明看到苏锦心的脸红了一下，并不点穿，说："这好像没有道理嘛。哪条新闻可播哪条新闻该毙，这是他的权限呀。"

"哦。也许他怕吃不准，前去请示一下哩。要知道，茂达超市在我们台投放广告费每年都不下二三百万哩。如果因为播出这么一条曝光的负面东西，得罪了

第三章 越级行动

……27

茂达，不就断了台里的一条财路。二三百万对于我们可是一笔可观的收入了。"

施蔚然用那秋波轻泻，叫人心荡神牵的桃花眼打量了好一会儿苏锦心，好像句句都真诚可信。

临走，施蔚然拿出大姐姐的身份提醒她说："我就怕你搅到里头了，吃亏在眼前——你不像一般'老记者'，他们或多或少都有自己的人脉，这些你还没有，一不小心你就死定了，还不知道是怎么死的哩。"

"谢谢施姐的一片好心。"苏锦心言不由衷地说。

施蔚然说了声"知道就好，我到洗手间去一下"，就离开了办公区。洗手间在北边角落处，她却转身来到一排办公室其中的一间门前，轻轻敲了敲。里面响起一个浑厚的男子的声音："进来。"施蔚然警觉地翩然而入。

"龙总，我刚才很巧妙地问了问苏锦心，"施蔚然恭谨地说，见龙得云颔首她坐，她便边坐下边继续说道，"她说不知道郭台长是怎么知道你不让播出那条新闻的。"

龙得云作为新闻频道的总监，自然有权享有一个单间办公室。他在办公室里走动了几步，鼻子里哼了一声，说："怪事！莫非郭台有特异功能？还是华颜杰捅到郭台那里去的？"

施蔚然觉得龙得云对自己这么信任，却没有完成好他交代的任务，一丝愧赧涌上了她那不甚白皙，却五官精致的脸庞。

施蔚然昨天中午快下班时，被龙得云叫到办公室。他其时刚从郭海山办公室挨了训回来，脸上还罩着乌风黑浪。施蔚然自然知道他的不愉快不是冲着自己来的，便笑吟吟地问道："龙总您找我？"

"嗯。这个什么呀这个……你巧妙地打听一下是谁把茂达超市那条新闻的事情捅到郭台那儿去的。郭台很恼火不让播出这条新闻。这与事实不符嘛。你们栏目里不能滋长这种不好的风气，动不动就越级打小报告，那么栏目还怎么正常运作？"他当然不能照直说郭海山雷霆震怒，把他骂了个半死。更不得说出这是鲁台交代他打听清楚的。他本来不想弄清谁捅到郭台那儿去的，鲁台却恼火地说："动不动就找到一把手台长那儿告状，那还要我们分管的台长与频道的总监干什么？这股歪风邪气一定得煞一煞！"

施蔚然装作谨慎小心的样子说："我悄悄地打听了一下是不是苏锦心向上汇报的。好像只有她最值得怀疑。"

"与她一同去的还有王逸晨吧？"

"王逸晨？听说他将最具说服力的镜头给冲了。苏锦心气得差点哭出来。好像王逸晨不大可能直接找郭台吧。"

"种种迹象综合起来一分析，这就是说苏锦心可能性最大，你是怎么认为的呢？"

这分明是征询自己的意见，表明龙总对她有着非同一般的信任与重视，简直归于他的死党那一类的嫡系部队了。施蔚然的桃花眼闪闪发光流泻出无尽的兴奋，连连点头说："哦。对对对。当我说了是不是你找过郭台，苏锦心的脸红了一下。可能就是她找郭台告的状。"

"嗯。去吧。不要在外面说这件事情。"

施蔚然庄重点点头。

入夜，南源市融进到灯海里了，又是一番人声鼎沸处处笙歌的繁荣景象。

心情大好的施蔚然相约宋汝成到台附近的一家咖啡馆里打发诗意的时光去了。她与宋汝成专门要了个临窗的包间。这儿不光可以看到川流不息的车辆，而且还可以窥见到台里一些哥们儿姐们儿的身影，由此可以判断谁与谁是一伙的。这同样有用，你与他们相处，就知道该掌握哪些节奏与处事的分寸。譬如一男一女走得很近，大体可以判断出这两人是情侣了，你就不会在其中哪一方在场时说出有伤另一方的话来。那么就不会无意中得罪了她或他了。

宋汝成很绅士地征询施蔚然的意见："来杯日式炭烧咖啡怎么样？"

"不，我要卡布奇诺。听说这种咖啡一般是加三分之一的浓缩咖啡，加三分之一的蒸汽牛奶，加三分之一的泡沫牛奶，还必须撒上肉桂粉。但中国一般的小咖啡店很少看到加肉桂粉的，很多都换成了巧克力粉。不知这家咖啡馆是不是也没有肉桂粉。这种咖啡在世界上都享有盛名。"

她这一享有盛名不打紧，却实实叫宋汝成肉痛连着心痛，一杯这类咖啡起码得五十多元，还有点心瓜子之类的小吃呢，自己也得来一杯吧，虽然可以找理由说自己不喜欢这味儿，换杯别的吧，别的也不是白开水呀。这样加起来不要一二百元么？当然一两次也割不了肉，问题是一个月你得至少有个三五次吧。全年加起来是多少？宋汝成这才知道谈恋爱是需要成本，付出沉重代价的。别看施蔚然在人面前温良恭俭让，一副淑女样儿，背地里心肠狠着哩。她见自己爱她爱得愿为她掏心剖肝，当她的奴仆做牛做马，就想方设法敲骨吸髓。自己一介男士当然要表现得慷慨一些，心甘情愿地为她放血。问题是她还是若即若离地不肯让他有实质性的突破。都怪自己长得太对不起观众了，肚子鼓得像怀着双胞胎到了足月阶段的妇女，买根合适的裤腰带都很艰难。一般胖成这样的人多数是吃香喝辣，油水过剩堆积而成的，自己呢？哪有这般好事呀。真是喝凉水也长膘。施蔚然居然不嫌弃，愿意与自己交往，这就叫人不得不感动。

"哎，《与你同行》栏目最后几期播出后就撤销了，你到《南源新闻联播》

组还是当责编吧？"宋汝成没话找话地问道。

"当然。"施蔚然飞去媚眼一笑说，"当个责编对于我来说小菜一碟。"

"王逸晨好像无所谓。间谍却不太愿意，磨磨蹭蹭不想走。我嘛，到哪个栏目组都是跑第一线。我就闹不明白苏锦心怎么对《与你同行》情依依意绵绵难舍难分？居然像解放军快复员的老兵一样，留队一分钟战斗六十秒。而且栏目面临撤销还不愿意回到播音组去，你说傻不傻？"

施蔚然眼一瞪说："我看你才傻，她的志向远大梦想宏大，她追逐梦想为的是赢得精彩的明天。只是太天真烂漫了，最后肯定碰得头破血流。"说完自个儿乐得笑起来了。

"哎，快看。"宋汝成撩起薄雾一样的轻纱窗幔朝外一努嘴，"那不是咱们台的名播梅梦嘉么！"

据说进台来好多年前就与王逸晨好上了，两人是高中时的同学，在省城的同一所大学毕业。曾一度爱得你死我活。自打梅梦嘉竞聘上了南源电视台的播音员，开始小有名气后就不大理睬王逸晨了。

施蔚然俯身朝外望去，见一辆宝马高级轿车驶向前面不远处一株绿意盎然的大柳树下，便轻盈地停住了。原来树影掩隐着一位亭亭玉立露肩露臂露大腿的女孩。那女孩在朦胧里展现出很性感的迷人风姿。见车驶到跟前，车门"自动"开了，也不搭话，很机警似的一头钻了进去。宝马很快启动绝尘而去。

"这个贱货，也不知与哪个大款勾上了。"施蔚然撇撇嘴骂了一声，就赐给胖子一个飞吻，很自豪地说，"怎么样，要说对爱情忠贞不贰，还是我这样的女孩才是天下第一吧？你交上了我，是不是祖上积了大德了？"

"那是那是。"宋汝成憨笑出满脸的敦厚。

施蔚然说："自从苏锦心离开播音组，这贱货就独领风骚了。"

"你说苏锦心傻不傻，论形象与播音主持，台里数她头一块牌，盖过了梅梦嘉，她却不珍惜，费尽移山心力脱离了播音员主持人的行列，要当第一线记者。听说梅梦嘉为遂她的心愿，很是帮她奔忙了一阵子。好像很够姐们儿意思。"

"你懂个屁！"施蔚然虽然在公众场合是副标标准准的淑女形象，但在宋汝成二人世界里却霸道专横得得，可以由着性子骂他，"你胖子白长了一个大脑袋，她是真心帮苏锦心吗？"

"怎么呢？"

"苏锦心不走，哪能显出她来。这就是《三国演义》里的'既生瑜何生亮'的遗憾与叹喟。苏锦心一走，她恐怕睡梦里都笑醒几回哩。"

第四章 凌空爆炸

　　他俩谈论的梅梦嘉，这时已经与宝马男坐在了一家高大上咖啡馆的卡座上了。

　　坐在梅梦嘉对面的男士三十多岁年纪，笔挺高大帅气，正是当下流行的绝版精品男。他请梅梦嘉吃过晚饭后，就在这家高大上咖啡馆里的卡座惬意地喝着饮料与嗑着瓜子，边不时往音量开得很小的电视机屏幕上瞅瞅。

　　"如瑾，你说咱俩的恋情啥时公开呀？"梅梦嘉曾几次说到这个问题，她不愿意给人留下被别人泡的丑恶印象。她要光明正大地做理想中男人的女友。

　　王如瑾笑得爽声大气，说："公开不公开有什么区别？你没有成家，我呢正宗的钻石王老五。合理合法。"

　　梅梦嘉噘着小嘴生气地驳斥道："你的鬼心眼儿谁不知道，每次约会，一当阴谋诡计得逞了就各自走人。这次休想！"

　　王如瑾越发笑得淋漓酣畅说："我是那种游戏人生的人吗？我爱你一片真情可对天。"

　　梅梦嘉质问道："你说你爱我什么吧？美貌？青春？才华？其实你们男人爱的就是美貌。一旦人老珠黄时我怀疑有人会当叛徒！"

　　王如瑾笑嘿嘿地说："你到街上买过菜吗？"

　　"这跟买菜有什么关系？"

　　"哦，你没买过，但你家的奶奶或者妈妈肯定买过，就是买几棵小葱都得挑挑拣拣哩。还不是要选品相好的。哪怕买几斤'烂'地瓜，也要挑拣半天哩。长得光滑的看相很好的才入她们的法眼呀。所以爱美之心符合人类的共同心理。没有错嘛。"

　　"住嘴！"梅梦嘉愤怒地说，"你以为爱情是买几棵白菜小葱'烂'地瓜之类的游戏？"

　　"你怎么把男人们想象得这么没出息？难道男人们尽是一些寻花问柳的纨绔之流吗？我爱的就是你的播音才华，爱的是你的敢爱敢恨火辣辣的直爽性子，爱你的……这个……"

　　"爱得都想不起来了。"梅梦嘉讥讽地笑了起来说，"本小姐建议你们这些男人最好将一些为讨好某个美女的理由想好了再去约会。免得到时弄得尴尬——噢，

31

你们男人们可能脸皮子厚得像牛皮，针都扎不透，不知使锥子能不能扎进去。"

"哎，别说得这么难听好不好。我与你相处这么长时间了，如胶似漆，都是一种缘分，是一种前世修来的缘分让我们彼此的心贴在了一起。"王如瑾说得是那样的一往情深，你根本就不会怀疑他的真诚。他停止了嬉戏的小动作，一本正经地说道："爱你的美貌这个当然不假，美貌是你们女孩战胜男人的神器嘛。可是仅仅靠这个够吗？你们台里的苏锦心是不是比你……"他本想说"比你更美，美得叫人惊心动魄，可是我却不为所动"。突然觉得这不分明是给对方一个不依不饶，跟你纠缠不放的理由么？于是改口说道："……与你不分伯仲？可是我却从来不像一些无耻之徒打她的歪主意。哪怕朝这方面想想都是对咱俩圣洁爱情的亵渎，是一种犯罪！"

梅梦嘉一把将手里的咖啡杯墩到茶几上，两颊叫仇恨的火焰烧得通红，厉声呵斥道："别跟我诡辩，你就是觉得苏锦心比我漂亮，只不过她没有像我这么好哄，你才暂时没有得逞罢了。老实告诉你，她早就名花有主了，她的男友留学意大利据说是佛罗伦萨大学。你想打她的主意？她看得上你吗？"说着噘着个好看的小嘴，一副不依不饶的小样："你说我与你好上图你个什么？你是跟我买过名贵的钻戒还是买过高档的轿车？"

她越说越伤心，其实她多半是撒娇做戏，男人们不是喜欢梨花一枝春带雨么？我就是要带点晶莹的雨滴让你看看。嘴里则不停地絮絮叨叨地控诉下去，"到如今我俩偷偷摸摸地像地下情人。如果叫台里的同事知道了，还以为我叫某个大款包了哩。我这脸往哪儿搁？"

"你刚才说苏锦心的男友留学意大利佛罗伦萨？她男友叫什么？"

"怎么啦？姓商吧，至于叫什么我就不知道了。"

"哦？姓商？是不是叫商煜辉？"

"天知道！我跟你谈正事你就拿这些破事来转移主题！"

王如瑾边用餐巾纸擦拭着溅在茶几上的咖啡汁液，边安慰道："公开我俩的关系随时都可以。我的一切还不都是咱俩的。你还怀疑我的一片痴情与忠贞吗？"

梅梦嘉抬起没有多少眼泪的泪眼，仔细地打量王如瑾的誓言到底有几分可信。

王如瑾信誓旦旦地继续说道："这个月末公开我俩的恋情好不好？今天是19号了，还稍稍等几天吧。"

"为什么？总得有个理由吧？"

"你们台里的苏锦心跑到我们茂达超市搞了一条曝光的新闻，如果播出来必将引起一场轩然大波，也许是一场不小的地震哩。"

"有你说的这么严重吗？"

"当然。国家现在强调生态文明，低碳环保，绿色食品，可是我们超市却被曝出了有毒猪肉。如果一播出，闹腾到总部去了，我即将升职到总部，拿高薪的事，说不定就会折戟沉沙樯毁楫摧了。"

"那与公开恋情有什么关系？"

"关系可大了。"王如瑾绕过去一把将梅梦嘉揽在怀里，抚着她的头发柔声说道，"不公开恋情，你不还可以跟我当几天间谍，从内部探听动静嘛。要是一公开了，你们台里的那些记者编辑就会说你是我的人，自然会处处防着我，你还会摸到真实情况吗？"

梅梦嘉似乎懂了他的一片良苦用心，说："今明两天要是不播，肯定就不会播了，因为《与你同行》属于这次栏目调整撤销的项目。"

"啊！太好了，只要挺过去这两天我就可以高升了。其实我心里总感到不踏实，听说姓苏的那个小姐是个不大听招呼的主。"

"你听谁说的？"梅梦嘉分外地好奇，她奇怪王如瑾怎么会将苏锦心的脾气秉性弄得这么清楚。

王如瑾嘻嘻一笑，神秘莫测地说，"钱告诉我的。有钱真的能使鬼推磨。使出几个小钱就能买到我想知道的内幕消息。"他当然不便供出谁谁来。

"是不是与苏锦心一同去你们超市采访的记者王……"

"哎呀！"她的话音还没落地，王如瑾突然发出一声惊慌的尖叫，电视机的屏幕上已经出现了苏锦心站在茂达超市门口播报的镜头。"快快快！把音量开大一点。"他自己已经几大步抢过去拧大了电视机的音量："……那么，这家超市的真实情况究竟如何呢？"

出现在屏幕上的镜头便是肉架上鲜红的猪肉……围观拦阻拍摄的场景……间谍很专业地给顾客解说如何识别正常猪肉与靠苯乙醇胺A喂养的猪肉区别……

画面上出现了一个没牙老奶奶愕然的面部特写。梅梦嘉惊讶地盯着眼睛眨都不眨一下。王如瑾奇怪她的表情，当下只顾着愤恨，并没有多在意。房间里开始回响着老教授的愤声疾色的斥责声（点评）："……法律这根大棒敲下去的力度还不够。否则此时问题食品过后，等待我们的可能是新的另一种食品灾难……"

叭的一声，几案上一个碟子叫王如瑾砸到了地上。他怒吼着像一头惹急了的斑斓猛大虫，他挥舞着拳头狂吼得唾沫四溅："不行，我王如瑾也不是好惹的。事情做得太绝总得要付出代价的！"

他闹腾了这么一通，起先梅梦嘉不知所云，慢慢地也揣摸出个八九不离十了，也激起了几分气愤说："告！告他们！你不会向法院起诉他们吗？"

"对！我就是要告他们。"

第四章 凌空爆炸

……㉝

王如瑾知道这娘们儿真是头发长见识短："要告就告你们南源电视台。南源电视台必须给我茂达恢复名誉，赔礼道歉！"

梅梦嘉作为南源电视台的一名众人瞩目的员工，如果是别的什么人侮漫它，她可能不会答应，红颜一怒反唇相击，可是对于自己的男朋友她不能不同仇敌忾。她与王如瑾相知相爱半年有余，也弄清楚了王如瑾虽然老家在南源市乡下，可是他在北京大学工商管理硕士毕业后，就应聘进了茂达总部任职了。总公司是把他作为后备人才下放到南源基层来历练，让他增长才干的。要不了两年他就要飞黄腾达，到总部任老总一级的高端职务了。这曝光片子一播，后果可能不堪设想了。想起这个梅梦嘉就气愤填膺，她自然怪恨苏锦心。如今见"地下男友"气急败坏地被重重击伤了一般奔腾咆哮于房间，不禁滋生出无限柔情来，眼里早没有了泪珠儿。她过去一把抱住他的胳膊，强行按着他坐到椅子上，边悉心地替他理顺戟张的头发，边在他耳边安慰道："一个小小的南源电视台曝个光怕什么？它又不是卫视台，还能通到天上去了吗？"

"可是你们的新闻网却上载了视频呀！不是全世界都可以看到么？"

"也不一定哦。不是条条新闻的视频都传到网上去的。"

王如瑾身子一挺说："真的呀？我马上上网查查。如果有，那我就对不起了。一定要与南源电视台拼个鱼死网破。如果没有上传到网上，我也得豁出去跟它PK一番。卖了孩子买蒸笼，不蒸馒头争口气嘛。"他边发泄着腾腾怒火，边点击手机屏幕，"看看文字类的信息已经弄到网上去了。啊，还有视频。"说到这儿，王如瑾郑重地叮嘱道："你跟我把播出带弄到手。我要仔细看看播出的东西。"一忽儿他烈焰如火的大爆发变得柔情似水了，他吻着她的耳垂说："听到了吗？"

"这事儿应当不难。我试试吧。"

"哦，我看到好像所谓的问题猪肉特写右上角打着'资料'两个字，资料是什么意思？"

"资料就是……就是……没有现存的，就另外找个同类型的东西替补上去的。"

"明白了！"王如瑾几乎咬牙切齿地吼了一声，往下他再也没有心情缠绵了，开着那辆宝马送梅梦嘉回去。坐在副驾驶位置上的梅梦嘉就是南源市人，这儿离她的家城东区二十多分钟的路程。她见王如瑾心事重重的样子，便不再打扰他。她不觉跟着恨起苏锦心来。你个傻丫头，脑子肯定进水了，不愿意回到播音员队伍中来也就罢了，反正你现在待在这个栏目快要寿终正寝了，对那么一条能给人一个人情的破新闻还执着地播个啥？就在这时手机铃声响了。她看了一眼，很快接了，手机里立即传来一个喜悦的声音。由于车上有王如瑾，她只能嗯嗯地回应着。很快就不耐烦了说:"我不见。"王如瑾回过头来奇怪地盯视了她几眼说:"我好像听手机里头说那小伙子长相很不错,还任着厂长什么的,是不是谁跟你介绍男朋友之类的事儿?"

梅梦嘉知道瞒是瞒不过的,遂飞个媚眼埋怨道:"这都怪你,如果咱俩早点公开恋情,我奶奶哪会到处托人介绍男朋友什么的?"

"你那甜甜的小嘴不会是生来当播音员与吃饭的吧。你应当跟你奶奶说你已经有了高富帅年轻富翁级的金龟婿嘛。"

"那你怎么就不肯到我家里去见见我奶奶与我父母亲呢?"

王如瑾偏过头去很敷衍地吻了一下她,说:"乖,我不是说过理由么?待过了这一段时间就好好晒晒咱俩的甜蜜爱情,我就名正言顺的做你家的姑爷。"

车到梅梦嘉那个小区停下后,直到这女孩子袅袅娜娜地进到小区里去了,消失到了一幢住宅楼拐角处,王如瑾才启动车子,他现在越想越气。

南源电视台里,第二天上午一上班,新闻频道的所有记者,自然包括《与你同行》栏目组的编辑记者齐聚四楼格子间办公室区,副台长鲁怀远前来主持召开一个简短的会议。因为按照以往的规矩,也该开个简短的例会了。准备外出采访的记者一般都只是领了摄录设备并没有离台。只有这时人员才可以相对地到得齐一些。四楼格子间的办公区一刹时就人头攒动,充满了生机与活力。大家互相打听开什么会呀,谁都摇摇头。

新闻频道的总监龙得云平时一直都是皮笑肉不笑的——这刻儿自然也没有笑,脸颊绷得可以弹出音来,哪个敢随便问他?众人最后只得一齐将目光锁住了副台长鲁怀远。鲁怀远白净的脸上也看不出什么表情来。

他无意中扫描了一眼苏锦心。她仍然多愁善感似的凝然坐在自己的办公桌前,隔着好几个脑袋,看她好像望着那幅西方女士照片发呆。

"现在开个简短的会,"龙得云主持会议,他咳嗽一声宣布道,"大家都很忙,下面请鲁台宣布一个决定。"

众人一起噤声不语,整个办公区刹时安静下来。

鲁怀远没有表情的脸上神奇地让笑容占领了。显得和蔼可亲。"请苏锦心站起来。"大伙揣摩着:接着该说下一句了。下一句就是苏锦心站起来的答案了。可是鲁怀远偏偏不立即发话。好像说书人说到紧要关头突然用其他的东扯西拉来渲染一番,以吊足听众的胃口,方才收到奇效。看来鲁怀远是深谙其道的。果然一时间整个格子间都齐刷刷地将目光投向站了起来的苏锦心。只见她低着头,轻咬着嘴唇,好像等待着大祸临头那样惶惑。众人心里明白,肯定是严厉地批评她一通,然后命令她立即到新分配的部门报到去。再不得讲什么价钱了。

第四章 凌空爆炸

35

"根据台领导会议的决定，"鲁怀远说到这儿又停住不往下说了。而是从随身的皮包里掏摸什么东西。看来鲁怀远真该改行当评书家了。整个办公区顿时静得连针掉到地下都能听到响声。大家伙鸭伸鹅颈地想看清楚鲁副台长是不是掏出一份处分决定来。看了半天——其实也就几秒钟罢了，结果看到鲁副台长竟然摸出了一个信封之类的东西来，这才继续说道，"鉴于苏锦心在采访播出问题猪肉的新闻……"鲁怀远说到这儿就咳嗽起来。他这一咳嗽不打紧，现场的编辑记者们却纷纷推敲起下面该是什么样的措辞了。那问题猪肉新闻是关乎市民食品安全的大问题，民以食为天，食以安为先，有国家的《食品安全法》作为强力支撑点的，凭什么就播不得？绝大部分编辑记者在心里纷纷打抱不平。苏锦心身边的施蔚然甚至悄声愤愤地吐着心里的不快："苏锦心，你要挺住。你是对的。上合天意，中合国法，下符民心。我们支持你！"

鲁怀远接着往下说道："……这个贡献突出，台领导会议经过研究，奖给苏锦心五千元奖金！请苏锦心过来领奖！"

什么？给苏锦心奖励？众人都以为自己听错了。一双双惊异愕然的眼光刷地扫向了她。

往下鲁副台长还说了许多以苏锦心为楷模之类冠冕堂皇的话，大家都充耳不闻了，一起将最热烈的掌声送给了苏锦心。

这时众人也没有谁去分析刚才鲁台何以玩吊足胃口的把戏了。其实几百个别扭在鲁怀远心里闹得他烦躁不安。给苏锦心的奖励他是坚决反对的。就前一刻钟台领导会议上，从来都是提前一刻钟上班的台长郭海山很民主地说："我叫行管办公室通知各位提前点上班就是要开个简短的会议的……我考虑再三，应当给苏锦心以奖励。同时我还觉得《与你同行》栏目应当不要急于撤销，可以继续再办一段时间。如果它真的起死回生了，焕发出了强大的生命力，就得给它以最好的生存空间。"鲁怀远一肚子的气，既然是开会讨论嘛，他当然要表达自己的意见："恐怕不能朝令夕改吧。既然在全台宣布撤销这个栏目的，突然收回成命，这会在员工中产生什么负面的影响？最主要的是，台里今后还有号召力吗？"

"号召力不是定下的东西不允许更改，而是靠雄辩的事实来构建的。员工们只相信铁的事实。如果事实证明我们错了而不加改正，硬要坚持错误的话，恐怕那真的是没有号召力了。"

分管行政的副台长金佩琪很感奋地说道："问题猪肉的新闻一播出，简直就成为了街谈巷议的热门话题，老百姓甚至奔走相告说你们看了南源电视台的新闻了吗？说的就是问题猪肉的新闻，这类新闻就是替市民说话的。我的一个亲戚给我打电话说看了你们的新闻真叫人警醒啊。我觉得应当为拍摄这条新闻的记者给予物质奖励。同时应当保留这个栏目。"

鲁怀远立即提出反对意见说:"连栏目都要撤销了,还奖励个啥?奖励就是鼓励。既然台里已经作出了决定,总不能当儿戏吧。鼓励苏锦心这类员工可以不听招呼不服从台里的决定?"另外几个副台长旗帜鲜明地赞同金佩琪的意见说,听说这条新闻已经引起市里主要领导的高度重视,责成职能部门立即组成专班,深入到各个集市超市举一反三,全面实施监管,立下军令奖,务必保证问题食品远离市民的餐桌。金佩琪接着坚定地说道:"国家高层治国理政的方略是以人为本,民生第一。我们难道不应当有一个独立的民生类的新闻栏目吗?不然就落后于时代了。撤销已经作出的撤销决定这有什么不妥的呢?"

鲁怀远坚持得白净的脸孔都涨上了血红色,说话连呼吸都不均匀了:"郭台长一锤定音定得无比英明。末位淘汰么,既然淘汰了,就没有理由恢复它。一恢复我们台里领导在员工中还会有什么威信?还有一个重要的原因,我们播音员主持人队伍里太缺乏苏锦心这类专门人才了。她应当归队去。"

诸位副台长都一一亮明了自己的态度,该是台长郭海山集中众人的意见了。郭海山一拍桌子,语调铿锵,很感奋地说道:"我赞成鲁怀远的意见,奖励就是鼓励。我们既要鼓励苏锦心的坚定与执着,还要鼓励她为民生问题敢于运用手中的工具鼓与呼。一个记者不能仅仅停留在对于新闻事实忠实记录的层面上,而必须有自己的立场与观点。当然这种立场与观点不是靠说出来的,而是要通过活生生的典型事例,生动的画面自然流露出来。"众人这才听明白了,郭海山说的赞成鲁怀远的意见是"借壳上市"。话刚出口时,大家还以为他是被鲁怀远说服了,顺着鲁怀远的意见去归纳总结一下。结果是反其意而用之,个个不禁捂着嘴笑起来。到这里会议本该结束了。不料郭海山对负责会议记录的办公室工作人员命令道:"叫总编室送来收视调查!"

一分钟不到,总编室跑步进来一个内勤编辑,将一份收视调查呈送给郭海山。大家知道郭海山早就如此这般地安排过,心里的算盘早就拨拉好了。一个个佩服郭海山并不因为自己是一台之长就强加于人,肯定用事实让你作出判断。果然郭海山扬扬手里的那份收视调查材料说:"这是央视索福瑞的调查结果,一夜之间《与你同行》的收视率刷新了南源电视台新的纪录。你们看看网上点赞的叫好的客户端发感慨的,排山倒海。这应当是个奇迹,变种问题猪肉的新闻为我们台赢得了上佳的口碑。所以我赞成金佩琪同志的意见。应当给予苏锦心奖励。同时《与你同行》栏目可以暂缓撤销。"

鲁怀远虽然一肚子火,几百个不赞成,也只能闷在肚子里不敢发泄出来。

"问题猪肉新闻的播出,创下骄人的收视业绩,是鲁怀远同志领导部下有

第四章 凌空爆炸

...... 37

方。"郭海山故意将功劳算到了他的头上，并且宣布："鲁怀远同志你就代表台里到新闻口开一个简短的会议，立即把奖励兑现了，讲几句嘉勉的话吧。我这里还要强调一点：凡是《与你同行》栏目组的一切好的创意与新的做法必须一路绿灯！如果出现了肠梗阻的现象，我把丑话说到前头，我可能翻脸如翻书，别怪我不客气！"

鲁怀远有苦说不出，这不是自己打自己的嘴么？现在他人在新闻口记者们中间，心里要有多窝火就有多窝火。这也就是他为什么像评书人那样，留下悬念那样讲一句留半句的多半原因。

苏锦心却分外的淡然，微微低垂着头，说："我不要。那条新闻采拍得并没有鲁台长说的那么好。"

制片华颜杰走过去说："我替她领了吧。谢谢台领导的关心与鼓励。"

例会就这样结束了。华颜杰正招呼栏目组的编辑记者不要散去，留下几分钟，他还有事交代时，总监龙得云绷着脸说："既然台里决定《与你同行》保留一段时间，今晚的节目是迫在眼前的事。还有以后的节目你得有个大致的设想与安排吧。"

华颜杰说："我留下他们正要说这件事情哩。龙总是不是也给我们提点宝贵的指导性意见？"

龙得云既没说好也没说不好，可是人却留下没有走掉。

"《与你同行》栏目组的都坐过来吧。"华颜杰说。待栏目组的所有编辑记者聚到一起了，华颜杰便说道："当务之急是今晚的栏目不能开天窗，而且还不能随便拍摄几条'虾子'类的东西糊弄观众。我个人意见，从今天起我们的栏目定位就是民生类的新闻了——当然我这种定位是不是准确，这得台编委会讨论决定。我会写出书面报告呈送上去的。"过去《与你同行》栏目好像是个筐，什么都往里装，诸如文化的、教育的、法制的，甚至炒股的等等，这样一来栏目还能兴旺么？如今这么定位自然主题突出了，操作起来就没有了随意性。

在座的编辑记者知道华颜杰新闻业务素质很强势，新闻理念具有前瞻性。他既然将自己思考成熟的东西抛个大致的眉目，肯定会有周到细致的设想。

"凡是有关民生生存状况的，有关民情反映的，有关民意呼声的，我们都要一一精心去采访拍摄。与此不相关的统统不要涉猎了。就留待兄弟栏目组去采拍。下面我就说说今晚栏目要播出，现在必须要采访到位的线索吧。东城社区一户居民楼上水管渗水弄得房子里整天湿漉漉的，向有关部门反映了半个月也没人理睬。这个宋汝成去采访，可以带上实习生当助手；市一医主动减免一位穷困农民工的住院费，这个王逸晨去采拍，同样带上实习生作助手；常谷川去茂达超市见机行事,看看他们的问题食品该下架的下架了没有,同时听听顾客的反映;苏锦心去采拍昨晚看了问题猪肉那条新闻后市民的反响。要是找到新闻里那个有特写的白发老奶奶本人就再好不过了,请她谈谈今后上街买食品该注意哪些事项——她应当积累了很丰富的日常生活经验,对其他市民会很有启发的,给你配备新来的实习生盛可可;施蔚然立即从网上搜寻下载些生活提示一类的话题。另外,各位现在就要考虑将我刚才所说的几个选题分别写好三言两语的酷评,要贴切到位,要有点震撼力——我上面安排的这些不是一成不变的,你们根据实际情况可以随时变通……"

  华颜杰以临战前的急迫语气,嘎嘣脆地说了许多操作性很强的采访线索后,就很尊敬地说:"下面请龙总给我们作指导。"

  龙得云大声武气地咳嗽了一声说:"我讲点意见吧。关于栏目定位问题,这个你们的华制片已经说得很好。"今早的台领导会上郭海山台长对这个栏目定位问题就是这么定性的,鲁怀远个别曾向他透露过。否则龙得云不会也不敢随便持肯定态度的。"栏目的定位很准确。'人民的生活,社会的生存,国民的生计,群众的生命。'凡是反映上述方方面面的新闻应当就叫民生新闻。可以这么说吧,民生新闻正是以关注老百姓的衣食住行柴米油盐生老病死喜怒哀乐为其基本内容的。我们南源电视台《与你同行》栏目的记者对每道选题都必须用百姓眼光、市民眼光和草根眼光来审视,看它是不是老百姓关注的,是不是对观众有吸引力的。是,就去报道。不是,则毫不吝啬地放弃。要专门选择老百姓感兴趣或特别关注的问题展开报道。不应回避矛盾,而应将民生中的一些热点问题诸如低保问题,经适房的问题,医疗保险问题,贫困家庭子女上学问题,空巢老人、留守儿童问题等等,都纳入报道范围,积极大胆地摸索一种具有亲和力的报道形式。既切实为群众着想,又不给政府出难题,而是找出一种二者之间的契合点。做到双方都满意……"

  老实说龙得云滔滔滚滚地讲的这么一大套完全正确,却没有选择恰当的时机。如果在一个时间充裕,条件允许的时候长篇大论,应当会获得热烈的掌声,可是现在时间紧迫,火烧眉毛,不然今晚的节目哪里抢得出来?记者们个个面呈焦虑之色,不时看看表。大约龙得云终于悟彻了这一点,便总结性地说道:"好啦,以后有时间再讲吧。我不耽误大家的时间了,现在对于你们就是一场战役。只要把今晚的节目填满,而不是滥竽充数地填满,就谢天谢地了。赶紧分头行动吧。"

青春因梦想而绚丽

第五章　追踪采访

众人这才如释重负地松了一口气，立即奔跑着四散离去。

匆忙奔跑的记者中，苏锦心急忙叫住了常谷川："常谷川，你到茂达去，巧妙地找那个姓华的年轻员工，问问他见到掉到地下的那块问题猪肉没有？"

"节目都重播过了，有也用不上了，还需要那块宝贝干什么？"常谷川眼光晶亮地望着苏锦心。

苏锦心避开他异样的目光，说："华制片说那条新闻年内可以拿到省里评奖，如果新闻里的画面还是用'资料'就不妥了。"

"好的。小生遵命！"常谷川笑嘻嘻地鸡啄米般连连点头。

领好摄录设备，苏锦心遂与实习生盛可可来到信息中心，她要请这里的工作人员发一行游动字幕，寻找一下问题猪肉那条新闻里给了个面部特写的老奶奶，这是华颜杰批准的。一想到那个老奶奶，她便觉得与她似曾相识，只是不知在哪儿见过——当然不是在茂达超市那次。她多么盼望很顺利地寻找到那位老人，如果找到了那位老人，她要将节目这样做：干脆就在她家里待上一顿做饭菜的工夫，全程记录下她所做饭菜的实况。然后请饮食专家谈谈那顿饭菜究竟安全系数几何。并一一指点对与错。题目她都想好了：《且看市民餐桌上这顿饭菜的安全系数几何》，岂不是特别具有警示作用或借鉴意义？

华颜杰当时称赞这是一个成功的策划。她也似乎找到了完成此次采访任务的感觉。她决定不用打的了，就乘公共汽车出行吧。能够面对面地接触到更多的市民，对他们多一些了解，采访起选题来就有了生活根据，就能够将节目做到市民心坎上。

她与盛可可一踏上公汽，没料到竟然引起一番不小的轰动。乘客们一见到苏锦心，有人就惊讶地叫起来："呀！这不是南源电视台的苏锦心记者么？""对对对！原来是当播音员的，好端庄俊美，在南源市我还是第一次见到这么美的人哩。把我们家的二小子都看傻了。""看了苏记者拍摄的那条变种问题猪肉，真叫人触目惊心。那条新闻最管用的是如何识别它，我们再不会上当了。"连开车的年轻师傅都笑得格外酣畅说："苏记者的票就不要买了。"

苏锦心矜持地笑笑，心里一动，车里的乘客来自四面八方，向他们打听一个

41

人应当还算靠谱，遂笑吟吟地大声说道："我想向各位打听一个人。你们看了问题猪肉那条新闻，里头有一个白头发老奶奶不知各位有印象没有？""有哇。有有有！有印象！""我现在就想找到她，不知老奶奶住在哪儿？"立即有人将苏锦心的话从前面传到后面："往后传传，问问有谁认识问题猪肉新闻里买肉的那位老奶奶？"

这一着果然有效，很快最后一排座位上一位奶奶级的老太婆高声说道："一会儿随我走吧。我与胡奶奶是邻居。"

苏锦心太高兴了，两眼放光。原以为会颇费周折的，想不到得来全不费功夫。她立即给信息中心打了个电话，告诉说那个寻找老奶奶的游动字幕不用做了。她现在正往那位老奶奶家里去哩。

下了公汽，苏锦心与盛可可跟着那位热心的奶奶边聊边往她的住宅区走去。五六分钟后，在路过一幢五层楼时，这位奶奶手朝顶层一指说："努，胡奶奶就住在那上头。"随即高声喊叫道："胡奶奶！胡奶奶！有人找！"喊了好一气，毫无动静。倒把隔壁一位五十大几的老大妈喊叫得推开了窗户，伸出了头回答说："胡奶奶不在家，她说到一个叫作凯悦的什么厂去为她的孙女暗访暗查男朋友去了。"

苏锦心仰着头问道："凯悦……厂？您知道它在哪儿吗？"

楼上的老大妈说："具体的我也说不上，胡奶奶倒是说过的，好像说是在东边一个山脚下吧。大概有十多里哩。"

苏锦心沉吟了一下，对盛可可说："走，到那儿寻找胡奶奶去。"她的真实想法是，胡奶奶替孙女访察男友是当今社会老一辈人的传统做法，属于遗产名录的那类事例，前去采访一下也好。今后做这类节目不就有了感性的基础吗？

来到大路上的苏锦心与盛可可要了一辆的士。苏锦心向的士师傅一打听，果然的士师傅说幸好你要到我的车，一般的士师傅都不一定知道哩，我知道准是凯悦化工厂，说罢一踩油门绝尘而去。

的士大约跑了二十多分钟，便停在了城市尽头快要进到乡间颠簸路面上的一株大树下了。的士师傅说："对不起，往下还有七八分钟的土路得你们自己步行了。不然我这车子会颠坏的。"

苏锦心付了车钱就背上摄像机，与盛可可一同朝着的士师傅指点的地方走去。远远地就见南源山绵延而来的一座小山头那儿，绿树掩映中隐约耸立着几座砖瓦房子，要不是它还冒着浓浓的烟雾，你根本就不会觉得它是一家工厂。苏锦心有些疑惑地想，那个胡奶奶寻寻觅觅寻到这么个偏僻的地方，来为自己的孙女暗查暗访什么男朋友，寻得到吗？

她与盛可可步行了约五六分钟，渐渐闻到一股刺鼻的怪味儿，差点令人作呕。她马上意识到这恐怕就是前面这家工厂里生产时排放出来的气体或液体散发出来的味道。她立即打开摄像机，沿着恶臭的污水流来的方向拍摄起来。她决定运用长镜头，中间不间断地拍摄下去。正当她与盛可可这么忙乎着时，不料身后传来几个咋呼声："你们是南源电视台的记者吧？""哎呀太好了，遇到记者了！"

　　苏锦心心里一惊，以为又碰到硬茬子了，不觉回过身去。见几个半城半乡打扮的中青年男性匆匆赶来了，还没等她打招呼，来人中竟有人认出了她，惊喜地说："这下可好了，这不是南源电视台的苏记者么？""对对对。昨晚我看了她报道的问题猪肉的新闻，真叫人触目惊心啊。你说说如今这餐桌上的食品怎么能叫人放心！""别扯闲篇了，书归正传，这家化工厂排放有毒废水流到我们鱼池里，鱼都死了一半，我们去找他们算账的。苏记者，你们该曝曝这光吧。"

　　苏锦心听到这儿，心里一跳，也不急着要寻找什么胡奶奶了，决定就拍摄一条眼皮子底下的环保类的新闻好了，说："你们前去理论吧。我们将它的真凭实据拍摄完了就到工厂采访它的领导去。问问他啥时改进。或者给受到祸害的百姓一个什么像样的交代。"那几个中青年连说："好好好，我们先走一步，你们可得随后来呀。"

　　苏锦心溯流一直拍摄到这家工厂的排放污水的出口处。其实几十秒钟的镜头就够了。她正准备绕过去从工厂的大门进去，会会里面的负责人时，猛听得从里面传出来激烈的争吵声："你们这些人怎么老这么纠缠！好说歹说费尽了口舌，老持这般态度是解决问题的态度吗？""那你说怎么算是解决问题的态度？如今不是早先几年了，国家把低碳环保，节能减排提到治国方略上去了。《环保法》，今年1月就正式实施了，称之为史上最严的国家大法。有国家大法为我们百姓做主。""谁还怕你不成？今天要不讨个说法我们就不回去了！""你这是吓唬谁呀？谁也不是吓唬大的。你到工商行政管理部门查查，我这可不是非法企业。更不是地下黑工厂。我怕你个什么？多大个损失我赔你不就得了！"

　　苏锦心低声吩咐盛可可："换隐形摄像机。"

　　苏锦心领着盛可可绕过围墙，转到大门跟前，这才看清楚，这家工厂的名字准确的叫法是凯悦精细化工厂。说是工厂，其实并没有像样的规模，轰鸣着的只是有限的几间厂房，进门处便是用来作为厂里管理层办公的简易平房。门卫欲待拦阻她俩进去，苏锦心摸出记者证往门卫眼前一晃，门卫不得不让她俩进去。

　　院子里已经闹得乱成了一锅粥。还好，双方都是动口不动手，并没有拳脚相加。被围在中间的大约就是这家工厂的负责人了。这人二十大几的年纪，五官端正，两眼炯炯有神，颇有几分帅气，很有点温文尔雅的书生样儿。旁边一个五短身材，大约是办公室里哪个部门的头儿的汉子吼道："既然我们的厂长发了善心，那你们说个赔偿数字吧。只要不是漫天要价讹人就成。"

一见苏锦心进来了，刚才在路上遇到的那伙人很是惊喜说："苏记者，你们来评评这个理，这个化工厂排出的污水不经过净化处理就往外排放，毒害了我们的鱼塘。"另一个随同而来的小年轻说："这只不过是眼前的利益，从长远看就是祸害子孙后代。必须彻底关停掉！"

那个被称作厂长的年轻人也认出了苏锦心，两眼放出异样的光来，几步迎上前来说："哦，是南源电视台的名牌记者来了。"接着自我介绍说："我是这家化工厂的厂长，我叫徐荣辉。"

苏锦心原以为采访这类负面的东西一定会闹得剑拔弩张的。想不到徐荣辉倒似个谦谦君子。

"哦，是徐厂长。刚才这几位反映的问题希望贵厂能够重视。并采取切实可行的措施加以整改。该赔偿的一定给予赔偿。"

那个壮硕汉子继续喝吼连天地说道："我们没说不赔呀，只是要他们别讹人就行了！"

徐荣辉拦住了他，满面是笑地迎上来，并将手伸给了苏锦心。苏锦心自然友好地与他的手碰了碰，并示意盛可可打开隐形摄像机摄录下来，便说道："徐厂长，你们这类化工厂如果没有对排放的废水废气净化处理达标，恐怕是难以合法地继续存在下去的。"

徐荣辉连连点头说："我们净化设备今天刚买回来，马上安装调试，这几位附近村民反映的问题马上就会彻底解决。"

"我不知道你们厂生产的是些什么产品，怎么隔着老远就闻到一股怪味？"苏锦心紧盯着追问道。

徐荣辉始终不改谦和友好的笑容，说："我是学化工专业的。专业性太强，你可能听得不大懂。精细化工产品如今已分为36类了。分别是：医药、农药、黏合剂、香料、化妆品、肥皂、洗涤剂、印刷油墨、催化剂、食品添加剂、饲料添加剂、纸及纸浆用化学品、塑料添加剂……"到底是学化工专业的，卖弄起这个来竟滔滔不绝。

苏锦心一听到食品添加剂与塑料添加剂，心里不由得一跳。台湾曾曝出了一个塑化剂，那么这家精细化工厂生产的该不会是这类产品吧？遂忍不住问道："那么请问徐厂长你们具体生产哪类产品呢？"

徐荣辉哈哈一笑说："这又不是什么商业秘密，既然苏记者相问，我就实话实说吧。我们生产的产品是有机颜料、涂料与黏合剂一类的东西，与食品不搭界。"

守候在一旁的那个壮硕汉子不耐烦了，说："徐厂长，这些人都闹到厂里来了，严重地影响了我们的生产秩序。你说怎么办吧？"

徐荣辉大度地一笑说："照价赔偿嘛。"说罢转身就对那几个农民说道："先期我们赔偿你们五千元。待核查清楚了，该补的补该退的退怎么样？如果同意的话，即刻就到我们财务室去划账开支票去。"

几个农民中那个火气很盛的青年瞪了壮硕汉子一眼说："早有这么一句人话，我们还吵个什么劲？只是今后还要排放污水毒气怎么办？"

"净化设备刚刚买回来了，努，这二米多高还没拆箱的庞然大物就是。花了近百万哩，难道当作摆设不成？今天就安装。你说的那个今后肯定不会再有了。如果依然故我，可以请环保部门把我们罚个倾家荡产嘛！"徐荣辉说得大气凛然，你没法不相信他的真诚。

眼看一场可能会酿成惨祸的事端就这么轻而易举地烟消云散了。

告别凯悦精细化工厂，往回走时，苏锦心挺惋惜地对盛可可说："到底没有碰到我们要找的主人公胡奶奶。"

盛可可抿嘴一笑说："可能她已经回去了吧。"

虽然没有按既定的采访方案进行，却拍摄了一条有关环保方面的新闻，苏锦心还是满心高兴的。凯悦化工厂舍得花钱购买现代化的净化设备，生产中排放出来的再不是污水毒气了。这应当很有指导意义，纵观全市好多小厂小作坊，有多少愿意花大价钱买什么净化设备的？该毒害了多少周围的市民或农民？凯悦精细化工厂却知错就改，这难道不值得提倡吗？这应当是一条很有特色的民生新闻。她决定这条新闻就从这个角度去编辑制作。

中午，外出采访的记者纷纷都回台来了。因为下午还有很多编辑工作要做：写解说词，一字不落地记录下采访对象对着话筒说的话——以便加字幕时用，寻找有关文字资料或视频资料等等。然后就是编辑制作与配音，最后就是供审片把关的制片或总监审看，必要时还得修改，然后就进入节目包装。这一系列的编辑制作工作往往得花去一两个小时。不然今晚就播不出去了，成了明日黄花。因此，一到中午快要吃午饭时，四楼格子间办公区里就热闹非凡了。

责编施蔚然虽然工作性质不需要她外出到处奔波，但她也相当忙碌。她必须统筹整个栏目的新闻，还得将串连词写出来，确定哪几条报提要，记者们写好的解说词她还得要审读或者进行必要的修改。直忙到中午12点了，她才从案头上抬起头，伸了伸腰。一眼看到王逸晨正在电脑上忙活着，遂诡秘地眨了一下桃花

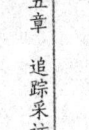

眼，笑得很暧昧地说："王逸晨，苏锦心得了五千元的奖金，分给了你多少？"

王逸晨很是难为情地应酬着淡淡一笑说："我不够资格。完全是苏锦心的功劳，我不能掠人之美。"

"话怎么能这么说呢？"施蔚然正待继续说下去，身旁的宋汝成慢声慢调地说："喜欢操这个心呐，闹不好苏锦心还以为是挑拨关系哩。"施蔚然狠狠地剜了他一眼，低声喝吼道："胖子，你跟我满嘴吐什么蛆？"一抬眼发现常谷川也从外面匆匆地回来了，便低声命令宋汝成："问问间谍，他为问题猪肉的新闻也是出了力的，他是不是分了一杯羹？如果分了那是对王逸晨极大的不公。"

"你真是咸吃萝卜淡操心，那是别人之间的私事小事，值得这么挑来挑去吗？"宋汝成低头键他的解说词，几乎键一个字才从嘴里蹦出一个字来，听得施蔚然火气陡涨，压低嗓门喝喊道："别跟我放屁了，我的话你到底听不听吧？"

偏偏已经来到跟前的常谷川听了个半截话，忍不住打趣地说："没有结婚就想不听话了，结了婚还不反了天了！"

宋汝成笑笑仍然声声慢地转移话题问道："苏锦心得了五千元奖金，你分得了多少？"

常谷川大度地一笑说："从确定选题到完整采访，从把握整条新闻的基调，到编辑制作都是人家苏锦心花费的心血，我怎么好厚着脸皮要人家赏赐呀。"

施蔚然不以为然地鼻子里哼了一下，鄙夷地嘀咕了一声："高风亮节！佩服！"

宋汝成低声地责怪道："你硬是要挑得四处起狼烟就高兴了？你与苏锦心不是很要好的朋友么？"

施蔚然红颜一怒，肺都要开炸了："你会不会用词？这是挑吗？人还要不要点正义感了？"刚发泄到这儿，宋汝成忽然亮出了一个暂停的手势轻声说："默哀默哀！"

施蔚然知道有情况了。一抬眼果然见苏锦心与实习生盛可可回来了。遂立即管理好自己的情绪，打理出亲昵感人的笑容来说："哟，这真是说曹操曹操到。巧了！正说到你快要成为明星记者了，你就来到身边了。上午又钓到一条大鱼了吧？"

苏锦心低眉嫣然一笑说："哪有那么多大鱼哟施姐？只能算是一只还可以的大虾米吧。"她一眼发现了常谷川，忙走过去，问道："你去茂达找到那个瘦个儿不知是保安还是行政管理的员工了吗？"

常谷川连忙以实相告说："报告锦心小姐，我找了茂达超市的好几个员工问询过了，那个小个儿叫作华诗辉的员工，已经辞职走人了。"

苏锦心怅然若失地说:"哦。如果他在就好了。"这样说着,便边打开电脑边掏出20元钱来递给盛可可,叮嘱她买两份盒饭来——她与盛可可一人一份。吩咐完便开始键起新闻解说词,直到一刻钟后解说词键完便传给施蔚然,这才开始吃午饭。边吃边吩咐盛可可吃罢午饭就赶紧编辑片子去。

吃罢午饭刚刚将塑料饭盒处理掉,施蔚然就叫住了苏锦心说:"锦心,你这条新闻不能用。"

苏锦心一惊,赶紧过去问道:"怎么呢施姐?"

"因为你这条新闻还没形成事实,有些推断成分,假如凯悦厂的那位厂长只是嘴巴说说哄走了记者,依然故我怎么办?新闻必须是已经发生或正在发生着的事实呀。你说是不?"缓了缓,继续循循善诱地说道:"好妹妹,其实我也是为你着想,万一那个姓徐的厂长蒙哄人,那这条新闻就是假的了,追查起责任来,首先挨批的恐怕就是你了。"

这一说把苏锦心的好心情给说没了,愣怔了一会儿,说:"施姐能不能这样呢?你让它'过'了,到了制片华老师那里看他怎么说行吧?"

施蔚然摇摇头耐心地说:"我的好妹妹,要是这个责编让你来当,你会这么处理吗?华制片还不把我剋死,肯定要责怪我是把关不严。你就不要为难姐姐了吧。"

话说得这么亲切,苏锦心还能有什么话说?只得坐在自己的办公桌前,望着那位拿着雪茄的西方女士照片发起呆来。她闹不明白,平时施姐对待自己就像对待亲妹妹一样亲热,怎么一忽儿这么不好通融了呢?自己并没有得罪她呀。

此时,制片华颜杰正与龙得云总监谈他对栏目新的设想。华颜杰原先是《南源新闻联播》的责编,调到《与你同行》栏目任制片不久,就提过许多新的设想。龙得云却说:"搞这么些噱头干什么?过段时间再说吧。"就将华颜杰的文案压下了。如今由苏锦心那条重磅新闻炸开了一个宽敞的通道,善于审时度势的他觉得可以重提当时的那些对栏目的创新与设想了。他的设想很简单:必须加强与观众的互动。每期都有一个观众参与的话题,节目直播结尾时当即抽奖。找一个或几个商家赞助:奖品大到电视机,小到电饭煲或手机。另外凡是报料被采用了的,则视新闻价值大小或影响力如何一律发放稿费。这些都是华颜杰集中栏目记者的智慧提出来的。龙得云重又拿起文案咬着牙花子皱着眉头说:"延缓几期嘛,你们还想叫它起死回生哪?有这个可能吗?"毕竟台长郭海山对这个栏目寄予了厚望,发了话的,龙得云哪敢怠慢,就说送到鲁台那里请他定夺吧。

鲁怀远扫描了几眼华颜杰搞的新名堂,也与龙得云同一个心理,说:"你们试行一段时间看看吧。"

第五章 追踪采访

总算谈妥了自己的设想与创意。华颜杰就赶紧赶到编辑制作室去，有些新闻制作完成了，他得提前审看一下，然后再请龙总监终审。

苏锦心那儿，正在闷闷不乐时，手机响了，是盛可可从编辑制作室打来的，说是华老师在催问，你们今天采访的新闻怎么解说词还没送去配音，不然时间来不及了，今晚怎么播得出去？苏锦心想了想就小声地将真实情况说了，叮嘱盛可可委婉地向华老师解释一下。说罢就心烦地扣上了电话。很快华颜杰找了来——直接来到施蔚然电脑跟前说道："把苏锦心今天上午采访的那条新闻解说词调出来我看看。"华颜杰仔细地看过一遍后就说："你把关很严这个不错，不过这条新闻还是很有示范性的。浪费了就可惜了，可以救活，只需改动几个字就可播出了，将几个关键点置换成进行时就行了。后面交代一句：'那么，究竟凯悦精细化工厂的承诺兑现了没有呢？本台将作跟踪报道。'你看怎么样？"表面上是华颜杰征求施蔚然的意见，其实带有很强的刚性。施蔚然当然不好再坚持自己的意见了，不过脸上的颜色就不大好看了，华制片的话分明是没有批评的批评嘛。当然他没说连这小小的改动几个关节点都不会，你的能力也太次了吧。这比扇了她几耳光还叫她难堪。

华颜杰吩咐完就转身走人。"这个华老师……我找你想请教一件事情。"

华颜杰说："好的。"说着就喊苏锦心一起来到办公区旁边的小型会议室。里面现在没有别的什么人了。华颜杰直截了当地问道："有什么事情？说吧！"

苏锦心老实作答："是关于那五千元奖金的处理问题。"

"怎么你……"

"我想给王逸晨一千，给常谷川一千。准备给一直很关心我的施姐买几百元的化妆品。剩下的两千多元就宴请栏目组所有的记者与实习生。"

"不给自己留一点？"

"不留。"苏锦心回答得很干脆。末了她征询华颜杰的意见说："你看行吗？"

"你是个心灵单纯清澈，玲珑剔透的女孩。刚踏入职场，好比踏进一条陌生的河流，还识不了水深水浅与水性。只能处处小心为妙。有些事情慢慢就懂得了。懂得多了就知道什么情况下该怎么应对了。自己就能掌握主动权了。"

苏锦心当然听得懂老大哥一席话的内涵。一个新手在老员工面前始终是个学徒工。他们大多数人总是用异样的眼光盯着你。如果出了一丁点毛病，他们就会幸灾乐祸，就会产生一种莫名的优越感："新手嘛毫不奇怪。"如果有了一点成绩，有人就会羡慕嫉妒恨，如果稍稍表现不到位，他们就会处处刁难你。那么施蔚然是不是这种心理呢？既然是责编，难道连那么点编辑常识都不懂吗？苏锦心没有说出来。

"这样，"华颜杰很干脆地说道，"也不必全部都花尽，给自己留下千把块钱打发日常开销吧。用个千把块请请众人就可以了。今晚就办。你看行吗？"

苏锦心咬着嘴唇轻轻地点点头。

"我就叫常谷川发安民告示去。小常人是有点痞劲，却很正直热心。"

"好的。"

二人说罢奖金的事情后，就立即来到编辑制作室。像往常那样，这时候这儿每套编辑机前都坐着记者，都在火速地抢时间编辑制作今晚必须播出的节目。

"哦，"华颜杰突然想起一件事情来，对苏锦心说："有好几十位观众来电话说问题猪肉的新闻他们看得不太仔细，希望重播一次。当然重播就没必要了。因为他们说新闻中怎么辨别这类祸害市民的毒猪肉很管用。那就把那一段找来，放到子栏目《今日提醒您》里作为实用性的东西播出。你快叫那个实习生到总编室带库把那条新闻借来用一下。"

苏锦心立即喊盛可可赶紧到带库借播出带去。

青春因梦想而绚丽

第六章 疑窦大增

苏锦心跑步到配音间把上午采访的新闻配了音，就回到编辑制作室快速编辑制作起来。诸如选画面，加字幕，用资料等等忙得不亦乐乎。当这条新闻由一堆素材变成了成品新闻时，盛可可还没回来。她正要打个电话问问是怎么回事时，华颜杰已匆匆来到了身边，说："我来看看整体感觉怎么样？"

苏锦心迅速将片子跑到头让华颜杰审看。看罢，华颜杰笑笑说："还行。如果凯悦能将承诺兑现得了，就很有示范性。明天就去搞个跟踪采访，看看究竟实际情况是怎样。"

苏锦心点点头说："好的，明天我还是与盛可可去。"一提到盛可可，华颜杰想起来了，叫这女孩到磁带库借播出带怎么到现在都没借回来？对苏锦心说："催催那个实习生，问问咋回事。"

苏锦心立即拨手机要通了盛可可："可可，怎么借到现在都没有借来呀？"那边盛可可说："播出带叫播音员梅梦嘉老师借去了。刚才带库的老师已经打电话催了，说是马上送回来……哦……送回来了……"只听盛可可的手机里响起梅梦嘉的声音："啥事要得这么急，催魂一样！"苏锦心高兴地喊叫道："叫梅梦嘉接电话。"立即手机里传来梅梦嘉的声音："苏锦心别太自私了，学学你现场出镜的经验都不允许吗？还要兴师问罪么？"接着响起一连串银铃般的笑声。

"哪里呀我的美女名播，我是想请你今晚吃个饭，请你赏光。"

"好呀。得了奖金你就有了土豪范儿了，是该庆贺庆贺！独乐乐不如众乐乐嘛。"

"土豪？还范儿！别说得那么难听。就这样说定了。"

《与你同行》这个栏目播出时间是晚六点三十分至七点整。七点一刻栏目的编辑记者们都忙完了手头的工作。众人便说说笑笑地往早就预定下的悦宾大酒家走去。好在这家挺大众化的酒家离南源电视台不远，步行顶多10分钟就到了。一路上众人一个个手舞足蹈，歌声笑声一片，真像是艰苦卓绝地打赢了一场战争一样士气高涨。《与你同行》直播时热线铃声不断，纷纷称赞栏目办得好的，提供采访线索的，咨询有关社保或医保问题的，搞得接听的信息员应接不暇。这期节目的互动话题是："食品安全靠什么来保证？"一石激起千层浪，有的献计献策；有的质问监管部门是不是懒政了——监管到位了没有；有的则说其实食品安全应当人人有责，我们市民都应当学习掌握一点有关专业常识等等，短信收到了三万多条，真是盛况空前。果然节目进行到最后时就当场抽了奖，当即公布了获奖的手机号码。大伙心里清楚，这期的节目根本不用看收视调查，收视率肯定飙升到一个崭新的高度，恐怕本台无可望其项背者。

　　众人入席后，上菜的当儿也都议论得热火朝天。苏锦心与梅梦嘉坐在了一起。本来苏锦心征求过制片华颜杰，要不要请龙总监与分管新闻的鲁台。华颜杰沉吟了一会儿说："我替你请他俩吧。"结果是龙得云推说家里有点急事要处理，参加不了。鲁怀远则说兄弟台前来参观取经，招待他们吃个便饭，他得去应酬，估计这儿快结束时来说几句祝贺的话吧。

　　其实在这些年轻人看来，龙总与鲁台最好不要来，他俩职务是头头级的，这两人往这儿一坐，宴会上肯定闹得众人都拘束得不得了，那份快乐随意就一扫而尽，还能吃喝得尽兴吗？至于华颜杰嘛他整天都与他们打成一片，老大哥似的，人又随和，再说一个制片也算不得什么官儿头儿，他在场也不会妨碍任何人。因此开席后吃的喝的抽（烟）的，说的笑的闹的，就像花果山里的猴子猴孙们那般惬意快活。年轻真好！

　　苏锦心与梅梦嘉耳语般地说了好多话。最后不知怎么问到这个问题上了——苏锦心说："咱俩是好姐妹，你咋取笑我呀。什么学学你现场出镜的经验，我几斤几两你还会不知道？"

　　梅梦嘉却不知为什么脸突然红了一下，一丝慌乱掠过眼底。

　　苏锦心很感诧异。当下也不好说破，只得用笑声转换了过去："现场出镜，对于你来说不是小儿科吗？"

　　正说着，鲁怀远副台长兑现诺言果真赶来了。到底是做领导的，拿起半大不小的杯子连喝三杯，挺豪爽地说道："我必须赶来向你们这帮'80后'祝贺一番。你们都是'80后'的吧？"

　　华颜杰说："嗯。我们在座的有6个是'80后'的。只不过相互间谁谁大几个月或小一岁两岁。我则是'80后'的大哥大，1980年元月1日凌晨1点出生。"

　　众人都啧啧称奇。

　　鲁怀远却感慨抒怀了："'80后80后'，后生实可畏，样样拔头筹。表明我们电视台后继有人。而且个个都胸怀青春梦想。这梦想必将与电视台齐飞！"

　　鲁怀远继续感慨："自打苏锦心的那条新闻一炮打响后，就给《与你同行》打出了一片新天地。这就是明证！我听总编室负责收视数据的员工说今晚这期节目反响也相当好。我希望各位不要满足，要百尺竿头更进一步，争取这个栏目成为南源电视台的常青藤，今后能在国家级奖项上获得个好名次。大家有没有这个信心？"在座的男儿女儿气冲霄汉一声吼："有！""好！我也有这个信心。"鲁怀远好像将撤销栏目一事的不快丢到脑后头了。苏锦心心想到底是做领导，胸怀与气量就是不一般。难怪鲁台长能够当台领导的，如果一个心眼儿针鼻儿大，市井小民一样的人，还能走上如今这个岗位吗？

苏锦心刚想到这儿，鲁怀远的一杯酒就伸了过来，说："小苏，来，我敬你一杯。"苏锦心惶惑着站了起来。她没想到自己"被"敬酒了，而且是台里的领导，应当由自己这个下级敬领导的呀，怎么倒闹反了呢？她由衷地说道："应当由我来敬您的。真对不起。"然后一仰脖喝了个罄尽。脸上立刻烧红了一大片。

"来！鲁台，本小姐敬你一杯。"梅梦嘉豪爽地往鲁怀远面前的杯子响响地一碰，说，"咱们都得干了！"苏锦心知道她这是保自己的驾，自己不会喝酒，梅梦嘉的酒力胜过好多男士，她并不怕任何人与她拼酒。而她的这个"本小姐"一出唇，倒叫在座的编辑记者吃惊不小，你梅梦嘉算老几，怎么对堂堂的台领导这般大大咧咧的？

王逸晨则低着个头，并不参与众人的说笑。他本来就不想来参加这个宴会，倒不是别的，他不愿意看到梅梦嘉。早知道梅梦嘉也来，他怎么也得扯个由头躲过这一尴尬的相遇。而常谷川倒是如鱼得水，活跃得很，他起哄着将刚刚倒满的一杯酒往梅梦嘉面前一送，说："酒席宴上无大小，你接着跟鲁台搞它三杯，怎么样？"

鲁怀远似乎并不介意"本小姐"，而是一副很亲民的样子说："你们哪个敢跟我拼酒的，来吧。"

座中不少人知道鲁台的量是一斤半，知道喝那么三两杯简直是小儿科，故而他打遍天下无敌手，敢挑战所有的人。

偏偏梅梦嘉敢于应战，毫不示弱地说："你说怎么拼吧？我奉陪到底。"

大家都转过脸去，看鲁台与梅梦嘉拼酒……

散席后，当苏锦心送众人走出宴会厅时，便轻轻拉了拉施蔚然一把，塞给她一个包装精美的盒子说："施姐，一套化妆品，收下吧。自我进入《与你同行》栏目以来，一直得到你的关照。"

施蔚然未曾想到苏锦心还有这么一着。想到白天为凯悦那条新闻还为难过她，顿时觉得不好意思起来。继而一想，获奖的那条新闻自己也是有过贡献的，帮助修改与润色解说词，凭什么我就不能沾点光？这样一想心里顿时坦然了许多。

在众人离开宴会包房时，华颜杰有意把王逸晨与常谷川拉了一把，低声说：

"你俩留一下，苏锦心找你俩还有点事。"

当苏锦心回到包房时，见只剩下她与王逸晨、常谷川三人，她就从包里摸出两个信封来，一个递给常谷川说："这是你的一份，是个意思，务必请你收下。"

常谷川笑嘻嘻地很大方地收下了说："行，暂时替你保管着吧。"

王逸晨却遭到蛇咬似的连连后退说："不不不！我不要。"

苏锦心被逗笑了说："按说给你的还少了些，如果你嫌少我就没办法了，因为其余的三千块我都消费得差不多了。"

常谷川在一旁劝道："这是苏锦心的一点心意嘛，你坚持不收，岂不叫人扫兴么。"

王逸晨还是迟疑着不肯接过去。苏锦心为打破尴尬，就说："那我就先替你保管着吧。到时候肯定得还给你。"

王逸晨坚定地说："我绝对不要。要不，你替我捐出去算了，你觉得往哪儿捐就往哪儿捐好了。"这进一步印证了苏锦心当时的分析判断。她顿时什么都明白了。

第二天吃过早餐后，苏锦心就按照华颜杰的安排，前去凯悦精细化工厂采访，她带上盛可可打的往城东驶去。线路如昨，离厂子还有七八分钟的路程，她与盛可可就下车了。苏锦心打开摄像机，对准原本散发着恶臭的污水流淌的沟渠拍摄起来。摄入镜头的果然不再是昨日景象，沟渠里流泻的倒像一首歌儿唱的那样诗情画意：泉水叮咚泉水叮咚奔向远方。原来以为因为记者在场，厂里的头头就说些豪言壮语，把记者哄走就完事，该怎么干还怎么干。哪知这家企业却相当讲诚信，说了就兑现。她对这家工厂的名叫徐荣辉的厂长生出几分敬意来。

拍摄了一段长镜头，就该进到厂子里去，采访主人公徐荣辉了。果然徐荣辉一见到苏锦心就笑得眉眼格外生动，爽声大气地说："哦！苏记者再次亲自前来采访，我们厂艳阳高照唯，预示着一个美好的明天就要到来。说吧苏记者你说要怎么采访一切听你的。"

苏锦心抿嘴一声轻笑说："那就请徐厂长接受我们的采访吧。"

徐荣辉笑着说："谈些什么呢？"

"谈贯彻国家低碳环保国策……嗯……还是从民生角度谈吧——符合我们栏目的特色定位。企业办在哪儿就要为哪儿的百姓着想，不能祸害一方，而应造福一方。"

"好的好的，我就从这个角度谈吧。"徐荣辉连声应承道。

刚刚采访完毕，就听到院门外响起轿车喇叭声，门卫匆匆跑进来报告说："徐厂长，王老板来了。"

"好。赶紧收拾一下会客室。"徐荣辉吩咐行管人员忙乎起来。

既然采访结束了，苏锦心觉得再留在这儿没有必要了，便与盛可可收拾好摄像设备，告辞了徐厂长准备走人。刚一走出工厂的院子大门，就见门外颠簸着驶来一辆宝马高级轿车，车子到了工厂大门外便停了下来。车门开处，从里钻出那个王老板来。苏锦心一细看，差点惊叫起来，来人竟是茂达超市的老总王如瑾。他是这儿的老板？

下得车来的王如瑾一抬头也发现了苏锦心，不觉一怔。到底是在大世面上混过的人，有经验，遂开颜一笑说："哟，这不是南源电视台的美女记者么？真是山不转水转，总有转到一起的时候。这不，我俩不就转到一起了嘛。"

苏锦心礼节性地笑笑，说："既然王总来了，我们得前客让后客呀。"说着就领着盛可可很快离去了。

往外走了几步，苏锦心突然心里一动，便装作检查摄录设备磨磨蹭蹭没有立即离去。

猛听到一个谴责的声音炸响："你应当拒绝她来采访，我信任你，才把你放到这么机密的地方担当重任！"

徐荣辉的声音传了出来："您批评得对。我原以为今天是来正面宣传我们的，没有关系的。就就……"

"好啦。以后不得再犯这种错误了！赶快打电话要那个记者不要播出了！"

来到离工厂很远的大路上，盛可可问道："苏老师，这家工厂难道藏着天大的秘密不成？"

"可以这样猜测。但切记不可外传。"苏锦心虽然疑窦大增，但不得不这样叮嘱她，刚叮嘱完，手机就响了，她一接听，果然是徐荣辉打来的："苏记者吧，我徐荣辉。你们采访的那条新闻还请不要播出了。"苏锦心自然知道因为王如瑾发了脾气，徐荣辉才打的这个电话，便说："徐厂长，你的要求好像没有说服力嘛。既然你一再坚持，那好吧。我就把你的意见带给我们的制片与龙总监。因为采访每条新闻我们都是备了案的。看他们怎么说吧。不过呢这条新闻完全是正面报道，而且里面也没涉及你的商业机密，播出应当是没有什么不良效果的。"说完赶紧扣上手机，她不想与徐荣辉啰唆。对方果然没有再纠缠了。不知是怕事情越闹越会走向反面还是别的什么原因，总之手机没有再度响起。

回到台里，苏锦心把此事向制片华颜杰作了汇报，也说出了自己的疑问，最后表明态度说："这条新闻可以尊重徐荣辉的意见，不播就不播吧。华老师你看呢？"

华颜杰沉思有顷，很果断地说："好。凯悦精细化工厂里头肯定藏有名堂，

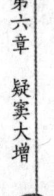

第六章 疑窦大增

……55

而且这个名堂说不定与茂达超市的王如瑾有关联。那就静观待变吧。"

　　虽然凯悦精细化工厂的这条新闻没有播，但这并不影响今晚《与你同行》栏目的容量。宋汝成、常谷川、王逸晨等人因为栏目如今呈现出蓬勃向上的好势头，收视率唰唰地直往上蹿，人人都铆足了劲，有的一个上午就高产（拍摄）了二三条很有看头的社区新闻与街头微调的新闻。当天下午，苏锦心领着盛可可终于拍摄了一条《看看张奶奶这餐饭菜究竟安全系数几何》的纪实性新闻。就在拍摄进行时，有邀请来的食品专家在现场一一指导点评直至全过程。播出后反响也出奇的好，热线电话响个不停，一致称赞这条新闻好就好在对饮食安全的现身说法，知道采买蔬菜时，怎样识别哪些是绿色环保型的，哪些光看品相是不行的，如有些蘑菇鲜亮却是卖家用硫黄水浇洒出来的。回家后该怎样洗菜——必须在清水里泡够多长时间，该放什么样的配料等等，一目了然。

　　苏锦心似乎一下子找到拍摄新闻的美妙感觉，浑身有股子激情与冲劲，始终处于一种疯狂的状态之中。心心念念总琢磨着接着拍摄哪类新闻。像个永动机一样，总也停不下来。她真是吃饭走路想新闻，睡觉做梦谋选题。超常的状态必然有超常的收获。一个月不到，苏锦心连续采访播出了几个重大新闻系列：帮助农民工的维权系列；空巢老人的心灵抚慰系列；廉租房与经适房质量监管系列。市民中一时好评如潮。这几组系列传到省卫视台，每个系列都给采用了。跟着省委宣传的内部刊物载文给予了高度评价。台长郭海山指示总编室内刊的编辑立即将省委宣传部的文章全文转载。一时间苏锦心名声大噪，于是有传言，苏锦心恐怕该升职了。

　　这天，苏锦心拍摄了一条《扶危济困好青年，大义借钱献爱心》，事迹相当感人：一个5岁多点的危重急病的患儿被十万火急地从郊区农村送往南源市第一人民医院，却因为走得仓促没有带足三万元押金。孩子奄奄一息眼看就要没救了。急得护送而来的爷爷捶胸顿足哀哀痛哭不止。这时一位也到该医院看病的青年人得知这一情况后，顿生怜悯之情，毅然决定自己暂缓看医生，当即将卡上的刚好三万元打入医院的账户上，病儿得到及时医治。第二天这位青年来看病时，那位危重病儿已经缓解了病情。病儿在大学教书的年轻父亲连夜从北京飞了回来，扑通跪倒在恩人面前，并且双手呈上三万元的支票，声泪俱下地叩谢救命恩人厚地高天的大义之举……

　　苏锦心觉得这是一个人情美人性美的好新闻。最为可喜的是，当时竟有人用智能手机拍摄下了事件进行时的几个关键点和感人的场景，还有意想不到的收获：医院的监控录像把全过程都给录了下来。苏锦心只是分别采访了一下双方当事人，这条新闻就已经很完整了。录像素材编辑得差不多了，苏锦心便找到播音员梅梦嘉配音。要说这配音苏锦心不是配不好，但由于当记者后搞现场播报多了，怎么配都有一种现场播报的味儿。梅梦嘉则特别擅长煽情，苏锦心觉得请她来配音，再合适不过了。

真是巧了，苏锦心刚一踏上六楼楼梯台阶，就碰上了正要下楼来的梅梦嘉。双方都很惊喜，好姐妹那样亲热。苏锦心正要说出找梅梦嘉的来意，发现从楼梯口走来两位法警穿着打扮的男士来。其中一位打听道："请问二位，你们郭海山台长在几楼？"

苏梅二人告诉了后，那两人匆匆奔了上去。苏锦心与梅梦嘉互相猜测一气这两位法警找郭台长什么事儿？然后苏锦心说了找梅梦嘉配音的事。梅梦嘉也不推辞说："好吧，我来配。准备好擦眼泪的餐巾纸哟。我可能要制作一颗催泪弹了。"说完玩笑话后，梅梦嘉打听道："哎，听说你快要升职了属实不属实？"

苏锦心莫名其妙，说："升什么职？升到哪里去？听说郭台昨天在台长会议上定下来了，《与你同行》作为南源电视台的重点栏目，台里要从经费人力等等方面加大投入，务必把它办好，办出特色来！恐怕是升到正正经经记者行列中了吧？"

梅梦嘉哂笑一声说："别欺骗善良的人们了，听说你要升为《与你同行》栏目制片了。"

苏锦心感到好笑，很奇怪地说："我怎么就没有听说？人家华老师干得好好的，我抢了他的饭碗，他到哪里高就去？"

"嗨。他升为副总监呀。难道你真的不知道？"

"你看我像是说谎话的人吗？"苏锦心一脸的月白风清，清澈的眼睛定定望着梅梦嘉……

与此同时，四楼办公区格子间里也有人正议着这件事情。

先是常谷川兴奋地大声宣告："注意了！《与你同行》栏目要出大新闻了！"

施蔚然、宋汝成、王逸晨、盛可可等人一起望着他，知道他喜欢耸人听闻，芝麻点事儿也喜欢渲染成西瓜大的事儿，这还不算，还得让它飞起来。施蔚然从键盘上抬起头来撇撇嘴说："有话就说，有屁就放！"

"你看你怎么这么不淑女，这种恶俗的话也是你这种人说的吗？"

"你不说算了，让你憋得难受！"

"是话憋在肚子里难受，"偏偏宋汝成边在电脑上键完最后一个字，边慢慢腾腾地说道，"还是屁憋在肚子里难受？"

众人都哄地笑起来了，连格子间其他栏目组尚留在里面的编辑记者都笑起来了。

第六章 疑窦大增

常谷川继续贩卖他的大新闻："你们可能想不到吧，苏锦心要升为我们栏目的制片了！"

　　施蔚然心里一跳，一股酸酸的味儿涌上心头，连记者们传来的几条新闻的解说词也顾不上过目修改了，忙问道："你说的可是真的？"

　　"真的假的你琢磨去吧。如果是传言是流言怎么就没人流到我头上呢？估计你施大侠也没有让流言击中吧？"

　　施蔚然被刺得脸孔红一阵白一阵的，那双好看的桃花眼也没了往日的妩媚与光彩，愣愣地发了一会儿呆，转过身去重又专注到键盘上去时，嘟囔了一句："献再多的殷勤顶多赚个男二号的名声！"

　　常谷川知道施蔚然在攻击自己，装作没有听到的样子，一拍桌子长嗥一声："哈哈太痛快了。我老常不像有些人——太痛苦了！"他这是影射还击施蔚然一心想往上爬却始终还是原地踏步的现状。

　　"怎么，你愿意被那个黄毛丫头统治？"宋汝成感到必须出面捍卫施蔚然的正确性——当然也正确不到哪里去，甚至还是错误的哩。他都要奋起做出一个坚定地站在她一边的姿态，不然施蔚然还不在背地里把他骂个半死。

　　"呵呵。到底是男一号，走到天底下都向着自己的女一号。"常谷川一张嘴并不饶人，反唇相讥笑得很刻薄，"如果被统治还好说，就怕被剥削被压榨，敲骨吸髓弄个死无葬身之地的结局。"说完又是一阵放纵地仰天大笑。因为宋汝成曾背地里向常谷川诉过苦，说最怕施老娘们儿与他约会了，一约会就得敲他一笔，也不知何时是尽头。

　　"你们在咋呼什么呢？"华颜杰拿着一摞名为《新视野》的台里内部刊物，边看其中的那篇转载文章，边往办公区走来。见几个人都不再争吵了，一个个都俯身在键盘上键解说词，便不理会刚才几个人的火药味。年轻人嘛，都喜欢顶牛显示自己的个性，过后便烟消云散了。

　　"日子过得太平淡了，制造点热闹气氛呗。"常谷川当然不会将刚才争论的问题和盘托出来。

　　"怎么不干脆打一架，酿造出头破血流的场景来岂不更具轰动效应？"华颜杰说得大家都哈哈大笑起来。华颜杰边这么说着边将手里的一摞《新视野》发给大家。

　　"哟，省委宣传部表扬我们栏目组的文章也给转载了，真棒。"常谷川拿着《新视野》大惊小怪地叫得最欢。

　　施蔚然也看到了那篇转载的文章，她说不清为什么特别不愿看到苏锦心这几个字眼。本来转载的这篇文章通篇只是赞扬苏锦心拍摄的那几组系列报道。称赞那才是真正意义上的民生新闻，连着人民群众的心坎儿，新闻做得有新意有深度有指导性。却连《与你同行》栏目都没有提一个字，遑论提到苏锦心半个字了。只是说南源电视台如何如何。而施蔚然就是感到心里别扭。她心里清楚着哩。这篇文章里虽然没有提到苏锦心，可是全台谁不知道那是苏锦心的功劳？

　　进来的华颜杰有华颜杰的想法。刚才去总编室领取这期刊物时，他大略地浏览了一下。他对文章中不提苏锦心不提《与你同行》栏目压根就没有什么看法，省一级的内刊嘛没必要说得那么具体。倒是对台里既然转载这篇文章却没有写几句按语有点不满，把苏锦心表扬一下，倡导编辑记者好好用心采制民生新闻当属天经地义。怎么就吝惜这几行字呢？他问过负责编辑《新视野》的总编室副主任夏大瑜，夏大瑜悄声告诉说，他本来在编者按语里专门说到苏锦心的，并拿出了被宣布作废的"编者按"给华颜杰看："《与你同行》栏目组的记者苏锦心采拍这几组系列报道，省委宣传部给予了高度评价……"果然不假。"可是鲁台审定时，给毙了。说没有必要突出个人。那几组系列能上省卫视台并不是苏锦心一个人的功劳嘛。"

　　由此华颜杰方才醒悟，鲁怀远对苏锦心没有听从他的招呼，一直耿耿于怀。表面看起来鲁台似乎襟怀坦荡心无芥蒂，其实他已经在他的黑名单上将苏锦心的名字刻上了。恐怕一时半会儿淡去抹平不太容易。

青春因梦想而绚丽

第七章　法院传票

"大家赶快将手里的工作画上句号，"华颜杰将那摞剩下的内刊往自己的办公桌上一扔，便给栏目组的编辑记者发安民告示，"还有半个多小时——下班前开个本周选题策划会。重点研究如何把节目做得接地气。"

正式开会时，众人所报的选题以及采取什么报道形式谈得热火朝天。施蔚然说："我从编辑的角度谈点意见吧。"刚说到这儿，她那好看的桃花眼忽然抬起来望着远处，灿烂的笑里就注入了兴奋的成分。

大家随着她的眼光方向望去。哦，原来龙得云总监已经大步走来了。众人忙起身给他让座："龙总能参加我们的会议，真是太难得了。""龙总，请喝茶。"龙得云此时皮笑肉也笑，说："会议开到哪一步了？"

华颜杰正要据实汇报，施蔚然仗着自己是龙得云最为赏识的心腹，抢先说道："我们要谈的问题应当很有新意……"

"算了吧。你别'我们我们的意见'了，"常谷川老实不客气地揭穿她发言的漏洞，"什么'我们的意见'？我们根本就没形成一致的意见，你那个'我们'根本就——至少不能把我括弧进去。恐怕也不能括弧在座的各位吧！"

施蔚然倏地瞟向常谷川的眼里已经飘出了火来，但又不好发作，她要保持热情开朗大方的形象，只好火烧乌龟肚子里痛了。自然心里就给常谷川记上了一笔。

"华颜杰你简要概括地说说看。"龙得云没有理会常谷川打横炮，笑容不减地望着华颜杰说。

"我的看法觉得苏锦心报的几个选题不错，切入点也很有特色。""嗯，不错嘛。"龙得云也不管施蔚然如何尴尬，也没问哪类新闻选题，就说："苏锦心用心用功是不错。拍摄的那条问题猪肉的新闻影响很大。可能给台里闯下了大祸……"说到这儿龙得云卖弄关子似的不往下说了，而是捧过施蔚然送来的一杯水，慢腾腾地喝了一口，在大家都将目光聚焦在他身上后，他这才重又开口说道："茂达超市已经将我们台告下了。我听鲁台说法院来了两名法警送来传票，本月26日上午开庭正式审理。到时候郭台得坐在被告席上。那么是谁把郭台推到被告席上去的？郭台愤怒得砸了玻璃杯子……"

轰的一声，仿佛原子弹爆炸了。苏锦心眼前一片金星闪跳，她差点晕厥过去了。她狠命地掐着自己的胳膊，镇静着自己。只听龙得云继续说道："你们说说这是什么性质的问题。"

在众人惊愕的目光中，华颜杰冷笑一声，他本想说龙总你在台里待了快十个年头了，扬言要跟电视台打官司的还少吗？不管电视台曝了谁的光，都有可能惹来一场风雨。这能吓唬谁？你也不必渲染得这么恐怖了。打官司成被告正常得很。他到底忍不住说道："茂达超市这叫恶人先告状。他要告尽管告好了，如今我都成了鼓楼上的麻雀，胆子吓大了。他茂达超市公然销售有毒猪肉祸害市民，这是谁也抹杀不掉的铁的事实。难道因为对方一吓唬就把我们内部的秩序都打乱了吗？"

"茂达真不是东西，还跟我们玩这一套。""人家告我们总有他的理由吧。没有几成胜算他能发这个神经吗？""胜算个屁！茂达还反了天不成！"

众人七嘴八舌议论抨击得乱石崩云。华颜杰想起一句老话：民心可用，他们可以把电视台骂得一钱不值，却不容许别人轻视它侮辱它。一旦有人做出这种企图，他们就同仇敌忾，人怀怒心，如报私仇。

施蔚然心里有那么一瞬如鲜花盛开的村庄。看你苏锦心怎么收场？不落个败坏台里名声的罪名就谢天谢地了。当然最后她的情绪也装模作样地加入到了众人的行列中了。

"好啦，大家就不要义气用事了。尤其华颜杰不能被情绪所左右。你是大家的主心骨，还要领着大家前行的。"龙得云很大度地挥挥手说，"当然打官司我们并不怕，谁输谁赢还没个最后的结论。现在当务之急是，苏锦心要搜集证据，到时作为法人代表的郭台要出庭，你也要出庭去出示证据驳倒对方。"说到最后龙得云就是一副相当感人的诚恳状了："所以哪些新闻当播哪些新闻不当播，做领导的一般比记者们看得高一些望得远一些，我们的记者呢，你付出了心血，当然珍视自己的劳动成果，这无可厚非，但不能太固执了。这起官司就是个教训。"

华颜杰听明白了，说了这半天，恐吓加劝诫，就是暗示批评苏锦心当初没有听从劝说，以致酿成今天这种对簿公堂的局面。你龙总总算借这个机会报了一箭之仇了。

"好啦，你们继续开会吧。明天还有一个兄弟台来取经学习，郭台指名要我汇报新闻这一块，我得准备去了。"龙得云说完就拍拍衣服起身走了。

"不管发生什么塌天的事情，我们不能乱了自己的阵脚。"华颜杰毫不退却地坚定说道。说完这个就宣布散会，紧随着龙得云而去。他要去龙得云的办公室里说服龙得云，不再把责任都推到苏锦心的头上。

几乎就在龙得云进到他自己的办公室时，华颜杰随即就进去了，很意外地发现里头居然坐着个鲁怀远。他顿时明白了，龙得云之所以专门在《与你同行》栏目组选题策划会议进到尾声时，赶了去，恐怕就是奉鲁怀远的指示去的。明里暗里地敲打一下苏锦心，恐怕就是鲁怀远授意的，就是要让苏锦心知道不听招呼是要付出代价的。可见他对苏锦心当初没有买他的账是何等的恼恨。

华颜杰与鲁怀远打了个招呼，正要向龙得云开口时，不料鲁怀远跟他开起玩笑说："小华，看来你跟你们的龙总监跟得好紧，上下之间步调高度的一致。好好好！就是要有这个局面。"他白净的面孔上笑得春风荡漾。拍着身边的沙发说："坐坐坐！有什么事坐下说。"

"真是巧了，在龙总的办公室里碰到鲁台了，"华颜杰佯笑笑说，"我是有件事想向鲁台与龙总汇报——刚好鲁台也在这儿，太好了，省得我单独去找鲁台了。苏锦心无论是业绩还是记者职业操守，她都当之无愧头块标牌，我建议全频道应当好好宣扬一下，借以弘扬正气，激励更多的记者学赶先进。"

"你个华颜杰，"鲁怀远笑容不减地说道，"我也承认苏锦心近段时间表现突出，业绩骄人。可是她给台里惹出的麻烦还小吗？这个影响太恶劣了！我们南源电视台良好的社会声誉会受到诟病。客观上就是她的那条新闻造成的。这个分量你小华应当掂量得出来。"

"我不这么看，"华颜杰据理力争，"电视台成被告也不是什么稀罕的事情，从我进台来四五年间打了多少官司都要扳着指头算了，可是南源电视台依然在社会上口碑甚好。再说打官司这应当是法制健全社会的一种常态——依法治国嘛——把它看得很异常的本身就相当异常了。"华颜杰原本想到自己的一番很带刺激性的话语定会惹得鲁怀远或者龙得云拍案而起，他也顾不得许多了。一个小团队的头不据理为自己的员工主持正义，生怕得罪了顶头上司，唯上而为，那你的小团队还有什么凝聚力，你个人还会有什么亲和力与号召力？为了在栏目组树立正气，有个公平正义的氛围和工作环境，激励编辑记者心无旁骛地战斗在新闻第一线，他必须仗义执言。他也是从新手那个起点位置上走过来的。他对新手的那段经历有着切肤之痛切肤之感。他有太多的话要说。

"小华，情绪不要激动嘛。"鲁怀远并没有发火动怒，笑意始终在他显得雍容大度的神态上流淌，"苏锦心的业绩我们不是不知道，她的敬业精神也堪称楷模。可是这个这个……郭台都雷霆震怒了。我们得考虑到领导的感受呀。"好似苦口婆心的谆谆教诲。既然现场最高长官没有动怒，龙得云当然也不好生气说狠话。他也极平和地劝说道："鲁台是一片好心。如果惹得郭台不高兴了，会不会

第七章 法院传票

63

对你产生不好的想法呀？"

华颜杰执拗劲上来了，说："刚才二位领导说郭台发怒了，我丝毫不怀疑它的真实性。问题是郭台的发怒是冲着苏锦心的，还是冲着茂达超市的？这才是问题的实质。"

他对郭台太了解了。郭台脾气虽然是孬点，可是为人相当正直率真，襟怀相当坦白。不以一己之私或一时好恶掩人之长。他华颜杰从名牌大学新闻专业毕业进到南源电视台来那会儿，谁把他当回事？华颜杰也识趣得很，每天都提前上班，在其他编辑记者上班时，他已经将地面打扫干净了，开水也给打回来了，那些"老"编辑记者们呢，觉得这一切都是天经地义的。几个人谈笑风生地在一起飞短流长，仿佛他根本就不存在似的。有些"老"记者们甚至都不呼其名，而是喊他"小孩"，"小孩，帮我买份盒饭去。""小孩，你得把擦桌子也包揽起来。"并且谁都不愿意带他外出采访。或者即使带出去了，也把他当作搬运工（搬摄像器材）或者指挥他尽干一些跑腿的事情。哪怕他拍摄到一条好新闻了，也得署上"老"记者的名字。好事人人都有份。如果新闻拍出了问题——譬如曝光的片子，对方气势汹汹地扬言要打官司，那就成了他一个人的罪过，说到底是新手嘛。人的忍耐是有限度的，他终于爆发了。一次他独自一人在办公区里呆坐着，越想越气，禁不住骂了出来："还是新闻机构哩，对于新人就是这般无情无义。这鬼单位老子什么时候炒它的鱿鱼！"

两年多后他逐渐悟彻到了一个道理，这个道理也是从鲁怀远的批评中受到的启迪。那时鲁怀远还只是新闻频道的总监，他皱着眉头说："小华，我们新闻频道不需要大学毕业生当勤杂工，与其这样不如花几个小钱聘请一个老阿姨来专门打水扫地得了。你以为你这样就能融入你的小团队了？"他受到极大的震撼，恍悟到与其老这么寂寂无名，不如专心致志，放射出一点强光来，叫众人见识一下，于是他把迎合大伙的精力用来钻研新闻业务。终于经过精心策划，他顶风冒雪地拍摄了几条在全省都打得很响的民生新闻，着实把栏目组的兄弟姐妹们震了一下。众人果真刮目相看了，也就不再小觑他了。由于他的新闻业绩相当突出，台里创办新栏目时，在一次台长会议上，郭海山动议拟提升他为栏目的制片人。鲁怀远虽然爱他的才，却不大同意提拔他。已经升为副台长的他不知从哪儿得知他曾经痛骂过电视台，便将此事在台长会议上兜了出来，说："对于像这种谩骂电视台的人，要是提起来了，会在员工中产生什么恶劣的影响呢？一个不热爱电视台的人也能够提拔，岂不是天大的笑话。"郭海山沉着脸没有作声，而是问分管行政的金佩琪副台长说："你知道华颜杰骂电视台是怎么回事吗？"其实郭海山脑子清醒得很，他知道领导班子里头每个人的人品德行，他就想听真实的立体的真话。金佩琪照直说了，他说我的确听说华颜杰骂过电视台，可是我还听说他与别人差点动刀子哩。一次在朋友宴请的饭桌上，他的一个熟人酒喝到一半就发起酒疯来，竟大骂起南源电视台。华颜杰立马变脸失色，勃然动怒说："你再骂我就用这空瓶子当炸弹砸到你的头上。有意见你可以提，就是不准骂娘。我南源电视台并没有把你的孩子扔到井里去。"

郭海山当即拍板定案，华颜杰必须提拔起来，这是个热爱电视台的员工。他本人骂过电视台不假，可能因为种种我们所不知道的烦心事，偶尔发泄一通罢了，这很正常嘛。

这刻儿，华颜杰发那么一问，果真把龙得云与鲁怀远问住了。的确郭海山是发过怒，而这怒是冲向茂达超市的，丝毫没有指向苏锦心。

鲁怀远知道华颜杰是个非常爱惜部下的人，也是个很倔梗的人。他认定的事情只要他感到在理，不管他面对的是什么人，他都决不退让。鲁怀远被华颜杰纠缠不过，只得老调重弹说："不要激动嘛！"

华颜杰走后，鲁怀远冲龙得云苦笑笑说："这个小华怎么这么偏爱苏锦心？"龙得云说："华颜杰平时倒随和得很，好像没什么性子，与栏目组的人混得哥们儿姐们儿似的，今儿个不知犯了什么倔？"龙得云连皮都不笑了，摇摇头，好像碰到太艰深的学问难以理解似的摊开了双手。

"他该不会有什么私心吧？"鲁怀远笑得很暧昧，"他与他妻子关系还不错吧？"

龙得云皮笑得照样憨态可掬，说："这应当不会。他有很强的自律性，不会闹出什么绯闻来的，这个还请你放心。"

天已经完全黑下来了。车水马龙中各色灯光显得分外的璀璨，五彩缤纷。

华颜杰知道苏锦心准心事重重地连晚饭都没心思吃。这女孩别看她性子绵软，骨子里却有一种惊人的倔犟劲。当然每个人都有自己的人生底线。只要不触动它，他或她就会显得平和随意，似乎没有棱角没有锋芒，泯然于众人之中。一旦伤害到他或她深藏着的心中神圣的领地，他或她会毫不客气地就反弹就迸发。论性子这女孩与自己倒有几分相像。他欣赏这种执着的个性。他觉得自己应当像个大哥哥似的关心她，呵护她。她应当会成为一个出色的记者。

华颜杰寻找到办公区格子间时，果然一眼就看到已经变得空旷的格子间里，一个凝然不动的身影映入眼帘。那女孩正抚摸着相框里那个指头夹着雪茄的西方女士照片发呆。"苏锦心，"华颜杰来到她的跟前，"还没吃饭吧？"

"哦。是华老师。"苏锦心忙站起来说，"刚才常谷川给我买来一份盒饭，还没吃哩，吃不下。"

"怎么，还为打官司一事烦心？"

"我给台里惹麻烦了，这下我可在台里出名了。"她企图说得幽默一点，却由于神情过于戚然过于严肃，并不感到好笑，"全台人都知道这场官司是我惹起来的。"

"打官司怎么啦？"华颜杰不以为然地说，"法治社会嘛，打官司很正常，并不异类并没有什么见不得人的。茂达超市这叫搬起石头砸自己的脚！打官司就说明他心虚。售卖有毒猪肉的事实摆在那儿，他想抹就能抹掉吗？"

"听说郭台发怒了，还摔了一杯子，是真的吗？"

"郭台这人我晓得，脾气暴得吓人，可心肠却坦荡。他砸杯子不是冲着你，是冲着茂达超市。他绝对不会改变对你的看法。"

苏锦心这才长舒了一口气。接着她征求华颜杰的意见说："我想明天去采访《扶危济困好青年，大义借钱献爱心》后续报道。"

"好！"华颜杰喝彩一般朗声说道，"刚才播完这条新闻后，信息中心热线差点打爆，还有短信网评甚至微博微信都是点赞。称赞这人间真情大爱令人感天动地，使人的灵魂受到一次庄严的洗礼。应当还有很感人的情节与细节可挖掘。那就去吧。"

第二天，苏锦心带上已经配合得很默契的实习生盛可可，赶到了南源市第一人民医院。那个老大爷还在照料他的小孙子。那个小孙孙躺在病床上，正酣睡不醒，呼吸均匀平稳。看样子这孩子已经脱离了死神的魔爪。旁边一个戴深度眼镜的年轻学者模样的人大约是这位老大爷在大学教书的儿子，病孩的父亲。一见电视台的记者来了，这年轻学者显得很兴奋，连忙说道："你们来了太好了，我还准备打电话请你们哩。"

"请我们？"苏锦心不解地问。

"请你们好好报道一下那位好心的年轻人呀。要不是他扶危济困，及时接济了三万元押金，我儿子恐怕就会有生命之虞。"这些发自肺腑之言都一一摄录下来了。

苏锦心随即坐下来，很真诚地与这年轻人交谈起来——实则带有采访性质："你儿子得的是什么急性病？"

"据医生说起先是恶心、头晕、四肢无力、手颤等。人送到医院时已经昏迷不醒了。医院一诊断，是心脏方面有问题，染色体发生了变异，极有可能会滋长出恶性肿瘤。"

苏锦心惊愕地反问了一句："恶性肿瘤？那不就是癌症么？"

"还好，经医院严格检查，还没病变到那一步。经过抢救已经脱离了危险。"

"那么病因是什么呢？"

"还不能最终确定，我准备接他转院到北京去好好查查。"

苏锦心松了一口气。通过交谈，苏锦心得知与之面谈的这位年轻人名叫赵黎明，是从美国留学回国三年多点的博士后。如今任职北京医科大学。他已经在北京买了房子，正在装修，就将儿子放在爷爷奶奶身边照看。再说妻子也在北京一所小学教书，都很忙，就很放心地将宝贝疙瘩交给老人暂时照看，等新买的房子装修好了再接他到北京去，哪知道却差点酿成滔天大祸。

苏锦心见那五岁的小男孩已经醒过来了，正睁着黑漆漆亮晶晶的眼睛骨碌碌地转得欢，望着她笑得很甜，就将来医院时专门买来的玩具熊送给他。小家伙高兴地一把将玩具熊抱在怀里。咯咯地笑得好不开心，跟着说了句很孩子气的话："姐姐，你好美呀。我能吻吻你吗？"苏锦心高兴地俯下身，将脸颊贴在了小家伙的嘴唇边。果然这家伙很响地啵了一口，很有礼貌地说："谢谢美女姐姐。"一屋子病人都大笑起来。

临告别时，苏锦心请赵博士给自己一张名片，因为做节目出字幕需要比较准确的单位与职务姓名等。赵黎明也请苏锦心回送他一张，说："今后要联系电视台记者不就方便多了吗？"

苏锦心很乐意地满足了赵黎明的要求。

采访完赵黎明，苏锦心按照指点，来到大爱无疆的那位年轻人病房。那位年轻人因为胆结石发作痛得死去活来，被人送到医院时病情开始缓解了，见那位老大爷的孙子浑身抽搐口吐白沫病情危急，于心不忍，就毅然地将钱打到医院的账上。

"吃五谷杂粮嘛，谁还没有点病病快快。能帮助的就伸一伸手，不然枉披一张人皮呀。"从这位年轻人朴朴实实的话语中，她感受到了一颗金子般心肠的高贵。进一步深谈下去，苏锦心于是知道丁敬东是个标准的草根阶层，本来高考时离重点差那么几分，上个二本或三本不在话下，可是他却不忍心老母亲为自己吃苦受累，就弃学跑到城里来打拼了。如今在南源城里做点小本生意，赚几个血汗钱，着实不容易。居然毫不顾虑对方能不能还得起，连借条也没要对方家人打一个，甚至姓名都没留就做出了这般义薄云天的侠义之举。

果然是条很有情感冲击力的好新闻，采访时苏锦心曾几次感动得差点掉下泪来。采访完毕她不禁高兴起来，临走时，这位经过打点滴消炎，已经不疼痛了的年轻人很调皮地说："怎么说我也见过美女吧。不说多如过江之鲫嘛，起码成排成连建制的总有吧？可我没有发现哪个美女能美过苏记者的。"说得满病室的人都鼓起掌来。

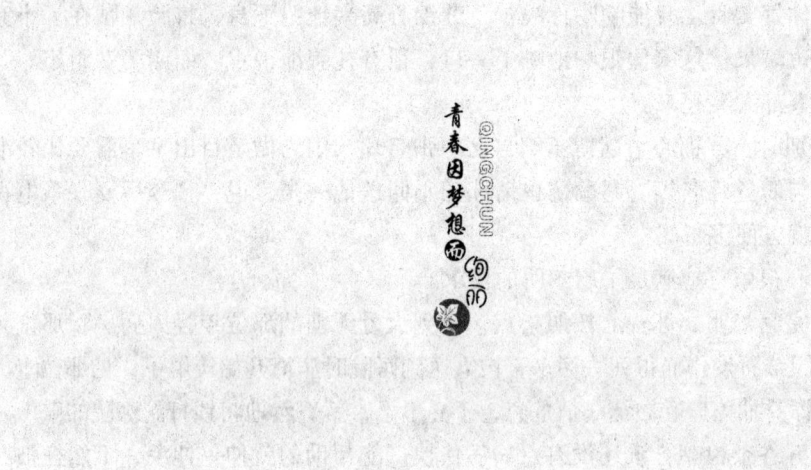

第八章 寻找证人

　　苏锦心与盛可可匆匆赶回台里，准备吃过午饭就编辑制作。重点就从这年轻人的历经磨难的身世以及他的爱心上做文章，因为扶危济困已经报道过了，无须重复了。只把献爱心作为果来用在开头，因就是他平时的人品道德方面。

　　其他记者也陆续赶回来了，格子间热闹非凡。

　　编辑制作好那条《扶危济困好青年，大义付款献爱心》的后续报道后，苏锦心很沮丧地立起身来，踯躅难进，不知到哪里找个地方独自坐坐。手机响了，她犹豫了一会儿，便心不在焉地接听了，是台长郭海山："苏锦心吧。《与你同行》栏目播完后你叫上华颜杰到我办公室来。我们商量一下出庭的事情。"听口气，郭海山丝毫没有怪罪她的意思，倒透着一股少有的温情与亲和。

　　《与你同行》栏目播完就到了晚上七点半了。当苏锦心与华颜杰准时来到郭海山的办公室时，发现龙得云与副台长鲁怀远已经坐在了里面。

　　二人很随和很亲切地用手势与她和华颜杰打招呼，示意她与华颜杰坐。

　　郭海山说得很平静："找你们来，就是研究一下出庭时我们的应对之策。"

　　鲁怀远说："我看就请我们的法律顾问全权代表算了，你就不必亲自去应诉了。"

　　"我必须去。我既然是南源电视台的法人代表，派个代理人无论如何说不过去。网民们对告官不见官的做法深恶痛绝。当然台长也算不得什么官，越发不能摆这个谱。这首先是尊重法律的问题。看看我们还得做些什么准备？当然首先是证据，是能够驳倒原告的证据。"

　　"我们的那条新闻就是证据！"龙得云说得理直气壮，"众目睽睽，有目共睹，它赖得掉吗？"

　　鲁怀远正要说出如此相同的看法时，郭海山动怒了说："你是不是把全部心思用在了长肉上头。长成个瘦金体有什么不好？那条新闻我敢肯定你没认真地看，或者看了没有认真地想。都是一些大镜头，好一点的就是中景了。里头有问题猪肉的特写吗？人家要是说既然你说我卖了问题猪肉，拿出证据来。怎么办？中景里面的猪肉与普通的猪肉从画面上看没有两样。恐怕几个回合就叫人家给打败了。"

"苏锦心你是怎么搞的?"鲁怀远绷个脸斥责道,"一个电视新闻记者连这点常识都不懂吗?"

"我……"苏锦心不想把王逸晨编辑制作时的失误说出来,既然事情已经无法挽回了,何必抬出一个垫背的?王逸晨如今整天心事重重魂不守舍,自己说出真相,也不过是徒自增加他的精神负担罢了,于事无宜无补。她勾下了头。

"本来苏锦心拍摄了好长一段问题猪肉的特写的,可是王逸晨编辑时不小心全都给冲掉了。"华颜杰解释说,他不想叫苏锦心背黑锅,"当然王逸晨也是不小心弄成这样的。"

"华颜杰你不要妄下结论了!"郭海山厉声打断他的话头说,"事情是不是太蹊跷了,怎么单单将需要特写的画面给冲掉了?这里面有没有什么名堂?"

苏锦心暗暗佩服郭海山看问题就是高人一着,与自己的猜想不谋而合。当然她不便说出来。

室内一时沉寂下来。

郭海山说:"我请你们来不是要你们当哑巴。到时候苏锦心自然也应当出庭,说说当时采访时的真实过程,重点说证据。另外就是应当找到当时正在买肉的顾客出庭做证。我看最需要找的就是那个面部有特写的老太太。"

鲁怀远说:"那就在电视上发游动字幕,寻找那位老太太。她是唯一能提供真实情况的最好的目击证人。"

"不用发游动字幕或寻人启事了,我知道那位老太太的家庭住址。就住在东城雨花小区,我找她去。我会说服她出庭做证的。"苏锦心连忙说道。

"那好,"郭海山一锤定音说,"苏锦心就负责联系与说服那位老奶奶出庭做证吧。官司胜负就全靠她了。"

从郭海山的办公室回到格子间办公区,苏锦心草草地吃了点常谷川给代买回来的盒饭,起身就要离去。常谷川刚才与之简单对话中知道她要干什么去的,就在后面高喊:"哎哎,锦心锦心,要不要我陪你去?"苏锦心却没听到似的匆匆跑走了。

一旁尚在电脑上将播出新闻文稿归类存档的施蔚然,扑哧一声笑起来挪揄道:"'锦心锦心'喊得……哎,我浑身起鸡皮疙瘩。"

"是吗?"常谷川偏过脑袋有意问道,"能不能晒晒?胖子经常一张大嘴像猪啃西瓜一样地啃谁,不知他那吃过大蒜的口臭会不会叫人起鸡皮疙瘩?"

施蔚然圆眼桃花眼愤怒地骂道:"流氓!"

"六毛(角)?"常谷川故意将"流氓"取其谐音翻唱为"六毛",说:"啥东西这么便宜?"

施蔚然知道眼前这个癞蛤蟆想吃天鹅肉的小屁孩子嘴头子厉害,跟他斗嘴恐怕找错了对象,只得自认倒霉,说:"我没工夫跟你浪费唾沫了。"

宋汝成胖乎乎的身影出现得也是时候,他为施蔚然买来瓶装冰红茶,见状,就立即亮出了他的招牌动作:"默哀默哀!"

常谷川笑得前仰后合,适可而止地跑了。他想到街上网吧去消遣消遣。

这时候苏锦心已经乘的士来到了雨花小区。很顺利地就爬上了那位胡奶奶居住的五楼。她轻柔地敲了敲铁门。里面有人问了一声"谁呀?"门就开了。灯光下,一个花白头发的老奶奶露出凝视打量她的面容。苏锦心高兴地喊道:"胡奶奶,我是南源电视台的这个……苏锦心。你应当认识的,就是那天在茂达超市您老买猪肉时,拍摄新闻的……"

胡奶奶眉毛一扬,顿时眉开眼笑说:"哦哟!原来是你呀,认识认识。快进来快进来!"胡奶奶很热情地把她让进客厅里,然后颠颠地忙着去倒茶水。苏锦心忙说:"奶奶您不用忙了,我想与您说件事情。"

老奶奶高低给苏锦心沏了一杯茶送到她面前的茶几上,这才在她的对面坐下来。

"你是怎么找到我家的?"胡奶奶仍然兴奋地说个不停,看来这个身板硬朗的老人很是健谈。"那天电视我也看了,还把我的照片放得老大(头像特写),闹得我一上街就有人认出来说:'哟,这不是上了电视的那个奶奶么?'你说我是不是快成明星了?"

"前些时我在一位奶奶指点下找到您这儿。得知您给孙女暗访暗查男朋友去了。不知您当面看到那个年轻人没有?我可是面对面地采访过您老要暗访的那个年轻人。小伙子虽然说不上特别帅气,但是耐看。看着很有内涵很有教养。"苏锦心边说着边仔细地打量着眼前的老奶奶,她总觉得这老奶奶在哪儿见过的。

"对对对。我也是这么个印象,那男娃长相不俗,多看一会儿就觉得很帅气了。也许是丈母娘看女婿越看越欢喜吧——我当然不是丈母娘,是她的奶奶。"

"您老还真有本事,居然能进到里头去见到他本人?"

"靠智慧呗。我硬往里闯——保安拦住说哎哎老太婆你要干什么?我说找你们的厂长徐荣辉呀,他是我的亲戚。这么一嚷那娃儿就出来了,我就见着了……"

苏锦心真佩服这老奶奶百折不挠的勇气,说:"你咋知道徐荣辉这个人的呢?"

"嗨。还不是人托人牵扯上的。我娘家大侄子就把他岳母的三姑父的二小子给介绍了一番。我感到条件不错就跑去了。"

"呃,你孙女的爸爸妈妈咋不管她的终身大事呀?"

"我孙女的爸爸妈妈……唉,姑娘不怕你见笑,都是下岗工人,十多年前厂

第八章 寻找证人

子一倒，两人就跑到深圳打工去了。他们哪有时间顾得了我孙女的终身大事呀。"

"你孙女如今在哪儿工作？"

胡奶奶一拍脑袋笑得差点岔了气说："看我说了半天，都忘记了这一茬了……"胡奶奶刚说到这儿就听到有人用钥匙开大门的声音。

胡奶奶笑眯眯地说："我孙女……准会叫你大吃一惊……"

胡奶奶的话音刚落，大铁门就开了，苏锦心抬眼一看，不禁惊喜地喊叫起来："梅梦嘉！原来你住这儿？"哦，原来总觉得胡奶奶在哪儿见过的，闹了半天，竟是从胡奶奶的身上看到了梅梦嘉的影子。

梅梦嘉一细看是苏锦心，高兴得笑靥灿灿，说："你咋跑到我家里来了？这真是无巧不成书。"

苏锦心想了想，于是便将找到这儿来的意图说了出来。末了她恳切地对胡奶奶说道："胡奶奶，现在看来出庭那天唯一能当证人的就是您了。"

胡奶奶也弄清楚了孙女同事专门找上门来的真实目的，老人一刹时正气凛然，说："不要说你与我孙女是同事，就是陌路人，这个证人我也当定了。为人不讲究点正义讲点公理那还是人吗？"接着感叹道："你说这社会怎么得了，假货泛滥。衣服假嘛，还死不了人，可是食品一假就可能死人了，听说那猪肉跟砒霜一样毒害人。你们电视里也专门说了，吃这东西过量就会心跳，面颈、四肢肌肉抖动，有的还站都站不稳，头晕恶心，还可能要人的命。造孽啊！这种商家缺德啊。"

话说到这个份儿上，苏锦心很感满意，就告辞准备离去。胡奶奶笑吟吟地吩咐道："梦嘉送送这姑娘。"

梅梦嘉笑嘻嘻地埋怨道："这还用您说吗？"

苏锦心与梅梦嘉相伴相随地往大街上走去。一路上自然语话不断。苏锦心很知心地说道："哎，你奶奶给你明察暗访的那个对象我看还不错……"

梅梦嘉不轻不重地给了苏锦心一拳，娇嗔地责怪道："去你的，什么对象不对象的？我奶奶真是。我的爱情我做主，她瞎操个什么心？"

苏锦心揉捏着挨打的胳膊说："那男士我见过，给人感觉精明强干，有灵气有悟性，还很风趣幽默……"

"既然你看中了干脆我发扬风格让给你吧。"

"去你的。人家是真心为你好。"

"算了吧。我这朵鲜花还愁没有地方插吗？我必须择优录取。"说着就咯咯地笑弯了腰。

告别梅梦嘉，坐在的士上的苏锦心在手机里向华颜杰汇报了此行的结果。她听华颜杰叮嘱过，作为一个员工，养成反馈的习惯非常重要。你反馈了，你的顶头上司就不会再记挂这件事情了。每件事情在上司脑海里都存有档案，你反馈了他就会把这一笔销掉。对你的信任就会增进一分，他就会觉得你是个会办事的人。对这种人哪个顶头上司不喜欢呢？果然华颜杰听了她的汇报很高兴，连连说："好好好，我马上向龙总汇报。他会一级一级向上汇报的。"

苏锦心不无遗憾地想，要是王逸晨没有将那些富有冲击力的特写镜头冲掉多好啊。唉，王逸晨真是干了件天大的傻事。弄到如今要打官司了，不知王逸晨心里会不会愧得慌？

王逸晨今天回家后被他父亲王一帆大骂了一通。南源大学教授王一帆一见儿子回来了，就劈头盖脸地斥问他："你最近怎么老是失魂落魄的？哪有年轻人那股精气神？怎么搞的？唵？"

王逸晨嗫嗫嚅嚅地低头回答说："电视台我不想待了。整天忙得人恨不得长出三头六臂。深更半夜哪里有个突发事件，电话一响，吓得人心惊肉跳。"

王教授厉声说道："新闻工作性质决定的嘛。五加二白加黑，这就是电视台工作的常态。到哪儿找清闲的工作？年纪轻轻的，一清闲准会叫人懒怠不思进取。那有什么好？"

这时正在忙饭菜的王逸晨的妈妈听见丈夫与儿子争吵，赶紧出来埋怨老头子说："孩子平时都不怎么回趟家，一回来你就头不是头脸不是脸的。从没好好与儿子交谈交谈，问问他有什么压力没有？你不会疏导疏导？"

"妈，谁也不用来疏导我。"王逸晨猛地一扬头说，"我自己的事情我做主，我又不是幼儿园的小朋友。"

王教授继续训斥他："你要是幼儿园的儿童我还放心了。他们单纯没有邪念呀。"缓了缓又意犹未尽地责备道："近几天，你说你拍摄过什么像样的新闻？倒是人家那个叫作苏锦心的女孩子拍摄的新闻，还真有看头。比如问题猪肉的新闻，那新闻就有分量。事后拍摄的一系列民生新闻条条都是重量级的，你怎么就不能向人家学习学习呢？"

"行了。我烦！"说着王逸晨就拉开大门，嘀咕道，"我走还不行吗？"

后面急得他的妈妈跺着脚喊道："逸晨逸晨，你还没吃晚饭呐。你要到哪儿去？"边说着边欲去追赶儿子，被王教授一把拉住了，说："都是你平时宠坏了。太溺爱了，对他有什么好。让他去独处一地好好反省反省吧。"

"没见过像你这么做爸爸的。"夫人摘掉围裙埋怨说，"听说与他相处了好几年的姓梅的姑娘跟他吹了，他心里能痛快吗？"

"姓梅的那姑娘跟他吹了我看这是好事，自从那姑娘应聘上了南源电视台的播音员后，就觉着自己的身价高了，虚荣心就春江潮水一般陡涨几十倍，说话行

第八章 寻找证人

73

事就觉得高人一等。这种人吹了也罢。"

"可是儿子心里不好受呀。"

"我看得出，他不是留恋那份真情的付出。他近些时候心神不定另有原因。"到底是自己的儿子，父子连心，王一帆嘴里说得这么硬气，心里却还是不忍，说了句"我去看他干什么去了"，就起身拉开了大门。他要找到儿子，好好与他推心置腹地谈谈。他甚至想找个环境幽雅的小饭店的包间，与儿子边吃边聊，摸摸他的心结究竟纠结在哪儿。

待他来到大街上，哪里见着儿子的影子？忽然发现远处一辆停在路边的的士收进去了一只腿，那的士绝尘而去。王一帆依稀感觉刚才进到车里的就是儿子，他要到哪儿去？因为的士奔驰的方向不是电视台，他慌了，赶紧拦下一辆亮着空车牌子的的士，人一坐进去就指着儿子刚才跑掉了的的士的大致方向，叫的士师傅追赶上去。

王教授感觉是对的，那辆的士里坐着的的确是儿子王逸晨。他没有叫的士驶向电视台，也没心思找同学好友聊聊心里的郁闷，就叫的士师傅将他拉到城东城郊结合部的玄都观去。20分钟后，他付了车费后便下了的士，向玄都观里快步走去。

这时西边的落日欲沉未沉，林壑敛暝色，云霞收夕霏。虽然香客稀少了，但仍然香烟缭绕，仍然有求神问卦的三三两两的香客虔诚跪拜。

王逸晨进到大殿里，沉思有顷，便跪在了佛像前的蒲垫上，凝神静气地双手捧着签筒，闭目晃动几下，就从签筒里跳出一支签卦来。那签卦上一行字迹异常醒目："密云不雨，自我西郊。"王逸晨不知是什么意思，就像其他香客一样拿着签卦去问询专门解卦的主持。那主持鹤发童颜，颇有一番仙风道骨的遗韵。他接过王逸晨双手呈上的签卦，看了两眼就说："汝所求者乃小畜卦，是《易经》六十四卦之第九卦。唐时崔觐曰：'云如不雨，积我西邑之郊，施泽未通，以明小畜之义。'不知居士所问何事？"

王逸晨听不懂主持所说的是什么意思，就很直白地说："烦请长老指点狱讼之事——就是打官司。时间在二十八日这一天。不知能不能打赢这场官司？"

主持闭目沉思默想了一会儿说："二十八日。二乃双数，吉数也。十与八亦为双数，然据阴阳相克之理，双数为阳。阳阳相克，则为阴。二与十则变为阴了，然八复又为阳。翻了个个儿，又变成阳了。按说既然为阳了，当然是吉了。可是阳又加日，日自然是阳，便又变为阴了。恐怕非吉利之象了。"

"您是说……"尽管老主持说得很是深奥，但大致意思王逸晨还是懂的，一瞬间连呼吸都急促了，"……官司会败？"

"这乃天命，非人力可为也。"

王逸晨欲待再问个禳解之法，怎奈那主持闭上眼睛就不再答理他了。后边还有排队等候解签的香客，他哪好再纠缠下去。他在心里对自己说，如今是什么年代了，还相信这个？他出得玄都观，跳上一辆的士就飞驰而去。

恰巧他父亲王一帆的士刚到，还没有下得车来的老教授发现儿子神神道道的，心里一阵阵发紧。他弄不明白，儿子究竟叫什么邪气缠上了身？难怪儿子近段时间萎靡不振的。老教授不禁懊恼自己不该见到儿子就发脾气的。为什么就不能好好摸摸他心里究竟有个什么坎迈不过去？他愣愣地望着儿子奔跑的方向发起呆来。慢慢地，他想通了，儿子已经长大成人了，一代人有一代人的价值观，父母当保姆的时代已经过去了。今后的路还长哩。该怎么走，儿子不是弱智，他会把握好自己的。

这时的王逸晨坐在的士里心事重重，他想得最多的是，凭那条新闻所列的事实（画面）是驳不倒茂达超市的，因为那上面没有问题猪肉的特写，就是说画面提供不出强有力的证据来。一听说茂达超市将南源电视台告上了法庭，他就心头一紧，当晚就找到学法律的同学，咨询这场官司结局如何？那位同学说关键是证据过硬不过硬。如果新闻里没有说服力的画面，肯定对电视台不利。"那么就得找证人了。找当时的目击者。"

于是他在头脑里经过一番紧张的搜寻，最后想到了梅梦嘉的奶奶。他现在是那么急切地希望见到梅梦嘉本人。尽管这时华灯初上，他还饿着肚子，他没心思坐到餐桌边。他要请梅梦嘉出面说服她奶奶出庭做证。他与梅梦嘉曾经是相知相爱多年的恋人。古书上常说的青梅竹马两小无猜，他俩就是这般情形。从幼儿园到小学、中学直至大学，他与她都形影不离。她的奶奶他是见过的——尽管他不曾到过她家里正式确认当时尚属地下的恋情。他对她奶奶太熟悉不过了。幸好播那条问题猪肉时，胡奶奶的特写镜头还没被冲掉。如果请她老人家出庭如实说出当时情形，那么这场官司就有赢的可能。如果官司赢了，他的心里肯定就不会有什么负罪感了。现在他才真正懂得了什么叫一失足成千古恨。如果没有负罪感，他不就扬眉吐气，活得舒坦么？唉！怎么就这么不小心把镜头给冲掉了呢？

他掏出手机拨了梅梦嘉的号。他觉得梅梦嘉不管怎么说，也得念在旧情上不会拒绝他。想想当年的懵懂痴情的所谓爱情，他至今都感到那简直是儿童游戏。还是念初中三年级时，已经萌生了爱慕情愫的他，终于鼓足勇气，在一天放晚学的傍晚，当落霞在高楼阔大的玻璃幕墙上闪跳着熠熠光芒时，他硬是等着了梅梦嘉。他要与她相约着步行回家，因为回家的路并不遥远，半里路的样子。他俩一路上喋喋不休地说着他俩认为最知心的共同话题。在穿过城市一个袖珍街心花园时，两旁的茂竹修林绿意盎然，青翠欲滴。以前上小学时，他与她就曾趴在这儿的草地上一起做过作业。正穿过竹林的才十三四岁的少年郎突然像得了疟疾似的，浑身抖个不停，梅梦嘉见他面红耳赤好生奇怪说："怎么啦？"他突然将一张纸条塞给她，说了句"你回家好好看看吧"，就急急地跑了。其实那张纸条上写得相当简单："嘉，我喜欢你。"

从此王逸晨像做了亏心事似的，虽然与梅梦嘉同坐在一个教室里，却始终不敢抬头望她一眼。他心如撞鹿，生怕她不高兴向老师告发了。结果虚惊了一场，那几天从早到晚都平安无事。一天放晚学回家时，梅梦嘉主动叫住了他说："咱们步行回家吧。"他大喜过望。这就是说她愿意与他好下去。从此以后他俩无话不说，当然还有许多这个年龄段的憧憬。那时梅梦嘉的语文成绩是班里的头一块牌，尤其作文写得棒。班主任老师曾经骄傲地称赞她是个小才女。这就越发激发了她的语文方面的天赋。一天她悄悄对王逸晨说："放学时咱俩一起回家，我要你帮助我出个主意。"王逸晨当然像往常一样，每逢梅梦嘉相约，心就莫名其妙地欢跳个不停。他俩有说有笑地再次走过那个街心袖珍花园时，梅梦嘉就说："我给你看看我刚刚写好的一篇作文，你帮我出个主意投到哪个刊物好。"那是一篇如冰心的《小橘灯》一样精致细腻优美隽永的文章。心上的恋人看得起自己，征求自己的意见，他当然甜滋滋地要绞尽脑汁帮助，将青少年刊物在心里滤过了无数遍。还没等他拿出主意来，梅梦嘉就从书包里摸出了一本青春刊物来，指指点点地说："就投给它吧。这上面约稿启事说，热切期待你的处女作光临我刊……"她意犹未尽地继续说："我还是蛮符合他们约稿要求的。你想想吧，我就是一个标标准准的处女……"说到这儿，她就拿起笔来，在稿子上端端正正地写上了"尊敬的编辑，我是一个初三的学生，也是一个经得起严格检查的处女……"

本来这属于他俩的秘密，不会向外泄露出去。随着年龄大了，双方都知道什么叫处女作了。王逸晨也曾暗暗地打趣揶揄过梅梦嘉。再往以后，具体地说就是梅梦嘉进到电视台当上了人人艳羡的播音员主持人后，随着声名开始鹊起，她眼界开阔了，已经不大看得起王逸晨的教授家庭、富裕人家独宝儿子这些实实在在叫一般市民女孩羡慕的背景了。她已经攀上了高枝。他就偶然间亲眼见过她依傍在一个当地颇有点名气的土豪身边，那人不是茂达的王如瑾。他借着踏青的名义，约她到郊野外，专门找一个适合吵架的地方，与她狠狠地吵了一通。这是进到电视台后的事情。

梅梦嘉振振有词地反驳他："我又没有嫁给你，与什么人交往爱怎么交往，那是我的自由，你无权干涉。"

王逸晨哪受得了这种奇耻大辱？当晚他约上常谷川跑到酒店喝得酩酊大醉。

第九章 法庭对阵

此时的梅梦嘉，正与被奶奶与苏锦心美化为财（才）貌非俗流的徐荣辉，坐在一家很上档次的咖啡屋的包间里。她是女孩子，当然不好意思主动约请徐荣辉。这真是巧了，苏锦心离开她家后，她就接到了徐荣辉的电话。起先她还不知道邀她的是什么人。及至对方自我介绍是徐荣辉时，她不由得心里一喜。但嘴上还得显得拒人于千里之外的凛凛然不可冒犯的风霜高洁态："哦。我知道你，对不起，我没工夫，也没有好心情。"她知道她如今已经是当地的名人了，徐荣辉恐怕每天都在电视上一睹自己的芳容，早就垂涎于自己的美艳。她越是拒绝对方，就越是会激起对方强烈的相与交往的欲望。果然徐荣辉很恳切地说："梅小姐，我已经将咖啡屋都预订好了。你如果肯赏光的话，我来接你，随便聊聊嘛。你高兴就多聊一会儿，不乐意就少聊一会儿，怎么样呀梅小姐，我的车已经到你的小区门口了。"

她这才装作无可奈何的样子说："那就去呗。"

她与他终于坐在了一起。她细细打量了一下徐荣辉，果然人看着很有内涵，越看越有几分帅气，举手投足间显示出年轻人特有的干练与精明，比之王如瑾来，另有一番过人之处。她正处于花季岁月，有的是时间让她多多挑选。按照她择优录取的原则，多看几个从中选择最优者终生都不后悔。只是这个徐荣辉比起王如瑾的"财"不知怎么样？这得好好打听清楚。"徐荣辉先生，不知贵厂生产什么产品？利润怎样？"徐荣辉自然知道这是考察他的财力。

"主要生产日用化工产品。回报嘛当然还算可以。分到我名下的份额，在我们这个中等城市里，一个月的纯利润可以买一套上百平米的房子吧。"

"啊？嗯，这么说这个厂并不是徐先生你一个人开创的事业喽。"

"当然不是。我的上头还有大老板。不过我持有百分之二十的股份。"

"哦。能问一下你的大老板是什么人吗？"

徐荣辉笑笑，挺幽默地说道："这个暂时留点悬念吧。不然再次见面时就没有新的话题了。"

梅梦嘉嫣然一笑说："好。看来你还是个很有生活情趣的人。"

他俩这么深情款款地说着不是情话的情话。徐荣辉漫不经心地把玩着已经喝空的咖啡杯子，身子稍稍向对面的梅梦嘉倾斜过去，慢慢地将杯子推向卡座的中间，到最后就将杯子推到了梅梦嘉的跟前。这之后就将双手拿开，身子收回。这是徐荣辉刚刚在一本书上看来的一招：如果她将杯子推回到你的这一面，说明她对你的动作很困惑，或者你的举止让她感到不舒服。如果她不在意地将杯子接过去，有意无意地细细观看一番，表明双方就有了某种默契。那么接下来则有戏了。当徐荣辉做完这一切后就紧张地盯着梅梦嘉的反应。

想不到梅梦嘉咯咯地笑得花枝乱颤，莺声燕语地说道："想不到徐先生现买现卖还这么恰如其分。刚好我也看过这本书。书中说如果女孩子与你的动作一致，表明我就对你有好感，如果无动于衷的话，说明我对你根本就不感兴趣。现在我就有点难办了，我是与你的动作一致呢还是毫不理睬呢？"

徐荣辉一时倒被弄得尴尬极了，他笑笑到底找到了摆脱难堪的说辞："梅小姐聪慧过人，令人佩服之至！"

梅梦嘉很高兴地眨着美丽的大眼睛，权衡着徐荣辉与王如瑾究竟哪个更富有，哪个前途更辉煌。

就在这时，王逸晨的电话打来了，她不得不接听。王逸晨在电话里说必须见见她，他有要事找她谈谈。她断然拒绝说："我现在没空，明天上班说吧。"

"我只耽搁你几分钟就行。"

"我说过我没空。"

"难道几分钟的时间都抽不出来吗？我无论如何要找到你。你我手机都有定位功能，我知道你在哪儿，我定会找你的。"

梅梦嘉知道王逸晨的倔劲上来了。别看他平时不吭不哈，一旦决定下来的事情，就是九头牛都拉不转的。如果违拗了他，说不定他会干什么傻事来的。这种禀性最可怕，只得妥协道："那你就来城北咖啡屋吧。我在门外等你。不过说好顶多5分钟，我真的不能陪你太多时间，请你理解。"

"好吧。"

梅梦嘉对徐荣辉镇静如常地编排道："一个同事——男播，他明天要我替他代班，他今晚必须将要播的新闻稿交代清楚。我去去就来，就在楼下大堂里。"

梅梦嘉刚一下到大堂里，王逸晨就急急地赶了来。她不得不迎了上去，手指着旁边的一排沙发说坐下说吧。

"我不坐。我求你一件事情，茂达超市状告我台开庭时，务必请你奶奶当好目击证人实话实说。"

"你是说茂达超市告我们南源电视台的那场官司？"

"嗯。"

"怎么又跑出来一个说客？她闹不明白他王逸晨跟这场官司有什么关系？败也好胜也好，关你屁事？真是咸吃萝卜淡操心。她哂笑一声讥诮地说："你什么时候成为了台长副台长一级的人物？这个心应当由他们来操嘛。"

"作为台里的每一个员工都应当为台里的声誉着想。"

"你不觉得你说的可笑之至吗？"梅梦嘉鄙夷地一笑说，"我还是第一次发现你有这么高尚的团队荣誉感呐。真是稀奇了。"

"你说你愿不愿意说服你奶奶吧？"王逸晨咬住死理就是逼她有个真实的态度，话却说得气呼呼的。

梅梦嘉嗤地笑出声来说："难道我不是南源电视台的员工？没有团队荣誉感？这个还要你来交代叮嘱？真是咄咄怪事？放一百二十个心吧你。"说着转身就往楼上走。她在心里嘀咕道："真是个神经病，这么急切怕是有别的什么隐情吧！"

王逸晨完成了某种神圣使命似的长舒了一口气。

正式开庭的时候，东城区法院民事审判庭座无虚席，不仅有茂达超市的员工和南源电视台的员工，还有南源市各家新闻媒体的记者。苏锦心与台长郭海山作为法人代表与当事人都出庭应诉。幸好事先找过胡奶奶，胡奶奶正气凛然地表示愿意出庭做证。应当说这场官司南源电视台胜券在握。苏锦心由于第一次经历这种场合，心里还是弥漫着几分紧张。她见郭海山坐在被告席上，面孔绷得铁紧，平静中带着几分冷峻，感到是自己连累他当了被告。一个普通员工给上司惹下了法律纠纷，说什么也是件不光彩的事情，她有几分愧疚感。再看看茂达超市的王如瑾，昂首挺胸地坐在原告席上，神情自若，甚至飞扬着自信满满的骄矜之色。

苏锦心神色焦虑地不时看看表，表盘上的秒针走得仿佛比往日慢了许多，成心折磨人似的仍在不紧不慢地发出嚓嚓声。时针好不容易指向九点整，整个审判庭里开始出现一阵骚动：身穿黑衣的主审法官与陪审员、书记员等法庭的一干人等登上了审判台，双方的律师也都坐在了自己的位置上，气氛显得分外凝重。一声法槌骤响，主审法官庄严地宣布："现在开庭！"

按照程序，原告陈述理由与诉讼请求。王如瑾根本就不要律师开口，自己就抢先滔滔不绝地陈说了状告南源电视台的缘由。他一口咬定，南源电视台播出的那条所谓茂达超市的问题猪肉的新闻是条标标准准的假新闻，诋毁茂达超市的声誉，造成了茂达超市的巨大经济损失。他一二三四五甲乙丙丁戊地倾吐得富于激情，看来他在大学时一定是个一辩高手。可惜时间超长了，审判长击下法槌拦截了他的长篇大论。

台长郭海山也没等法律顾问开口就提出——平时火暴性子的他这刻却异常冷静："我希望主审法官听听我台的当事人，亲自采访茂达超市出售问题猪肉新闻的

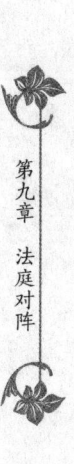

记者苏锦心谈谈她采访的真实过程，也许对于我们辨别事实真相大有裨益。"

主审法官面无表情地说："准许！"

苏锦心于是深呼吸了一口气，极力平复着疾跳的心，便条理清晰地将如何接到报料，如何采访，如何受到食品柜台的一帮人粗暴阻拦，总经理王如瑾先生如何显得很开明，请她与王逸晨到办公室去相谈甚欢等等过程谈得相当到位。

王如瑾嗤的一声说："关键是证据！我们不是来听你谈采访故事的。你在新闻里说茂达超市售卖问题猪肉，那就请苏记者拿出证据来吧。"

"新闻本身就是证据。"苏锦心底气不足地说。

"那好吧。"王如瑾冷笑一声说，"我请求法庭将当时播出的新闻重放一遍，叫在座的各位看看，我相信各位会得出自己的合乎实际的结论。"

审判长批准后，根据法庭安排，法庭墙壁上的背投重新播放那条引起争议的新闻。加上快一分钟的王教授的点评，总共约4分钟的长新闻播放完毕。双方当事人以及旁听席上的观众都大睁着眼睛，看得格外仔细，整条新闻从主持人现场出镜播报，到解说制作以及字幕等等运用得相当紧凑流畅，从技术层面上讲无可挑剔。而那块特写的猪肉右上方却打了个"资料"的字样。这就是说整条新闻没有茂达超市售卖问题猪肉的特写。画面上出现的猪肉与普通猪肉没有两样。

审判长宣布："下面进行法庭辩论！"

"我充分相信审判长，各位法官，以及旁听席上的各位，相信你们的慧眼与辨别能力，相信你们的正义感。刚才你们都看清楚了，"几乎在新闻刚刚重放完毕，王如瑾就好似恭谨地实则抑制不住扬扬自得地说道，"这是一条假新闻。彻头彻尾的假新闻！不知各位刚才注意到一个相当重要的细节没有：新闻里的问题猪肉的特写，却是借用的资料，硬贴上去的。足见这是条栽赃陷害的假新闻。原先见媒体上报道的假新闻，以为南源这地方绝不会出现这种败坏新闻界声誉的事情。哪知道每年都有批量生产这种新闻界的耻辱品种，出现好多宗假新闻事件，哪想到我们南源也出现了。打假难道只是一个食品与其他商品么？新闻具有引导民众的强大功能，假新闻就是误导受众的信息毒药！新闻打假应当刻不容缓！"

"你胡……"苏锦心本能地反驳王如瑾的胡搅蛮缠，她强抑着满腔汹涌澎湃的激愤情绪，说，"请王先生不要不顾事实真相说出不负责的话。我是凭着记者应当恪守的真实性原则，与记者的职业道德来采拍茂达超市的这条新闻的。我怎么可能造假呢？"

"这年头一些新闻记者为了引起轰动效应，为了炒作自己，为了一些不可告人的目的，造假于是就成为了他们的神器。茂达超市的所谓问题猪肉新闻恐怕就是这样出笼的吧？"王如瑾说得慷慨激昂，说完居然望着苏锦心很轻蔑地笑了起来,"苏记者,我说得不错吧?"

"不对。我是接到报料后赶到茂达超市的。而且,"苏锦心脸颊通红地驳斥道,"这个报料电话就是茂达超市内部员工打出来的。"为了打赢这场官司,她的确查证过信息咨询中心,从电话号码来看,那条报料的新闻线索就是从茂达超市里传出来的。

"呵呵,这能说明什么呢?如今电话号码造假也不是什么新闻了。退一万步讲,真的是我茂达超市的员工打给你们的,焉知他不是为了报复泄愤?超市里严格的规章制度总会得罪一些员工,引起他的强烈不满,他为什么不寻找一个机会无中生有地报复一番呢?"这时候王如瑾一听报料的电话竟是从茂达超市里传递出去的,心里一惊,便急速地在心里一个一个地排查可疑分子,他要将内奸的落点聚焦到具体人身上。谁呢?已经跳槽跑了的华诗辉?他应当不会,自他来到茂达超市后,我对他就像对待自己的亲弟弟一样,处处关怀备至,他感恩都来不及哩。极有可能是被罚了款的那几个混蛋!

"王如瑾先生一口一个造假,用这个来替自己辩护,就能够抹杀掉毒害市民的行径吗?"苏锦心已经完全平复了自己急剧起伏的心海,竟然说得急缓有度,"我们本来拍摄了好几十秒钟的问题猪肉的特写,可惜在编辑制作时却不小心给冲掉了……"她当然不便说出王逸晨的名字。

而坐在旁听席上的王逸晨却被击中了要害似的低下了头,他现在真的感到惭愧啊。

"轻描淡写地一句'不小心给冲掉了'就给我茂达超市背上黑锅?"王如瑾冷笑一声说,"我茂达超市是个讲诚信,讲商业道德,有着广泛良好社会声誉的企业。你南源电视台的这条假新闻一播,你知道给我茂达超市经济上、道义上造成了多么巨大的损失吗?"

王如瑾聘请的律师立即呼应:"审判长,茂达方面请求证据倒置——要求南源电视台拿出证据来。"

"我要求发言。"南源电视台的辩护律师举手向审判长示意。审判长说:"说吧。"

"既然我们从新闻节目上看不出问题猪肉的特写,而茂达超市一再矢口否认出售过问题猪肉,并且原告要求被告拿出证据来。那么应当传目击证人到庭说出当时的真实情形。"

"批准。"审判长说,"可以传证人到场!"

守候在法庭外面的法警高声喊叫道:"请证人到场!"

于是在众目睽睽中——一些人怀着莫名的期待,一些人则是想见识一下证人的庐山真面目。双方老这么唇枪舌剑地来言去语地争论，这"剧情"始终没有向前发展，看得或听得都有些厌倦了，往下谁还有兴趣看下去？法庭里一时安静下来。

这时打审判庭侧旁的门外进来一位老太太，满头白发。干瘪的嘴唇上还涂抹着口红，再看看胡奶奶周身上下，收拾得清清爽爽，显得很是精神，并且为了出庭做证，她还专门置办了一身合体的有几分老来俏的潮装。

坐在旁听席上的常谷川压低声音咬王逸晨的耳朵："这老太太像是待嫁新娘一样，精心修理得可圈可点。不知迎娶她的老光棍是哪位？"

王逸晨并不看他一眼，小声地责怪："别太损了，嘴上积点德。"

胡奶奶一出庭，苏锦心、郭海山与南源电视台所有在旁听席上的记者、编辑，都将希望寄托在了她的身上。此时的她成为了举足轻重的人物，她一言可兴邦，一言可灭国。谁胜谁负就全凭她嘴皮子上下碰那么几下了。苏锦心心里有底，那晚她专门寻到胡奶奶家，说明来意后胡奶奶正气凛然地慨然允诺，她就觉得真是找对了人。她不需要老人有意偏向谁，只需老人说出当时亲眼所见的真实情形就够了，于是她怀着几分庆幸的心理，将强烈希冀的目光锁定在了胡奶奶的身上。

坐在旁听席上的常谷川又忍不住对王逸晨耳语道："只要这个奶奶说出事实真相来，我们就赢定了！"

王逸晨心事重重地低声说："莫跟我谈这个了，我头痛。"

胡奶奶按照法庭安排，坐在了第一排证人席上。不巧刚好背后位置上就是常谷川。这时审判长见证人已经落座了，便吩咐法警按照法律规定将胡奶奶的身份证呈送上去审查。审判长对照着胡奶奶认真审看了一会儿后，说道："证人胡曼莉，本庭需告知你如下法律要求：证人就其所知道的案件事实，应当向法庭如实做证；做伪证的，应当承担相应的法律责任。构成犯罪的，依法追究刑事责任。听清楚了没有？"

胡奶奶中气很足地回答说："清楚了！"

"那就请你把当时正欲购买猪肉一事陈述出来。"

胡曼莉轻轻咳嗽一声说："当时我在茂达超市食品柜见猪肉新鲜，就想买几斤，这时南源电视台的记者就来采访了。"

"那么你所见到的那猪肉与往常所见到的有什么不同吗？"审判长只需要关键的证词，当然不愿意听她啰啰唆唆地说一大堆与本案无关的情节。

"我看着那猪肉好新鲜好新鲜。就就就……要买几斤……后来一个小年轻说这肉有问题，有毒不能食用，我当时并不知道这猪肉有什么不好。听那年轻人一解释，吓了我一大跳……就就就不买了。"

"那么你看到的那猪肉与平时见到的有什么两样吗？"审判长继续问道。

"两样？我人老眼花，看不太清楚，只感到很新鲜很新鲜……"

轰的一声，一颗原子弹在苏锦心的心海里爆炸了。她一阵摇晃一阵眩晕。她没想到胡奶奶竟然改了口，不肯说出事实真相。她终于定了定神。没待审判长发问，她就迫不及待地问道："胡奶奶，您老那时亲眼所见，还亲自对我说，要不是南源电视台的记者，您恐怕就要花钱买毒品了。您还说难怪看着这猪肉红得怕人，原来竟是有毒猪肉……"

"你说什么姑娘？我听不清。"胡奶奶侧过耳朵大声地反问道。

"我是说你当时还说这猪肉红得怕人……"

"哎呀，你看我这耳朵，硬是听不清楚，姑娘你再大声点……"

苏锦心快要哭出来了说："奶奶，我只希望你能说出当时所见到的猪肉的真实情形来。这猪肉红得怕人，原来是有毒的猪肉，这家超市也太缺德了。你是不是这样说过？"

"唉，真是人老不中用，我这该死的耳朵，怎么突然就背了呢？"

坐在胡奶奶身后的常谷川气得浑身发抖。他旁边的王逸晨几次惊愕地抬起头来，困惑而沮丧地复又低下头去。常谷川看着苏锦心急得泪水都快溢出了眼眶，他也顾不得许多了，小声地骂了几句。

胡奶奶倏地回转过头去，怒目而视骂道："年纪轻轻的，骂这些不堪入耳的话，小心报应！"

常谷川也不是好惹的，反唇相讥道："我说什么了？我与我的同伴蚊子哼一样说几句悄悄话。怎么啦？刚才别人那么大的声音你说你听不清，怎么我这么小的声音你倒听清楚了？你耳朵一点也不背，简直可与高灵敏度GPS麦克风媲美！"

这一说闹得满庭哄然笑声一片。审判长将法槌一击严厉地说："法庭内严禁大声喧哗！现在本庭提出警告，如果再次犯规将驱逐出庭！"

胡奶奶到底姜是老的辣，满脸的尴尬迅速调整过来，说："还有什么要问的，姑娘你就问吧！"

苏锦心抱着最后一线希望，真恨不得喊她祖奶奶："奶奶，您老人家不是说衣服假嘛，还死不了人，可是食品一假就可能死人了。是不是这样的奶奶？"

"唉，我这记性我这记性，真的记不清楚了。将记不清楚的事说成板上钉钉的事情，刚才法官说了，是要负法律责任的。姑娘真对不起。"

"你……"苏锦心的心陡地往下一沉，她觉得自己一刹时坠入到了万丈深渊。她的意识是清晰的：那天傍晚她找到胡奶奶的家里，请她出庭做证时，胡奶奶都义愤填膺地表示绝不会叫缺德商家滑过去。她要到庭一五一十地说出她目击

第九章　法庭对阵

83

的真相。事情才过去了多长时间，怎么就发生了乾坤大颠倒？究竟是什么原因导致老奶奶改口的呢？难道茂达超市的王如瑾随后也跑到胡奶奶家里，买通了她？还是别的什么原因使她突然改变了主意？那么这别的原因是什么呢？

这时只听王如瑾露出了很克制的得意笑声，说："被告方还能找出什么证人来吗？真的假不了假的真不了。不是一条蓄意制造轰动效应的所谓新闻能够歪曲事实的。我茂达超市是经得起严格检验的！"跟着王如瑾严正地提出了茂达的诉求："我强烈要求：第一，南源电视台必须在电视上公开向我茂达超市赔礼道歉；第二，赔偿经济损失三百万；第三，今后不得重犯这类有损我公司声誉的事件来。"

审判长不得不进行下一道法律程序："原被告愿意庭下调解吗？"

王如瑾斩钉截铁地说："不同意！"

台长郭海山怒目圆睁，亦断然拒绝道："我台也不同意庭下调解！如果一审败诉我台将上诉到中院。我相信我台记者绝不会捏造事实栽赃陷害原告的。记者苏锦心是个相当敬业，具有良好职业操守的记者。刚才原告说了那么多诽谤诬陷的词汇，一股脑儿砸向她，这些都属于无稽之谈。我可以负责任地说出如下铁的事实：茂达超市销售问题猪肉是千真万确的。只是由于随同采访的记者编辑制作时不小心将铁证部分冲掉了，才给原告以控告我台的理由。既然当时在茂达超市食品柜台买猪肉的顾客不只是一个胡奶奶，那么我们还可以找到其他可靠的人证或物证！"

"庭审到此结束！"审判长庄严地宣布，"择日进行宣判。"

这分明表明南源电视台败诉了。众人散去时，郭海山将苏锦心、常谷川与王逸晨叫到自己的车上说："你们搭个顺路车吧。"

第十章　红颜一怒

台长郭海山开着车子往台里驶去。坐在车内的几个小部下都不敢开口说话。因为郭海山给人的印象是个不苟言笑，严肃得快赶上严酷的人，并且背地里还有编辑、记者封给他郭霸王的头衔。大伙谁敢放肆？

"你们听了这半天的庭审，有什么想法说说看！"郭海山虽然显得很霸道，但对部下他往往是相当平易近人的。

"最可恨的是那个姓胡的老巫婆，"常谷川愤愤地说道，"哪家电视台拍摄电视剧需要装疯卖傻的演员，她就是最佳人选。看她那样子肯定是有人做了工作的。我猜想八成是茂达超市王如瑾者流塞给了她真金白银，致使她将做人的良心都给卖了。在茂达超市买肉时她最抢镜头。现在可好，故意装出一副耳聋眼花的样子，一问三不知！怎么我像蚊子哼哼一样骂了她一句，她就听到了？这里面不是藏着名堂是什么？"说完后意犹未尽地补充道："难怪英国佬乔治·奥威尔说：'在一个全世界欺骗的时代，能讲真话就是一种革命行为'！"

"嗯，有道理。那个叫作胡曼莉的奶奶证人怎么临到做证时变卦了呢？"

苏锦心本想说胡奶奶是梅梦嘉的亲奶奶，我那晚亲自登门请她出庭做证，她慷慨激昂地表示到庭说出事实真相。可是今天一到法庭，来了180度的大转弯，态度立马变卦，肯定大有名堂。不过苏锦心没有说出来。这是她做人的原则：没有把握的事情不能轻易下结论。

没等她表示什么，郭海山继续说道："我看最大的问题是，法庭上呈现的播出带上那条新闻的录像资料，原告方是怎么弄到手的——肯定是原告送交法庭的。从它的清晰度来看，绝对不是我们重播时他们录下来的，而是从播出带上复制下来的。那么究竟是谁把播出带'出卖'给了原告？"

苏锦心心里一跳，对呀，整个官司要是没有那份播出带的复制件作为证据，结论可能就是另外一个样子。她立即想到了梅梦嘉。问题猪肉的新闻播出后的第二天，有观众来电话希望重新看一遍，华制片吩咐从已经入库的磁带库借出来用一下，结果叫梅梦嘉先一步借走了。那么她借走它干什么去了呢？肯定是她出卖给了王如瑾。苏锦心照样咬着嘴唇没有吭声。如果说出来，郭台派人一查，追查到了梅梦嘉头上，肯定会轰动全台，不要说台里不定会怎么处分她，光是编

(85)

辑、记者骂也要把她骂个半死，什么内奸啦，什么吃里扒外啦，什么胳膊肘往外拐啦。要不要说出这个秘密来呢？她细一想觉得说出来，也只不过出了一口气罢了，对于案件并没丝毫好处。她的心怦怦乱跳了好一气，到底忍住没有将所知道的情况说出来。她不忍心梅梦嘉为这个受到惩罚。这刻儿见台长郭海山问，只得这样回答道："我看着也觉得那段录像资料简直像是从我们的播出带上'过'下来的。"

"说不定台里出了内奸！"王逸晨也忍不住愤愤不平地哼哼出来。往下他就说不出个所以然来。对于那个证人胡奶奶，他与苏锦心一个思维模式。他不想说胡奶奶就是梅梦嘉的亲奶奶，就在昨天晚上他曾找过梅梦嘉，请她说服她奶奶出庭做证，说出亲眼所见的真实情况。梅梦嘉也答应过的。按照常理，既然自己的亲孙女在某个单位工作，那么作为奶奶肯定会帮助该单位说说话的，何况又不是要她做伪证。那么胡奶奶怎么就不愿谈出目击的一切呢？哦，他隐约听说梅梦嘉找了一个大款，说是南源一家超市的总经理，那么会不会就是茂达超市的这个王如瑾呢？他的心疾跳了几下，名堂恐怕就在这里吧。

"大家都要有充分的心理准备——做准备承受几重打击。第一重打击，全台有的人恐怕会看笑话。我们人还没回去，飞短流长各种议论恐怕已经跑出来了，搅得周天寒彻。第二重，当地的报纸明天就会刊登消息，报道南源电视台如何如何，但愿他们手下留情，不要扯上什么捏造假新闻之类的胡说八道。第三重打击，判决书最迟半个月后就要下达了，结论当然是南源电视台败诉。第四重，最最当紧的是，苏锦心要坚强起来，内心不要被自己打垮了。别人是打不垮我们的，打垮我们的其实就是我们自己。苏锦心你不是孤立的，你背后还有一个南源电视台！"

一瞬间苏锦心激动得差点掉下了眼泪。

"苏锦心，你说从信息咨询中心查到报料的电话是从茂达超市里打出来的？"郭海山一边开着车，一边继续说道。

"是的。我专门到信息中心查询过。"

"中心有录音吗？"

"有。很清晰。"

正说到这儿，苏锦心的手机响了，是制片华颜杰打来的，"苏锦心你人在哪儿？"

"刚刚庭审完毕……"

"我不是打听审判结果，我已经知道了。刚才接到报料，城西区一栋居民楼着火了，消防官兵正十万火急地投入灭火战斗。现在栏目组的记者们都在外面采访，抽不出人手来，你是不是辛苦一下，迅速赶去采访？常谷川等人在不在一起？在的话，叫他一道去。"

台长郭海山已经从手机里听清楚了，说："你们谁包里带着掌中宝？"

常谷川说："我带着的。我配合苏锦心去吧。"

苏锦心说："栏目组的人手紧，还是我一个人去吧。现场采访需要人的话，我会请人帮忙的。如今摄像机很普及了，随便找个人给他指点一下，就可以了。"

说着就拿过常谷川手里的俗称掌中宝的那个小巧玲珑的袖珍摄像机，说："郭台长，请停一下车，我打的赶去。"

"我送你们去。"郭海山叫常谷川配合苏锦心一道采访。车子向城西区奔驰而去。隔着老远就见火光冲天，人声嘈杂，水柱如条条怒龙一般扑向火海……

待苏锦心与常谷川下车奔向灭火现场后，郭海山载着王逸晨往台里赶去。路上郭海山好似漫不经心地问道："听说梅梦嘉过去与你从幼儿园一直同学到大学，发展成恋人了？有这回事吗？"

王逸晨谨慎小心地作答："回到南源时我们就分手了。"

"为什么呢？"

"各人的追求志向不同吧。"他没有说她如今已经傍上大款了，我一个穷光蛋，她哪还看得起。

"哦。我看你王逸晨一个生龙活虎的小伙子如今咋变得心事重重了？"

"不不不！决不是。是是是……"王逸晨想不到一台之长居然对自己的心理状态这么了解。他吓了一大跳，心都差点跳出了胸膛，生怕郭海山问起你怎么偏偏将问题猪肉特写给冲掉了？幸好郭海山没有这样问。

"哎，你旁听了一个上午，其中有个人你看着像不像我们台里的某个人哪？"

"你是说梅梦嘉有点像证人胡奶奶？"

"嗯，你觉得呢？"

"这个……嗯……说不好……"王逸晨不知为啥直到现在都觉得应当替梅梦嘉掩饰这个事实真相。

"说不好？"郭海山反问了一句，便没有再吭声了。

一回到台里，郭海山就找来副台长鲁怀远，告诉官司一审我们败诉了，判决书很快就要下达了。当务之急是寻找新的证据。茂达超市一个员工悄悄给台里打过电话，报料茂达超市售卖毒害市民的问题猪肉一事。信息咨询中心有这位正义员工的电话录音，需要将录音送到北京声纹鉴定所鉴定一下，以便弄清楚更多的那位员工的情况——当然不可能弄清楚这位员工叫什么，可是身高胖瘦年龄性别哪地方的口音等等，都可以分辨得清清楚楚，然后再找到这位员工本人就容易了。二审官司说不定就派上用场了。"

"我懂了，到二审时请他出庭做证对吧？"

"对。有这么个意思。"

"如果这人害怕丢掉工作怎么办？我是说他顾虑到这一层仍然不肯出庭做证呢？"鲁怀远至今都觉得郭海山批准播出那条新闻欠妥。

"首先你不需要替他顾虑了。到时我们以台里的名义帮助他另找一份好一些的工作嘛。万一不行，就把他安排到电视台做后勤保障人员。我们需要这种有强烈正义感的员工。"

"好吧，我立即着手办理这件事情。"

"半个月内我要结果。"

鲁怀远刚一离开郭海山的办公室，正欲往信息中心走去时，播音组给他打来电话，慌不择句地报告说："鲁台长，常谷川大闹播音组……"

原来常谷川与苏锦心采访完毕那场消防官兵扑灭大火的新闻后，为了今晚能够将它编发出来，他俩立即赶回台里。

坐进的士里，的士在奔驰，常谷川的思绪也在奔涌。想到刚刚过去的那场官司，他感到太窝囊了，他特别恨那个叫作胡曼莉的老太太。"哎，是谁找这么个老太太的？我敢肯定有人走漏了风声，就叫姓王的抢先给买通了，她就昧着良心一问三不知。要我说，找这个证人的人真该枪毙！"

一句话倒把苏锦心惹笑了，说："要枪毙就枪毙我好了，是我找的她。"

"什么？是你找的她？你怎么找这么个不靠谱的？她的良心叫狗吃了。"

"嘴上积点德好不好？"苏锦心也没想到胡奶奶会在关键时刻变卦，她当然恨这位老人两面三刀的不良德行。自己到她家里请她出庭做证时，她刹那间浑身都是正气，怎么到了关键时刻就阴阳大裂变乾坤大颠倒了呢？苏锦心突然明白了，梅梦嘉——肯定是梅梦嘉火速通报给了原告方，使得原告赶到梅家做了策反工作。如果不是看在钱的份儿上，胡奶奶能昧着良心吗？那么梅梦嘉与茂达超市的王如瑾究竟是什么关系呢？有传言说梅梦嘉傍上了大款了，那么这个大款难道就是王如瑾？

"你不要光叫我嘴上积德了，"常谷川一脸正气地说道，"你行点善好不好——找这么个品质恶劣的人当证人本身就是个错误。你怎么想到找她？"

"第一，那条新闻上有她的特写；第二，她是梅梦嘉的亲奶奶……"

"啊？天哪！"常谷川惊叫起来，"答案就在这里，老太太到庭叛变肯定是梅梦嘉当了特务,把情报通报给了王如瑾,并且与王如瑾一道说服她奶奶到庭时该如何表演——恐怕连每个细节都设计好了。"

"你不要瞎吐槽了。这些你都是一厢情愿的猜想,不能拿到桌面上的。好啦,不要扯这个了。"

常谷川的心里顿时堵上了一股气难得咽下去。不要说他喜欢的人受到欺骗与伤害,他看着想着就心痛,就是一般有点正义感的人也是到底意难平。

常谷川哪里知道他正要找个由头兴师问罪于梅梦嘉时,梅梦嘉在播音组里跟其他编辑、记者们一样,正闹哄哄地议论官司败诉的问题。这时离午间新闻播报的出像还有一段时间,播音员主持人有的在看稿子,有的在化妆,嘴里自然都没闲着。

"听说咱们叫茂达告倒了?官司打败了?"一个男播手里翻着就要配音的稿子,不甘寂寞地播报重大新闻似的愤愤不平。

"这本在意料中嘛!"梅梦嘉薄施脂粉,撇撇嘴说,"你说人家茂达售卖问题猪肉,可是证据呢?新闻里面有特写吗?""听说王逸晨编辑制作时不小心给冲了。""通通是一种借口!你想嘛,怎么其他的镜头没有冲掉,单单把最能说明问题的镜头给冲了?"

"呵,议论得好热闹哇!"冷不防常谷川冲了进来,满脸笑嘻嘻地表示要参与他们的大合唱。他秀出满脸的深有同感跟着看笑话的轻松神态,"败了才好哩,不就遂了一些人的心意了吗?"

"常谷川,说话要凭良心,既然你我都是南源电视台的一员,难道败诉了你就很高兴了?"那位男播很愤慨常谷川的德行。

"我高兴个屁呀,有些王八蛋才高兴哩!"常谷川恶狠狠地骂道,"有些吃里扒外的臭婊子与人合谋就是要电视台一败涂地嘛!"

"你骂谁?"梅梦嘉停住涂抹唇彩的动作,她预感到间谍可能会将火烧到自己身上。

"你问我吗梅明星?"常谷川转头望着她,很亲切感人地问道。不待梅梦嘉回话,他慢悠悠地继续回答道,"我最想骂的就是那个不知从哪个旮旯找来的老太太!"

常谷川温柔地骂人如软刀子杀人,虽然不见痕迹却刀刀刺入心脏,梅梦嘉顿时热血燥涌,平时很注重秀出端庄形象的她再也顾不得许多了,一刹时变成了河东狮吼,怒斥道:"你满嘴喷粪哪!你说话怎么这么下流这么不堪入耳?"

"咦?那个证人老太婆是你的亲奶奶还是你的姑奶奶?"常谷川故作惊讶万分,用一种气死人不偿命的口吻说道,"听说她当初答应得好好的,到庭一定说出目击到的真实情况，可是一到庭却变了卦，你说这老太婆是不是缺德到家了？"

梅梦嘉红颜一怒如烈火焚身，喝吼般地骂道："没有丁点儿文明教养的东西，快给我滚出去！"

"你骂谁？"常谷川索性坐到旁边的椅子上，装出一副气呼呼的样儿来，对骂道，"我是没丁点儿文明教养东西，就你是个有文明教养的东西！你以为你是南源电视台的名播，就可以泼妇骂街一样的大骂台里你看不惯的人或事。你还有没有点集体荣誉感？眼看着南源电视台可以打赢的官司，却败在了一个老巫婆不肯说实话上了，你难道就不感到气愤吗？我偏要骂那个老巫婆，还要骂她不得好死，骂她太缺德，全家人都……"

梅梦嘉进到台里来何曾遭受过如此这般的辱骂？处处光环处处受宠，即使走到街上，人群中有眼尖的发现了她，都当着大明星一样将她团团围住，要她签字或者合影，使得她自我膨胀得不知身在何处了，哪把一般编辑、记者放在眼里？如今竟遭到常谷川的这般破口漫骂，她哪能咽得下这口气。要对骂的话，她知道无论如何是骂不过常谷川的。她无意瞥视了旁边几眼，发现其他几个男女播音员主持人都捂着嘴哧哧地窃笑，她甚至听到有人在低低耳语："听说那个证人就是梅梦嘉的奶奶呢……"

她怒不可遏地戟指着常谷川道："你等着吧！"她一个电话就打给了副台长鲁怀远："鲁台长，常谷川大闹播音组，我们无法工作了，今晚的节目也无法保证正常播出了。"

此时，鲁怀远匆匆地赶了来。一见常谷川还坐在那里，居然很是淡定地似乎等着他的到来，气就不打一处来，厉声说道："常谷川，你怎么跑到这里来捣乱？人家播音员主持人还怎么正常工作？"

"鲁台，"常谷川立即起身以示对台领导的尊敬，胸有成竹地说道，"我并没有什么越矩呀？"他心里有底，自己那个头开得很好，没有点明证人就是梅梦嘉的奶奶而责怪梅梦嘉，整个口角或者说争论的焦点就是谴责证人嘛，那么鲁怀远能把自己怎么样？顶多偏向梅梦嘉不轻不重地批评自己几句。什么大闹播音组？梅梦嘉也太耸人听闻了吧？叫在场的众人做证，她的言过其实一戳就穿。

梅梦嘉凭着自己过硬的业务素养和外在的条件，过五关斩六将地终于成为了南源电视台播音员主持人中的一员。这种特聘专家评委层层筛选，当场亮分的阳光透明的选拔法是没人帮得上忙的。台里对她也是青睐有加。

鲁怀远白净的面孔黑煞煞的恨不得将人活吞了，指着常谷川恼怒地斥责道："你还是一脸无辜的样子？怎么跑到这儿来扰乱人家的工作？"

"鲁台我没有，绝对没有扰乱他们的工作。"对于分管台长常谷川不敢马虎，一副很谨慎恭谦的口吻，"我路过他们播音组，听到里头很热烈地议论官司败诉的事情，出于义愤进来凑热闹地说了几句而已。"

"这一说你还蛮有团队荣誉感了！"鲁怀远见梅梦嘉戚戚然地等着自己替她报仇，就厉声批评道，"你又不是台领导，更不是法人代表，要你操个什么心？"

"我没操心，也轮不到我操心嘛，只是与播音组几个兄弟姐妹骂了几句那个证人。"常谷川故意再次骂给梅梦嘉听，他心里很得意。播音组办公室里其他播音员主持人都捂着嘴咻咻地笑个不停，谁都不敢笑得张扬，那一抽一抽的臂膀表明大伙是乐意看这出精彩表演的。

果然一听常谷川还在破口大骂自己的奶奶，梅梦嘉气得将眉笔朝桌子上一扔，说："鲁台您在这儿他仍然大骂，哪有点教养。我没心情主持《现在播报》了！"

"还不跟我出去！"鲁怀远虽然闹不懂常谷川骂那个证人与她有何相干，惹得她大动肝火，但他不得不按照梅梦嘉的意愿喝退常谷川。

常谷川临走时嘟囔道："法庭上播放的作为证据的录像带，肯定是台里吃里扒外的家伙干的，台里为什么不追查？倒抓住这么点子破事做开了文章。"

梅梦嘉都听到了耳朵里，不禁心惊肉跳了一下，怔怔地盯着常谷川，鲁怀远奇怪她的表情，忙问道："怎么啦小梅？"

梅梦嘉惊悟过来，忙掩饰地说道："我倒要看看常谷川想干什么？临走都要骂个赢。"

常谷川离去后，梅梦嘉就说："鲁台，我想单独向您汇报一下。"

"那就到旁边的休息室吧。"鲁怀远说罢就领着梅梦嘉来到休息室。二人隔着一张桌子坐下后，梅梦嘉敛容蹙额地说道："鲁台，常谷川是被人当枪使了，他是替别人来报复我的。"

鲁怀远睁大了眼睛愕然地说："他替谁呀？"

"替苏锦心报仇雪恨呗。"

"哦。这个这……从何说起呢？"

话一出口，梅梦嘉感到必须将这事儿圆得滴水不漏才行。"那个证人是我奶奶。"梅梦嘉鼓足勇气到底说了真话。

"啊？"鲁怀远大吃一惊，"你奶奶的……你奶奶的这个……这个记忆力应当……还……还正常吧……这个她怎么就就……"

"她年老眼花，当时的实际情形究竟是怎样的，哪弄得清楚？她怕负法律责任。只能照实说呀。"

其实鲁怀远已经明了事实的原委，开庭的前夜他听龙得云汇报说苏锦心已经将证人找到了，并且到证人家里去征求过意见，证人大义凛然地表示愿意出庭做证，原来证人竟是梅梦嘉的亲奶奶。可是她当着苏锦心的面答应得好好的，怎么到了法庭上就变卦了呢？这中间究竟是什么原因使她改变初衷了呢？难道茂达的王如瑾随后赶到梅家做了策反工作？那么又是谁通报给王如瑾的呢？自然少不了梅梦嘉这个牵线人。台里员工流言蜚语说梅梦嘉傍上了大款，那么这个大款恐怕就是王如瑾了。是不是王如瑾当场甩出了成捆的钞票，梅梦嘉的奶奶就被收买了？

"这么说常谷川是故意找你的碴儿？"鲁怀远试探性地问道，"他为啥要这么干呢？他与苏锦心……"

"都在传说常谷川在拼命追苏锦心。八成是苏锦心告诉给常谷川后，常谷川为了讨好苏锦心就跑到播音组来骂。我听说当初鲁台与龙总监就预见到那条新闻可能会引起麻烦，不赞成播出，苏锦心不听，说是专门跑到郭台那里还告了你与龙总监一状……"

这一说，真正激起了鲁怀远的一腔怒火。

"我明白了。你奶奶的……你奶奶的做法是正确的。不能因为孙女是电视台里的，就歪曲事实。忠实于法律，有风骨！"鲁怀远言不由衷地说道，"你与你奶奶都不要有什么心理包袱。特别是你，在南源已经是家喻户晓的知名人士了。连外地来南源的客人都羡慕南源市出人才出美女。你不是一棵无名的小草，一点小风浪就吹倒刮跑的，要挺得住，争取更上一层楼。"虽然是几句空泛的安慰话，梅梦嘉却到底露出了迷人的笑靥。

忙完当天的新闻节目后，新闻频道龙得云总监就发通知：所有编辑记者吃过晚饭后，开半年工作总结表彰会。这也是惯例，台里开大会之前，各个频道或中心，各个部门得先将半年工作总结表彰会提前开了。新闻口要开也只能晚上进行，因为白天众人都在忙节目，所有人员根本就没时间集中到一起，所以只能放在晚上进行。晚上7点半，灯火通明的办公区格子间，坐满了各个新闻栏目的编辑记者。

《与你同行》栏目组的编辑记者也都齐刷刷地坐在了自己的办公桌前，等待总监龙得云前来讲话。在他来到之前，就是记者们发泄情绪，放松心情，说笑打趣挖苦嘲讽的极好时机。常谷川就笑嘻嘻地悄声向身边的年轻伙伴说了他与梅梦嘉的恩怨纠葛。

"常谷川太郎你别光顾着图嘴巴一时痛快，小心她收拾你哟。"他们有时喊常谷川就喊常谷川太郎，因为他的名字怎么听都有种日本人的意味。宋汝成不紧不慢地提醒说，"那娘们儿有的是伎俩。"施蔚然皱皱眉头低声呵斥宋汝成道："胖子你跟着瞎起哄，你找死呀你！"

宋汝成立即不敢吭声了。常谷川俯在他的耳朵边蚊子一样哼哼叮嘱他说："你最有资格收拾施老娘了。到时别客气，狠狠地收拾她一顿，叫她知道咱爷们儿也不是吃素的！"正说到这儿，只见施蔚然弹簧一样弹跳着立起身来。原来她是举行她独有的仪式迎接副台长鲁怀远与总监龙得云的到来。立即几个哥们儿姐们儿也受到影响似的不得不跟着立起身来。鲁怀远笑吟吟地挥挥手说："坐坐坐。坐吧！"

龙得云几步来到格子间的中间地带，说："开会了。我先简单地讲讲频道上半年的工作，然后就请鲁台给我们作指示。"龙得云果然讲得比较简单——这很符合众人的意愿，哪个愿意听那些毫无新意的东西呢。龙得云一二三四五地回顾了半年工作成绩，又将打印好的中心应当表彰的先进工作者名单念了一遍，并提出应当给予的物质奖励，每人奖励一千元。可是奇怪的是，先进工作者名单里单单就没有苏锦心的名字。坐在苏锦心旁边的常谷川就愤愤不平地抱怨起来："怎么没有苏锦心哪？"

龙得云瞟了他一眼，说："苏锦心属于台里表彰，我们频道就……就不重复了。好了，下面让我们以最热烈的掌声欢迎鲁台给我们作指示！"掌声并不热烈，鲁怀远并不计较，开头第一句话就冲着常谷川而来：

"你咋呼什么？"鲁怀远接过龙得云的话头，继续说道，"新闻频道半年来工作成绩是显著的，这是有目共睹的，这个就不用我多说了。我要说的是，记者编辑中滋长了一种很不好的风气。个别人不听招呼，动不动就越级跑到郭台那里去告状。结果怎样呢？结果可能大家知道了，台里丢尽了颜面，众人点击一下网络看看，一场官司把南源电视台弄得臭烘烘的。"众人刷地将目光锁住了苏锦心。苏锦心只感到一股倒春寒袭遍全身，寒彻骨髓，她强忍着不使眼泪掉下来。

鲁怀远继续慷慨激昂地讲下去："更叫人可气的是，不知是谁居然煽动个别人泄私愤，个别人居然就上这个当，跑到人家播音组去大闹天宫，搞得人家都没法正常开展工作了。这是什么性质的行为？嗯？"鲁怀远厉声说到这里，龙得云插话严肃地宣布说："我们新闻频道决定给常谷川记过处分一次！扣掉当月奖金！"

常谷川差点跳起来了，怎么将账算到我的头上了？梅梦嘉那小娘们儿里通外当了内奸，还不准别人议她个不是？准是鲁怀远与龙得云商量好后给自己的惩处，而且肯定是鲁怀远的意见。常谷川真想破口大骂一通，方泄心头之恨。可是

第十章 红颜一恐

93

他不敢。在背地里发发牢骚可以，说说怪话也行，传播个小道消息也成，反正图个嘴巴快活嘛你能把爷们儿怎么样？人长着个嘴巴就是用来吃饭与说话的呀。没听说是用来喷粪的——龙得云与鲁怀远就是属于喷粪那种异类。常谷川不敢跳起来是一回事，但在心里发泄一通还是办得到的。他在心里痛骂鲁怀远与龙得云一丘之貉、狼狈为奸，当个芝麻粒的小官就学会了整人，他感到恶心。他果真悄悄将指头伸进喉咙里，突然抑制不住哇的一声要吐出来了，他急忙用手捂住嘴巴赶紧往卫生间跑去。

鲁怀远皱着眉头问得挺关切："怎么啦常谷川？"

"我感到恶心。我并没吃问题猪肉，怎么就……"他其实在心里窃笑。自己作呕是正正经经的生理反应，你管天管地，还能管得住别人不要发作病症？了解常谷川小花招的记者们偷偷地笑起来。连这些天一直闷葫芦似的王逸晨也咧了咧嘴角。

"行了！别诡辩了！"鲁怀远大喝一声道，"你哪里是生理上恶心，而是对领导批评有意见。这还得了，这简直就是一股歪风邪气。"鲁怀远气得白净的面孔上掀起了一层乌风黑浪。

"对于这种成心与台领导唱对台戏的人，新闻频道绝不能姑息迁就！"龙得云忍无可忍，"必须给予通报批评，视情节给予加重处分！"

这一下子闹得整个会场罩上了紧张气氛，个个大眼瞪小眼，有的甚至连大气都不敢出。

"鲁台长，龙总监，"不料苏锦心却将发抖的声音送了过去，"你要批评要处分就……就批评处分我好了。"苏锦心随即站起来，一刹时她竟然变得异常刚毅坚强，说："常谷川并没有专门跑到播音组去大闹天宫。他只不过参与播音组议论了几句罢了。刚才他感到恶心，不管是心理上的还是生理上的原因，都是因为我惹起来的。这个责任应当算在我的头上……"

"苏锦心，"龙得云很恼火居然有人跑出来搅乱会议秩序打横炮，鲁台虽然是个副台长，但毕竟分管新闻这块，不给鲁台面子就是拆新闻频道的台，他不能容忍。何况敢于打出横炮的还是这个不听招呼的苏锦心，"你能不能虚心点，听台领导把话讲完？"

苏锦心执着地偏要把自己想讲的话讲完："我承认我没有听鲁台与龙总的劝阻，越级向郭台反映了茂达超市的那条问题猪肉的新闻。郭台觉得这是关乎到人民食品安全的大问题，批准播出了，于是引起了一场官司，我给台里惹麻烦了，而且连累了《与你同行》栏目组的个别记者……"

龙得云终于明白了，那天他叫施蔚然悄悄侦察一下究竟是谁把问题猪肉新闻一事捅到郭海山那里去的，当时初步怀疑就是苏锦心本人所为。害得他遭到郭海山一顿臭骂。现在一旦证实，他不由得对苏锦心恨火满腔，"苏锦心你有完没完？不要说现在讲话的是我们尊敬的台领导，就是一般人发言，出于礼貌你也不得随便打断别人的话吧？"

鲁怀远大度地摆摆手说："好啦，苏锦心不要说了。有些问题反映到台长那里去并不是什么坏事。至于常谷川的内部通报批评，这是新闻频道的事情，领导可以行使这个权力。目的嘛当然还是为了教育大多数编辑记者，从某种意义上来说也是为了常谷川好。"话题一转说道："苏锦心是个出色的记者，敬业精神、职业道德都堪称一流。台里半年工作总结表彰大会上将对她进行奖励。但功是功，过是过，这次惹出的这个官司也不能全怪苏锦心，她本人也未曾预料到。既然出现了这种情况我们都感到痛心。当然这场官司暂时的败诉，说明不了任何问题，因为我台接到一审败诉的判决书后将上诉到南源市中院。到时说不定彻底翻个个儿了呢！"

青春因梦想而绚丽

第十一章　倾诉苦闷

新闻频道半年工作总结半个多小时就结束了。鲁怀远、龙得云等人前呼后拥地离去了。看看时间刚到夜晚九点钟，几个不肯离去的哥们儿姐们儿仍然留下来热烈议论起会场风云骤然而起的是非曲直来。

"既然台里表彰苏锦心，为什么中心就不可以表彰呢？"常谷川音量不小地说道，"讲起话来天下黄河九曲十八弯，也不知讲的中心意思是个啥？又是批评又是表扬——表扬时羞羞答答的！"

"这就叫领导讲话的艺术。"宋汝成不紧不慢地说，"关键就在于你会听不会听了。"

"谁也不比谁傻，"常谷川气呼呼地说道，"本意不想给苏锦心表彰，但又不好跟郭台争辩——我分析肯定是这样的，所以老鲁同志就说得吞吞吐吐的。"

"给苏锦心奖励天经地义。我越来越觉得苏锦心为人坦诚，人品高尚。"一直不怎么吭声的王逸晨忍不住发表着无限感慨。

"苏锦心的为人是没说的。"宋汝成深有同感地说，"像她这种条件的女孩哪个不会装哆卖萌？看着听着就叫人作呕。苏锦心却本色自然。"

立刻有人模仿宋汝成的招牌动作说："默哀默哀。不然施大侠知道了还不收拾你？"立即引起一阵哄然大笑。热烈议论照样进行：

"就凭上省卫视那几个有影响的系列报道就该给苏锦心奖励，从中心到台里奖励她天经地义。"王逸晨忍不住继续发表着无限感慨，接着闷闷地说道，"我总觉着对苏锦心不公正。唉，有愧哟。"

"你这没头没脑的，"常谷川感到他一声叹息大有文章，忍不住问道，"谁有愧于谁？是你有愧于人还是别人有愧于你呀？"

王逸晨捧着个头再也不吭声了。

这时，正埋头在电脑上翻拣什么资料的施蔚然猛地抬起头来，喝喊一声："天下无不是的领导，我看鲁台也好龙总也好，都是值得我们尊敬的好领导。谁也别嘴巴发痒背地里诋毁他们！"

众人吃了一惊，想不到施老娘们儿还潜水在这儿，伏在电脑前从事地下活动。便感到没趣，纷纷起身离去了。独独留下一个宋汝成不敢溜走，因为施蔚然没有发话，他岂敢擅自行动？

　　施蔚然她出生在一个普通家庭深受父亲言行的影响。她父亲现在年已半百还是公司的一个小职员，她父亲曾不止一次地告诫她，他之所以原地踏步，与他的嘴巴没有站岗不无关系。他年轻时是个愤青，往往只顾图嘴巴一时痛快，毫无忌惮地全盘贬损单位的大小领导，在他快活的舌尖上一个个头头脑脑都变成了该枪毙几百遍的家伙。结果落到今天这步田地。当她大学毕业进到电视台后，她父亲将自己蹉跎一生的遗憾作为家训通通告诉给了她。语重心长地告诫说："我虽然败在了职场，可是有些教训在职场照样实用。"她于是得到真传慢慢学得乖巧了，学会看风使舵了。谁能主宰自己当下的命运，便贴心巴肝地讨好谁，而这种讨好是不露痕迹的。譬如绝不在公众场合八卦任何顶头上司的绯闻，并且还面带微笑地更正别人的"误读误解"；即使在台外人士面前，她也毫不吝啬地对台里一些势力派的大小领导给足了谀美之词，说某某领导如何具有亲和力、凝聚力与号召力，台领导治下的头头们如何具有执行力等等。她相信自己的"歌德"总会传到当事人的耳朵里的，这比送去多少厚礼都管用。世上没有不透风的墙，议论某某的话总要经过你根本就弄不清楚的渠道流传出去。她这着还真管用，她曾出席一个同学的婚宴，不知怎的席间有人说起龙得云，有人说他在比他职级大的领导面前像儿子一样孝顺，而在员工面前则像个皇太子一样颐指气使的，威风了得。她则义正词严地驳斥别人胡说八道，责问是谁把我们的龙总歪曲成这个样子。肯定是平时工作中出了差错挨了批的人恶意地诋毁我们的龙总，然后就说龙总如何领导有方，如何新闻业务素养超强等等。座中有一个龙得云的哥们儿偏偏把施蔚然处处维护领导威信的杰出表现告诉给了龙得云。据说龙得云知道后高兴得嘿嘿地笑得连涎水都流了出来。

　　事后不久，施蔚然就当上了《与你同行》的责编。责编虽然不是什么官儿，却是个风吹不着雨淋不着，且对一般小新闻有权决定用与不用，还有决定新闻的长短的权力。譬如有的记者想将新闻做得长一点，可以多记几分，记者中一般没人敢小看她。

　　"胖子我警告你：少在公开场合与常谷川走得太近。别哥们儿似的热乎。"

　　并不敢随便走开的宋汝成不解地说："怎么啦？同在一个团队嘛怎么可以跟陌路人似的？"

　　"物以类聚，人以群分。你与他亲表弟一样打得火热，要是叫龙总、鲁台看见了，你说你是不是自找苦头？他们不待见的人，肯定反感别人与之搅在一起。譬如你很恨的人，若有人与他亲亲热热，你会是什么感受？"

　　"谨记谨记。经验之谈！经验之谈！"

就在大伙在格子间热烈议论时，苏锦心却呆呆地坐在了台院子后面树影斑驳里的小石凳上。此时虽然肚子饿得咕咕叫，浑身冒虚汗，但她却没心思吃饭，她没胃口。她感到太郁闷了。想起新闻频道会议上鲁怀远与龙得云批评处分常谷川一事，她就感到气不顺。常谷川表面看起来好似有几分吊儿郎当嘻嘻哈哈玩世不恭，可是掩不住他的正直，他的热心快肠，他的仗义执言，他的疾恶如仇的大男人的肝胆。凭什么给人家处分？她感到这都是自己惹的祸，给常谷川背上黑锅了。她欠了常谷川一份人情。她多想找个人好好倾吐一番啊。

看看到了深夜10点多了，她起身重又回到格子间办公区。恰在这时，手机响了，她一看来电显示，不禁高兴起来了。原来是男友商煜辉打来的："锦心，我的亲，怎么好久没有上网了？你能抽时间与我聊聊吗？"她脑海里生动着一个俊朗帅气活力四射的男孩的形象。

"好的，我马上就上网。"

被一种甜蜜与激动主宰着的她迅速点开QQ，点击视频聊天，果然她日夜悬心的男孩正等候着她的到来。"怎么，好像你不开心？因为什么原因？"

"没有什么不开心的呀！"她露出细密好看的玉贝牙矢口否认，"每天都生活在阳光里，没有理由不高兴嘛。"

"你跟我嘴硬！"商煜辉突然生气了说，"你还嘴硬！网上传得地球人都知道了。你拍摄的问题猪肉的新闻，竟惹出了一场官司，一审败得一塌糊涂。你难道不反思当初的选择对还是错？你多愁善感的性格根本就不适合从事新闻工作……"

苏锦心正要还嘴，商煜辉生硬地说："看看这段视频吧！"随即发过来一个链接。

苏锦心点开了。

画面上出现了一个布置得简洁明快主题鲜明的演播室。在镜头摇过无数个角逐者面部后，演播室便娉娉婷婷地走出来一位妙龄美女。那女孩美得勾魂摄魄，疑是世外仙姝人间娇娃，曲线优美高挑而略显几分骨感的曼妙身姿，凸凹有致地显示出仪态万方的书香风范，尤其那双好似深邃天幕上寒星一样的明眸，秋波流转，忽闪忽闪地散播着万种风情。

评委席上，名位牌上标明某名牌大学播音系的年轻博士生教授竟看得呆了。当主持人笑问他发言点评时，他茫然无知的仍是眼睛一眨也不眨地望着妙龄女孩。旁边的评委用胳膊捅捅他，他这才蓦然醒悟，不好意思地红着脸笑起来，不过到底是教授级的人物，立即摆脱了极度的尴尬，笑笑说："198号选手，南源电视台招聘的可不是霓裳舞娘，他们需要播音员与主持人。如果舞蹈院校招收学生你肯定被录取了，这样吧，你播一段新闻稿怎么样？"

那俏佳人很快调整情绪，一刹时显得异常的端庄大方，字正腔圆地播了一段主持人临时送交给她的一条新闻稿。其功底不比中央电视台的王牌新闻播音员差多少。音色音质与播音技艺都属于上乘之辈。现场观众席上立即爆发出雷鸣般的掌声……

画面上出现了最终胜出的年轻男女选手们，他们相拥而泣。主持人手执话筒欣喜地说："最终脱颖而出的这些选手们终于成为了南源电视台的一员。我们为之欣慰为之欢呼。前后经过整整30天，他们过五关斩六将，历经艰辛与磨难，命运之神终于向他们露出了灿烂的笑容。他们一定有很多话要说吧。让我们以最热烈的掌声欢迎获得本次大赛第一名的198号苏锦心对观众说几句吧。"

梨花带雨的苏锦心抹去脸上晶莹的泪水，抑制不住喜悦的心情说道："……千言万语万语千言汇成一句话：追求卓越，不断进击，以最佳表现永远的第一，来回报给予我们无限关爱的各位评委与现场观众以及电视机前的观众！"

苏锦心激情荡漾地看到这儿，戛然停止了，说："你叫我看这个干什么？我叫你代我到我心目中的圣母坟墓前祭奠的视频呢？我要看这个！"

商煜辉一脸严肃地说道："温故而知新。看了这一段千军万马过独木桥的当初景象，难道不会唤起你自豪感而倍加珍惜吗？"

"我怎么就不珍惜了？"

"可是我就不明白，你干吗就不愿意干播音主持人这一行了呢？为什么写血书硬是要挤进记者队伍里去呢？"

商煜辉说得一点不假，为了从播音员与主持人圈子进到新闻记者队伍里来，她先是申请了无数次，结果都当是笑谈，当她第十八次申请还是得不到批准时，她坐在办公室里双手捧着裂开一个小口子的玻璃茶杯，不停地在手里转动着，不知是不是那股子无处发泄的情绪无处倾泻了，用力太猛，茶杯竟然被握破了，将她的手指也给刺破了，流出了点点鲜血。她心里一动，就着桌上的一张白纸唰唰地写下了一行血书："我要当新闻记者！"她郑重地将它交给了台里人力资源部。听说台长郭海山看了血书后，大发感慨地说："好！立志献身新闻事业如此执着的人，必将成为一名优秀的新闻工作者，我台需要的就是这样的记者。"遂当即拿笔一挥批示道："批准苏锦心进到新闻记者队伍！"

"你知道我从小就梦想当一名新闻记者。梦想是什么？梦想就是对生命的承诺！既然承诺了我就得坚守就得追寻！当初我没有法进到记者队伍里，只好通过播音员主持人大赛来达到我的目的。"

"当个播音员主持人怎么就不好了？多少人羡慕啊。而你却放弃了。我真不懂。"

"那是你不懂得新闻的无穷魅力。新闻具有鲜明的真、善、美的属性。真正的新闻能使人得到真的告知。善的教化。美的享受。我特别钟情于新闻里的人情味，当你的采访对象对家庭、事业和人生的真挚情感、深沉感悟和朴实人性在新闻作品中表现和流露时，你难道不感到你的灵魂受到洗礼吗？当一件新闻作品传播到社会上得到观众认可后，你就特有成就感，你就觉得活得特别充实……"

"当播音员主持人不也一样亮相于观众面前而被观众所瞩目吗？"

苏锦心有些生气了说："当播音员主持人有什么好？没有挑战性，没有激情——现场观众看到的激情都是酝酿出来的或者装出来的，而不是发自心底的。循规蹈矩地背诵别人写好的稿子，哪怕现场直播，也是事先写好脚本，能让你发挥几分？这样的工作有意思吗？"

"你太特立独行了，你会付出代价的！"

"如果付出代价我心甘情愿！青春不是用来消耗的，梦想不是用来悼念的。要过好人生的每一天，所以我必须坚持与追随我心灵指引的方向。"

"可是有必要撞到南墙上吗？有必要碰得头破血流而不知回头吗？"

"我怎么碰得头破血流了？是的，这件新闻惹出的官司看似我暂时失败了，但并不表明我当初的选择就是错误的。经历就是一种成长，而打击会使我的内心变得更加强大——因为信仰梦想与追求在强力地支撑着我。至于多愁善感那只是外在表现。况且原告不一定笑到最后，我会找到新的铁的证据驳倒他的。"她没有细说台里已经采取了措施，寻找新的证人与证据。一旦接到败诉的判决书就将上诉到市中院。

"你既然乐意撞南墙，那你就撞好了。我不能奉陪了。我得下线了！"商煜辉沉着脸，开始移动鼠标，就要断开视频聊天功能了，看来他是真的生气了。

苏锦心的心猛地一沉，突然锐声喊叫道："今生今世你再也不要打扰我了。谁离开谁都能活下去。"她那不争气的眼泪迸射了出来。

商煜辉愣了一下，鼠标轻轻一点，发给她一个新的链接，恨恨地说道："她是世界级顶尖的著名记者，是记者中的珠穆朗玛峰，一般人只可以仰视不可到达她所到达的顶点。她到过世界上各个国家，在战火熊熊燃烧、枪林弹雨里都有她的身影。她在采访基辛格、甘地夫人、瓦文萨、阿拉法特、霍梅尼、卡扎菲等非凡人物和政治巨头时，她始终让自己处于中心位置。你能吗？"缓了缓，商煜辉到底叹了口气说："如果什么时候感到过不下去了，就来佛罗伦萨吧。一切上学的手续我替你包下来。"

苏锦心背着商煜辉，伏在桌上默默地饮泣了好一会儿，这才点击开商煜辉传给她的链接。

啊！她顿时感到一片温暖的阳光洒进了心田。这正是她叮嘱商煜辉代她到她圣母般崇敬的人坟墓处祭奠与献花的视频。在庄严肃穆的气氛中，英气勃发的商煜辉手捧着洁白的百合花，来到墓碑丛中，在那块赫然写着"奥莉娅娜·法拉奇（意大利文）"之墓处，将百合花安放在坟墓前，一鞠躬再鞠躬三鞠躬，虔诚至极。他颇带感情的浑厚男中音里传导出一种至高的尊崇："奥莉娅娜·法拉奇女士，我受东方一位女孩的委托，向您顶礼膜拜。她崇拜您的伟大人格与高超的采访技艺：开门见山的提问，单刀直入，迫使对方做出防御性的反应，揭下人物面具，逼视其真实的面目。带着自己的立场和感情投入采访。善于从已知的事实材料中敏锐地发现矛盾的事实。当采访对象出于某种动机或需要不愿讲明真相的时候，不回避，不放弃。在激烈的矛盾交锋中，思想会像打开的闸水那样形成奔涌之势，使采访获得意外的收获。虽然在表面上是犀利的提问，本质是在权威面前的平等姿态和独立人格。你的这些采访技巧与风格都是她所崇拜的！她立志要当一名像你这样的记者。虽然她感到她不一定能够成功，但却矢志不移地去实践，痴心不改地去追寻！"

苏锦心被商煜辉的真情告白感动了。从他当初反对自己从播音员队伍里跳槽当记者到现在，中间几度劝说甚至生气责怪，无不透着大哥哥一样的关心与呵护。男子汉嘛当然有自己的脾气，不高兴了就发作一顿，也在情理之中。这样一想，苏锦心的心情开朗了许多。

商煜辉可能意识到自己太专横霸道了，转而满脸郑重地说道："你既然是我的知心恋人，彼此之间交谈应当不要隐瞒才是。一个人的痛苦说出来有人分担总比独自闷在心里要好吧。"

"这……"苏锦心被男友的真诚感动了，求教道，"我如今才知道初入职场需要学习与懂得的东西太多了，闹不好就要犯规，就要得罪人，你说我是不是就该等着自认倒霉呢？"

"你是说……"商煜辉沉着脸说，"职场没有你说的这么恐怖吧。职场说到底第一位的就处理好人际关系。其他的规章制度与办事流程要不了几天就熟悉了。"

"你说对了，关键是人际关系，我没有这方面的技巧或者叫作智慧。"

"人际关系中最难相处的是与头儿们的关系。过了就有阿谀奉承人格低俗之嫌，不及则建立不起彼此的信任。如果把这个处理好了，那么你就是个成熟的职场人了。我问你，你的顶头上司第一层次的头儿怎么样？"

"你是说我的制片华颜杰？他像个大哥哥一样，我一般喊他华老师。他为人坦诚，很具有包容心，善待部下，敢担待。"

"那么新闻频道的总监呢？你们背地里喊他皇太子的那位？"

"他人一般情况下还是比较宽厚的，没有坏心眼。"

"分管新闻的鲁怀远呢？"

"他的新闻业务素养还行。对部下也没有多大的官架子，只要是对他胃口的，他都能够与之说说笑笑，打成一片。就是'官本位'观念太强了，不执行他的指示，他就很恼火，闹不好就要报复。"

"台长郭海山先生你就不必说了。那么那位分管行政的副台长金佩琪呢？"

"金台很直率，为人光明磊落，是台长郭海山的得力助手。他与郭台相处得像哥儿们。"

"哼！你还说你不懂职场，"想不到商煜辉皱着眉头说道，"挺谦虚地说你涉世不深，难知水深水浅。你既然对这些人的性格特点为人处事行为方式搞得这么清楚，那么与他们相处时该怎么动作就心中有数了。不要用一成不变的行为举止对待他们每一个人，而要因人而异，根据具体人适时地调整自己的表情与言行举止，说话办事不要朝对方的痛处或短处戳。通俗地说不要哪壶不开提哪壶。如果你做到这些，那么就祝贺你，你离成熟的职场人不远了。"

"人家是真心求教于你，你却幸灾乐祸。"苏锦心噘着嘴一副很生气的样子。

"行了。告诉你一条准则：办事按流程来，碰到问题按程序办。——就是说不能越级。像上次你越级找过台长，这事情不到万不得已不可为之。这是任何职场的大忌。"

"嗯。我明白了。"

"要说职场经验与学问恐怕几百万言上千万言也写不完说不透。可是在我看来浓缩成几句话就什么都清楚了——这是传世经典。"

"快说说，"苏锦心急切地催问道，"告诉我哪几句话最经典？"

"告诉你有什么用？它只可意会不可言传。"

"别故弄玄虚好不好？"

"人是自觉自悟到达那个境界的。靠别人所谓的传授终究还是别人的。对自己丝毫不起作用。"

"哎，"苏锦心总想与商煜辉多聊几句，近段时间她所经历的风风雨雨让她积聚着太多的不如意，太多的苦闷，太需要向知心恋人倾诉了释放了。"请你放心，无论怎样，我的精神是打不垮的！"

"行了我不想跟你啰唆太多！还是趁早到佛罗伦萨来求学吧。换一个新的环境，赢得一份新的安宁。"

苏锦心烦躁地下线了，看了看表，已是深夜快11点钟。她得去街上吃点东西了，手机偏偏响起来了。是个陌生号码，她想了想还是接听了："苏锦心记者吧。我是赵黎明。"

"哦，赵教授。您有事吗？孩子的病咋样？快出院了吧？"

"真不好意思——我儿子明早要转院到北京去了。他一直吵着要见见你这个姐姐，否则他就不肯走。你能来一趟吗？"

"好的，我一会儿就赶去。"苏锦心匆匆地来到街上买了点饼干和一盒彩色画笔，就坐上了的士，边填充着饿很了的肚子，边往市一院赶去。

她来到赵教授儿子的病房，在明亮的灯光下，一眼就看到赵教授的老父亲愁眉苦脸地走进走出，不知做些什么好。赵黎明则在收拾明早起程的物品。病孩则毫无睡意，大睁着明亮的眼睛，一声不吭地摩挲着毛茸茸的喜羊羊玩具，几天没见这孩子眼睛变大了，人消瘦了一大圈。苏锦心有些心酸地喊道："赵教授你们真的明天一早就要走呀？"

赵黎明一见来人正是儿子吵着嚷着要见的苏锦心，不禁高兴起来，说："是呀。已经做好了转院的准备。北京那边我已经通过我的同学联系好了最好的儿童医院。"

赵黎明的老父亲也露出了点笑意——不过那笑是苦涩的——说："你就是苏记者吧。我孙儿好喜欢你哟。一说明早我们就动身转院到北京去，他就吵着要苏姐姐亲亲我抱抱我。然后才跟他爸走。你与我孙儿有缘。"

病床上的小家伙抬眼一见苏锦心，咧嘴笑着嚷道："苏姐姐，我好想你呀。"苏锦心感到异常的亲切与温馨，遂将那盒彩色的画笔送给病孩说："先得说好，大姐姐到时可要检查你到北京后画的最新最美的图画。哎，这次是我亲你，还是你亲我呢？"

小家伙调皮地说："我先亲你一下，你再亲我一下。好不好？"她高兴地照办了。直到小家伙将那盒彩色画笔爱不释手地一支一支地抽出来，把玩得兴致高涨了，苏锦心这才有机会问及病孩的病情治疗情况。她小声地对赵黎明教授说："你儿子应当不是什么大毛病嘛，怎么就……"

赵黎明忧心地说："到现在病因都没有找到。我儿子依然有恶心、头晕、四肢无力等症状，好像心脏也有点毛病了。再这么治下去，恐怕会耽误了儿子的病情，所以决定到北京去。"

病孩的一家人很感激苏锦心的悲悯心肠，非亲非故，一个电话，人家就火速赶了来。这是多大的恩德。苏锦心见病孩这刻儿精神尚好，毫无睡意，就坐在病床边与小家伙说了会儿悄悄话，诸如长大了干什么啦，你在幼儿园最喜欢跟哪个小朋友躲猫猫啦，你平时最喜欢爸爸还是妈妈啦，那么爷爷呢你也最喜欢吧？小家伙一一挺秘密地作了回答。末了她问他喜欢吃什么零食："你说出来姐姐给买去。"

小家伙摇摇头说："我最喜欢吃瘦肉了，好香好香。"

第十二章　述说巧遇

看看时间不早了，苏锦心便告辞了。赵黎明将苏锦心送到医院大门外，苏锦心再不客气了说："赵大哥，孩子的病情每一步好转希望你们及时告诉我。我的名片给过你，上面有我的联系方式。"记者的直觉告诉她，这孩子身上可能有新闻。

"好的。我得叫小家伙改口喊你姑姑了。他好像天生与你有缘，对你亲得很。"

"太好了。我就很乐意当他的姑姑。"

翌日，苏锦心采拍了一条东城社区一居民两个月没有领到低保款，她东跑西颠到底将低保款替那户居民拿到手的新闻，很是高兴地赶回台里。她觉得自己给市民实实在在地做了一件好事，而且很有成效，就有种小小的成就感，决定抢速度把它编辑制作出来，最好今晚就播出去。点评她都想好了，重点评论负责发放低保款的单位要有种心系人民群众冷暖的情怀，抨击那种漠视人民疾苦麻木不仁的作风。

她直奔五楼编辑制作室而去。待将这条新闻配音加字幕等一系列后期编辑制作完成，已是下午3点多钟了，制片华颜杰也认为这条新闻是条为弱势群体鼓与呼的好新闻，给责编施蔚然交代，报提要播出。苏锦心这才松了一口气，便回到四楼格子间办公区来。

一进到楼梯间，发现宋汝成等人正围看贴在墙壁上的一篇什么文字东西。苏锦心无意瞟了两眼，竟然是关于常谷川违反工作纪律，大闹播音组的通报批评，她急忙挤过去细细一看，通报的末尾还载明给予扣掉当月奖金500元的处罚。苏锦心按捺住满脸的激愤，强忍着没有说什么，却听宋汝成冷笑两声低声嘟哝道："权力果真厉害！"她知道他指的是什么，并且有股子打抱不平的义愤。她暗淡着脸色，也不参与议论了，便怏怏不乐地回到办公区去。一进到里边，就见常谷川趴在桌上睡觉。她早晨离开台里外出采访时与常谷川有过交集。常谷川笑嘻嘻地告诉说要去当特务了。回来准保叫你们大吃一惊。接着透露机密似的悄声说：根据报料，一辆长途卧铺客车平时总免不了中途超额载客，额定载客35名，却常常挤进去了40多人，今天上午10点出发，他得赶去当个乘客，用隐形摄像机全程

105

记录它沿途还有何不当动作，准备跟到底，一千多公里的样子。明天就可以乘飞机赶回来。当时他还笑得满脸都是阳光，现在怎么就不出发了呢，还睡开了大觉？

正在电脑上整理新闻解说词归档的施蔚然发现了苏锦心，她完全读懂了苏锦心眼神里的意思，便朝常谷川努努嘴，轻蔑地小声说道："闹情绪呗。哼，不明智，个人想与组织抗衡，没门儿！"

"哪来的一股子臭气！"想不到常谷川猛地抬起头，很夸张地用手扇动着鼻子底下的空气，愤愤地说，"从今以后我这个间谍得让贤了，台里的间谍多了老鼻子了。雄性的雌性的代有才人出。真他娘的不嫌丢人！"这不分明是骂施蔚然么？

施蔚然哪吃他这一套，眼一横怒喝道："你骂谁？"

常谷川也急了说："我怎么骂你了？哪一句骂你了？我感冒得不轻，谁来问候一句？倒有人乱嚼舌根说我是闹情绪。"在常谷川倏地抬起头来的刹那间，苏锦心的确发现他满脸赤红，不知是真的病了，还是佯装患病伏案想他被通报批评兼罚款的心事，还是听到施蔚然的指责，便气成这个样子的？

苏锦心倒被夹在了中间，只得安慰常谷川道："算了，施姐又没有指名道姓地说你。你又何必伸出脑袋接砖头呢？"

常谷川心里头正为墙壁上张贴的那玩意儿闹得满心不痛快，现在逮住了这么个机会，哪肯放过，何况平时对施蔚然多次成心刁难人早就看不惯，"算了吧。她说的就是我！"然后转过头去对施蔚然说："我被通报批评了不是有你一份功劳嘛，多称你的心呐，你恐怕比中了五百万大奖还要高兴吧？"他这么一吵一闹，顿时涌来了许多瞧热闹的编辑记者。

施蔚然的脸就挂不住了，将鼠标一扔说："你无理取闹！我还怎么工作？"

"你把多少心思用在了工作上，你清楚我也清楚。你别用这个来要挟我。"

苏锦心怕他被闹得有理也变成无理了，况且闹成现在这般剑拔弩张的，归根结底都是因自己而起，如若常谷川不是为自己打抱不平，怎么会有大闹播音组一说呢？没有那么一说，他又怎么会背这么重的处分呢？她感到自己对不起常谷川，拉着他说："走走走，我送你到附近社区门诊部看看去。"

常谷川临走也没忘记刺施蔚然一家伙："我喊你施大侠，当真你就成了施大侠吗？那'xia'字念第一声。你想去吧。"施蔚然红颜一怒喝道："你骂谁？我怎么就瞎了？"

苏锦心怕常谷川与施蔚然吵架升级，最后吃亏的肯定是常谷川，便赶紧拉他走。看热闹的那帮老兄个个偷偷地捂嘴笑，有的悄声说："盼星星盼月亮，现在终于盼到了一个亲密接触的好时机。""这小子艳福不浅。"

其实常谷川是有那么一点小感冒，有些低烧罢了。当下苏锦心陪他量了量体温，刚刚接近38度，苏锦心请医生开了点治疗感冒的药，摸出自己的卡来给刷了，二人便往回走。常谷川还有些激愤，说："我算是与姓施的老娘们儿结下仇了，今后我的新闻稿到了她那里肯定横挑鼻子竖挑眼。"

"快别瞎说，她还是蛮通情达理的。"苏锦心不愿把人往坏里想，安慰道，"适当时候与施姐疏通一下，你年纪小一些，喊几声大姐不就啥事都烟消云散了？"

"算了吧。都是'80后'。她只不过生得老相些。大我顶多十天半月的。你以为她是个善良之辈？伪装的。你可能不知道吧，她早就找到了靠山，皇太子就是她的主子，她则是他的心腹死党，所以在她面前说话，必得多长个心眼，不然她就要跑到皇太子那里去告密！她是专报忧不报喜的一个货。你要防着她一点就是了。"

苏锦心顿时想起郭台批评龙得云不让播出问题猪肉新闻一事来。施蔚然不是神神秘秘地拢到自己的跟前，悄声问是不是自己捅到郭海山那里去的？原来她是受龙总监指令这么干的？想到这儿心里不禁好一阵激跳。"其实你背了个内部通报批评，都是因为我惹出来的。你是代人受过。"苏锦心一来为转移话题，二来也是出于真心感到对不起常谷川。

"谁叫我没有后台的！"想不到又惹出常谷川一大堆感喟，说，"皇太子他现在奈何不了你，鲁白脸也不敢把你怎么样，就拿我出气了。"

苏锦心感到他说得稀奇，说："我有什么后台？他俩要打击报复我，还不像捏死一只蚂蚁一样么？"

"嗨，这你就'老外'了吧。你是通了天的人物呀。再说你在台里已经有名气了。他俩要想对你下手整治总得掂量掂量吧。他俩当然不会怕你，但摸不清楚你与郭台是什么关系呀。怕你又跑到郭台那里去告他俩一状，那他俩岂不是吃不了兜着走？"

苏锦心细想想觉得好像还真有几番道理。

第二天，苏锦心拍摄了一条廉租房的质量谁来监管的新闻编辑好后，刚回到办公区，责编施蔚然就很亲热地叫住了她："锦心，姐姐跟你说个事情。"看她诚恳得让人感动异常，苏锦心应酬地笑笑，说："什么事呀施姐？"她现在已经对施蔚然保持一定距离了。她觉得施蔚然对人亲热得可疑，过去还一直把她当作自己的闺密，有什么事情都愿意对她讲，请她帮忙出个主意。自从自己被台里奖励，又疯传要升职后，施蔚然好像与她划开了一个界线。那条凯悦精细化工厂的稿子事件只不过是其中的一个小小的爆发点，苏锦心对她得重新认识了。

"怎么，姐姐是老虎么？"施蔚然挺机密地挤眉弄眼，示意苏锦心到她身边去。苏锦心不得不走到她的跟前。施蔚然扫视了格子间办公区一眼，见只有零星的几个人各自忙着自己的工作，谁也没有时间往这边瞅，便轻声说道："锦心，姐姐提醒你，以后少跟那个屌丝来往。"

"哪个屌丝？谁是屌丝？"苏锦心明知她指的是常谷川，却要故意这样问。

"常谷川嘛。"

"怎么啦？他是个恐怖分子？"要在往常苏锦心不会这么问，准会很知心地细询根由的。

"你知道编辑记者中是怎么流言蜚语的吗？说癞蛤蟆想吃天鹅肉，终于有门了，往后他就可以大张旗鼓地往里挤了。"

苏锦心一时气得浑身乱颤，说："施姐你知道是谁在这么编排吗？我找他算账去！"

施蔚然意义莫名地一笑说："你找谁算账去？谁都不会承认说过你什么。你怎么可以陪着那个屌丝去看什么病？听说两人有说有笑的，就像热恋的情人一样。你知道那些编排的人个个才华横溢。"

苏锦心本想说人家常谷川因为我受到了不公正待遇，内心窝火透了，也的确发着低烧，我于心不忍，陪着他去了一趟社区门诊罢了。那些人怎么无聊透顶，竟然无中生有胡说八道一通？想想觉得再不能向施蔚然敞开心扉了，而心里的那股气那份委屈却又无从发泄，强忍着泪水，一声不吭地走了。

她来到格子间旁边那个无人的小会议室，默默地坐在了角落里，让泪水汹涌澎湃地流得湿掉了一大片衣襟，又不敢哭出声来。

"苏老师，"盛可可找了来说，"华制片找你。"

苏锦心赶紧抹了一把眼泪说："你去吧，我马上来。是在编辑制作室吧？"

盛可可狐疑着走了后，苏锦心立即从随身的包里取出镜子照了照，发现自己的脸色很憔悴，神情抑郁。便细心地用面巾纸擦拭掉眼泪，这才起身到五楼去。原来华颜杰正在审看王逸晨急匆匆赶回来的一条新闻，就是常谷川没去采访的报料。王逸晨填补上，上到那辆长途卧铺车子随行到千里之外，刚刚从机场赶了回来，华颜杰正大略地看素材带，边看边点头。见苏锦心来了，便冲她点点头示意她稍等等，守候在一旁的王逸晨也与苏锦心简单地打了个招呼。王逸晨现在情绪有些兴奋，一扫前些时的萎靡不振、整天心事重重的样儿。看得出来，这条跟车暗访暗拍的新闻一路做得很到位，捕获到了许多有新闻价值的镜头。"赶快编辑制作吧，今晚抢时间就播出来。给当地交警报告过了吗？"华颜杰对王逸晨说既然发现了问题，就应当立即报告有关部门处理，不要为了新闻好看，就专门守候着，甚至盼望着出事的那一刻，以至于酿成大错。新闻是好看了，可是却突破了新闻人的道德底线。"

王逸晨连连说："司机超载第11个时就给当地交警打了电话，交警迅速出动警车拦截了这辆长途，做出了严厉的处分，并对乘客做了妥善安排。这些也都拍摄到了，编辑到新闻里很能增色。"

华颜杰很高兴说："好，把这个也编辑上去。尽可能用镜头说话。特别是现场音——不给车票只收钱——这个很关键，必须要用到新闻里。这才有说服力。原来超载都是黑色利益链在起作用。"

王逸晨连说："好好好！回来时坐在飞机上我已经拟列出了编辑提纲。编辑制作起来应当不难。"

华颜杰交代完，就转过身去招呼苏锦心。望了她一眼，就示意她跟自己到走廊的一角去，苏锦心跟了过去。华颜杰奇怪地问道："怎么？你哭过了？为什么事情伤心？"

苏锦心摇摇头，淡然苦涩地一笑说："没什么。华老师，你还是先交代工作上的事情吧。"

"那……"华颜杰沉吟了片刻说，"台里不服一审判决，已经上诉到市中院了，郭台要求立即找到新的证据，不然二审与一审一样，同样是失败的结局。"

"如果梅梦嘉的奶奶能改口就好了。我真的弄不懂，她起初都答应得好好的，怎么到了法庭就变卦了？肯定王如瑾抢在开庭前做了策反工作。那么是谁争分夺秒地将梅梦嘉奶奶做证一事通风报信给了王如瑾呢？"

"好啦。说这些已经没有意义了。"华颜杰想了想说道，"我找你是我听刚才采访回台的王逸晨说，长途客车在服务区停车时，他巧遇到了茂达超市那个已经辞职了的华诗辉小伙子，王逸晨说你就盼望着能够找到他？"

"啊！真的呀，太好了。"苏锦心一听果然高兴了，脸上红光灿灿，仿佛鲜花经过风雨后重遇阳光，人都显得更加娇艳了，说，"只要把华诗辉找到了，说不定证据就有了。那小伙子我觉得很有正义感，我估计给电视台报料的就是他。哦，对了，当时我还留了一个心眼，想悄悄地藏起一块问题猪肉，当时推搡中好像掉在了他的脚下，如果……"苏锦心心情顿时一片艳阳天，说起来竟没个完。

"我找你来就是要说说这件事情的。"华颜杰说完本想再问问苏锦心何以哭得眼睛都红肿了，想想觉得她不一定会说。便交代说："待王逸晨编辑制作完那条新闻就好好问问他吧。"

第十二章 述说巧遇

……109

华颜杰说罢赶紧重又回到编辑制作室审片去了。苏锦心犹豫了一下，就重回到四楼格子间，施蔚然还在电脑上忙活解说词之类的编辑工作。见到苏锦心似乎喜笑颜开地回来了，与刚才判若两人，很奇怪她何以转换得这么快，好像不符合她的性格呀，就说："想转了？这就对了嘛。姐姐是好心才告诉你，不然你还蒙在鼓里哩。"

苏锦心懒得理睬她了，敷衍道："想不想转也得过一天，把心思花费在这件事情上就太不值得了。"

施蔚然桃花眼笑得格外亲切，道："呃，怎么一瞬间变得像个哲学家了？怕是有别的值得高兴的事情冲淡了刚才的烦恼吧？"

"我一个刚入新闻门的学徒工，哪有多少值得高兴的事情？"

《与你同行》现场直播进行到一半时，王逸晨终于回到了四楼办公区。正在电脑上查找有关资料的苏锦心立即关机，主动与他打招呼道："终于抢出来了，整体效果还行吧？"她指的是那条暗拍暗访的长途客车的跟踪新闻。

"嗯，感觉还不错，现场音、乘客上上下下挤得满满当当的现场实况拍摄得都还到位。华制片说可以给个满分哩。"这是王逸晨自拍摄问题猪肉新闻以来最开心的一天。平时整天心事重重的样子被稀释了不少。

"走吧，我们到快餐店吃饭去，我请客。把盛可可叫上。"

王逸晨连说："好哇好哇，你请客我埋单吧。"

"就那么几十块钱，谁埋单不一样？这次就算在我的账上吧。"三个人相约着往电视台附近的一家小餐馆走去。这时外面五彩奇幻的霓虹又将不夜天送给了城市。路上苏锦心吩咐盛可可给常谷川打个电话，邀他来一起吃个饭。想到常谷川为着自己蒙受了那么大的冤枉，她总感到对不住他。请他吃个饭，算是偿还一些人情债吧。果然当服务员上了几个小菜时，常谷川就跑了来。几个人相互打过招呼后都重新坐下。苏锦心问常谷川说："现在好些了吧？不再发烧了吧？"

常谷川笑嘻嘻地说："烧是下去了，可是心里的火却没法灭掉，烧得熊熊的，恨不得跟一些乱嚼舌根的人干一架！"

苏锦心劝慰说："算了，多想想那位伟人的两句话：'牢骚太甚防肠断，风物长宜放眼量'。"

常谷川鼓掌道："有道理。不然岂不中了那帮狗男女的奸计。"

待到菜上齐后，苏锦心自然边吃边询问王逸晨偶遇华诗辉的情况。王逸晨将嘴里的饭菜吞咽下去后，索性停住说了起来："车子跑到约二百四十公里后，就在路旁一个服务区进餐，我风卷残云地吃过了准备上车时，偶然一抬头，发现了一个有点熟悉的身影，细一看，啊！我差点叫起来了，那不就是曾在茂达超市打过工，向我请教过《近试上张水部》的那个华诗辉么？我赶紧叫住了他。他也发现了我，看样子他也挺高兴，仿佛他乡遇故知，紧跑几步来到我跟前。我问他现在在干什么？在哪儿高就？他笑笑说，为梦想也许是痴心妄想吧——在忙碌着。他还挺风趣的。他说他要赶到外省去，向一个电话里约好了的在全国都有名望的老教授请教一些古典文学方面的问题。我怕时间不允许，赶紧回归到正题上，我说我与苏锦心拍摄的那条茂达的新闻惹出了一场官司，叫王如瑾告下了，官司一审他赢了，关键是我们拍摄可以做证据的画面被冲掉了，录像上拿不出过硬的证据来。我们台不服一审判决，已经上诉到市中院了。现在仍然犯愁，如果二审拿不出铁的证据来，就可能要败诉。我说你知道我们那条新闻的主力记者苏锦心急成什么样了吗？都快上吊了。他惊愕地说：'千真万确，茂达超市当时卖的就是问题猪肉，你们跑去一拍摄，他们慌神了，连夜下架了，并且将剩余的猪肉作了焚尸灭迹的处理。'我一听高兴了，我说你能告诉我还有什么证据吗？现在可以拿得出来的？他说：'有有有呀！那块掉到地上的问题猪肉我委托我表哥保管着的……'"

　　"啊！太好了！"苏锦心激动得差点跳了起来。"太棒了！我要有权肯定给你记大功一次！"

　　常谷川猛地将空啤酒瓶子朝空中扔去，又伸手接住，说："有了这个，看他王如瑾还有什么屁放。那我们肯定逆袭完胜了！"

　　哪知王逸晨说到这儿，脸上颜色很快暗淡下去了，吭哧半天才继续说道："正当我信心满满地等待他往下说去时，对方的车子已经发动了，远处有人连喊带催地说：'哎呀，车子要开动了。那位那位，你怎么还慢腾腾的？还不赶紧跑来，车子就跑了。快快快呀！'华诗辉说了声对不起立马就跑了。唉，都怪我，要是问他个联系方式也行呀。可是一切都来不及，眼睁睁地看着他乘的那辆客车奔走了。"

　　苏锦心仿佛遭到一闷棍似的，懵了半晌，竟变得结结巴巴地说："你你你……难道没有……嗨！"

　　常谷川怒气冲冲地恨不得扇王逸晨两耳光，吼道："关键时刻掉链子了，说了半天原来乌龙一场呀。你就不会跟着撵他一段，边撵边问他的手机号码？闹得满台风雨的这场官司从根本上来说就是你惹下的，没人跟你算账就算你祖上积了大德了。你居然将上天送到眼皮子底下的活证据给放跑了。"

　　"我又不是故意的。我这边那辆客车也在催命似的催人上车，车子都发动了，轰隆隆就要开溜了。"

第十二章　述说巧遇

苏锦心赶紧拦住常谷川说："别责怪王逸晨了，他毕竟发现了一个线索。慢慢想办法，总可以找到华诗辉的。"

"慢慢？时间来得及吗？"

"时间应当来得及。我请教过律师，律师说中院每年接到上诉案子不计其数，因而上诉后三个月后开庭审理都算是不错的了。"

"那你与华诗辉交谈总还知道一点其他情况吧。"常谷川继续追问王逸晨。

王逸晨低着头，在众人焦急的等待中，他到底想起一点线索来，"他说他到外省省城海天大学请教哪位老教授。其他的我再也想不到还有什么值得一提的线索了。"

"一所大学教职员工几万人，你没问他那老教授是哪个系的吗？"常谷川仍然咄咄逼人地盯着王逸晨问。

"我……来不及问。"王逸晨始终抬不起头来。

苏锦心又怕常谷川闹得王逸晨下不来台，说："既然华诗辉请教的是有关古典文学方面的问题，那应当缩小了许多范围，要找，也不会很难。"

"这倒也是。"常谷川点点头说。然后举起啤酒杯，往王逸晨面前一送，挺豪爽地说："来，碰杯。前一秒钟一切都化作云烟随风而散。"

王逸晨举起杯子，也不吭声，便与常谷川碰了一个响，一饮而尽。

"这场官司一审时我们就应当胜诉的，为什么证人到场时却变了卦？这是什么人做了策反工作？台里一定有人帮了倒忙。"台长郭海山敲着桌子，说得很激愤。

当台长会议对几个重要问题——诸如栏目创新问题，新闻贴近民生问题，将《与你同行》列入台里重点栏目问题，节目创优问题，编辑记者配备等等问题研究完毕后，郭海山就说到了案子上。"当然我不是要追究什么人的责任。只感到这里面有蹊跷。法庭上放映的问题猪肉的新闻带，我看就是从我们播出带上复制下来的。是什么人暗中帮了原告的忙？请鲁怀远同志近段时间分一部分精力把这些问题查清楚，同时务必寻找到新的二审时的证据。"

"好的。我会尽快查清楚郭台交代的几个问题的，找二审证据是不是这样，"副台长鲁怀远笑得很勉强，说，"思路应当是先暗中查查谁与那个一审证人叫作胡曼莉的老奶奶很熟悉，或是是亲戚最好，去说服她改口还事实本来面目……"其实他早就知道那个证人就是梅梦嘉的奶奶，他当然不会说出实情来。

"老鲁的思路肯定行不通。"副台长金佩琪立即反驳说，"别枉费精力了。既然她当初那么做证了，你想叫她改口？妄想吧。她也不是傻瓜，改口就意味着当初作的是伪证。做伪证是违法的，这个厉害难道她不清楚？"

"嗯，有道理。"鲁怀远仍然笑笑说，"那只能另外寻找新的证据了。要叫我说，"鲁怀远一刹时痛心疾首了，"我们也有值得反思的地方。当初批准播出那条新闻就不大恰当。如果考虑得周到一些，哪会弄到如今不可收拾的地步。"

"过去的事情就不要追究了。"郭海山极力以平静的口吻说道，"当初记者拍摄没有错，主张播出也没有错——是我批准的，我并不是为我自己推脱责任。现在食品安全问题，国家高层已经提到民族大义的高度了。国家高层甚至成立了食品安全委员会，一位副总理任委员会的主任。想想看，这分量这重视程度，是不是史无前例？现在老百姓怎么说的？说能叫我们不要冒险吃饭就谢天谢地了。媒体的社会良知敦促我们不能漠视不管。否则就是犯罪！"这一番义正词严的话说得鲁怀远无可辩驳，虽然内心不以为然，但口头上还得表示出被说服的样儿来："正确。好的。那我就竭尽全力来寻找新的证据吧。"

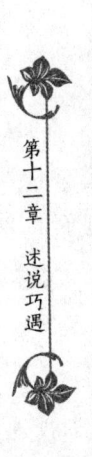

第十二章 述说巧遇

青春因梦想而绚丽

第十三章　担惊受怕

既然一台之长交办的收集证据的事由他鲁怀远负责。他当然不敢马虎应付，决定到龙得云办公室去与他谈谈。他来到龙得云的办公室。推门进去，发现华颜杰正在里头汇报工作什么的。龙得云一见鲁怀远来了，赶紧站起来，以示尊崇，笑容可掬地说："鲁台来得正好。给鲁台也汇报汇报吧。"

原来常谷川今早向华颜杰请假，他要到远在一千公里外的紧邻省的海天大学去。按照职权，外去一天制片可以批准，超过一天则必须得到新闻频道总监许可。华颜杰刚一汇报完，鲁怀远就进来了。鲁怀远一听忙问道："常谷川跑那么老远干什么？南源电视台又不是中央电视台，本市拍摄新闻就可以了。哎，他不是正在闹情绪么？"

华颜杰忙解释说："鲁台您可能误会了，他并没有闹情绪。他的确有点感冒，所以那条新闻我就另派王逸晨拍摄了。他现在正积极努力地去寻找二审开庭的证据哩。"接着便把常谷川向他汇报的事实原原本本地说了。"他想去找那位教授，从老教授那儿打听到华诗辉的下落，证据说不定就抓到手了。他真正是在为台里着想。"

"这么说常谷川行为很高尚嘛。"鲁怀远讥讽地一笑说，"少听他胡扯！他是借机跑到外地溜达溜达，按照他们'80后'的说法是太郁闷了，来一次说走就走的旅行。怎么走？得编造些能骗得住头儿们的谎言，才能达到目的。"

华颜杰对常谷川是充分信任的。他觉得他虽然有些痞劲儿，总喜欢插科打诨，但那是天性使然。换种说法就是幽默风趣。华颜杰说："这一次我觉得常谷川是真心为台里着想，应当充分相信他，并且要给予他相应的条件。"

"算了吧。"鲁怀远白净的面孔有了怒意说，"是不是他的自我感觉良好也感染到了你？你这么相信他，如果事实不是你我意料的那样，岂不是叫他笑话死我们了吗？笑话我们这些当头头的都是一些草包，一哄就信。"

华颜杰说："对于我们的记者还是应当相信吧。既然他在我手下工作，自然我对他的了解比一般人要透彻一些。"

"嗯？你是不是已经批准他的要求了？"鲁怀远倏地盯着华颜杰，提高了声调说："他是不是已经出发了？"

"正在做出发的准备。"华颜杰只得老实作答道,"我让他上网把车票订下来,我这边向龙总请示。估计批准的问题不大。"

"龙得云,你是不是已经批准了?"鲁怀远恼怒地转而盯着龙得云追问道,"如果他千里迢迢赶了去,逛那么一圈,免费旅游了一趟,而没有达到远行的目的,你怎么交代?"

龙得云被批得抬不起头来,只得憨笑着说:"那就不给他报销路费呗。"

"说得轻巧!"鲁怀远既不坐也不接龙得云递给他的茶,继续严肃地说道,"那我怎么向郭台交代?我总不能说被一个浮躁的记者骗了吧?其实那是骗了台里。某种意义上说是骗了郭台。我们得处处维护郭台的威信,凡是偷奸耍滑的都不得让他有市场。现在电视台里滋生了一种很不好的风气,几个人在一起苟苟窃窃地一番私议,就会钻出一股歪风邪气来。"鲁怀远很生气地说完就往外走。临出门也没忘记告诫说:"你们看着办吧。"

龙得云与华颜杰对视了一眼,什么话也没有说。龙得云自然知道鲁怀远之所以采取这般态度,是因为他对常谷川大闹播音室有成见。平心而论,常谷川虽然看起来吊儿郎当的,不大招人喜欢,干起工作来却从来都是蛮拼的,拼力气拼智慧,甚至拿命去拼。他有时为拍摄到一条曝光的新闻,往往冒着很大的风险,却从来没有退缩。现在之所以鲁副台长不大赞成他前往海天大学去,是因为梅梦嘉告状的原因,还是想看郭台的笑话?龙得云一时猜测不定,便对华颜杰说:"那就不要批准常谷川去了吧。"

华颜杰说:"他可能已经上路了。"

"什么?我这里还没发话,你就自做主张让他走了?胡来。赶紧打电话把他拦下来。"

"我基于你会批准的就同意了。"华颜杰说,"他的请求完全为了台里打赢这场官司。况且他办事机灵,给他交代个任务什么的,他从来都没打折扣地完成了。所以我叫他做好出发的准备,按程序我得去向龙总请示一下。"

"你没看鲁台蛮不高兴吗?打他的手机打他的手机!"华颜杰无奈地摇摇头,当着龙得云的面拨打了常谷川的手机。拨打了几遍,不得不无奈地摇起头来说:"他手机关机了。"

自从得知郭台要追查究竟是谁将那盘播出带复制一份"出卖"给了茂达超市的消息后,梅梦嘉就慌了神,带库都好搞定,带库属于总编室管的,而总编室是分工鲁台管的。只要他打个招呼,叫那个小姑娘不要胡说八道,给她个豹子胆她都不敢往外说。只有苏锦心才具有杀伤力。她知道自己曾经找带库借过磁带,当时拿奖金宴请哥们儿姐们儿时还专门提到过借带一事，如果她一说，事情不就穿帮了吗？还有自己奶奶出庭做证临时变卦，苏锦心也是知道的，如果她将这几件事情统统捅了出来，传到郭海山那里，自己岂不是死定了。想到这里，梅梦嘉感到一场大火已经熊熊燃烧起来了。眼看着就要烧到自己身上了。

　　她开始懊悔不该办下这两件蠢事。打官司前夜，苏锦心找到自己家里，恳请奶奶到庭做证，奶奶可能想到既然是自己孙女单位的事情，且自己就是当场目击证人，做个证理所应当，就痛快地答应了。奶奶哪知自己的孙女正与原告王如瑾处朋友。当时自己心里好矛盾好犹豫，曾独自在闺房的阳台上枯坐着，托着下巴颏儿，仰望着深邃浩渺的夜空，镶嵌在夜空里的几颗寒星发了好长时间的呆。最后竟鬼使神差地摸出手机来，叭叭地按起了号码键。王如瑾接听了自己欲说还休藏头露尾的述说，急得大叫："嘉，我马上赶到你家里去，我要面见你奶奶她老人家。"

　　就这样王如瑾急如星火地赶了来。一进门他就落落大方地自我介绍说："奶奶，我是梦嘉的男朋友，一家超市的总经理。学历嘛也就是个工商管理硕士。"王如瑾真是鬼得很，他深知自己乔装谦虚地说出这几项挺荣耀的硬件来，足以打动一直是个小市民的奶奶的心。然后他话题一转说："我刚从北京总部回到南源，就接到嘉嘉的电话，她说你今晚有时间就来见见我奶奶吧。我知道奶奶对嘉嘉的终身大事操心操得心都碎了。所以我便急忙赶了来。本当选个好日子譬如节假日什么的来正式看望一下奶奶的，一是工作一直忙碌得人都要分成两半了。如今时间对于我真的比金子还要珍贵。因为我本是从北京总部下派南源来历练的，要不了多久我就要到北京总部任高层职务了。二来，梦嘉总对我说不要忙着见奶奶，最好出其不意，给奶奶一个意外惊喜，才富于戏剧情调。嗨，我怎么一见到奶奶就啰唆个没完，这说明我与奶奶天然就有亲戚缘分，哈哈。"他这么连说带自夸地把自己贩卖给了胡曼莉，不时悄悄朝梅梦嘉使眼色，意在叫她配合一下，不要揭穿自己即席编撰的那一套。果然梅梦嘉偷偷地笑了，说："别说了，奶奶都笑得眼睛眯成了一条缝。"

　　果然，胡曼莉的条条褶皱里都灌满了笑。她真的好喜欢王如瑾，这小伙子一表人才，且前途无量。比自己那天亲自访察的那个化工厂的年轻厂长来，条件还要优秀。这个鬼丫头，平日里也不跟我透露半个字儿，如今年轻人哪，花样就是多。当时胡奶奶听了王如瑾的自我吹嘘加介绍，立马眉开眼笑。

　　王如瑾被笑眯眯的奶奶招呼着坐下后，就拿出5万元硬扎扎的钞票往茶几上一放说："奶奶，我来得太急，本当给您买点什么好吃的或者别的礼品的，可是又一想不如给点钱奶奶自己去买还称心些。这些请奶奶务必收下。"胡曼莉自然要假意推辞一番。最后到底很"勉强"地收下了。双方又说了些废话后,王如瑾突然大叫一声道:"哎呀不能再耽搁了,我还得准备着应付那场官司去。"

梅梦嘉有意提起话头说:"我奶奶就是电视台的重要证人哩。"

"啊?这么巧?难不成还是我与电视台的那场官司的证人么?"

自然,王如瑾与梅梦嘉一唱一和唱得胡曼莉到底被说动了心。

在送王如瑾到楼底下时,梅梦嘉想起当初应他要求复制什么播出带一事,忍不住埋怨道:"亲,你很不地道,那时你要我给你复制播出带的真实意图没有说到明处,现在能告诉我吗?"王如瑾吻着她的耳垂说:"嘉嘉,我听我们的律师说必须把播出带复制一份作为证据。谢谢你已经替我办到了。"梅梦嘉惊叫道:"这两件事要是叫台里知道了,怎么得了?奶奶替你立马转变态度倒说得过去,倒是悄悄地替你复制播出带,无论如何说不过去。编辑记者们还不把我骂个半死。我这饭碗说不定就保不住了。"

王如瑾哧地笑出声来道:"这小电视台你还真把它当回事?如果我升职到北京总部去了,你还会在这儿待下去吗?那时就不是它炒你的鱿鱼了,而是你炒它的鱿鱼。哦,明天你查查你的卡号,看是不是打进去了5万元?"

梅梦嘉送别王如瑾回到家里后,双手牵着奶奶的手摇晃着,嗲声嗲气地说:"奶奶你就成全他一下吧。"

胡曼莉沉吟着说:"让我想想,明天答复你。你们这两个冤家哟。"

一听说郭台发怒了,要追查吃里扒外的汉奸,梅梦嘉就紧张得不得了。当前最大的危险来自苏锦心,官司的失败台里有人归罪于她,她还会帮助自己隐瞒下去吗?虽然王如瑾有过到时炒南源电视台鱿鱼的狂言,谁知那是哪辈子的事情。王如瑾好像在游戏恋爱游戏人生,他的话不能当真的,只有他的真金白银才是最可靠的。鲁怀远给自己出了个主意,要自己好好请请苏锦心,只有把她的嘴巴堵住了,总编室那儿他好出面做做工作,那么一切都会风平浪静。

"你先很有诚意地请她一顿,然后我再出面做点晓之以理动之以情的说服工作,我不相信她的心是铁做的。哪个职工愿意得罪顶头上司?何况官司已经打成这个样子了,她要说出去也只能出出气罢了,于官司何宜?她难道不会掂量掂量吗?"鲁怀远贴心贴肺的话儿言犹在耳。

梅梦嘉当时就在心里揭开了他的老底道:"她会听从你?如果她是一个听招呼的主,那条新闻就不可能播出来。"想是这么想,她哪能直通通地说出来呢?当前唯一的办法也就是鲁台说的这个蠢办法了,说不定她真的如鲁台所言?于是她给苏锦心打了电话,苏锦心正在下面基层采访,她并不像梅梦嘉想象的那样不近情理,只是推托了一番说:"梦嘉,你用不着客气了,等我忙过这段时间后再说好吗？"

　　这时候苏锦心采访的对象是郊区绿色农庄公司，内容是种植绿色环保蔬菜的种种环保举措。

　　这绿色农庄的老板叫作陆耕田，原来是当地的一个农民，一个很会动脑子，很会从土里刨金挖银的庄稼汉。绿色农庄如今已是南源市小有名气的公司了。陆耕田靠经营餐桌上的食品发了大财。如果他本本分分地赚几个良心钱也许更会兴旺发达了。可惜他却掺了假，将蔬菜喷洒了大量的剧毒农药，根本就不用缓过半个月，等毒性消释了再上市，而是过那么五六天就销售，结果毒倒了一两个市民。苏锦心闻讯赶到医院去采访打点滴的那几个市民，然后就跑到郊区去采访老板陆耕田。陆耕田倒是接受了采访，也痛心疾首地检讨自己的种种不是，态度不可谓不诚恳。他表示一定得严惩手下员工——几个员工背着他偷偷干的，当然他也负有管理不善之责，并且慨然承诺赔偿一百万作为医疗费与精神抚慰费。他甚至恨火满腔地说："这还得了！一颗老鼠屎坏了一锅汤。幸好只是放倒了几个人，如果放倒一大批人怎么收场？我赔个倾家荡产事小，闹出人命案来我怎么向父老乡亲交代？"

　　采访完毕苏锦心打道回府了。向华颜杰一汇报，华颜杰连说这是条好新闻，警示市民、警示出售食品的商家都有着积极的意义。一个字"播"！哪知不多会儿，鲁台把华颜杰找了去，说这条新闻不要发了，人家辛辛苦苦在田里刨食不容易，你这一曝光不打紧，今后他的蔬菜谁还敢要？岂不是叫人家破产了么？要知道我们曝光的目的是什么？不就是解决问题么？人家连中毒的市民医药费都给出了，还给了好大一笔精神抚慰费，肇事的职工也给开除了，你还要人家怎么的？所以这件事情就不要捅到电视上去了吧。

　　华颜杰回到栏目组一说，几个记者就咋呼起来——常谷川说："鲁台也真是，也不想想，一播出来，就能够警醒千千万万的人民群众以及商家，这意义多大？为啥要悄悄地干活打枪的不要？"

　　宋汝成慢悠悠地说："谁知这个叫作陆耕田的老板使了什么法术，动摇了鲁台的心性。"

　　施蔚然喝道："胖子你找死么？鲁台身为领导，自然看问题比我们高一着。作为他手下的员工就得无条件服从。"

　　偏生当时常谷川也在场，他就是看不惯施蔚然的嘴脸，喜欢与她较劲，说："施大侠你这个无条件服从，我认为问题太危险了——首先我声明不是针对鲁台。如果作领导的看中了哪个美女主播，领导同志说胆儿小不敢一个人睡觉，要她去陪他做伴睡觉，她也得无条件服从吗？所以服从是有条件的。你的无条件是

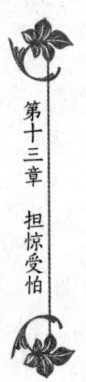

不对的。"常谷川一番胡说八道惹得几个小年轻笑得浑身欢乐总动员,连骨头都在抽筋,连喊"妈呀,笑死我了"。

苏锦心自然没有心思笑,她脚步沉重地来到制作部,站立在窗户边,痴痴地望着天空发呆。华颜杰寻了来,安慰她说:"苏锦心,还在为那条新闻不痛快吗?"

苏锦心轻轻地点点头。

"你也赞成不要播出那条新闻了?"苏锦心失望地回过身来问。

"我不服从怎么办?我不想闹出第二个问题猪肉新闻的覆辙与风雨来,你也不想吧。"华颜杰老大哥似的劝说道,"苏锦心,既然你身在职场,不要以为搞好业务就是一切,其实你还必须兼顾到方方面面的关联性的因素。做人要能屈能伸,它能考验与锻炼一个人的忍耐力。屈,就是折腰的意思,在自己处于弱势的时候要学会保护自己,学会忍耐;伸,是延伸伸展的意思,就是在自己有能力的时候要放手大干,不要畏首畏尾。这是人生的技巧与智慧,学会这个你会受用终生。"

苏锦心到底展颜一笑说:"华老师,我懂了。"

尽管如此,刚一上班,鲁怀远指示华颜杰派遣记者前去绿色农庄采拍正面报道,绿色农庄派来小车赶到台门前亲自来接记者时,苏锦心心里总有种被绑架的感觉。她满心不痛快地说:"华老师,这个绿色农庄回头是岸立地成佛了吗?他们毒害市民的罪恶行径还没人跟他清算哩,拍摄到的新闻不准播出。才过去半个多月,现在却要跑去为他歌功颂德,这是不是太不合乎逻辑了?这电视台是不是太不讲新闻的原则性了?媒体还会有什么公信力?"

华颜杰一时语塞。良久他才开口说道:"苏锦心,你是对的。可是为了今后的发展,有时不得不做几件违心的事情。这并不等于我们就堕落了。"一席话说得苏锦心哑口无言。

小车在往绿色农庄奔驰时,一路她都懒得与接她的员工说话。自然配合她采访的盛可可也不可能无话找话地与接她俩的人东拉西扯一通。

苏锦心感到太搞笑了:你去拍摄负面的东西,跟常谷川所说的一样,得悄悄地干活打枪的不要,还得提心吊胆。而拍摄"歌德"的东西呢,被采访一方笑迎爹娘一般,那个热情与欣喜劲就像过盛大节日似的,笑脸相迎笑脸相送,车接车送不说,还会像接待贵宾一样热情与盛情。当她乘坐的车子刚一到达绿色农庄大门前,早就恭候着的公司总经理陆耕田一行人迎上前来,当车子停下时,陆耕田亲自打开车门时还用手挡住车门顶部,以免苏锦心出来时碰到头了。奉承的话语随即送了几箩筐。

及至苏锦心出得车来，就被安排进了一间整洁的会客室里，里面竟摆满了高档香烟与珍奇水果。"陆经理，是不是简要地介绍一下公司的情况后，我们就去拍摄？"苏锦心不习惯迎进奉出的这一套。

"苏记者能亲自来我们公司采访，是我们公司的光荣。你说需要我们怎么配合我们就怎么配合。"陆耕田喜滋滋地说得涎水都溅了出来。

"那就围绕绿色食品这个重点采访贵公司吧。话题就从吸取血的教训，彻底整改，确保送到市民餐桌上的食品安全可靠切入。"苏锦心觉得文章只有这样破题，才有点意思。陆耕田连说好好。苏锦心采访了几组大田里各种蔬菜长势良好的画面，又拍摄了几组车间检验的镜头，就请陆耕田接受采访。陆耕田对着话筒讲得唾沫飞溅，王婆卖瓜很是把自己的公司夸了一通。刚一采访完陆耕田，就急步跑来一个员工报告说："猪贩子挑挑拣拣的这个要那个不要，不肯全部一车拉走。老板你说咋办？"

陆耕田一听火了，吼道："要就全要，不要就全都不准要，让他空车来空车滚。"张着满嘴的黄牙很是愤慨地喷吐完，就叮嘱陪同的工作人员好好款待记者，之后，人就跟随那个员工快步走了。

苏锦心对实习生盛可可说："我们也去看看是怎么回事吧。华老师说过，在一个优秀记者眼里，到处都有新闻，就看你是不是长着善于发现的眼睛与善于思考的头脑。"

那位陪同的工作人员企图拦阻，说其实那里没有什么好看的，就是公司的养猪场一批生猪该出售了，猪贩子前来买走这批生猪，挑肥拣瘦地惹得老板不高兴了，前去处理这件事情。

苏锦心也不答话，只是与盛可可朝猪哼哼的地方走去。在离公司办公楼三四百米远的地方，果然一排排猪舍整洁有序地耸立在阳光下，煞是壮观。几辆拉生猪家禽的车子停在那儿，只见老板陆耕田与"猪贩子"讲说什么，"猪贩子"到底点头了。接下来则是开始撵猪爬上跳板进到车厢里。待苏锦心与盛可可走到跟前时，已经有十多头猪上到车厢里了。

陆耕田一见苏锦心与盛可可也来了，显得有些不自然的样子，赶紧迎过来说："苏记者，这儿臭烘烘的，没啥好看的，去办公室休息会儿吧。"

苏锦心笑笑说："我俩想看看猪临要走向屠宰场时会是个什么样子，特地来看看的。不然当记者的今后碰到这类题材却不懂，拍摄起这类新闻来就会生疏得很的。"

陆耕田便不好再说什么了。二人这么说着时，苏锦心有了新的发现，悄悄示意一旁的盛可可，盛可可也是个很有灵气的女孩，便会意地用手机咔咔地拍起来——专拍的是猪往车厢里爬去时的情景。有几头猪不知是怕死还是别的什么原因，往车厢里爬时竟然腿子打战。按说这几头猪没有哪头不油光水滑的，怎么腿脚没劲儿呢？

陆耕田忙拉着盛可可说："这个有什么值得拍摄的呀。走，还是到公司去休息去吧。"回过身去骂起陪同的员工来："你们是干什么吃的？怎么不好好招待苏记者、盛记者，叫她们跑到这臭气熏天的地方来了。唵？"

在这儿看了一会儿后，苏锦心就与盛可可回到绿色农庄办公室去，二人凑了凑情况。苏锦心问起刚才看到的生猪腿子打战的事儿，盛可可说，学校专门请食品专家讲过课，腿子打战的这类猪一般是有问题的。

至于多大的问题，什么性质的问题，盛可可就说不上来了。二人合计了一下，觉得该拍摄的都拍摄到了，该采访的也都采访到了，该打道回府了。

恰在这时，陆耕田忙完那头后急急地赶了来，一听说苏锦心她俩要走，高低不答应说："这怎么行？都快到吃午饭时间了，我吩咐人已经在南源国际订下了一桌，无论如何得吃顿饭再走。"

苏锦心本来对吃喝这套十分反感，说："谢谢陆总，我俩必须赶回去，编辑画面撰写新闻解说词，加字幕配音什么的，得忙乎好长一段时间，不然今天拍摄的新闻今天就发不出来了。所以陆总的好意我们只能心领了。"

陆耕田见苏锦心不像是演戏，也不好再坚持了，便朝陪同的工作人员努努嘴。陪同的工作人员心领神会，待陆耕田借故离开后，就朝二人手里分别塞去一个信封。苏锦心一起接了过去，感到好笑，怎么到处都有塞几百块钱类似事情出现？茂达超市是怕曝它的光塞钱好堵记者的嘴，这儿大概是因为歌了它的德，表达一片心意吧。

苏锦心推辞了半天也没法推掉，只得上到车里。车子一开动，她就摇下车窗将装钱的两个信封扔到了外面，说了声"心意领了"，就赶紧摇上车窗。

第十四章　风雨欲来

　　绿色农庄的车子送她俩回到了台里，待她将新闻编辑制作好时，龙得云的手机打了来，要她到他办公室去一趟。

　　苏锦心本想对稿子再斟酌一番的，接到电话不得不照办。她一进到龙得云办公室，就见龙得云手握座机话筒说："好的，鲁台，我刚刚通知了她，马上就好好地核查落实这件事情，结果我会向你汇报的。"

　　哦，苏锦心明白了，龙总是奉鲁台的指示要与自己谈话，但不知他要核查什么问题。

　　龙得云现在见到她已经没有当初不听招呼时那么恼火了，她的敬业精神，她的业绩明明白白地摆在那里，着实为自己争了光。在台里几个总监中，他就有种扬眉吐气的感觉，自己的部下创造出了轰动全省的佳绩，其他的总监你们的部下能与苏锦心比吗？但这并不表明他对她就没有了芥蒂。

　　"坐吧苏锦心，"龙得云皮笑肉不笑地点着头说。

　　苏锦心谨慎地坐到了沙发上。

　　"我想找你核查一件事情，希望你能够如实地回答我。"简直像是审讯犯人。

　　苏锦心坦然地问道："什么事情呀？只要我知道的，我当然会如实汇报。"

　　"郭台在追查，法庭上播放的问题猪肉新闻带，经过确认，是从播出带上过下来的。那么你知不知道是什么人干的？"

　　噢，原来是追查这件事情。苏锦心沉静地回答道："这个我说不好。因为没有证据。"虽然她怀疑是梅梦嘉偷偷摸摸地干的，但只是一种猜想，她从带库借去了当期的播出带不假，可是她回答是学习现场播报的技巧，这个只可以打上个问号，却不能说成确凿的事实。她不愿把人想得太坏。"这个我的确不知道。我不能无根无据地将猜想说成事实。"

　　"猜想？那么你猜想谁呢？"龙得云锲而不舍地追问下去。鲁台既然把郭台要追查的任务踢皮球一样踢给他，他是当真作为一件重要的任务来完成的——因为鲁台说这是郭台交代的死任务。龙得云先是找到华颜杰，华颜杰想了想说可能苏锦心应当知道一些吧。华颜杰隐约得知当时的播出带被借出过，但他没有去调查一番，自然不好妄下结论。

123

"猜想？"苏锦心胸海里狂涛漫卷，就是那份复制带起到了很坏的作用，官司一审败诉它是重要因素，自己身上泼了多少污泥浊水。但是气愤不能加于无辜，哪怕猜想——其实猜想往往会将人的思维导向一个更大的范围，那么被怀疑者众，一个团队还怎么和谐得了？还怎么有凝聚力亲和力与战斗力？忠恕精神什么时候都是需要的。她到底强忍住没将猜想说出来。"我没有猜想的对象，请龙总原谅。"

龙得云的皮也不笑了，提高声调说道："我敢肯定，如果真的是我们台内部人将播出带复制出去了，那也是你们栏目组的人，譬如王逸晨有没有这种可能？常谷川有没有这种可能？至于总编室带库，鲁台已经核查过了，排除了这种可能！"

"我觉得他俩不可能这么做。"凭着她细腻的感觉，还有大量的事实，她必须为他俩洗刷掉这耻辱的"大盖帽"。

"当然你说的可能有它的道理。可是……难道飞天大盗潜入带库所为不成？"龙得云简直动怒了，说完就紧盯着苏锦心。

苏锦心一声没吭。心想鲁台调查过？鲁台是出于公心还是出于别的什么心思调查过呢？他调查的结论就那么可靠？自然苏锦心不可能将自己的怀疑说出来。

"好吧，你再好好想想吧。"龙得云悻悻然地说。

苏锦心离开了龙得云的办公室。刚一走到走廊上，手机就响了，是梅梦嘉打来的："锦心，你人在哪儿？"那个亲热劲能将人融化了。

"我马上到编辑制作室去。怎么啦？"

"我想请你吃个饭，这个面子你会给的吧？"

苏锦心与梅梦嘉虽然共事打交道时间并不长，对她的为人处事还是了解的。她是个很会为自己算计，也会算计别人的人。凭着她在南源电视台天天在屏幕上与观众见面，混了个脸熟，就小有名气了，于是便处处以名人自居，说话办事都是明星的范儿。走起路来都是目不斜视，目中无物，高傲得像个公主。一般编辑记者想找她配个音，她理都懒得理，鼻子一哼说："我心里烦着哩。你就不能找别人配音吗？"当然碰到能决定她命运的权势人物，她就嗲得叫人浑身起鸡皮疙瘩。尤其那个"人家不嘛"简直成了她的招牌。当然有人吃她这一套，有人却看不惯。譬如郭海山台长、金佩琪副台长等领导就很反感她的做派。她也知趣，在他们面前绝对是"少来这一套"的。

苏锦心与她一同考进南源电视台，共事过一段时间，说不上反感也说不上有多大的好感。她觉得人嘛，各人有自己的癖好那都很正常，只要不妨碍到别人，何必对其说三道四呢？

"不逢年过节的，何必破费呢？改天还是我请你吧。"苏锦心的确不想与她共一张桌子吃饭，自她奶奶出尔反尔，致使官司一审败诉后，她想起来都有几分气不平，焉知不与梅梦嘉有关？焉知不是梅梦嘉替原告做了反工作？编辑记者中都悄悄流传梅梦嘉被哪个大款包了，那么是不是那个王如瑾呢？每每想到这些，她就感到恶心。最近一段时间她与梅梦嘉只是大面子上过得去，却没心思与她闺密似的共语话衷肠。

说话间，想不到梅梦嘉竟亲自来到了编辑制作室。人怕当面，树怕剥皮。见梅梦嘉风摆杨柳地进到里边来了，苏锦心不得不迎上前去。梅梦嘉笑得很甜地拉着她就往外走。苏锦心知道她的笑有几分乔装打扮，却也不得不随着她来到外面。刚一站定，梅梦嘉就很亲昵地埋怨说："吃个饭要什么逢年过节的，啥时想吃了啥时就吃呗。你说你肯不肯给我这个面子吧？"

苏锦心闹不清楚她葫芦里卖的什么药，想了想，决定去摸摸她的底也好。但话得说得很勉强，勉强中挤出些许亲热："好吧，恭敬不如从命。"

当苏锦心与梅梦嘉、施蔚然往酒楼走去时，街上的灯火已经大放光明了。各种车子川流不息，城市的喧嚣仍然不减白天的气势。苏锦心不知梅梦嘉为何要把施蔚然也邀请去，作陪？还是凑个热闹？苏锦心现在对施蔚然有了新的了解，她不再是她心目中值得真心相待的那个大姐了。难怪说认识一个人难于知天的，原来以为她是个热心快肠且有几分侠肝义胆的"施大侠"，其实她是个心思摸不透，城府很深的人。她感到这顿饭注定吃得不痛快。

三个人进到酒楼一间很有档次的包间，服务员小姐按照梅梦嘉的吩咐，很快上菜。冷盘热炒，瞬间就摆了十几道菜。苏锦心说："你请了几个人？还有几个忙节目没来吧？要不要等等他们？"

梅梦嘉慷慨大方地说："哟，还要请谁呀？不就是咱姐妹仨吗？谁也不请了。"

苏锦心说："那也要不了这么些菜呀？"平时梅梦嘉用起钱来对自己向来狠心——你看她浑身都是昂贵的名牌，如若要用到别处，哪怕五毛钱的钢镚儿她都要正看反看掂量好几遍。现在这种做派真是太阳从西边出来了。

"嗨，吃不了兜着走嘛——不会打包带走么？"梅梦嘉的一句话把几个人说得都笑起来。

三个人自然都不会喝白酒，梅梦嘉考虑得很周到，一律酸奶伺候。几杯酸奶下肚，话匣子自然打开了——主要是施蔚然与梅梦嘉在一唱一和地说着恭维苏锦心的话。施蔚然说："苏锦心快成为名记了。啥时台里要评名记我全力投你一票。"

苏锦心知道她俩恐怕商量好了的，或者梅梦嘉事先邀请施蔚然作陪就串通

第十四章 风雨欲来

125

好了的，共同为着一个目标前进。只是不知道梅梦嘉究竟为何把事情闹得这么隆重，最终奔向一个什么目标？居然找来说客帮忙。见施蔚然如此说道，苏锦心自然不能不回答："看施姐说的，我现在都在火上烤，哪里谈得上名记，能保住现在这个岗位就不错了。说梅梦嘉是名播嘛倒是名符其实。"这样真真假假地说说笑笑了一番后，几个人吃喝得都挺斯文，尤其梅梦嘉时不时像个娇小姐似的竖起兰花指，攥菜与掂水晶包子，还正看反看了好一阵才往嘴里送。苏锦心感到太做作了。施蔚然则吃喝得很尽兴，大有大块吃肉大碗喝酒的女汉子气概，埋头苦干了一会儿后，她就起身说要到洗手间去一下。待施蔚然出了包间门后，梅梦嘉就凑近苏锦心的耳朵边悄声说道："锦心，我借了磁带库你出镜的带子借鉴观摩了一下，仅此而已，你别听人瞎传胡猜呀。"

苏锦心警惕地说："我没听到哪个瞎传呀。"

"这就好，你不知道，自从官司一审败诉后，有些人就胡说八道，栽赃陷害，说我把带子偷偷地复制给了王如瑾什么的，编得有鼻子有眼的。你说这些人可恨不可恨？我需要你平心而论，不要被那些人蒙蔽了。我只不过是想学学你如何现场出镜罢了。有些人乱嚼舌根也不怕长毒疮！"梅梦嘉说得气乎乎的，仿佛蒙受了天大的不白之冤似的。苏锦心于是明白了她为什么破费高低要宴请自己了，原来终极目标就在这里。心想不是你提供给王如瑾的鬼才相信哩。一瞬间她明白了施蔚然为什么也被请了来，目的恐怕也是一致的。不然她跑到洗手间干什么？还不是留下她俩好说话。梅梦嘉既然要请人陪同吃饭哪个不好请？就是播音组的女孩子都多的是，为什么不请她们作陪？还不是看施蔚然得宠于龙得云，龙得云虽然算不上台里的头头，但他管着新闻频道，这是台里的要害部门，龙总监升到台一级领导层还不是迟早的事情。至于施蔚然一请就动，还不是因为梅梦嘉在台里的名气，彼此都有理由结成联盟。

"你不说我还忘记了那档子事情哩。官司一审败诉与你有什么关系？你借带子的事情纯粹是一种巧合。谁要在我耳边瞎喳喳，我肯定要驳斥他。"苏锦心心想你不要此地无银三百两了，不是你提供给王如瑾的还会有谁？这不是不打自招么？如今听说郭台要追查这件事就慌神了！苏锦心拿定主意，此事她绝对不会往外说，龙总那儿自然也不得去报告给他。这倒不是她对梅梦嘉有什么好感，而是再怎么愤恨，也改变不了已成的败局。将它说出去于事无补，空自发泄了一腔不平的心绪，仅此而已。既然如此，何必把精力放在这上头呢？但必须待时机成熟了，悄悄地好好规劝她一番。

梅梦嘉一听顿时眉开眼笑，说："到底是共过事的老同事，够姐们儿。来，我敬你一杯酸奶！"她知道苏锦心虽然性子看似绵软，却是个说一不二的人，她既然如此承诺，那她就必定说到做到。梅梦嘉不禁暗暗高兴起来。

苏锦心的手机忽然响了，她一接听，立即高兴起来，说："啊！你都回来了。太好了！太好了！什么？我在哪儿？就在台附近的绿野酒家呀。喂喂……"

这时施蔚然也从洗手间回到包间了，几乎与梅梦嘉同时问道："谁呀，这么亲热？该不是你那个留学意大利的情哥哥吧？"

一句话说得苏锦心脸都红了，说："常谷川从外地回来了。"

梅梦嘉怫然变色说："别叫他跑来搅得我们没有兴致吃喝了。"

"可是他说了几句就把手机掐掉了。估摸手机没电了吧？"

往下几个人就拿情哥哥之类的事情互相打趣。施蔚然说梅梦嘉美得沉鱼落雁，又是南源市著名人物，还不嫁个金龟婿吗？能不能坦白一下，现在名花是否有主了？她明知梅梦嘉被什么人包了，就故意调侃她。梅梦嘉则说施蔚然有福气，找了个老婆永远都是正确的，错了也得参照正确的条款执行的男朋友。说罢，梅梦嘉与施蔚然都笑得花枝乱颤。苏锦心则始终只是应酬似的说几句被动的话儿，她没有心思把时间耗在这上头。她希望快点结束这种无聊的什么宴会。

突然包间的门被嗵地推开了，原来是常谷川跑来了。众人都愕然了。

常谷川也怔住了。他没想到在这儿居然碰到了几个他不太愿意见到的人物，尤其是那个喜欢装腔作势的梅梦嘉，就是她害得自己受到了内部通报批评，还扣掉了一个月的奖金。他现在见到她都感到恶心。

苏锦心见常谷川一脸疲惫，雅痞型的T恤上沾满旅途一路的风尘，心里自然有几分感动，说："估摸你刚刚回到台里，还没吃饭吧？要不，就在这儿填充一下肚子？"说完她就后悔了。她本是出自一片真诚，可是这个小小的宴会却是梅梦嘉埋的单，自己只不过是个客人。客人怎么能够做得了这个主呢？再说常谷川与梅梦嘉已经闹得生死仇敌似的，梅梦嘉岂能容忍得了他。

果然梅梦嘉发作了："你怎么跑到这儿来了？"

施蔚然也在一旁帮腔说："我们几个女孩子在一起聚会，你咋就跑来凑热闹呢？"

苏锦心觉得她俩一唱一和，简直把常谷川当成了被审判的对象，做得太过分了，又不好批驳她俩。她极想知道他千里迢迢跑到外省去找那个老教授，不知找到那个叫作华诗辉的年轻人的联系方式没有。当然现在她不便问他，便说道："常谷川，还没好好喘口气吧？要不你先喝口水？"她不好意思收回刚才叫他吃点的邀请。

梅梦嘉绷着脸说："你跑到哪里去了？台里谁派你去的？既然回来了，就应当复命嘛。"

第十四章 风雨欲来

施蔚然紧紧跟上："《唐雎不辱使命》你应当学过吧？高中课本上就有。还不去回复派你的领导，恐怕不大合适吧？"

常谷川的确累坏了，几天几夜连轴转，他困死了。猛一碰到这种各怀鬼胎的诘问，他一时不知说什么好，猛地一跺脚吼一样说道："行了，我太困了，我不与你们纠缠了，拜托你们让我睡一会儿好不好？"说完，便转身要跑。

几个人都惊怔住了。女人天生有种过于敏感的神经，甚至连领悟力都带有神经质的。梅梦嘉愤怒地尖叫一声："你这个臭流氓！"

施蔚然义愤填膺步步紧跟说："你怎么赤裸裸地胡说八道？你要睡谁？"

常谷川这才意识到自己的话被她们翻译成了另外一种样子，他的火呼地上来了，大声吼道："你们侮辱人格！你们心地阴暗、肮脏！"他气呼呼地拉开门跑了，却将声音留了下来："别自做多情，自以为是天下第一美女，屁！"

苏锦心知道常谷川刚才的话本意不是梅施二人理解的这个样子，可她俩却硬要这样去想，见常谷川跑了，便劝她二人说："他本意是他跑了几天几夜了，累得要趴下了，不耐烦大家盘问，想躺到床上休息一会儿了。别理解歪了。"

梅梦嘉不干了，说："他成心想占我们姐妹的便宜，公然耍流氓，说挑逗的下流话，这还了得！必须通过台里给个说法。"

施蔚然也明知常谷川的本意就是苏锦心刚才解释的那层意思，但她对常谷川深恶痛绝，况且梅梦嘉又是鲁台的嫡系部队，便随声附和说："也不能说梅梦嘉说的没有道理。一个新闻单位的记者，如果没有一点文明教养，他跑到外面也这般无礼的话，是不是败坏了台里的名声？"

既然二人结成了统一战线，苏锦心知道她是没有办法说服她俩的。这顿饭吃得真的很窝囊，苏锦心窝着一肚子火，却又发作不得，作声不得。只得不停地看看表，见时间过去一个多小时了，就推说自己还要赶到台里编一条明天《朝阳升起》的早新闻，借故离开了包间，她当然顾不得背后梅施二人对她挤眼睛努嘴巴。

苏锦心一出得酒楼门，就不停地拨常谷川的手机。很快手机通了，常谷川闷声闷气地说："那两个婆娘，什么东西，白送我都不要……"

"好啦，别骂骂咧咧的了。你现在哪儿？"常谷川说我就在"猪圈"里生气哩。苏锦心赶回到办公区时，果然发现常谷川一个人呆呆地坐在灯下想心事。苏锦心感到自己对不起常谷川，都是因为那场官司惹的祸。如果不是常谷川决计想帮助自己打赢二审，挽回官司一审失败给自己带来的恶名声，他哪会跑到外省去找什么教授不教授的。她心怀愧疚地来到常谷川身边说："还在生气呀？不值得。气着的是自己，伤害的自然也不是别人。"

"苏锦心，你说她俩是不是无聊？怎么将别人的话朝那方面理解？而且好像抓住了什么罪证似的不依不饶。难怪人们说办公室的政治是门艰深的学问，谁要是想在职场里混得舒心，不研究它，弄懂它，一不小心就中了暗道机关，甚至成了躺枪的对象，就会处处不顺，处处吃亏上当。"

"好啦。以后说话注意点就行了。"

"如果处处适应别人活着，那活得多憋屈死了，那还是我吗？"

"看样子你刚回台里，还没吃饭吧？要不我陪你到街上随便找个地方吃点东西去？"

要是在平时常谷川准保乐得一蹦老高，他对这女孩有种朦胧的暧昧意味，苏锦心自然知道，她同时知道他并不像一般人所诋毁的那样想吃天鹅肉之类。他算得上是有种"萌"的意思罢了。细看常谷川，微黑的皮肤，五官端正，那双亮闪闪的眼睛把整个人都提升了几个档次，虽然说不上英俊帅气，但也属于2.0那类暖男系列，叫人耐看。现在越看倒越觉着有味道。平时咋就没有觉察到呢。她盯着常谷川，看得他都不好意思了，她自己也莫名其妙地耳热心跳起来。

常谷川低下头说："咋？我是外星人么？"他现在没有好心情了，"我不饿。我正在考虑姓梅的怎么报告台里给我处分呢。我等着，不行我就走人不干了。"

"别说气话了。"苏锦心只得转移话题问道，"找到那位教授了吗？"

"嗯。"常谷川回答道。苏锦心一听顿时心里洒满了阳光，忙问："这么说弄清楚了华诗辉的联系方式了？"

常谷川沉默了一瞬，暗淡着目光说："手机号码倒是弄到手了，可是怎么要他都要不通——对方已经停机了。我不死心，仔细地问了问老教授，华诗辉家住哪儿，他还与老教授有没有别的什么联系方式，可惜老教授一概不知，只知道那么一个手机号码。老教授说华诗辉其实已经参加过研究生考试，报考的就是文学专业。他还说华诗辉功底很扎实，是个不可多得的奇才。唉，我弄到的情况仅此而已。"

"你已经尽到了最大的努力。"苏锦心真诚地说，"吃饭去吧，我请客行吧？"说完她给了个"谢谢你"的笑意。

常谷川摇摇头："算了你去吧，我想独自坐坐。我就想不通，我怎么就这么倒霉，本意是想干好本职工作，却遭遇到这么些无聊的闲言碎语？你说那个娘们儿会不会报告给台里，然后给我个无情打击？当然枪毙活埋还不至于。"他说得比窦娥还冤。

苏锦心平时就看得出来，鲁台对梅梦嘉明里暗里处处向着她偏袒着她，常谷川猜度得不无道理，梅梦嘉极有可能跑到鲁台面前添油加醋，定会将常谷川渲染

第十四章 风雨欲来

……129

得十恶不赦。焉知鲁台不会小题大作，更大的打击岂不落到常谷川的头上了吗？想到这儿，苏锦心心里也堵得慌，沉默了几秒钟，她只得宽慰他说："身正不怕影子斜，打击云云你就不用担心了。"

常谷川淡然笑笑说："你不用安慰我了，我已经想好了对策。我只是不明白，为什么你想干点事，却总是遭人非议？不能让你将心思与精力百分之百地用在正道上。而总要分出一半心思来应付一些明枪暗箭呢？"

"我曾就这个问题求教过华老师。他的一席话解开了我心中的疑问。他说凡是有人群的地方，都存在着这么一个通病，每个人都得拿出一半心思来应付一些流言蜚语，与乱七八糟的恩怨纠葛。其实最好的办法就是不要理睬它。"

"我也想通了，其实只要谋于事不谋于人，不心怀鬼胎，日久终会见分晓的。我就不相信天空总是阴暗的。"

"好！为人处事，自己对自己得要有信心。不要被别人的风言风语所打倒。是的，人往往是被自己打倒的。我决不会上那些人的当！"

至此，苏锦心才多少放下心来。

第二天中午，闹了一晚上情绪的常谷川来到了四楼办公区。这时，记者们外出采访的基本上都回台里了。且都写好了新闻解说词，只待吃过午饭，就去编辑制作采拍的素材。各个格子间热闹非凡，话题七扯八拉地扯到了苏锦心拍摄的那条轰动一时的问题猪肉新闻上。联播组一个老兄说苏锦心由于那条新闻一炮走红，红得发紫。有人接过话头说紫得发黑，黑得发霉，霉得发臭。于是有人颇有点义正词严地驳斥说："人家履行了一个媒体人的神圣职责，怎么就羡慕妒忌恨了？"对方鼻子一哼说："一审官司败了就是明证，茂达超市说是编造的假新闻，炮制者要的就是轰动效应。轰动效应是什么？就是成就感，就是升职的阶梯。"另一个声音不屑地说："屁，官司一败，闹得臭烘烘的，还谈什么成就感？恐怕带来的是沮丧是失败感吧。最最可笑的是那个日本鬼子的痴情，居然为她的事情颠颠地跑着跑不赢。"

正在键新闻稿的宋汝成笑得一以贯之的绵软可掬，键字似的一个字一个字地往外蹦："三英战吕布，他走了桃花运。"……

这些议论都叫常谷川听到了。他刚刚来到"猪圈"，就嗅到里边臭烘烘的拿他与苏锦心说事打趣。他到底耐着性子，悄悄地隐在那根粗大的柱子那儿，不声不响地听。这些人太缺德了，平时当着面一个个都正人君子似的，道貌岸然。有的甚至比亲哥们儿还要亲，好像永远都是你的知心朋友。什么日本鬼子？指的就是我常谷川，这些老兄平时就说自己的名字猛一听就像个日本人的名字，好事之徒还硬要不三不四地叫自己常谷川太郎。什么三英战吕布？昨晚一个哥们儿就在手机里询问自己怎么跟那两个娘们儿闹腾起来了？并说关于这场风雨已经传染病似的传遍了全台，好事之徒已经编出了段子，拿它开心找乐子。

　　常谷川到底没有忍住，怒吼般地迸发出来："你们这些乱嚼舌根的，是吃屎长大的还是喂米饭长大的，怎么尽传播一些低级下流污垢不堪的东西来中伤人诽谤人。如此道德败坏的品种，能够拍摄出无愧于职业使命的新闻来吗？"他这一吼倒把说说笑笑的众人吓了一大跳。也许理亏心虚吧，一个个面面相觑。

　　平心而论，年轻人在一起谁还不八卦一番别人的趣事逸闻？碰到这么好的素材哪肯放过，大伙这么前仰后合地过着嘴瘾时，压根儿就没有包藏着什么祸心。见常谷川发炸了，一个个张飞看老鼠——大眼瞪小眼，挺尴尬地望着他笑笑。倒是宋汝成出面打圆场说："老常，别误会了弟兄们的意思，一点善意的打趣话。别人想有这种艳福都不可得呢。"宋汝成平时与常谷川相处得不错，故而他可以很哥们儿地说道说道。

　　"算了吧老宋，"常谷川根本就不跟他讲哥们儿意气，"这三英中就有你们家的施大侠，你愿意别人这么调侃吗？朋友妻不可欺，这是上了书的。难道你愿意么？如果你愿意的话说明你并不爱她。"

　　这番狠毒的话一出口，激得宋汝成满脸通红。细一想果真这些人的议论竟然涉及自己的自尊，自己还傻乎乎地跟着瞎起哄。要是叫施蔚然知道了，还不把自己骂个天翻地覆慨而慷。正当他这么想着时，哪想到担心什么就来什么，就听到一声怒斥声："死胖子，你能不能跟一些正经人来往，少跟一些不三不四的人搅到一起！"原来施蔚然买来盒饭，刚一进到格子间办公室就听到了常谷川与宋汝成的对话，不觉红颜一怒，发起炸来。

　　"施大瞎，你说话最好讲一点友谊！"常谷川老实不客气地反击道，"我问你，你们三人在饭店吃饭，我跑去的事情是怎么传出来的？如果如实传，这也就罢了，我痛恨的是都成了变形金刚了。离开当时的语境，胡编滥造，你亏心不亏心？"常谷川乒乒乓乓来了一番大发作，末了意犹未尽地说道："大不了你去告我的状哪，我等着新的处分。"

　　叭的一声，施蔚然平时仗着自己决定新闻生死的权力，又得到皇太子龙得云的信任，自我感觉相当美妙，何曾受到过这般冲撞侮骂？气得将盒饭摔到了垃圾桶，满脸通红地自卫还击道："你说话最好不要凭空想象，你怎么知道是我传出去的？你血口喷人！"

　　"不是你是谁？喜欢搬弄是非的除了你还有谁？那个姓梅的又不是新闻频道的人，她要兴风作浪也只能在她的播音组，而不会跑到新闻频道来。"

　　"走走走！我跟你到龙总那里评评理去！向我泼脏水，没门！"

第十四章　风雨欲来

"龙总又不是你家的亲戚,难道他是非不分,处处向着你?"常谷川豁出去了,他什么都不顾忌了,"走吧。找太子去吧。看他还把我枪毙了不成?"

这一通争吵,闹得格子间所有吃午饭或键新闻解说词的编辑记者都安静了下来。他们从来都没见过常谷川发这么大的火,常谷川从来都是一副乐天派性子,总是嘻嘻哈哈,想不到人被逼急了也会显露出他最隐蔽的性子来。这种人的性子不爆发则已,一爆发就不得了。众人都感到事情闹大了。一个个本意是图个一时痛快,决没有其他的什么歹意。这时见常谷川如此这般,知道他太受伤了。大伙倒劝慰起他来:"算了算了,我们也只是图快活过过嘴瘾罢了,决没有恶意。""施蔚然你就少说几句吧。"

施蔚然气哼哼地说:"我少说几句?他刚才喷吐的都是些什么东西?他无端地怀疑我传播了他的什么流言蜚语,他把我看成什么人了?是对我人格与尊严的侮辱。我能忍么?搁谁身上都不会少说几句。他既然要我找龙总我就去找他评评这个理。"其实所谓常谷川酒店"耍流氓"云云,就是她散布出去的。当晚她就在电话里装作无意的样子说出来的——一个女记者编辑好了一篇时效性不强,迟几天发出来都可以的软新闻稿,说解说词就已经在QQ上作为在线文件传给了她,希望她斧正斧正。顺便讨好地说施编辑你吃过了没有?没有的话我就请你的客。施蔚然就愤愤地说气都气饱了。接着也不等对方询问是怎么回事,就发泄似的一五一十地将常谷川的"性骚扰",差不多渲染成"性侵"的原创版本贩卖了出去。只是没有完整地说当时的语境。这样便一传十十传百地传了出去。其实施蔚然盼望的就是这种效果,谁叫常谷川这小子狼子野心想吃天鹅肉的?而这只天鹅眼看就要超过自己了,都在疯传她要当什么制片了,快成为自己的顶头上司了。自己辛辛苦苦奋斗了好些年都还只是一个做不了主的小编辑。苏锦心凭什么轻而易举地得到那个职位?何况常谷川千里奔波跑到省外去找什么二审的证据,如果真的找到了,二审官司一胜,苏锦心不就加分了吗?如果二审官司失败了,苏锦心就没有资本神气起来。头儿们想升她的职恐怕也有所顾忌吧。

想不到常谷川望着天花板愤愤地继续发泄着心头的愤恨:"有些人你给老汉我听着,我对苏锦心就是喜欢怎么啦?但指天为誓,我是把她当作邻家小妹来看待的。乱嚼什么舌头?我是癞蛤蟆,她是天鹅。你又算什么?妒忌天鹅?"

施蔚然知道他是在骂她,也不吭声,气呼呼地风一样冲出去了。

第十五章　激愤出走

　　格子间的众人感到暴风雨来临了。新闻频道自打成立以来，还没听说过有这种波澜壮阔的事情发生，众人吃饭的赶紧吃饭，键新闻稿的赶紧键新闻稿，然后都悄悄地溜之乎也。

　　当然也有不怕鬼不信邪的仍然按部就班地该干什么照样干什么。这些人心理底线是，人嘛，既不要委屈了自己，也不能无端地冤枉了别人。这才活得有骨气，活得坦荡。胖子宋汝成边键他的新闻稿边发出无限的感叹："大家都来自五湖四海，聚在一起也是一种缘分，应当好好珍惜，何苦闹得生死仇敌似的。有什么隔阂咋就不能好好说呢？"

　　常谷川呆坐在自己的办公区里没有动弹。他准备着来自暂时还说不清楚的哪方面的打击。

　　其实在施蔚然去找龙得云时，副台长鲁怀远也准备到龙得云的办公室。鲁怀远在手机里听了梅梦嘉大肆渲染的汇报后十分气愤。梅梦嘉不知躲在什么地方，娇喘喘地哭得如诗如歌，"鲁台呀，我我我……"她故意乔装出上气不接下气的样儿倾吐出自己勾人魂魄的娇羞来，"常谷川他他他……当着我们几个女生的面耍流氓，他说他说……要要……要睡……要睡……我……们……"直接将那句话说出口她不是不敢，也没有什么不好意思的，只是唯有采取现在这种欲说还休犹抱琵琶半遮面的叙述方式，才能达到最佳效果，"他公然他公然……我都说不出口……"说到这儿，她竟然哇的一声大哭起来，"他公然……"她很为自己的表演得体得意与自豪，她觉得自己如果是个电影演员，恐怕得个最佳演员奖是没有问题的。

　　那边鲁怀远已经听出了究竟发生了什么事情的原委，果然那怒火就被点燃了，说："这还了得。他怎么像个，泼皮无赖。竟然喷出低级下流的话来？我怀疑他是不是神经有问题？是不是心理有什么障碍？别哭梦嘉啊别哭，我会向郭台汇报的，让常谷川等着吧。这次就不是仅仅内部通报批评了事。每个人对自己的行为都得负责，该付出代价的那是咎由自取，怨不得别人。"

　　鲁怀远当然不知道梅梦嘉当时听了他的一番话，是何等的兴高采烈。果然第二天一上班，鲁怀远就来到郭海山的办公室。郭海山一听鲁怀远的汇报，果然就雷霆震怒，说："这还了得！这股风气不煞煞，电视台还不成了流氓地痞的窝子。"

鲁怀远知道自己渴盼的尚方宝剑要到手了，他就是要将它拿到手里，好好替可心的梅梦嘉出口恶气。哪知郭海山发了一通脾气后，就后悔了。他也知道自己的脾气太孬，见不得一点蝇营狗苟的事情，撞到眼里或听进耳朵就发炸——往往会作出错误的判断，跟着而来的则是错误的决策。虽然没有给台里的工作造成大的损失，可是毕竟伤害了一些人。他常常恨自己的这种天生的禀性。他常常告诫自己，你不是一般的编辑记者，你是一台之长，你的性格不单单是你个人的事，而是关乎到这个团队发展的大事情，团队事业发展要求你必须每临大事有静气，因而往往他痛苦自责。一个老领导曾语重心长地告诫他说，当你要对任何事情作出决策时，如果是在气头上，那么你就不要急于表态，你可以在心里从一默数到一百，如果还是做不到冷静的话，那么重新开始再从一数到一千。他暗暗试过几次，果然有效。现在他正默默地在心里数着数。可是好像这次不大管用了，他仍在气恼中。便转移话题叮嘱说："老鲁，把事情好好调查调查再说吧。当务之急是二审还有个把月就要开庭了，寻找新的证据进展如何？"

鲁怀远想不到郭海突然提出这个问题，不免有几分紧张。"正在组织有关人员寻找呢。"鲁怀远不得不硬着头皮回答道，"也真是难办。到哪里一时半会儿找到新的证据？"

"这么说我们就等着二审与一审同样的结局喽。"

鲁怀远避开郭海山犀利的目光，强撑着满脸的笑意说："不会不会，绝对不会。有你郭台掌舵，咋会出现这样的结果呢？"

"老鲁这些空话就不要说了吧。"

"唉。如果当初苏锦心听从劝说，不要播出那条新闻，事情怎么会弄到今天这般被动的地步？"想起苏锦心当初的倔梗他就有火。

郭海山提高了嗓门说："苏锦心没有错。至少在这件事情上她是个称职的记者，是个有良知的记者。我倒是奇怪，从那条新闻的播出到叫原告告上法庭判以来一系列的人与事，中间似乎有股与台里对着干的力量，而且事情云山雾罩的，里面究竟暗藏着什么名堂？"

当着郭海山的面，鲁怀远是个忠实的副手，而在郭海山视线以外，他则颐指气使，可以将自己的权力用到极致。这刻儿，郭海山的几句话，他听着感到句句扎心，可是表面上还得频频点头，只差说郭海山是谆谆教诲，英明睿智切中要害了，他谦恭地说："你放心，我一定竭尽全力找到新的证据，务必在二审时为台里赢回那场官司。今天我还电话与北京声纹鉴定所联系过哩。他们说快了，顶多半个月内有结果。"

一离开郭海山的办公室,鲁怀远就恨火腾腾。既然一台之长郭海山发话了——作为副职,鲁怀远当然要贯彻下去。一进到龙得云的办公室,就发现施蔚然正坐在里面,用面巾纸擦拭满脸的泪水。见鲁怀远进来了,施蔚然很惨然地一笑,谦恭地说了句"鲁台您来了",就起身而去。

鲁怀远问:"她哭什么?有什么委屈的事情?"

"常谷川太不像话了!"龙得云气呼呼地说,"说句不恰当的话,常谷川就像泼妇骂街一样,在办公区恶骂出口,骂天骂地最后竟然骂到了她的身上,把她给气哭了。"

鲁怀远一听心里暗暗高兴,这不多了一个整治常谷川的同盟军么?"真是个害群之马,事情都闹到郭台那里去了。他也说要煞煞这股歪风。"鲁怀远凛凛正气地说,"这股歪风邪气不治治,电视台还叫电视台吗?岂不像街头小混混打架斗殴的场所?传到社会上,电视台还有点正面形象没有?把常谷川叫来!"

龙得云犹豫着拿不定主意,说:"是不是把事情闹清楚了再再……"

"你老龙哪儿都好,就是心太软。"鲁怀远批评说,"严是爱,松是害。一害台里二害他本人。把他叫来吧!"

龙得云不得不遵命照办。很快,常谷川来到龙得云办公室。他翁声翁气地与鲁怀远、龙得云打了一声招呼,就一屁股坐到了沙发上,勾着个头不吭声了。

龙得云说:"我与鲁台找你来是想与你交换一下看法……"

"常谷川,"鲁怀远很不满意龙得云的措辞与态度,颇有几分严厉地训斥道,"你好歹是个新闻记者吧,应当有点文明教养吧,怎么把街头小混混们的恶习给学到手了,拿到电视台来不管三七二十一地骂这个骂那个,像话吗?"

"我没骂任何人!"常谷川抬起头来,不服气地反驳说,"至于哪些人抢在前面告了刁状,我心知肚明。请鲁台不要听信一面之辞。"

"够了!你还拒不承认自己的错误!"鲁怀远被激得头顶上快要冒青烟了,"尤其与几个女孩子骂骂咧咧的,像什么话?"

"我并不像鲁台您说的这样,她们故意误读我的原话!"常谷川知道是谁恶人先告状,继续说道,"鲁台您当时并不在场,真实情况您可能并不是很清楚。她们倒打一耙,您真要相信她们的话,那我就只能死定了。"

"什么死呀活的,你别拿这个吓唬人!"鲁怀远气得浑身发抖,厉声喝道,"哪个是吓大的?"

龙得云也斥责道:"常谷川,你能不能虚心一点?"

"龙总,"常谷川很尊敬地说,"如果连解释都不允许,那我就只有背上黑

第十五章 激愤出走

135

锅算了。"

"谁不叫你解释了？"鲁怀远质问道，"哪个封住了你的嘴？一开始你就啪啪地说个不休，我不都是一直在听么？"

"可是你们谁听进去我的一言半句呢？"此时，常谷川已经做了最坏的打算，并且做出了惊人的决定。既然心里有了这个底线，他便决定豁出去了。

"施蔚然与梅梦嘉两人合起来八卦我与苏锦心。流言蜚语传得沸沸扬扬，这口气我受不了。对于我倒无所谓，可是为什么伤害人家苏锦心？她始终是我邻家小妹。伤害她天理不容。我想请问鲁台，如果有人绯闻你与梅梦嘉怎样怎样的，你会怎样想呢？你能做到心如止水么？凡有血性皆有争心！这才是大丈夫的气概！"

果然鲁怀远勃然大怒，呵斥道："住嘴！你少跟我胡说八道！"

"我怎么胡说八道了？我向您解释嘛。"常谷川不急不恼地说，"我这是打个比方而已。就这您都受不了，如果您能站在我的角度想想，她们造了我与苏锦心那么多谣言，我能受得了吗？人家苏锦心还是个爱做梦的清纯女孩。中伤别人是不是丧尽了天良？"

"够了！常谷川，你如果觉得南源电视台对不起你，容纳不了你，你可以另谋高就嘛！"

"鲁台长这可是你说的，"常谷川止不住心里冷笑，"可惜你说得不太准确。不是电视台容纳不了我，而是有人在撵我走。如果我不走，可能打击报复就得一而再再而三地寻到身上来。"说完，常谷川转头向着龙得云说："龙总，谢谢你几年来的关照。如果没有其他的什么事情，我就走了。"

"常谷川，冷静点。"龙得云感到事态严重了，此时变得温和多了，说，"如果觉得受到委屈了，你可以单独找我谈。千万别有什么不理智的想法与做法。鲁台也是为你好。"

"我不傻龙总。谁真心对我好，谁故意与我过不去，我心里一清二楚。"说罢，常谷川冲似的起身跨出了大门。

留在办公室内的鲁怀远与龙得云不觉面面相觑。室内冷场了片刻工夫，龙得云打破沉默说："如果常谷川真的做出什么傻事，恐怕……这个……"

"有什么大不了的？"鲁怀远仍然满腔都是怒火，"他好像是你们新闻频道聘用的吧？"

"认真说起来，他还是个很不错的记者。好多急难险阻的新闻采访任务就是他拿下来的。"龙得云想起常谷川平时好像很屌丝，可是工作却毫不含糊，很敬业，实在是一员干将，拍摄过许多撑得起门面的新闻，用对待犯罪分子的态度对待他，到底有些于心不忍。

鲁怀远老大不悦地说："你呀龙得云，就是心肠太软。像他这种人，如果他知趣，应当主动辞职才是明智的。他走了倒省去了不少心。即使他不主动辞职，新闻频道也得把他辞退。从组织程序上讲合理合法。一呢，他是新闻频道聘用的，不是台聘的。他的离去你新闻频道可以做得了主。二呢，如今大学毕业生多如牛毛，学新闻的伸手一抓一大把，到哪儿招不到比他优秀的新闻人才？要进来的人往往都使尽十八般武艺，挤破脑袋哩。你担个什么心？"

一席话说龙得云半天吭声不得。不管怎么说，鲁怀远是分管新闻频道的，他的话不能不听。龙得云低下头，一时答不上话来。

第二天一上班，《与你同行》栏目制片华颜杰匆匆来到龙得云办公室，报告说得到一个地沟油的报料，从掏捞、粗炼、倒卖、深加工、批发到零售等形成一整套完整的黑色利益链。鉴于常谷川采访这类需要隐去真实身份的新闻有经验，打算派他打入内部私察暗访，以获得最真实的新闻事实——只有他才具有这种采访技巧、胆识与智慧，暂时还没人替代得了，可是无论电话还是到他宿舍去找，都音讯杳无，好像失踪了似的。这条新闻不采访倒在其次，问题是一个大活人就这么消失了，岂不是天大的事件么？

龙得云一听有些慌神了："关键是不能出别的什么事情，譬如……譬如……"他本想说自杀上吊什么的，可是无根无据岂不是咒人么？要是郭台追查起来，他还不把自己骂个半死呀。再说自己的良心上也过不去呀。

"我看这样。"龙得云略一沉吟说，"这条新闻暂时没人采访无所谓，估计食药警察对地沟油事件开始着手调查了，等警方有了结果我们再去报道也不迟。现在首要的是要弄清楚常谷川的下落。但愿他平安无事。"

"好吧。"华颜杰猜测了半响说，"我去找几个与他要好的哥们儿姐们儿打听看看，也许他们知道呢。"

"好好好，那就快去弄清楚。"

"嗯。"华颜杰这么说了声，就匆匆离去了。他首先想到找苏锦心。常谷川平时对苏锦心很倾心痴情，他要离开南源电视台，不可能不向她透露点讯息。

办公区里没见苏锦心的影子。哦，一大早，她就赶去采访绿色环保蔬菜是怎么从田里采摘，到运到农贸市场或超市，直至走向市民的餐桌的。中间经过哪些环节，要经过哪些严格的检验，究竟标明的绿色环保是不是名符其实？他当时还觉得这个创意好，把家家餐桌上少不了的蔬菜从它的源头全过程地拍摄起，让市民看到一个真实的流通过程。对于市民清楚了解它的内幕，加强自我保护意识大有好处。当即就说好好好，可以作为今晚的重头推出去。他很满意这个女孩的敬业精神与执着精神，以及对于新闻发现的眼光与创意，还有真诚敢于担当的为人。别看她有着绝色美女的气质，她却从不装嗲耍痴卖萌，总是文文静静的一副淑女样儿。如果你以为她没有主见那就大错特错了。她已经是《与你同行》栏目的顶梁柱了。

华颜杰掏出手机邀了她："苏锦心，你知道常谷川到哪儿去了吗？"

手机那头传来犹豫与沉吟。良久才传来一声叹息："他离开我们台了。"

"什么？他离开我们南源电视台？到什么地方去了？"

"到什么地方去了我就不知道了。我曾再三问过他准备到哪儿去谋一份工作，他没说。"

"哦。好。你接着采访吧。"华颜杰合上手机心情分外沉重。

晚上苏锦心的那条新闻播出后，果然反响不错。观众称赞说：蔬菜里还藏有这么多猫腻，一般人都说买蔬菜最好买那些有虫眼的，说明没有喷洒过剧毒农药。哪知一些菜农很会使巧耍滑，利用市民的这种心理，将少量同品种而蛀过虫眼的蔬菜往里掺杂一些，你买吧，同样会中毒。你说这些记者是怎么拍摄到这种画面的？恐怕不把自己打扮成特务一类的人物是难以得手的。当这种记者的人，是真正地替人民承担风险的有良心的记者。难道他（她）不怕少数不良菜贩子识破真面目，报复他（她）。

台长郭海山也打电话询问这条新闻是谁拍摄的？龙得云哪里说得出作者是谁。因为这类揭露内幕的新闻一般不是实行实名制，只是在署名处打上"本台记者报道"的字幕，以便给记者多一些安全系数。龙得云支支吾吾地说不出个所以然来，惹得郭海山大骂了一通："你官不大僚不小！手下的记者采拍到这么重要的新闻却一问三不知，你说你是不是白长了个脑子？"

"华颜杰，我问你……"

华颜杰接到了郭海山的电话，如实地汇报了真实情况："从策划到采访都是苏锦心的功劳。"

郭海山那里砰的一声响亮，说："我们就是要培养这样机智灵活，认真贯彻以人为本，民生第一理念而高度负责任的记者。这类记者就是南源电视台的灵魂与精英！"

华颜杰听得出来。刚才很响亮的声音肯定是郭台情不自禁地一拍桌子，便激动地说了那么一番话。华颜杰真的很为苏锦心高兴。觉得苏锦心如同小树苗遇到春雨一般，你甚至可以听到拔节茁壮的成长声。

晚饭后，忙碌了一天的华颜杰重新回到空空荡荡的办公区。他认定苏锦心此时肯定会待在办公区里。这女孩子性子沉静，总喜欢靠行动说话，从不咋咋呼呼。从不像一些有这么好的外在条件的浅薄女孩,整天想的是将自身的长相优势发挥到极致,用得天独厚的媚态美貌去挑逗人,然后有选择性地去捞到自己想要的好处。苏锦心却不。她有闲暇了就愿意待在办公区里,从电脑里寻找新的报道资料,获得新的报道灵感。

"苏锦心,"华颜杰喊小妹似的喊叫她,"你现在如果不太忙的话,能不能告诉我常谷川更多的一些情况?"

苏锦心站起身来,说:"不忙。"

"常谷川是怎么跟你说的?他说没说到哪儿去就业?"

苏锦心低下头去,有几分娇羞苦涩地告诉说,常谷川昨天快下班时就在手机里约了她说:"'苏锦心,如果你觉得合适的话,我想请你吃一顿最后的晚餐。'我一听感到十分惊讶。因为他话语里没有往常谐趣逗乐的成分。不知发生了什么事儿。我怕台里的人撞见又飞短流长,就答应他到一个少有熟人光顾的火锅店去吃饭。坐在东城区一个巷子里的小店里,我见他黯然神伤的样子,对很合口味的食物也不感兴趣,就问他究竟发生了什么事情?他先是沉默着没有吭声。沉默了一会儿他才喑哑着嗓声说,他不想在南源电视台待了,他准备跳槽走人。说着眼眶里有了泪光,我大惊失色,忙问怎么啦?究竟发生了什么事?他说自从报道了问题猪肉的新闻后,他就好像噩梦缠身,总是摆不脱闹心的阴影。台里有人随便找个由头就得批他一通。特别是官司一审败诉后,他气愤不过,对那个头天答应得好好的为我们做证的老奶奶没有指名道姓地骂了一通。这之后,他就简直成了十恶不赦的敌对分子。他很灰心。决定跳槽到一个新的单位重新开始。"

华颜杰沉默有顷,说:"他透露过会跳槽到一个什么样的单位吗?"

"他不肯直说。说天总归无绝人之路,他会有条生路的。到了新的单位他就会谨记在南源电视台的人生挫折与教训,再不会重蹈滑铁卢的覆辙了。"

"当时我说职场一条规则是,要学会忍。有气要忍着,有恨要忍着。如果准备跳槽,就要评估一下自己去留的利与弊,也要评估一下领导对你的离职态度如何?"

"常谷川是怎么说的呢?"

"他说:'凡是按书本活着,那也同样会失去自我!'"

"他也不要把人生把社会看得这么灰暗。他还年轻,在职场有些磕磕碰碰未尝不是好事。可以成为人生的一笔宝贵财富。它会告诉我们怎么为人处事与立世。"华颜杰突然感到自己如今说这些空泛的话语,丝毫不起作用。"那么他告诉过你,他新换的手机号码吗?我拨过他原先使用的号码,始终无法接通,说是

第十五章 激愤出走

(139)

停机了。"

"我也要过他几次，语音提示，也是对方已经停机了。"

说到这儿，不知触动了苏锦心的哪根心弦，竟自流开了眼泪。就在前天她收到常谷川的一段语音微信——整段内心独白，喑哑的声线里充满了痛苦与伤感，甚至还有几分苍凉与凄恻。

"锦心：我爱你！你知道吗，为说出这美丽圣洁的三个字，我需要鼓足一生的勇气。我们有缘相遇却无缘相爱。——我是说，我没法叫我心中熊熊燃烧的爱来照亮你。既然你另有所属，我何必妨碍你呢。我不能给你制造痛苦，而给我带来更大的痛苦。由此我彻悟到，不离不弃生死相依，当然是美好的。可是没有共同的爱，该离该弃的，就得果决地离弃。我只能将这种浓烈的爱深藏心底。由此我想到爱无解，爱者应当对被爱者感恩，因为有了你的存在，才使爱成为事实。

"正因为有了你的出现，我的那股似乎玩世不恭与痞劲开始走向内敛，逐渐变得有责任感了，你给我带来一股灵异似的力量促使我变得成熟起来。谢谢锦心。不必回复。当你收到这则微信时，我正泪流满面地将这个手机砸烂了。再见。"

当时，她异常激动。她将这段语音微信前后听了不下10遍。每听一遍眼里都有泪水。面对着大哥一样的华颜杰，她不自然地笑笑说："为什么想干点事情竟这么难？常谷川的出走是被逼的，我也处在水深火热之中。在外人看来很有文明素养的电视台不应当出现这种情况的。可是它却出了，而且还会继续出。这究竟是咋回事呢？"

华颜杰心里也不好受，便劝说道："神仙也有烦恼，神仙之间也有摩擦。何况凡间有着七情六欲的人呢？身处其中怎么会让你耳根清净，心如止水？我只能说我们可以独善其身要求自己，却绝不能事事置身事外。那么种种不如意就产生了。哪怕你走到天底下任何有人群的地方，都不可能没有矛盾与纠葛。"

苏锦心若有所悟地点点头。

第十六章　北京之行

　　恰在这时，苏锦心的手机响了。她说了声"对不起华老师"，就接听去了。只见她眉眼飞动，一副风月情浓的娇俏模样："好的。我很快上网与你视频聊个淋漓尽致。"

　　华颜杰立刻知道她在意大利留学的男友来电话了，就告辞说："你先忙吧。"

　　留在格子间办公区的苏锦心将眼角的泪痕擦拭干净后，这才打开电脑上的视频。出现在面前的男友英气勃发，笑声朗朗道："怎么？好像伤怀落泪过？有什么块垒可以向我倾诉释放呀！"

　　苏锦心分明是很倾心倾情的样子，娇嗔地飞去一个媚眼说："去你的吧。瞎猜个什么？我过得相当舒心。"

　　"你眼角的泪痕出卖了你，你瞒不了我。"

　　"人家想到意大利去旅游一番而不可得嘛，故而有些神情抑郁罢了。"

　　商煜辉笑意盎然地送来一个很响亮的"哈哈"说："这么说你已经改变主意了？想来我的身边？太好了！"商煜辉简直要跳出小小的屏幕给她一个骤不及防深情的吻："好呀好呀。我已经给你把学校联系好了，快说说你要读哪个专业。你今天告诉我，明天我就给你个准信。"

　　"我非常想一飞了之。"苏锦心由衷地说。自从遭遇到那么些恶意中伤后，她真想一走了之。当然最好的去处是意大利男友那儿。她相信商煜辉完全有能力，有经济实力可以给她一个理想的世外桃源。她可以与她倾慕的男友徜徉在爱情的伊甸园。可是真要不管不顾地走了，她又心有不甘。她会觉得自己尚有一份心债横亘在心头，那可能叫她一辈子都有负罪感的。她必须看到自己惹下的这场官司有个完美的了断，然后才可以决定是否前往男友所在地佛罗伦萨。

　　"可是我现在还不想走。"她不等男友回话，就连珠炮似的把常谷川忍受不了残酷现实，立马销声匿迹逃遁而去的事情说了说。然后求教似的问道："想干事的人为什么不能够将精力与心思百分之百地用到正道上，而要应付来自方方面面的攻讦与诽谤？这是为什么？"想到常谷川的出走，她有种兔死狐悲物伤其类的痛感。

　　商煜辉沉默了几秒钟，深有同感地说道："我也曾有过不痛快的日子。"

这次轮到苏锦心惊奇了,痛心了,忙问:"怎么回事?怎么回事?"

"我的一篇论文获了奖,一个美国佬说只有上帝知道他——这个他指的是我——是从哪儿抄袭的。几个中国同学名为恭贺我,实是挖苦我,说你是我们之中的佼佼者,我们都需仰视你才行,他们将我孤立了。还有个日本鬼子骂骂咧咧说东亚病夫吃了人参果,精神开始抖擞起来了。神气个什么?我真想揍那小子一顿,这是侮辱我的国家挑衅性的语言哪。"商煜辉说得义愤填膺。

苏锦心的心提了起来说:"怎么会有这种事情发生?"

"后来我想清楚了。凡是有人群的地方,人性中的丑陋与美好都会相伴相随,你想摆脱它其实你就是天底下最愚蠢的向山顶上推石头的西西弗斯。因此我该说就说该笑就笑,在球场上该跳照样跳,而且跳得还要比平时更高。我不是为别人活着,我不能用别人的尺度来丈量自己。我不能在别人的眼光里失去自我,我必须活出我自己的本色来。因此不管别人是嫉妒还是真心的赞美,我始终保持我独立的人格。这样便没有人能够打倒我!"商煜辉说得正气凛然,豪气勃发。

苏锦心受到了强烈感染,不禁振奋起来说:"谢谢你。我知道该怎么面对人事中的种种不如意了。"

"对。本来嘛,妒忌中伤甚至造谣生事,横泼污水,当面好姐妹,背后动手脚,这一切都符合人性复杂性的逻辑。当然更多的还是美好善良与真诚。这应当是我们人类中的主流。可是没有那些负面的东西,主流就不会显得那么高尚。所以那些丑恶的东西参与到我们生活中来,这便是上帝早就安排好了的人生中的一种常态,不必大惊小怪。这样一想,你还有什么想不通的事情,你还有什么伤神失意的芥蒂吗?"

苏锦心一刹时笑得阳光般的灿烂,说:"真有你的。其实我已经明白了,刚才你所说的在佛罗伦萨遭遇到的那一切,好多被放大了吧?"

商煜辉突然笑起来说:"这么玲珑剔透的人,怎么会叫一些低级的玩意儿蒙住了心窍呢?我相信我的女朋友的智慧!果然稍稍点拨就云开雾散,柳暗花明了。哎,说好,这个月内就飞到佛罗伦萨来吧!"

苏锦心怀着矛盾的心情往宿舍走去的路上,手机响了。原来竟是远在北京的赵黎明打来的。一开口,赵黎明就有几分气愤地说:"苏锦心记者吧?我儿子经过首都医科大学附属医院严格检查,病症根本原因终于找到了。"

"哦?赵教授,你儿子现在咋样?小家伙没事吧?"

"他现在又是一副活泼调皮的天性。不知怎么的,他天天就是想你。他老跟我说姐姐怎么不来呀,我好想她。看来他天生与你有缘。"

苏锦心脑海里生动着一个骨碌着一双乌黑的大眼睛,一笑就如花朵般开放的孩子的脸。她心里漾动着阵阵温馨与暖意。她禁不住问道："赵教授，你儿子究竟得的是啥病哪？"

"都是问题猪肉惹的祸！"电话那头赵教授愤慨地说道，"我们夫妻俩把小家伙放在老家爷爷奶奶照看，爷爷奶奶恨不得把心掏出来照看他，天天买瘦肉给他吃。哪知不良商家卖的竟是有毒的瘦猪肉。活活地害了我儿子……"

问题猪肉！苏锦心的心怦怦地跳得自己都可以听到声响了，她情不自禁地打断问道："问题猪肉真的是罪魁祸首吗？"

"没错，绝对错不了！"

"那好，我立即向台里汇报，很快赶到北京去。"

"这也是我打电话给你的动因。你知道苏记者，自从我儿子病因找到后，我就希望媒体能够报道出去，为中国的食品安全提供一个活生生的反面教材！"听得出来，赵教授一听说苏锦心要赶到北京去，是多么感动与高兴。

挂上电话，苏锦心很快在手机里向制片华颜杰汇报此事，说："说不定可以从北京赵教授那儿找到二审的证据。"她兴奋得就像获得了个全国新闻大奖似的。

华颜杰一听，也感到此事非同一般，虽说不一定从那儿找到二审所需的证据，但是追根溯源，说不定扯出一条与问题猪肉相关联的利益链来。岂不会扯出一条或一组重磅新闻来？作为新闻人就应当有这个敏感与这个责任。他当即向新闻频道总监龙得云请示汇报。龙得云在这个问题上毫不含糊，回答得很干脆说："好！那就还是派苏锦心去北京，对外就暂时保密。如果能够从中找到二审所需要的证据就太好了。哦，对了，恰好鲁台今天交代我说如果有人到北京的话，问问声纹鉴定结果出来没有，如果出来了就取回来。一并交给苏锦心去办理吧。"

次日上午，苏锦心从南源机场起飞，中午就赶到了北京赵教授的儿子住院治疗的医院。一进到他儿子赵乐乐的病房，就见赵教授侧着身子，坐在儿子旁边，兴致勃勃地给儿子讲童话故事。小家伙听得津津有味，脸上也显出红润健康的气色，乌黑的大眼睛闪着聪慧、儿童的调皮睿智的光泽。真是个人见人爱的小家伙。不知听了他爸爸讲的哪个有趣的情节，咯咯地笑起来。一抬头，发现了充满爱意地看着他的苏锦心，兴奋地大声叫喊道："爸爸，我梦见美女姐姐了！"

赵黎明随着儿子的眼光转过身来，一眼看到了苏锦心，顿时高兴得腾地站起来，连忙说道："苏记者！想不到你你你……真的赶来了！"激动得手忙脚乱不知如何招呼客人。"乐乐，哪儿是做梦？是真的你的姐姐来了！"

"乐乐！看！这是什么？"苏锦心猛地从背后变戏法似的拿出一个类似激光那样的儿童玩具手枪来，对准乐乐的被子就是一梭子弹，笑吟吟地说："姐姐是个神枪手，一枪就把你身边的病魔打败了。喜欢吗？"苏锦心将玩具手枪递到乐乐手里。

乐乐分明是爱不释手的样子，也对准苏锦心开了一枪说："我一枪就把姐姐身上的疲劳干掉了。"惹得满病房的人都大笑起来。这时苏锦心发现旁边乐乐床头还坐着一位老大爷。她在南源见过的，知道老人是赵黎明的老父亲，乐乐的爷爷。

果然赵黎明介绍说："这是我爸爸，专门从老家南源赶来照顾乐乐的。"

"大爷您好！您还认识我吗？"苏锦心忙与老人打招呼。老人像树皮一样皱纹的脸上溢满了笑容。看得出来，孙儿病情的好转叫老人十分开心。忙说："认得认得。"

赵黎明说："苏记者，乐乐病已经好了。今天就可以出院了。乐乐的妈妈正在办理出院的手续哩。"

正说着，一个年轻的气质优雅的女士手里拿着一摞单据进来了，愉悦的笑意在明眸皓齿间细细荡漾，说："全都办好了。可以回家了。"

赵黎明对那女士介绍说："这位就是南源电视台的苏记者。特地从老家赶来采访我跟你说的那些疑点的。乐乐几次盼望的姐姐就是她。"又对苏锦心介绍说："这是我爱人，乐乐的妈妈张唯馨。"

苏锦心赶紧起身与张唯馨握手。双方热情地互相打招呼。不到半个小时，苏锦心就跟随赵黎明一家回到了住宅处。这是个八九十平米的新房子。刚刚装修起来，很有格调，蓝天大海碧树绿草诸多图案与色调，搭配得恰到好处。显得大气，时尚，房子收拾得干干净净。

顽皮的乐乐自然闲不住，由爷爷领着到小区的草地上玩耍去了。夫妻二人就在客厅里招呼苏锦心喝水，吃水果与聊天。

说是聊天，其实苏锦心哪里能够把时间耗在这上头。她自然要直奔主题，寻找她此番专程前来的目的。"赵教授，张女士，你俩能不能说说乐乐吃了问题猪肉中毒的比较完整的过程？"

赵黎明说："完整过程我还说不上。我找权威医生请教了一下问题猪肉的危害。他们告诉说，问题猪肉的毒性进入体内后具有分布快，消除慢的特点，其化学性质稳定，怎么烹调都难以破坏它的毒性。它的毒性很强，食用这种肉过多就会出现肌肉震颤、心慌、战栗、头痛、恶心、呕吐等不良反应。如果长期使用，有可能导致染色体畸变，会诱发恶性肿瘤。"

张唯馨接过话头说："乐乐的爷爷爱孙心切，恨不得天天给他吃瘦猪肉。他也很喜欢吃瘦肉。大概吃得多了些，就头痛脑热，恶心呕吐。吓得他爷爷奶奶赶紧往南源医院跑。当时医院又一时找不到病因，就头痛医头、脚痛医脚。那些天真把我们吓坏了。"

苏锦心头脑里飞快地翻滚着这样几个问题：乐乐的爷爷是在哪儿买的问题猪肉？一共买过多少回？每回买多少斤？持续了多长时间？卖猪肉的老板老人还认得出来吗？当然他感到最理想的是老人就是在茂达超市买的，他可能一眼就能认出卖给他猪肉的人。而且应当保留有结算付钱时给开的小票。如果真是这样，那就太棒了，二审不就稳操胜券了吗？她知道客厅里夫妻二人对于这些是说不清楚的，只有乐乐的爷爷才能给个确凿的说法。但是她还是怀着一丝希望问道："请问，赵教授你南源的老家离南源市区多远？"

"他的家呀，"张唯馨说，"下了飞机到市区后，还得坐差不多一个小时的公汽。"

赵黎明笑笑说："这都是老皇历了。如今道路修好了，顶多四十分钟就够了。"

苏锦心淡淡一笑说："如果有专车恐怕只需要三十几分钟就行了吧。"而心里则想的是，如今乡下人进城已是家常便饭一样，那么乐乐的爷爷会不会因为爱孙心切亲自前去买肉呢？假如老人买肉的肉铺就是茂达超市就太好了，老人不就是最有力的证人么。

几个人在客厅里这么聊着时，乐乐由爷爷领着回来了。张唯馨用责怪的口吻说："乐乐，看你刚出院就不肯好好歇歇，把爷爷也给累坏了。"说着抓过儿子的手，嘴里甜甜地叫着："爸爸，您也难得到北京一趟，双休时我与黎明领您好好逛逛北京。您也别宠着乐乐了。自打乐乐得了病，不说把您累坏了吧，至少也吓坏了。"

老人憨厚地一笑说："不累不累。只要乐乐在我身边，我浑身都是劲儿。"

"赵大爷，能问您一个问题吗？"苏锦心时刻想着自己此行的目的，问道，"您以往买肉给乐乐吃，那肉都是在哪儿买的呀？"说完她紧张地期待着赵大爷说出她之所盼。尽管她感到自己这种想法有点可笑。

赵大爷一听，头顶上都差点冒青烟，愤愤说道："这些肉贩子黑了良心！伤天害理太缺德，也不怕死后叫阎王爷索到十八层地狱！"

儿子媳妇都给惹笑了说："爸爸，人家苏记者是问您平时给乐乐买肉是在哪儿买的？您的回答文不对题。"

"哦，是在我们那个小集镇上猪肉摊点上买的。那个肉贩子我与他快成老熟人了，有名的王一刀。只要你说要几斤几两，他一刀就成，准得很！这人看上去好像黑了心肠的人。"

老大爷的回答不免叫苏锦心有些失望。转而想起华颜杰老师所叮嘱的话：

第十六章 北京之行

……145

"追根溯源,说不定扯出一条与问题猪肉有关的利益链来。岂不会扯出一条或一组重磅新闻来!"她立即振奋起来,她暗暗佩服华颜杰老师,真不愧是老新闻工作者,从一点点看似表面现象上,一下子由此及彼,由表及里,在头脑里展现出事物的全貌来。余下的则是靠记者的勤奋刻苦,掘地三尺,找出事物前因后果与本质来。将它的原生态用鲜活的画面展现给观众,引起观众或警醒或强烈关注,形成新的热点。那么你的新闻就算成功了。

"大爷,您在北京大约要待多长时间?"苏锦心有意问道。因为她听老人的儿媳妇说要在双休日领着老人逛逛北京城。不知时间会拖延到什么时候。在她,当然回南源越快越好。

"我哪能在北京住得安心喽。"老人朴朴实实地说,"黎明的弟弟已经考上了研究生,我得赶紧回去筹措学费去。"

张唯馨与赵黎明赶紧说:"爸,二弟上学的费用我们承担,您不用操心了,您就安心在北京玩几天吧。乐乐在您与妈妈跟前搅扰得二老整天整月不得安宁……"

苏锦心钦佩地说:"赵大爷老有福气,一个农家居然培养出了两个人才。一个博士一个硕士,不简单。"

赵黎明说:"江山代有才人出,至今已觉不新鲜。今天我与一个老同学电话里闲聊时,聊到这么一则励志的消息,一个连大学都没上的农村小伙子竟然考上了研究生。"

"赵教授这年轻人是哪儿的?"苏锦心似随意地这样问道。其实职业的敏感性将她的思维导向一个有些可笑的境地:如果这个年轻人是南源的就好了,不就可以采访到一条轰动全市的励志好新闻吗?

"电话里随便聊聊嘛,倒没详细问问这个。"

"哦。"

当晚,赵家高低挽留苏锦心一同吃个晚饭。苏锦心不得不恭敬不如从命。

不迟不早,留学意大利佛罗伦萨大学的男友商煜辉来了电话。商煜辉说他已经回国来了。

苏锦心一听心儿就怦怦乱跳:"你不会骗我吧?"

商煜辉真诚地说:"我现在还在机场,刚下的飞机。什么?你就在北京?"

"我去机场接你吧?"

"不用。这样吧,今晚我回到家好好倒倒时差,疲惫得要死,得美美地睡一觉。不然你见着我精神状态忒差,会伤心的。"

他俩在电话里商量好了,明天上午见面。

第二天她与商煜辉见面是在颐和园,在颐和园的昆明湖。颐和园里楼台亭阁与雕龙画凤的长廊在艳艳的阳光下闪耀着熠熠的光辉。湖光山色更显旖旎迷人，闪跳着粼粼波光的湖面上游弋着袖珍画舫一样的轻舟。一只轻舟快要自由自在地飘向了岸边。它的主人也顾不得了，轻舟已载不动满满的爱情。这对年轻男女情侣激情拥吻，此时不知今昔是何年。

男孩商煜辉到底喘过气来看似柔声说道："亲，你还在为茂达超市那桩案子在奔波寻找证据吗？"

苏锦心警觉地一把推开商煜辉："你听谁说的？"

"问题是我已经知道了。"

"这有什么不对吗？"

商煜辉大度地一笑说："亲，听我的话，咱不管它。跟我到佛罗伦萨上大学去，一切手续我都替你办好了。咱俩朝朝暮暮耳鬓厮磨，免去了多少远隔万里相思之苦。"

苏锦心犹豫片刻，下定了决心说："即使要去，第一，我仍然学习新闻专业。第二——也是最当紧最前提的，必须把茂达超市案子作个圆满的了结再说。"

商煜辉显出几分不耐烦几分急躁地说："茂达超市！茂达超市！你知道是谁的吗？王如瑾你知道是谁吗？"

苏锦心老大不高兴地提高了声调说："不管是谁的，不管他是谁，既然做出了危害消费者的事，都得负起责任来，如属违法的，必须受到法律的制裁。"

"你个傻丫头，这个案子以及案子里的主角都与咱家有着掰扯不开的关系。"

"我听不明白。"

商煜辉不得不以实相告："王如瑾是我姑妈的儿子。这一说你该明白了吧。他是我爸爸精心培养的茂达集团公司的接班人。"

苏锦心万万没想到事情竟是这般的诡异，这人世间的人和事也太不好捉摸了。于是说道："赫赫有名的商业帝国的掌门人其实就是你爸爸？"

"也是你未来的公爹。"

"这么说你一直向我隐瞒富二代的真实身份？"苏锦心心有不甘地要问个确凿，"你爸爸也希望我放弃？"

"当然。我之所以赶回国内，也是他的意思。"

苏锦心有些伤感有些愤怒地说道："那他还讲不讲民族大义了？还要不要商业的伦理道德了？"

苏锦心必须表明自己的心迹："自从我加入记者的行列，我就面对着法拉奇的画像宣过誓：忠于职守，敢担道义，歌颂真善美，鞭挞假丑恶，不低头不折腰，不违心。对不起，我不能违背我的誓言！"

商煜辉恼怒地说:"就凭你在那个小小的电视台,就痴心妄想成为法拉奇了。做梦去吧。"

苏锦心哭意的声音里有了愤怒:"我从来就不觉得我的梦想切合实际。但它是我的信仰,是我做人的尊严。你没有权力把它踩在脚底下。我明确无误地告诉你,哪怕再渺小的人都有权去逐梦圆梦。因为有梦想的人生就不会叫人白活一回。"

苏锦心等待商煜辉的回答。

"你别固执己见,抱着可笑的所谓梦想去生活了。这世界谁离开谁都能活。"

苏锦心大失所望。画舫在不知不觉中靠岸了,她愤愤地跳上了岸。

她奔跑着离开颐和园。在就要逃出颐和园时,她到底忍不住回头飞快地瞟了几眼,根本就没有见着她魂牵梦绕的那个身影。泪水顿时汹涌喷出眼眶。这个晚上她一直等待手机铃声响起,等待一个声音在她耳边向她表示真诚的歉意。可是没有。她失落她悲愤她泪奔如雨她辗转反侧直至天亮。她扣问:曾经的海誓山盟就这么不堪一击?爱情需要证明。她与他的颐和园之游证明了什么呢?证明了他并不尊重自己的信念也可以说是信仰,他的父亲在商业上没有道德没有底线,她好理解。问题是他竟然唯命是从。那他的做人的原则哪里去了呢?他的道德也沦丧了吗?他的价值观也异化了吗?她的心被激起烈烈火焰。

第二天一早苏锦心就果断地对赵大爷说:"大爷,咱们回南源吧。"她要投入到工作去,用疯狂的职业行动冲淡自己的伤痛。直至将心中的曾经念念悬心的偶像忘却……

这时,她的包里已经装上了从声纹鉴定所鉴定出来的称心如意的结果。鉴定所的专家告诉她,根据声音来看,打电话的这人是个1米7的样子,身子单瘦,年纪二十六七岁左右,性格有些内敛,办事很稳重也很有智慧。她仔细一琢磨,随即心里敞亮了,这个给电视台报料的人不就是那个华诗辉么?本来她调出信息中心的电话录音听声音时,就感到很熟悉,想到可能是那个很清秀的小伙子,但不敢肯定。这下可好了,这便越发激起她寻找到华诗辉的强烈欲望来。

与她随行返回南源的还有一个赵大爷。一来,赵教授夫妇俩希望老人一路上有个照应,二来苏锦心也希望老人一同回家去,她决定把新发现的问题猪肉这类危害人民群众的新闻追踪到底。如今她已被一股新的战斗激情所召唤。《与你同行》既然定位民生新闻类栏目,那么与民休戚与共、风雨同舟就应当是栏目记者的品格。记者必须以责任赢信任,责任至上,这是一个新闻记者最基本的职业道德。她已经有了比较周密的打算。

在候机楼里,她的手机响了,她一看竟是王逸晨打来的。"苏锦心,寻找到新的证据了吗?"她很奇怪,王逸晨怎么这般关心证据一事?如若他是台里的领导，那自然是在情理之中，他一个普通记者操这个心未免太"过"了。哦！明白了，王逸晨的心灵一直处在煎熬之中。如果找到新的证据了，二审自然就会胜诉，那么他就会有种解脱的轻松感。可以肯定，他绝对收了茂达超市的一千元钱，然后作为回报便将关键性的镜头给冲掉了。哪知良心却不是一个"冲"字了得的，它时时横亘在他的心头，折磨他，让他不得一刻安宁。

　　飞抵南源后，乘上机场大巴回到市区，路经南源电视台时，她也没有喊停。她早就在手机里向华颜杰报告过，她说了北京之行的结果，包括取到手的声纹鉴定结果与意外收获。她说她想随赵大爷回到他的家里，以他亲戚身份，居住几天，彻底探清赵大爷给孙子乐乐买问题猪肉的诸般真实情况，以便将它的内幕暴露在光天化日之下，为民除去一个毒瘤。华颜杰感奋了，连说："好好好！一个出色的新闻记者，对于具有新闻价值的线索就是要有紧追到底，掘地三尺，甚至掘地三丈的探寻精神。"临了叮嘱她，遇到什么危难事情，及时报告台里。并说他马上就与公安部门联系，取得他们的支持。苏锦心顿时有了战斗即将打响，正坚守在堑壕里随时听到冲锋号就将跃出，与敌人作殊死搏斗的士兵那种激情与神圣感。

　　来到赵大爷离南源40来里的农村，不到一个小时，苏锦心就是一个外乡姑娘家的面貌与打扮了。她很快熟悉了赵家简陋的房前屋后的情形，也与赵大爷的老伴混得像真亲戚一样了。她甜甜地喊赵大爷喊姑爷爷，喊赵奶奶喊姑奶奶。赵家老两口都热情地配合她的工作，给她专门安排了一间向阳的卧室，里面采光好。她对着镜子打量了一下自己，不禁笑起来。她如今成为了一个标标准准的纯朴村姑了。不仅穿着打扮是农村女青年的行头，就是脸上头发上也做了简单的化妆。原先对镜理红妆时，映在里面的是一个秋波含情，俏丽生辉的妙龄年轻美少女，如今却是一个带有几分饱经风霜皮肤粗糙的面容。她要的就是这种效果。

　　第二天凌晨五点钟，赵大爷按照事先与她的约定，领着她匆匆上路了。他俩要赶到离家三里外的农贸集市去买肉。南源的农村不像外地或者城里，早去晚去都成，而这里一般都是早晨开市，太阳升到远山山峰上就散场了。

青春因梦想而绚丽

第十七章　暗访记者

苏锦心与赵大爷来到集市时，天还没大亮。这里买卖蔬菜、猪肉与其他农副产品的远村近邻的农民们已经挤挤挨挨熙熙攘攘人声嘈杂了。她与赵大爷随便买了一点小菜，就来到肉案那儿。赵大爷悄悄指了指一个大块头肉贩子，低声告诉说："他就是王一刀。"

苏锦心会意地点点头。来到王一刀肉案前，赵大爷乔装热情地与王一刀打着招呼："王老板，猪肉如今多少钱一斤？"

王一刀将一刀肉递给了一个顾客，抬起头来笑呵呵地应声道："怎么好久没有见到赵大爹？到北京你儿子媳妇那儿去了？"

赵大爷笑笑说："没办法，儿子媳妇讲孝心，硬要我去，我不去行吗？把孙子乐乐也给送去了。嗨，城里哪是乡下人住的地方，与人说个话聊个天都不方便。天南地北的口音你哪听得懂？还是咱乡下好。"

王一刀边在腰间围裙上擦着手边说："赵大爹你真是没有享福的命。像我们这等人哪怕有门大城市的亲戚都算祖上积了德了，你却讨了好还卖乖。哎，要不要来几斤？"说着就挥起寒光闪闪的屠刀在那块猪肉上比画了一下。苏锦心轻轻拉了拉赵大爷的衣袖，意在叫他此时不要买了。赵大爷也是个很有悟性的人，忙说："待我把别的菜买了再来买你的肉。"

王一刀打趣地说："买我的肉？我的肉得卖唐僧肉的价才行。不然凭我一百几十斤能卖几个钱？"

赵大爷忙改口说："买你的猪肉，买你的猪肉，哪能买人肉哩，那不要了人命？"说着就与苏锦心转到别处去了。赵大爷小声问苏锦心："怎么姑娘，没有看出破绽来？"

苏锦心悄声说道："大爷，现在光线昏昏朦朦的，难得看清楚。等天大亮了再去王一刀的肉案那儿看看去。"

苏锦心与赵大爷到其他菜贩那儿转了几圈后，天就大亮了。二人这才重新回到王一刀肉案这儿来。苏锦心用从常谷川那儿学来的专业眼光打量了好一气王一刀尚没卖完的几十斤猪肉，见肉色都很正常，没有常谷川指点的那几个显著的识别特征。为不让王一刀生疑，便掏钱割了一斤肉，与赵大爷返回赵家。一路上，

151

赵大爷说:"咋不卖了呢?未必上面检查得紧,他不敢卖了?"

苏锦心说:"尚未听说上面监管部门检查,全国其他大媒体报道得令人惊心动魄。但我们南源只是当地电视台报道了一下,他们不会就此收手的。也不可能天天都卖,如果天天都卖,病倒一大批人,他不早就成了审查对象?还能继续在这儿掌刀卖肉么?"

赵大爷嘿嘿笑着说:"姑娘,看不出你还分析得头头是道哩。嗯,有道理。"

当天苏锦心给华颜杰打了电话秘密地汇报了在王一刀肉案那儿扑空的情况,接着加进了自己的分析,然后说:"我想再侦察几天。"

华颜杰说:"好好好,我跟龙总监汇报过了。他赞成你的想法与做法。他挺惋惜常谷川离职了,他说常谷川是个很称职的记者。如果有他在台里,就不会叫你一个女孩子家在外面冒险了。他挺替你担心的,是真心的,这个我分得清楚。"

苏锦心一刹时感动得差点掉下了眼泪。别看龙总监平时对手下好似很苛刻,甚至不近情理,尤其播出茂达超市的新闻没有听从他的劝告,惹得他极为生气,但关键时刻却显得宽容,大度,善解人意,对下属充满了爱心。人哪,真的不能看他一时一事,有时人在恼火时发一通脾气,并不表明他对你就产生了刻骨仇恨,就把你打入了另册。当你需要领导全面正确地看待属下每一个员工时,作为员工,为啥就不能全面地理解你的顶头上司呢?当苏锦心明白了这一层道理后,心情豁然开朗。对于与其他同事的磕磕绊绊好像也不值一提了。是呀,对一些人与事想不通,那么换一个角度也许答案就完全不同了。

第二天一早,苏锦心劝说赵大爷不要跟着了,她说她已经与王一刀接触过了,他应该有了印象了,她单独去打交道没问题。这样她便只身又一次来到昨天的农贸集市,待到天大亮时,她才来到王一刀的肉案前,又跟昨天一样,她割了一斤多肉就返回赵大爷的家了。细细看了看那肉,也仍然属于正常食用范围。那么难道真的贩卖问题猪肉的一帮人觉察到有人收集证据,害怕惹出事端来就此歇手了?按说南源这地方尚没形成严打严查高压态势,那些利欲熏心的人是绝对不可能就此罢手的。她听老记者们说过,各行各业都有自己的行规——不论是白道还是黑道,都会审时度势,掌握火候。懂得什么时候该出手,什么时候该按兵不动。连续作案的可能性不大,那就再静观几天吧。

当华颜杰再次听了她的汇报后,叮嘱她说:"好吧。只是你一定得注意自己的人身安全。昨天龙总监还让我告诉苏锦心你,他的手机也随时开着,有什么意外可以直接找他。"

她感到自己身后有强大的后盾,她没有什么害怕的,甚至连紧张都没有了。

她想到自己崇拜的世界著名记者法拉奇，她该经历过多少艰难险阻，可是她硬是凭着自己对新闻事业的挚爱与追求，一往无前，采写了多少影响世界的大新闻。既然法拉奇是我崇拜的偶像，怎么就没有她的胆识魄力智慧与意志？往常碰到一点点微风细浪就像世界末日来临了似的？她感到自己太可笑了。

　　第三天早晨起床后，苏锦心梳洗完毕，并吃了早点，不慌不忙地再次来到王一刀肉案那儿。这次她有意来得迟一些，好借助天已经大亮，光线充足，以便仔细观察肉案那儿有没有异常情况。还隔着几米远，她的心禁不住怦怦跳荡起来。原来她一眼发现王一刀正用抹布给猪肉擦去"汗珠"。她镇定着自己，不慌不忙地来到肉案跟前，果然在一块红得很不正常的猪肉上，正渗出黄色的液体来。她一眼看出这正是她苦苦寻觅的用苯乙醇胺A喂养出来的猪肉。她悄悄地用隐形摄像机拍摄了下来。她使用的隐形摄像机是纽扣式的，具有高清像素，高灵敏度，高速超长时动态录影，微型隐蔽的功能。

　　"王师傅，"苏锦心假装很好奇地称赞道，"今天的猪肉好。啧啧！瘦肉多，我就讨厌肥肉，太腻人了。给我来一斤吧。"

　　王一刀已经初识面前的这个穿着土里土气的姑娘了，边挥舞着砍刀边答话说，"姑娘你是哪儿的人哪？是来赵家走亲戚的吧？"

　　"大叔真好眼力，我是赵家的姑舅亲，也是南源人。常年在外地北上广流窜一样打工，学了几句官话（普通话），南源的方言也快搞丢了，四不像了。"

　　"哈哈，'流窜'？那不成通缉犯了么？"王一刀大笑着，使着剔骨刀在肉案上剁得砰砰乱响。

　　"前两天刚从外地回来，就来看望我的姑爷爷与姑奶奶。呃，大叔你这肉是从哪儿进的呀？"

　　王一刀冷冷地瞥了她一眼说："你买肉就行了，管那么多干什么？"

　　"我管那么多，自然有我的道理呀。我好直接到屠宰场进货，不比在你这儿买便宜许多？"

　　"看不出你这丫头还有稀奇古怪的鬼主意。生怕让别人赚几个。"王一刀到底露出了些许笑意。

　　"这么说大叔愿意带我到屠宰场去了？"

　　"带你去行呀。我就担心那儿刀光闪闪，猪嚎狗叫的，叫人心惊肉跳，只怕把你的魂儿吓掉了。"

　　"大叔别说得那么雷人恐怖好不好？我好歹也是见过几天大世面的人。胆子并不比你小。"

　　说完，她就跑了。一刻钟后当她再次回到王一刀这儿时，王一刀眼睛都瞪大

第十七章　暗访记者

……153

了。原来她将一条贵重的香烟呈送给王一刀。王一刀绷紧的满是横肉的脸上绽放出了笑意说："丫头，我已经晓得了你的阴谋诡计，你想抢我的饭碗，在这儿也开一个肉摊，是吧？"

苏锦心就是希望他能这么误解，就笑笑说："我当大叔的学徒还不行吗？无非是您多赚我少赚。"

"行。"王一刀看在那条价格不菲的香烟分儿上，点头应允道，"反正一个人包打不了天下，这儿卖肉的已经好几家了，再多家把两家也无所谓。行，明早我领你去。只是你一个姑娘家，人家会瞧不起的。"

第二天凌晨4点来钟，天朦朦亮，按照王一刀的叮嘱与安排，苏锦心女扮男装，将头发挽起，一个大帽子斜斜地扣在头上，一套牛仔衣裳把自己装扮成一个标标准准的男青年。她坐在王一刀的三轮车上，在鸡鸣狗叫的晨雾中，二人有说有笑地迎着凉飕飕的夜风，很惬意地往城郊接合部的屠宰场奔去。

到达屠宰场时，那儿果然是一派血腥恐怖的场景。在开水蒸腾的雾气中，影影绰绰地晃动着好多个屠夫，一个个五大三粗，个个杀气腾腾，还真不是女孩子干的。王一刀因为是老主顾，屠夫们自然与他不时说说笑笑。当王一刀介绍说"我的一个远房亲戚想从你们这儿进点猪肉，做点小本生意时"，那些屠夫们也只是不经意地瞟了苏锦心一眼，并不表示什么态度。苏锦心晓得王一刀把自己说成是他的远房亲戚，是个入行的借口。这也好，免得那些人怀疑。她也乐得没人盘问，好小心翼翼地守在一旁静静观察，企图发现异样情况。这一次虽然她眼瞪瞪地守候到大天亮，却没有任何发现，一切都在合情合理中进行。

她当然不会就此罢休，第二天、第三天她照样去。这两天还是重复前两天，仍然是天朦朦亮，屠宰场里仍然是一派血腥的恐怖气氛，仍然没有新的发现。第四天她那警觉的眼睛终于有了新的落点，透过开水蒸腾的水雾，影影绰绰观察到有个小个儿年轻小伙忙前忙后打杂当下手，那小伙戴着一只大口罩，不知为什么居然还戴着一顶差不多遮着眼睛的大帽子。苏锦心心想小小年纪也跟着大人们出来干这等生计，真不容易。她只瞟了他几眼，感到有几分面熟，一时又想不起来，就盯着手操寒光闪闪的点红刀的大汉们了。几只仿佛预感到世纪末日到来的猪们叫得惊天动地，屠夫们已经司空见惯了，哪管它叫得如同天塌地陷一般，照样白刀子进红刀子出，几下子就叫鲜活的猪们魂归阴曹地府了。

自然隐形袖珍摄像机也给开着。可是没有发现一块猪肉有什么名堂。

三五头猪被收拾得差不多了时，开始有人埋怨起来："不是说绿色农庄公司要送来上十头猪的么？怎么还不送来？"一些肉贩子也陆续来了，顿时不大的屠宰场变得熙熙攘攘了，吵着要老板多给些瘦肉，不然肥腻腻的，这年头谁买？

绿色农庄？苏锦心的心里一跳，顿时想起她曾经去采访绿色农庄的新闻时，见过他们也饲养着大批的生猪。绿色农庄的老板陆耕田难道也向这儿提供生猪？正这么想着时，猛听得几声汽车笛声响起，接着有人叫起来："好了，好了，绿色农庄的陆老板派人送来了肉猪，个个都是瘦肉型的，棒极了。"

苏锦心赶紧跑出来观看。多亏院子里高吊着一盏几百瓦的白炽灯，将外面照得亮如白昼。屠宰场所有的人都跑出来帮助卸猪：屠宰场的伙计们用跳板搭在汽车上，让猪们从车上慢慢爬下来。

跟着苏锦心就发现了一个与绿色农庄所见到的惊人相似的细节：当猪们胆颤心惊地从跳板上下来时，有两头猪并不像别的猪，双腿不住地打战，仿佛一不小心就会瘫软在跳板上。她听盛可可说过，自那天在绿色农庄无意间发现了猪们上到卡车上腿子打战后，她就请教过学院的食品专家，食品专家说不管是靠盐酸克伦特罗还是用苯乙醇胺A喂养的猪，表面看起来油光水滑，那都是虚假的，猪们爬坡肯定腿子打战。这就是典型的识别标志。当她敏锐地感到其中这些名堂后，就用隐形摄像机拍摄了下来。

好在那帮屠夫们注意力都集中在杀猪上，并没有谁注意她这个女扮男装的女孩，故而她很顺利地完成了拍摄任务。之后，她想了想，就小声地对王一刀说："叔，这血腥的场面我真的有点害怕，看来我吃不了这碗饭。我得到你的摊位那儿去等你，然后买几斤猪肉回去算了。"

王一刀得意地说："是什么样的人吃什么样的饭，上天都安排好了的。甭不服气，没用的。"苏锦心刚走了几步，王一刀在后面喊："路上小心。我等他们把这批猪杀了，买几十斤瘦一点的肉，就很快回去。"

苏锦心觉得拍到了许多疑似证据，已经是一大胜利，而且屠夫们的对话都录了进去，一听就能辨别出张三李四王二麻子。

苏锦心回到集市那儿，天已经开始放亮了。她不慌不忙地找个小吃点买了二两面条，要了一杯豆浆，消磨时光地吃完了早餐。这时集市那儿开始闹闹喧喧起来了。她付了早餐钱，悄悄打开隐形摄像机，便来到王一刀肉案前。果然王一刀已经回到摊位上，开始给顾客卖肉了。她紧盯着那些猪肉的颜色，一眼就发现红得很异常的一块猪肉挂在显眼的肉案背后。果然有几个老太太老大爷抢着说："王老板，给我割两斤你背后的这块肉。""这肉尽是瘦肉，拿它炒肉丝或粉蒸都再好不过了。"

苏锦心也挤上去说："王叔，给我也来二斤你背后的这块肉，再来一斤案板上的肉吧。"

苏锦心提上问题肉与非问题肉说声谢谢，就往赵大爷家里走去。看看来到一

第十七章　暗访记者

155

个偏僻的路段,她索性绕进路旁的树丛里,将问题肉挂在迎着太阳升起的那株树枝上,细细一观察,果然慢慢渗出了黄色的汁液,她悄悄按下纽扣式的隐形摄像机开关键,对准它近景特写地拍摄了差不多一分钟,业内人士知道这已经够长的了。

回到赵大爷家里。老两口还在等着她回来吃早餐哩。她笑笑说:"谢谢大爷大妈,我已经吃过了。"然后将问题肉往赵大爷面前一亮说:"大爷,这肉你觉得咋样?"

赵大爷惊呼一声说:"呀!这害人的东西又跑出来了?你是咋把它弄到手的?"

"大爷你分析判断一下,王一刀师傅本人对这类祸害人民群众的东西知道不知道呢?"

赵大爷沉吟了一会儿说:"估计他不知道。他做点小本生意嘛,只知道哪类肉好卖就抢着进这类货。犯法的事情他还没有这么大的胆子去干。他人虽然长得粗鲁,真像个杀猪佬,心肠还是好的。倒有一副热心快肠,好多次见我手头紧紧巴巴的,就说先赊欠着吧,啥时有啥时还,平时根本就不催。我还见他给一个瞎了一只眼的老太婆割了三斤肉,分文不收。因为那老太婆是个孤寡老人。本不打算买肉的,那次只是路过他的肉摊。可见这人心肠不坏。"

看来赵大爷也是个忠厚本分的人,虽然孙子被从王一刀那里买来的问题猪肉害得不浅,却没有迁怒于人。苏锦心感动地想到这儿,就说:"赵大爷,我还有点不放心,我想做个专家教给的简易检测法。"

赵大爷与他的老伴都积极配合。于是苏锦心将买回来的问题肉用刀切成一个半寸厚的长条形,将它立在砧板上,可是怎么立它都软塌塌地立不稳。苏锦心再把正常猪肉切成同样厚薄的长条形,往砧板上一立,就稳稳当当地立住了。她立即按动隐形摄像机开关将这个试验拍摄了下来。而后叮嘱赵大爷老两口这事儿暂时千万保密,哪里都不能透露半点口风。

两位老人连连点头说:"姑娘你放心,我们不是多嘴多舌的人。"

做完这一切,苏锦心有点小小的成就感。有点冒着类似从狼窝虎穴,终于探得欲知情况后杀出重围的胜利感,跟着而来的则是一名称职记者终于完成了一件庄严神圣采访任务后的快乐与幸福。告辞赵大爷老两口,在往南源电视台回返时,她愉快地想:恐怕常谷川平时就是这么私拍私访的吧。进而遗憾地觉得,要是有常谷川的配合,这项采访任务肯定完成得格外漂亮。可惜至今都不知道他人在何方。

苏锦心离开台里这几天,龙得云好似在火上烤。就说那次台编委会吧,郭海山台长就把他狠狠地批了一通。郭海山敲着桌子厉声说:"龙得云,我问你,眼看二审就在最近几天了,你们查找的彻底驳倒茂达超市的证据到手了没有呀?"

龙得云低下头去回答说：："暂时还没进展。"

"暂时？可是案子不管你暂时还是长远呢。你说你是干什么吃的？电视台应当是个有着广泛社会交际的新闻单位，弄到新的证据应当不会费什么力气，你们怎么就原地踏步呢？难道眼看着电视台二审也败诉，让电视台名声一败涂地？唵？"

虽然龙得云知道郭海山明里是在批评他，而实际上是对鲁台不满。他还是感到如坐针毡。他现在才痛心疾首地感到，如果常谷川在台里就好了，那小伙子完成过好多次需要暗察偷拍的新闻。他曾几次面对着常谷川偷拍回来的一般人使尽吃奶的劲头也完成不了的内幕新闻，挺满意地想，恐怕美国联邦调查局的特工人员也是这么干的吧？而如今这类不可多得的人才却生生地叫鲁台逼走了。他真的感到好可惜，而这些他又不好说给郭台。如果郭台知道了，依着他的性子，肯定当面质问鲁台为啥将特殊人才撵走？肯定闹得双方都不愉快。作为下级，最聪明的则是，不要在领导之间挑起是非。否则最后吃亏上当的就是你自己。

郭海山发了一通脾气，还是没法熄灭心头的火气，从公文包里掏出一份《南源晨报》来说道："平时你们把《南源晨报》'水'得一钱不值，说它还不如一张企业报。为啥？因为它没有像样的稿子出现在自己的版面上。可是今天我要大家看看，它用了整整两个版面刊载的一篇暗访，揭露地沟油一条黑色利益链如何链接得天衣无缝的内幕文章，靠翔实的情节与细节撕破了一个毒害人民群众的黑网络。相当有分量。平时南源的媒体也报道过地沟油的新闻，那都是星星点点的，没有揭示事实的全貌与本质，更没有产生轰动效应。而晨报这次的报道却完全不同了，有了崭新的飞跃。可见它的记者是一个很有专业功底的记者，也是一个很有社会责任感的记者。可以说是冒着九死一生的风险，才获得这么真实的全部过程与情节和细节。这真正体现了以责任赢信任的办报理念。如果晨报这么发展下去，肯定赢得全社会的广泛赞誉。为什么像这类关乎到民生的大问题的文章我们却落在了晨报的后头？这值得我们深思。是不是我们没有这么敬业专业的记者呢？不是。我们不是有个叫作常谷川的记者么？"

说到这儿，郭海山厉声质问龙得云道："是你们没有用好常谷川，还是他自视太高，觉得离了他，南源电视台就不转了，或转得就慢了，故而没有当初那股虎虎有生气了？"

龙得云当然不好直接说是鲁台把他逼走了。鲁台说他是新闻频道聘用的，那么新闻频道就有权解除他的用工合同，他要走就让他走了算了，这种人留在电视台只能坏事。

龙得云无意中瞟了一眼鲁怀远，见鲁怀远抬眼望着天花板，知道他生怕郭台问到他。龙得云不好照直回答，只得低下头去。

"龙得云，"想不到郭海山点将了，"常谷川如今都在采访些什么新闻？怎么近一段时间没看到他的影子？"

龙得云慌忙抬起头来，却张口结舌："他他他……"

"你什么时候变成了结巴？他怎么啦？"郭海山拍着报纸，催促他说出实话来。

"他近段时间表现很差，大闹这个……"龙得云突然觉得不能照直说常谷川大闹播音组，不然就等于得罪了鲁台。全台都在传鲁台与播音员梅梦嘉怎么怎么的，如果照直说出大闹播音组，那就势必牵涉到鲁台，最后必定弄得鲁台很尴尬，很恼火。鲁台是分管新闻频道的，得罪了他，今后还怎么相处共事？干脆打个马虎算了，"经常跟人大吵大闹，影响很不好，听不得批评，批评了他几句，他就受不了了，就跳槽走人了。这种人留在台里是个不安定的因素……"

"什么？他跳槽走人了？"郭海山恼怒地一拍桌子说，"恐怕事情没有你说的这么简单吧！我看这是个热爱电视台的记者。是你们没有用好他，责任在你们身上。一审那天，作为法人代表，我理所当然地要出庭，当那个证人老奶奶出庭做证时，突然变卦，说出了对原告有利的一番话后，我就听到常谷川愤愤不平，骂那个证人。虽然语言不恭，出言不逊，却说明他是爱南源电视台的。而且还不是一般的爱。平常有什么需要暗察暗访的新闻线索，好像都是他去完成的吧？别的我说不上，我只说我市的一个小煤矿发生矿难死了一个矿工。黑心的老板想将这件事情隐瞒下来。常谷川得到报料后，硬是装扮成民工模样混到矿里去，亲自下到五百米深的井里去与矿工们一样是冒着巨大的生命危险去挖煤，终于将事实真相弄清楚了。南源电视台一公开报道，惊动了省里煤监局，派出工作组展开彻底调查，将黑心矿主绳之以法。当时轰动了南源半个月。称赞南源电视台真是以责任赢信任，有社会良知，是敢于担当的人民的好电视台。大家说说，像这样的人怎么可能突然愤恨电视台，不辞而别了呢？这之中究竟有什么内层原因？唵？"停了停，郭海山继续说道："谁把他逼走的谁跟我把他请回来。一次不行两次，两次不行三次，《三国演义》里有三顾茅庐的美谈，你们难道做不到吗？"说到这儿，郭海山动了真感情说："一个单位也好一个企业也好，要兴旺发达，首要的是人才，要营造出能够留住人才的环境。留住人才的秘笈是什么？是物质利益吗？这，固然重要，但它不是唯一。必须要有良好的环境氛围与春风扑面的人文关怀。"郭海山接着作为命令要求："龙得云打听一下《南源晨报》的那个署名田智道的记者，请他到我们台来给我们的记者讲讲采访经验嘛。"

龙得云只得连连点头说："好好好！我们马上就请这位记者来台传经送宝。"

接着郭海山归拢众人的意见，将近期的报道重点以及应注意的事项强调了一番。

第十八章　意外相遇

台编委会结束后，龙得云心情复杂地回到自己的办公室。出了电梯，想找华颜杰商谈邀请《南源晨报》的那个叫作田智道的记者来新闻频道讲讲隐蔽采访的经验体会一事。一到格子间办公区，里面仍如以往一样，空空荡荡的，少有记者的影子。他知道记者们此时都在全市各个单位或角落忙着采访，只有到了中午才陆陆续续赶回来，十万火急地抢着发稿。那时这儿就是一派异常忙碌的景象。这刻儿，偌大的办公区里只有几个编辑在忙碌着发稿的准备。施蔚然正全神贯注地在电脑上搜寻什么资料。

"施蔚然，华制片人呢？"龙得云问道。

施蔚然闻声抬起头来，好像十二分惊喜地望着龙得云，笑得绚丽灿烂，说："他在旁边小会议室里与苏锦心谈事哩。"

"哦，苏锦心都回来了。"说着，他便往小会议室走去。

其实苏锦心回台已经一个多小时了。她进到格子间时，记者们绝大部分还在办公区里忙着做外出采访的准备。诸如领取摄录设备，最后敲定采访线索，如果是正面报道的由于被采访单位事先说派车来接，就在电话里问车到了哪里？准备出远门采访的，就打电话问机场机票还有没有？或是到某某地方的高铁票今天几点发车等等。苏锦心就是专寻着这个时间回到台里的。她一出现，立即引发了一轮欢乐的热潮。特别是一些荷尔蒙过剩的年轻小子，眼睛里恨不得长出钩子来，嘴里的惊叫就像发现了天外来客："哇！眼前出朝霞。原来是我们的台花现真身了！""苏美神你到哪里潜伏去了？也不给我们暗通个情报，叫我们日夜提心吊胆，你太残忍了！"女记者们就比较循规蹈矩了："锦心，你回来了！太好了。""采访还比较顺利吧？"

苏锦心一刹时差点掉出眼泪来。别看平时在台里种种不如意，一旦离开几天再回来时，倒倍感亲切。她急忙从提包里取出早就在北京购买的解决嘴馋的特产，以及男士们爱抽的香烟，满天飞舞似的抛了出去。自然一双双伸出去的手都能准确地接着。格子间顿时一片欢腾的景象，这是苏锦心的构思与创意。钱虽然花不了几个，却能叫同事们体会到蕴含其中的一份情意，构建良好的人际关系，不就靠这些看似微不足道的细节堆砌起来的吗？

那边，宋汝成将抓在手里的蜜饯果脯送到施蔚然手里，施蔚然眼一瞪低声吼道："胖子你这叫作没有出息。别人一点小恩小惠就叫你感动得热泪盈眶，你这种人最容易当叛徒！"

宋汝成笑得挺憨厚说："看你说的，别人一番好心好意，咋这么理解呢？"话刚说到这里，苏锦心径自走了过来，将一瓶名贵的护肤霜放到了她的桌上，说："施姐，不知你喜欢不喜欢，也是赶巧了，那天我逛商场，正碰上他们做活动，就买了。"

施蔚然没想到苏锦心出门在外也想着自己，自己刚才对胖子的训斥不知她听到没有。而且她伙同梅梦嘉一起攻讦过常谷川，其实攻讦常谷川就包藏着诽谤苏锦心的意思。而苏锦心却全没有什么芥蒂，不觉生出点小小愧意，忙站起来说："看，才几天，长途奔波长途跋涉，都有些瘦了，快好好休息休息吧。"

"没事没事。"苏锦心说着就目寻着华颜杰。见他正向王逸晨交代采访注意事项，便回到自己办公桌前，在法拉奇相片上擦拭掉几乎看不见的灰尘。忙完这些，再扫视了一眼王逸晨，见他垂头丧气萎靡不振的样子，心里便有几分同情，不免替他惋惜嗟叹：人啦，真得把握好每一个环节甚至每一个细节。她突然心里一动，便有了主意，她决定立刻就去办。

她正待找个借口去办理时，制片华颜杰已经给王逸晨交代完毕，正向她走来。

苏锦心赶紧站起来，说："华老师，我……"

"说说外出采访的情况吧。"

"好吧。"

华颜杰说："那就到小会议室去吧。"

在小会议室里，苏锦心将北京之行如实地进行了汇报，末了重点谈了谈回到南源赵大爷家，所进行的隐蔽采访的情况。本来这些她都事先在电话里汇报过，可是电话里不可能谈得那么具体。

听了苏锦心详细地讲了几天来在南源私访问题猪肉的情况后，华颜杰感到事关重大。分析说："我大致厘清了一下头绪，你看是不是这样的？"他说赵大爷的孙子因为吃了问题猪肉得的病。而这问题猪肉就是从王一刀小肉摊那儿买的。而王一刀的猪肉则是从你乔装打扮后亲自去侦察过的那家屠宰场进的货。而屠宰场所进的生猪起码一部分是从绿色农庄陆耕田的养猪场里的猪。可是陆耕田又是从哪儿搞到苯乙醇胺A的呢？这里面肯定有条黑色利益链，而且环环相扣，他们把节奏掌握得很到位，问题猪不成批供给一个固定地方，因而害人就不可能那么容易发现。还可以肯定，王一刀不可能知道那是祸害消费者的问题肉。而屠宰场的头头则是知道的，陆耕田也是知道的。不然他不会天女散花般地隔一段时间到处散播出去一些，问题猪不集中为害一个地方，问题就不大容易暴露。现在首要的是要弄清楚陆耕田是从哪儿买到苯乙醇胺A的。

"如果常谷川还在台里可能就会在短时间弄清楚它的来龙去脉与内幕。既然问题重大，必须通过台里向政府监管部门通报，让他们与新闻媒体部门形成一股合力，强力拿下这桩食品大案。监管部门肯定要通报给警察，与警方联手。这样打击起来才有权威有力度！"

苏锦心打心眼里佩服华颜杰将看似毫无关联的表象找出它的接点，形成一个不可分割的整体，而这并不是主观臆断，确有它的严谨的事实根据。还有对问题的处置意见。正说到这儿，龙得云进来了，难得一见地露出了真诚的笑意说："苏锦心你辛苦了，能安全地回来我就放心了，获得了一些内幕情况吧？"

苏锦心很是感动，正要回答时，华颜杰很满意地抢先说了："收获还不小哩。我单独向你汇报吧。看来是条大鱼，必将引起全市上下甚至全国的轰动。同时也是为消费者做了一件天大的好事。只是目前还不能轻举妄动。"

苏锦心觉得领导在一起谈话，作为下属应当自觉地离开，便起身告辞了。

龙得云郑重地对华颜杰说："茂达超市状告我台的官司二审还有两三天就要开庭了。郭台在今天的台编委会上发了脾气，说我们至今都没有寻找到有力的新证据。如果这个官司最终失败了，这将给我们台的社会声誉产生很坏的影响。我们必须在最短的时间里找到能够驳倒原告的证据！后面的话是我的意思。说说看，你们觉得怎么才能达到郭台的要求？"

华颜杰说："如果梅梦嘉的奶奶能够最终改口就好了……"

龙得云奇怪地说："这关梅梦嘉的奶奶什么事？要她改什么口？"

华颜杰说："哦。龙总还不知道吧，一审时到法庭做证的就是梅梦嘉的奶奶。开庭的头天晚上苏锦心都找过她——她就是我们曝光茂达超市公然卖问题猪肉时有个特写的老太太——她当时义愤填膺地骂商家缺德，指天发誓地要出庭做证，她就是最好的见证人。哪知第二天爬起来她就变卦了，昧着良心改口说当时眼睛看花了，好像不是那么回事……"

龙得云惊讶地张大了嘴，半天合不拢，差点惊叫起来：难怪当时到庭旁听的常谷川心里不服，要到播音组去骂骂咧咧的？原来他是路见不平一声吼。果真如郭台所说，常谷川是热爱南源电视台的。而鲁台却硬是给他扣上了一个大闹播音组的帽子，把他找来狠狠地批了一通。并说常谷川是新闻频道聘用的，新闻频道有权解聘他，根本就不必通过台里。原来真正的原因就在这里。看来至少在这件事情上鲁台是偏向梅梦嘉的。是用自己手中的权力为梅梦嘉报仇雪恨，那么平时记者中传言的鲁台与梅梦嘉如何如何就真有其事了。常谷川受到了不公正的待遇。

这些龙得云当然不能当着部下说出来，只说当下最紧要的："梅梦嘉的奶奶恐怕难得叫她改口了。除了她以外，难道真的找不到别的证人或物证了吗？"

"最理想的证人当然数已经从茂达超市离职了的员工华诗辉了。那是个非常正直的年轻人。我与苏锦心调听了当初向我们报料揭发茂达不法之举的录音，听声音好像是华诗辉的声音。苏锦心在北京出差时拿到了声纹鉴定所的鉴定的结果，果然就是华诗辉。如果找到他，肯定为二审画上一个圆满的句号。当然声纹鉴定也是一个有力证据，就看法院采信不采信了。唉，常谷川当初千里迢迢跑到外省一所大学去寻找那位老教授也为的是找到华诗辉，目的就是为二审找到真正可靠有力的证人，可惜有人曲解了他的一片良苦用心。当然现在说这个已经没用了，唯有叹息而已。"

这些恩恩怨怨的事情及它的前因后果龙得云哪里弄得清楚。听了华颜杰的述说，顿时呆愣住了，不禁为自己偏听偏信而愧赧，他懊悔自己误解了常谷川。难怪一个领导或一个主管，从根本上说你所管理的重点就是员工，而不是业务。只要把员工管理好了，那么业绩自然就会上去。员工既然是一个个活生生的有思想有情感的人，难免不会产生差异。有差异就会有矛盾，因而他们之中闹点恩怨纠葛便是很正常的事了。这时你要做的不是训斥一通就了事了，而是必须了解事情的全过程及它的原委，然后作出正确的判断，以便做出正确的处理意见，事情就会向着良性方面发展。

"能不能把那条新闻里的消费者寻找几个，请他们出庭做证？"华颜杰为了缓和气氛，将话题拉回到当前最紧要的事情上来，"找到他们之中几个人应当不难，我们可以在电视上发游动字幕。多播它几遍，可能就会有人站出来了。"

"嗯。我看这是个办法。"龙得云称赞说，"华颜杰你心快手快，就很快拿个大致的方案来吧，我请示一下鲁台再定。现在得去《南源晨报》社请那个田智道的记者了。已与晨报领导约好了时间，请田智道来给我们的记者上上课。"说完就拨通了晨报的总编辑汪志远的手机："汪总你人现在报社吧？啊太好了，我现在就赶到你们报社去。"龙得云既然在职场混了这么些年，当然懂得贯彻落实领导的指示最讲究个快字。

说完龙得云就走出小会议室，扫视一眼偌大个格子间办公区，见除了编辑施蔚然在忙着编务外，只有宋汝成还在电脑上键新闻解说词。知道他在为昨晚采访回来没来得及发的新闻忙活着，就叫住他说："宋汝成，陪我到晨报去一趟。回来再编辑制作你的稿子吧，时间应该来得及的。"

宋汝成当然高兴。领导外出带谁不带谁，这里头都很有学问。一般说来领导看得起你才会叫你帮助提个包什么的。哪怕临时随意地叫上了你，那也给了你一个与领导套近乎的机会。稍微有点关系学知识的人都不会错过这么个好时机。连施蔚然都面带喜色地抬起头来，温柔地批评宋汝成说："看你，咋磨磨蹭蹭的，龙总叫你，你得要像个消防队员，十万火急地跃身而起才对。"

宋汝成笑笑说："我都放下鼠标关机了，咋不快。"

龙得云也惹笑了说："别那么夸张了，用不着十万火急。"

龙得云与宋汝成出得台办公大楼，一辆的士就停在了那儿。二人正纳闷儿，怎么这么巧，衔接得天衣无缝。宋汝成过去问的士师傅这车是谁叫的？准备载什么人？能不能让他们坐坐？那的士师傅说："刚才一个叫施蔚然女士约的车，说是龙总监要用呀，你们之中有龙总监吗？"宋汝成一听知道这是施蔚然用叫车软件替龙总抢先约的车，不得不佩服她的手眼活络。

二人上得的士，就叫的士师傅把车往晨报开去。电视台在城东，晨报在城西，两地相隔20公里的样子。的士路过一家邮局时，宋汝成一眼发现苏锦心正从里面出来，似要寻找的士赶回台里去。龙得云也发现了她，就叫的士师傅停一停，然后伸出头去喊："苏锦心，现在很忙吗？"

苏锦心发现原来竟是龙总监叫自己，也很高兴说："不太忙。"

"那就上车吧，跟我们一道去一趟《南源晨报》吧。"

苏锦心坐进的士后，宋汝成随口问道："这年头谁还跑到邮局寄信，你是寄信来的吗？"

"谁说到邮局来就一定得寄信呀？"苏锦心说着将采访包往身边拉了拉。

"那就是寄钱或者订报刊喽。"

"不能来找找我的亲戚朋友吗？"苏锦心说完自己都感到这谎言撒得不太高明，不觉脸就有点红意了。

这样说说笑笑，不觉间就到了晨报社了。

总编辑汪志远早就迎接在大院门前了。一见由龙总监带队，来了一帮子稀客贵客，自然高兴得不得了。自从有了电视这种新媒体，报纸明显地甘拜下风了。想不到电视台居然前来取经，自然是晨报大事记里值得记上一笔的事件。

一行人随汪总来到会议室里坐定后，龙得云就很真诚地说明了来意："奉我们郭台的命令，想请贵报的田智道记者到我们新闻频道去传经送宝。我们几个人特地来到贵报就是想请汪总给通融一下，给田智道记者安排一个时间的。"

"龙总两次说到贵报，可我们的报纸并不贵呀。订阅全年也就200多块钱的样子。"看来汪总是个喜欢开玩笑的人，他一边叫众人喝茶一边笑嘻嘻地说。

龙得云也给惹笑了说："200多块还不贵呀？买红薯能买一大堆哩。"

一屋子人哈哈大笑一阵后，言归正传。龙得云说："田智道现在在报社吗？能不能叫他来让我们见识见识呢？"

"田智道？我们报社从创办到如今都没有这个人！"汪总很认真地说，"你叫我到哪里去跟你找这么个人呢？"

"汪总别开玩笑了。就是采写地沟油那篇长通讯的记者呀。署名就是他嘛。"

龙得云话音刚落，汪总就哈哈大笑起来了，说："他呀，嗯，这个……我们得说好，不许反悔，不准把他要到你们台里去，行不行？"

龙得云说："看你汪总说的，我们又不是来挖墙脚的，干吗把你们的中坚力量策反跑呢？"

汪总这才打电话："你叫采访地沟油的那个谁呀到会议室来一下。"放下电话后汪总笑眯眯地说："其实人哪，在彼地是根草，说不定到此地就是一个宝。虽然是二手稿，我们却将他作为报社不可多得的人才哩。"言谈之中无不透着无比的骄傲。南源电视台的几个人都赔着笑脸，都感到汪总这人说话好像不着调似的。什么二手稿？正宗的人才嘛，咋彼地此地地炫个什么劲？正这么在内心嘀咕时，会议室的门被推开了。众人抬头一看，不禁吃了一惊，怎么失踪了好长时间的常谷川跑来了？龙得云惊讶而高兴地说道："哎呀小常，你离开电视台也不打声招呼，在电视台干得好好的，干吗要离开呢？有点小小的委屈，忍忍不就烟消云散了？你一出走，害得郭台把我们批评了个狗血喷头。"龙得云虽然有时喜欢摆点总监的谱，但说话办事基本上还是实诚。故而也不怕当着汪总的面，说出自己的感喟来。

宋汝成想着平时与常谷川相处得不错，虽然算不上铁哥们儿，却也有几分臭味相投，便顺着龙得云的话说："你也真是的，晾下弟兄们自己找逍遥去了。把手机都销号了，害得我们手机打烂也没法与你沟通。假如你与哪个弟兄有仇，也不至于与所有的弟兄姐妹都有恨吧？何必闹得好像从地球上消失了一样呢？你现在在哪儿高就呀？如果办公司的话，需要不需要我们帮你搞点宣传，好把事业做大点？你是来晨报商谈做广告的吧？"

最高兴的莫过苏锦心了。她激动得心儿跳荡了好一气，她一见到常谷川，双方的眼睛都晶亮地闪烁了一下，双方都敏感地扭过脸去。苏锦心见龙总监与宋汝成都说个没完，自己的心跳也回到了正常的频率上，就说："如果你还在台里，有些需要暗察暗拍的新闻我们就有专业人才了，说不定马上就会钓到一条大鱼哩。"她自然想到了刚刚将问题猪肉摸出了一些线索的事情来。当然她肯定不会当着这么些人将它说破，目前那还处于高度保密阶段。

常谷川这刻儿只顾着面带微笑就是不开口说话。而汪总则在一旁笑得直不起腰来，说："哎，你们到底请不请那个田智道呀？我这个会议室不是供你们故交知己谈情说谊的。"

龙得云皮肉一起笑起来，说："问题是你汪总得把田智道叫来呀。"

汪总说："此人远在天边近在眼前，你还要我到哪儿找天底下另一个田智道呀？"

"啊？原来田智道就是常谷川哪？"苏锦心已经恍然明白了富有戏剧性的情节，"田智道就是天知道的意思，对不对汪总？有些人做下伤天害理的事情，其实上天是知道的——常言道人在做，天在看，想瞒是瞒不过去的。"

这一说倒把龙得云与宋汝成点拨得云消雾散了。天哪！闹了半天田智道就是常谷川。难怪汪总说"二手稿"，此地彼地的，原来田智道是常谷川的化名。也难怪，采访那类断绝一些黑心肠人的财路的稿子，你不化名行吗？化名其实是一种自我保护。

"常谷川，"龙得云很温和地说道，"我们想请你回台里讲讲你暗察暗拍的经验体会。希望你能够不计前嫌，回娘家去传道授业解惑好吗？"往常龙得云见到常谷川总是等闲看，相隔一段时间后再相见，却有了几分亲切感。想到要不是鲁台相逼，台里正用得着的人才哪会愤然离去？其实自己也有责任，不觉顿生几分愧意。

常谷川还是那副玩世不恭的样儿，说："嗐！还传道授业解惑呢，恐怕是歪门邪道吧？业？怕是不务正业吧。解惑？怕是越解疑惑越多吧！"

汪总在一旁笑得很有技巧，明明快笑岔了气，却装出咳嗽的样子来往洗手间跑去，说，"你们好好谈谈吧。我的原则是必须尊重他本人的意愿。"

龙得云已经被弄得很尴尬了，不知如何是好。

待汪总一走，苏锦心正色说道："常谷川，龙总与我们几个人并不是闲得没事干了，来听你发牢骚的。既然郭台亲自布置的任务，说明郭台看得起你，你说你去还是不去吧？"

常谷川平常就相当佩服欣赏，及至如今已是相当倾慕苏锦心。别看苏锦心一副弱不禁风的样子，在面临采访任务时，却硬是比男同胞还要厉害，巾帼不让须眉，不是采拍了好多就是在全省都打得很响的新闻么？见她开口说出这一番话来，常谷川不得不中规中矩地回答说："既然龙总亲自出面了，我当然很受感动，我去就是了，请龙总定个具体时间吧。"

龙得云终于放下心来说："好的。就在今明两天吧。既然是郭台亲自布置的，我还是请示一下郭台后再与你联系。说不定郭台到时也要去听听，你看行吗？"

第十八章 意外相遇

"好吧。龙总怎么安排都行。"

告别晨报社往回返时，龙得云想到得给郭台反馈一下。作为下级对上级布置的工作如果不去落实当然不行，但落实了却没有汇报，上级心里没有数，始终记挂在心。如果上级打电话询问你落实得怎么样了那就糟了，说明你对工作程序还陌生得很。说明你白在电视台混了这么些年。哪怕你辛辛苦苦忙得身上掉了一层皮，也是不会落个好印象的。

第十九章　仇人相见

一回到自己的办公室，龙得云就打电话给郭海山，将到晨报邀请田智道的事情原原本本地汇报了一遍，而后请示道："那还要不要请他回来讲呢？"

郭海山还没等听完就发炸了，吼一样叫道："闹了半天田智道是从台里被逼走的常谷川。你给我听好了，是谁把他逼走的，就由谁把他请回来。一个电视台为什么就留不住人才？天知道你们是怎么逼得别人没法待下去的？"

本来按办事程序，龙得云首先应当向鲁怀远副台长报告的，可是那样一来，鲁台极有可能说请常谷川那个叛变分子干什么？就说晨报的那个记者到外地采访去了，这么拖几天事情不就过去了。可是龙得云偏偏跳过鲁台直接找郭台。他担心此事如果汇报给鲁台那么处理了，郭台最后知道了，还不把他批个神魂颠倒？故而龙得云用电话而不是亲自到郭台办公室汇报。他想如果郭台问起来就说是郭台主动打电话来了解情况，他不得不照直说出来的。未必鲁台还敢跑去找郭台质证不成？

正这样想着时，不迟不早鲁台进来了，很随意问道："晨报的那个记者请得怎么样了？他什么时间来呀？"

龙得云不得不把真实情况予以汇报。

"什么？田智道就是那个平时吊儿郎当流里流气的常谷川？"鲁怀远鼻子一哼说，"此处是草，彼处是宝。不会叫晨报把我们笑话死。知根知底的主，我们的记者会怎么想？可想而知，如果请他效果是不是适得其反？算了不请了。"

龙得云低下头去，吭哧了半天到底说了半实半虚的话："可是郭台不仅要我们请他回台来传经送宝，还怒火腾腾地说谁把他逼走的谁得把他请回来！这事闹得哟……"

鲁怀远一听，那火就窜了出来，白净的脸颊都被烧得通红了，"你们办事怎么不按规矩来？怎么越级上报？那还要我这个分管的副台长干什么？唵？"

龙得云赶紧赔着笑脸说："鲁台，这事我本打算回台来就向你汇报的，可能这是郭台在台编委会给布置的任务吧，他亲自打电话问我请人的情况，我哪好隐瞒哪？就就……"

其实龙得云心里清楚，自己与鲁怀远的职级差不到哪里去，他这么做也算不

……167

得怎么出格。鲁台再怎么恼火，也不会把自己怎么样。相反的如果郭台那里没有给他一个明确的态度与办事的结果，可能就得付出巨大的代价。见一旁的鲁怀远气得说不出话来，龙得云想着辙说："这样，请还是得把他请回来，时间就用在晚上，有事请假的就不勉强他们来了，连夜编片子的就继续编他的片子，能来几个是几个，不就含糊过去了吗？"

"你简直是废话。郭台是别的什么人那么好哄的吗？"鲁怀远暗自懊悔当初恨不得把他除名打入另册，做得是太仓促了。"既然常谷川如今是晨报的记者了，那就是兄弟单位之间的关系了。平时怎么对待兄弟单位这类人的，就怎么对待常谷川吧。"

"这个都好说。可是郭台命令我们怎么把他撵走的，就怎么把他请回来。其实郭台是气头上的话，谁撵他了？是他自己要跳槽跑的。"龙得云当然要为鲁台挣回一分情面，哪能把责任全都推到鲁台身上呢？其实他内心里却说其实常谷川就是你鲁台撵走的。

"要他回来？说得倒容易，好马不吃回头草，他肯回来么？"鲁怀远冷笑一声说，"如果要请的话，你就代表台里出面请嘛。"

龙得云强撑着笑脸说："你主管台长不出面，郭台该说我们心不诚了。他要我们就像刘备三请诸葛亮一样请他回来，当时郭台说这话时你也在场呀。"

"这事闹得哟，几方面都不愉快。"鲁怀远很不客气地批评说，"当时我那么批评他。我唱红脸了，你就得唱白脸呀。当时都在气头上，你也不劝劝他。如果当时你安抚他几句，哪会有现在这么被动的局面？"

责任反倒推到龙得云身上了。龙得云心里老大的不高兴，心想我当时就对你说过，常谷川平时工作还是不错的，是不是留住他，可是你却断然拒绝了。差点指着我的鼻子说，走了他电视台就不转了？如果当时我劝慰他，叫他不要凭着一时之气离台出去，你还不把我批个半死呀。

最后鲁怀远到底息怒了，心情平复下来了。如果去请了他不愿意回台来，那至少表明了一个态度，我请过了。他可能瞧不起电视台，那边重用了他，他哪舍得回来，不就应付过去了吗？

"眼看着二审就要开庭了，新的证据到现在都没有找到吧？"鲁怀远想起这个来就心烦。总得给郭台一个像样的交代吧。"怎么办？万一官司败了，电视台就会威风扫地。这名誉损失是多少钱都买不来的，你说该怎么办才好呀？"鲁怀远不得不装出一副至公大义的情怀。

龙得云便将初拟的方案说了说。

鲁怀远摇摇头，坚决否定了说："本来这个官司知道的人目前还不多，这么在电视上广而告之，闹得全市上上下下神鬼皆知，这影响好吗？"

"这也是没有办法的办法。不这么办，官司注定要输。只要官司一输，茂达就会大做文章了，就会闹到网上去，传得全中国全世界都无人不知无人不晓，那影响该有多恶劣！鲁台你说该怎么办吧？"

"难道想不出别的好办法吗？"

龙得云说："别的法子恐怕走不通。"他犹豫了一下，到底鼓足勇气说道："如果梅梦嘉的奶奶能够良心发现，改改口，还原事实的真相就好了。"其实他已与华颜杰在一起议过，同时也请教过律师：就凭声纹鉴定，给电视台报料的就是茂达超市的员工这一铁的事实，就是有力证据。法庭也得采信。龙得云同时把这一重要情况向郭海山个别作了汇报。郭海山罕见地笑了一下，说："这功劳算你'瘦金体'的，还是算苏锦心的？"虽然郭海山感到最后胜诉多少有些把握，但觉得如果找到打电话报料的华诗辉本人，请他到庭做证，那就万无一失了。龙得云暗留了一手，没有告知给鲁怀远。

鲁怀远最忌讳的是有人当着他的面提到梅梦嘉，现在龙得云哪壶不开提哪壶，他恼火透了，说："这关人家梅梦嘉的奶奶什么事？人家也是本着对法律负责的态度说了实话罢了。难道你还要她在二审时做伪证不成？"停了停，满脸涨得通红的鲁怀远恨恨地说："事情说到底应当怪苏锦心。如果当初她能够听我与你的话，不要播那条新闻，哪会闹到今天这种狼狈的地步？她倒好，却偏偏找到郭台那里去，告我俩一状，郭台处于当时那种情况下，当然相信了她的话，自然主张播出那条惹是生非的东西了。"

"那是那是。"龙得云见他恨得只差咬牙切齿了，便皮不笑肉也不笑地顺着他的意思说。

"那就把寻找新的驳倒原告的证据，作为死任务交给苏锦心。唯她是问！"鲁怀远怅然心烦地说。

"近些日子她的确没有闲着，甚至还跑到北京去企图寻找到二审所需要的证据，她也够尽心尽责了。"龙得云替苏锦心说起公道话来。但他不能说至今都茫然无绪，不然鲁台就会火上加油。

"那好吧。你现在就问问她进展情况如何吧！"鲁怀远说完就拉开门，黑煞个脸几步就要跨出去。忽然想到对于郭海山交代的任务，就说："至于常谷川回台来的事情，就叫苏锦心先摸摸他的底。强扭的瓜不甜，他愿意回来当然好，不愿意回来呢？另外请常谷川来台来给记者上课——还是等二审官司过后吧。一来寻找新的证据大家忙忙碌碌的，人难得聚到一起。二来，官司胜了，众人都有个好心情。效果可能要好些。"

说完这些鲁怀远就头也不回地走了。

梅梦嘉播完《南源新闻联播》已是晚8点多了。马路上仍然车水马龙,街道两旁人流如织,五彩缤纷的灯光将城市装扮出迥异于白天的繁华与风情,市声照样如白昼般喧嚣闹腾。

梅梦嘉洗尽铅华,薄施脂粉,将自己打扮成清纯素雅型。她就是喜欢每天换一种装束,以换一副崭新的形象。她觉得像她这种年龄的女孩子,不好好将自己的形体与长相的优势发挥出来,展示出来,那真是浪费了青春美韶华。她有时浓妆艳抹,粘上长长的眼睫毛——有人说那长长的睫毛好多是狗毛做的,她也无所谓,反正只要能把人扮靓就行。两个耳朵吊上足有手镯那样大那么圆的耳环,倒也不显俗气,别有一番韵味儿。有时她把自己打扮得很性感,该露的肯定通通露得相当彻底,就是不该露的,她也把那部位搞得影影绰绰朦朦胧胧的,将暴露与遮蔽制造出某种精致的平衡。她就喜欢别人说她是个潮女郎。

此刻她对着镜子淡淡地抹了一点若有若无的口红与唇彩,便挽上坤包来到电梯口。恰在这时,一眼发现了也欲下楼去正在等电梯的王逸晨,尽管她是他曾经的恋人,如今她投入到别人的怀抱,她也不感到尴尬,而是落落大方地打着招呼:"哟,王逸晨呀,到哪儿去呀。"

王逸晨很陌生地望了她一眼,闷声闷气地回答道:"下楼去。"

"哈哈哈!"她笑弯了腰,说,"你按的是向下键,乘电梯当然是下楼去啰。我是问你下了楼后到哪儿去。"

"街上。"

"如今很少有人跑到邮局发电报了,你咋跟我发电报呀——回答得跟电报一样精短,使人不得要领。"

王逸晨懒得跟她啰唆,说:"怎么还不来?干脆我从楼梯走算了。"说着转身就从侧旁的楼梯口那儿下去了。

梅梦嘉撇撇嘴哼了一声,弱弱地骂了一声:"整天都苦大仇深似的。"直到进到电梯里她都是一副唯我独尊的高傲神态。

她今晚又得去幽会王如瑾了。一如以往那样,那辆她熟悉的宝马轿车早就停在了那株绿意盎然的大树下了。她一钻进去,车子就轻快地启动着划过地面,眨眼间就消失了。

一刻钟后,梅梦嘉与王如瑾一前一后地来到一个没有多少名气的精致小酒楼。她与他约会基本上是打一枪换一个地方,这是她的主意。她责怪他直到现在都没有给她个名分,像地下情人似的,老这么藏着,要是叫台里的人知道了,还以为她叫大款包二奶了哩。唉，都怪那场还没了断的鬼官司，越发不能叫台里人知道她与他来往频繁，不然别人会说她胳膊肘往外拐。与"敌人"打得火热，她不就成了台里的叛徒内奸了吗？王如瑾也很乐意"换位思考"——每次约会人同地不同，这样她就好替他悄悄地打探清楚电视台对于官司的新动向，他便好采取应对之策。王如瑾领着她进到早就预订好的包间，还没等她坐下，她就直喊叫："饿死我了，你就不能先把菜点上？"

王如瑾笑嘻嘻地问她："我点了你不喜欢呢？想吃什么？你点吧。"

这时服务员进来了，送上几盘瓜子请他们嗑，算是吃饭前的前奏吧。

梅梦嘉边嗑着瓜子边问王如瑾道："茂达北京总部来人调查后怎么说？"

王如瑾说："我舅舅是他们的最高长官，还能不过关吗？我把一审的判决书拿出来给他们一看，将根根梢梢细说了一遍，他们还有什么屁放？调查组的成员很感慨地说：'如今一些记者为了出名，炒作自己，不惜歪曲事实真相。这当记者的还要不要职业道德了？'临走每个人都满载而归——南源的土特产啦，一个厚厚的大信封啦，不就把事情摆平了吗？"

梅梦嘉惊讶地睁圆了美丽的眼睛说："你们企业也搞这一套？"

"这说明你还是个涉世不深的小丫头。呃，眼看二审就要开庭了，你们台里有什么动静没有？我是说找到什么足以打败我们茂达的新证据没有？"

梅梦嘉便把苏锦心如何到北京去，郭台如何下死命令要鲁台负责找到有说服力的证据一事说了说。

"啊！那个丫头到北京去过？那她找到新的证据没有呢？"

"据那个与我关系还说得过去的'老娘'悄悄讲白跑了一趟。"

"'老娘'？怎么叫这么个名字？"王如瑾好奇地问道。

"就是戏剧里演的那种泼妇，动不动手往腰里一叉自称'老娘'的那位女士。与苏锦心一同跑到你们超市去捣蛋的那个外号叫间谍的还美化她，称她为施大侠。一些情报她闹得很准，应当没有错的。"

"哦。如果姓苏的娘们儿找到了新证据，她也不会说实话呀。"

"这可以从姓苏的举止神态上看出来。还有台里的头头们这几天急得像热锅上的蚂蚁——至于他鲁台倒是不急，所以你就别疑神疑鬼了！"

二人边聊边吃了一会儿，梅梦嘉说要上洗手间，王如瑾笑得很诡诈说："卫生间就是卫生间，拉屎拉尿的地方，叫什么什么洗手间？"

"你这人太低级趣味，跟你纠缠不清。"说着风摆杨柳地拉门出去了。

万万没有想到，梅梦嘉刚一走进一个挂着卫生间大牌子的大门，正准备往标明女卫生间招牌处走去时，一抬头，吓了一大跳，居然在这儿撞见了常谷川，他

第十九章 仇人相见

刚从男卫生间出来，双方都愣了一下。常谷川恶狠狠地瞟了她一眼，朝旁边呸了一口就昂首挺胸地擦身而过，很高傲地走了。

梅梦嘉上完卫生间往自己的包房走去，路过一间包房时，就听到里面传出一个很夸张的咒骂声："我刚才真他妈的晦气，撞到那个二奶了。"里面有个声音问道："你这无头无脑的，撞到哪个二奶了？"

只听常谷川仿佛吃了只苍蝇似的很恶心地说："就是那个姓梅的嘛。现在也在这家酒楼里用身体换饭吃哩。"

梅梦嘉气得两颊绯红，愤怒得恨不得甩出一捆钞票买来几个流氓打手，将姓常的打他个分崩离析肝脑涂地。当然她不能意气用事。一忍再忍地到底将眼泪没忍住，她待要冲进去吵闹它一通，又理不直气不壮。只得迟疑着，抹掉眼泪回到包间里，一见到王如瑾终于忍不住哭了起来。

王如瑾惊问道："啥事把你气成这样？"

"我我我……碰到流氓地痞了……"

"他他他……把你怎么了，想调戏你还是乱摸你了……他要强奸你？裤子扯破了没有？最好有强奸行为，好把那小子抓住送交警察……"

"你你你……这个冷血动物。我被强奸了你好另找一个是吧？"梅梦嘉突然杏眼圆睁，大喝一声，"王如瑾你还是人吗？眼睁睁地看着自己的女朋友被人欺负了，你还幸灾乐祸！"

王如瑾一脸无辜地说："我怎么是幸灾乐祸？光是一个调戏还真不好把他怎么样呢！调戏的概念太模糊了，性质程度方式动作都不好判断……"

梅梦嘉愤然抓过自己的坤包就冲也似的跑了。急得王如瑾在后面紧追不舍，在掠过收银台时并没忘记将几张崭新的钞票扔到柜台上。一个强烈的念头跳到心头：目前还不能与她闹僵，电视台内的动向还得靠她打探。这种女人好哄，只要说几句温柔缠绵的话儿，看准火候甩出一大叠钞票，再大的风浪都抚平了。

留在这个酒家的几个南源电视台的记者自然不知道梅梦嘉闹了这么一出，常谷川进到自己的那个包间时，忍不住将无意中遇到梅梦嘉的情形播报了出来。

苏锦心说："常谷川，你的嘴不要太损了，不理她就是了。"

常谷川气愤地说："她是什么干净东西。我就是她通过老鲁逼走的。至今想起来真恨不得三唾其面，来它几十个呸呸呸哩。"

王逸晨淡淡地说："只是出个气罢了。其他的顶个什么用？"

常谷川恨恨地说："人活着不就是活一口气么？气不顺就要发泄就要释放，不然不憋出病来了？"

做东的苏锦心一时不知说什么好。请常谷川吃个饭是她奉龙得云的意见办理的。龙得云亲自把她叫到自己的办公室叮嘱她请常谷川一顿，摸摸他的底，探探他的口气，能不能重新回到南源电视台来。她一听不知怎么的，心里好一阵高兴。常谷川为人很讲交情很讲信义很有正义感。同时也挺敬业很忠于职守，采访过好多很具影响力的新闻。这在台里上上下下都是有目共睹的，不服气不行。

正因为自己佩服他，所以当初采访茂达超市时，她特别希望他能够帮自己一把，果然他主动请缨参战。哪知就是那么一条非常真实的新闻惹出了一场腥风血雨。结果他无形之中得罪了梅梦嘉，叫梅梦嘉借鲁台的权势将他打入十八层地狱，只得跳槽出走了。什么时候想起这一层她都替他愤愤不平。

既然龙总监要她请他吃个饭，她自然乐意。尽管她就是盼望着与他独处一处，说说内心的渴盼。又怕传出去，如果传出去了，恐怕又会作为绯闻传得全台上下沸沸扬扬的。在脑子里逐一过滤后，决定把王逸晨也邀请上，一同陪常谷川叙谈叙谈岂不是更好吗？王逸晨近段时间一想到官司就心事重重，哪像个生龙活虎的小伙子，暮气沉沉满腹心事。

她特意寻找一个台里的人一般不会光顾的比较偏僻的小酒楼。三个人吃喝得自然心情舒畅，苏锦心就说：「常谷川你不够朋友，你又没有跳到另一个城市，为啥将手机号码都换了？」

常谷川说：「我想彻底与过去告别。」

王逸晨罕见地淡淡一笑说：「真是是金子到处都能闪光。你跳到晨报去头一脚就踢了个满堂彩，叫一些记者羡慕死了。领导表扬群众赞扬，你算站稳了脚跟了。」

「屁！」想不到常谷川气呼呼地说道，「真是天下乌鸦一般黑，哪儿都没有净土。报社的领导倒是'狠狠'地把我飘扬（表扬）了一番，还有什么号召向我学习啦，给予奖金啦什么的，可是这就要了其他人的命。一个个嫉妒得恨不得当场枪毙了我。」

「怎么啦？为晨报争了光，怎么会呢？老常别耸人听闻了。」

「你们不信？你们想嘛，我一去就把他们的风头给抢跑了。他们多少年都是那么平平淡淡地度过的，从来都四平八稳地混日子。我是冒着生命危险采写了那一篇轰动性的长篇通讯，听说当期的报纸都加印了好几万份，不是衬托出他们的平庸与无能吗？」常谷川索性连端起的酒杯都不往嘴里送了，嘭地往桌子上一墩，继续喷吐着心头的愤懑，「嫉恨的，心里不平的，甚至横泼脏水的，好家伙！统统一起上，只差被他们乱棍打死。我就凑巧亲耳听到几个老兄高水准地靠

第十九章 仇人相见

……173

一根毒舌诽谤造谣的华彩辞章。一个家伙说我是瞎猫碰上了只死老鼠,运气好呗。一个老兄则骂报社的头儿们是不长脑子的猪,说人家电视台不要了的二手货,居然拾破烂一样捡了来。还有的骂骂咧咧,说:'听说常谷川那家伙流氓成性,被南源电视台开除了的。这种残次品也当宝贝捡了来,没出息。'这也就罢了,哪料到我所在的社会新闻部的头儿也眼红了,跟他的亲信死党说:'到时候社里要评什么先进或优秀员工什么的,你们不投他的票不就行了。我自有办法搞得他自觉无聊无趣,还不灰溜溜地滚蛋?'当初我从南源电视台跳槽时,是他们的社长总编悄悄承诺过的。我也觉得我终于跳到一片净土了,心想我可以心无旁骛地好好干一番了。哪知道处处钩心斗角,处处江湖险恶。难怪华制片好心劝我说:不要报什么幻想了,此地就是彼地的影子,彼地就是此地的拷贝,凡是有人群的地方,此地有的彼地一样都不会少。这是职场的常态,我们就要适应这种现实。适应并不是要你改变自己什么,而是不要大惊小怪,以平和心态该怎么干还怎么干,千万别把自己的锐气给挫没了。"

苏锦心与王逸晨听了好半天沉默不语。王逸晨到底忍不住说:"那些嫉恨的话儿你是怎么听到的?我是说千万不要听好事之徒瞎传,把事情传走了样,你上了当。"

"最激烈的那次是报社领导作出决定奖励我三千元钱,在我们社会新闻部开过会后,我上卫生间,蹲在一个蹲位上,关上门行方便,后面陆续进来几个行小方便的老兄以为我不在,就如此这般。哎,你们说我到哪里去寻找到一片耳根清净的地方?早知道如此,干脆就在南源电视台待着岂不是更好。还有你们几个哥们儿姐们儿可以说说心里话。"常谷川说到这儿不禁叹了一口气。

"那么你还想在晨报待下去吗?"苏锦心一听,知道常谷川对晨报没有好感,或者说深恶痛绝了,恐怕还是想回电视台,心里不禁一喜。不仅是龙总交代的摸摸常谷川的底她摸清楚了,而是她真的希望他回到南源电视台去,她渴盼每天都看到他。她常常想,常谷川的"德行"如果在西方恐怕被称之为是个有趣的人,准会赢得别人的赞美。她太需要他的热心肠了,太需要他的暗访私拍的技能了。她近些时睡梦中都做着与他相关的梦,醒过来都感到很甜蜜,总希望看到他。一见到他,没由来地脸上就有了不留痕迹的羞涩。现在她已经发现的那个恐怕是一个轰动性大新闻的线索,必须要有常谷川这样的高手帮助她拿下它来。

"那就干脆回到南源电视台去算了。"苏锦心满怀期待地望着他说。

"你们欢迎我,可是老鲁能够饶得了我吗?"常谷川撺了一筷子青菜送到嘴里,连同人生的经历一起咀嚼得很是苦涩。

"把你逼走了郭台是发了火的。"王逸晨说,"郭台说谁把他逼走的就怎把他请回来！你看郭台是多么器重你。你不能辜负了郭台的厚望。"

"那……"常谷川犹豫了片刻，说，"我现在还不能离开晨报。要走也得给他们交一份漂亮的答卷。有一个重磅新闻我已经有所突破了，我必须把它完整地拿下来，然后再考虑考虑吧。"

看看时间不早了，该说的说了，该发泄的发泄了。苏锦心要了常谷川新的手机号码。常谷川说山不转水转，地不转人转，我以为电视台与晨报相隔二十多公里，平时不一定碰得到电视台的熟人，哪知才多长时间就又坐到了一起。

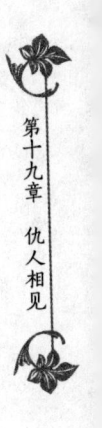

第十九章 仇人相见

青春因梦想而绚丽

第二十章　喜出望外

本来常谷川、王逸晨要抢着结账的，哪知苏锦心已经在酒席中间借着由头出去了一会儿，早将账结过了。三人离去，临分手时，王逸晨说："苏锦心，我爸爸要你给他打个电话。"

"你爸爸？"

"嗯。"

"他是干什么的？我认识他吗？为啥要我给他打电话？"

"他近段时间见不得我，一见到我轻的就是责怪，重的就是骂。说我哪有年轻人的朝气，死气沉沉的。说你学学人家苏锦心，采拍那么多重量级的新闻，你怎么不好好向一个女孩子家学习学习呢？"

苏锦心见王逸晨说了半天也没有说他父亲究竟是谁，也不再追问他，就要了他父亲的通讯方式。

回到台里，苏锦心见时间还不到晚上9点，就在电话里向龙总监汇报了与常谷川见面后双方谈话的大致意思。龙得云一听连说："好好好！他到底松口答应可以考虑，那就再加些工作力度，争取把他请回来。"

这个晚上，苏锦心做了一个很奇葩的梦。不知怎么的她竟置身在一个黑漆漆的空间里，黑暗包围着她，她发疯似的左冲右突，很快就精疲力竭了。她怪恨这环境太黑暗，她要追赶光明。她跑呀跑得汗流浃背，脚步跟踩在棉花垛上一样，如同电影里的慢镜头，怎么用力都没法快进。而眼前始终漆黑一片。她有点儿绝望，但并没有停止飞奔的脚步，可是前面依然是黑暗的，怎么回事？她要喊要叫，就是发不出声音来。这时她听到一个声音："去掉眼罩，去掉眼罩！"她伸手一摸眼睛，果然眼睛上蒙着一块布片那样的东西。她去掉了。啊，呈现在眼前的是阳光普照熏风和畅，到处生机勃勃。原来并不是这世界没有光亮，而是眼睛被遮蔽住了，只要努力去掉遮蔽物，眼底的世界依然是美好的。

第二天上班后不久，苏锦心就匆匆赶到了南源大学文学院，很容易就在办公楼里找到了昨天晚上在电话里联系过了的王教授。原来王教授就是被请到台里对问题猪肉作过点评的那位正气凛然的老学者，难怪昨晚从手机里听出他的声音有些熟悉的，原来他就是王逸晨的父亲王一帆。老教授一见到苏锦心格外高兴，马上叫来等候在他办公室里的盛可可。盛可可原来就是文学院的大四学生，也可以说是王教授的得意门生。王教授笑声朗朗地说道："你俩不仅认识，而且还配合得很好。我从你们电视台的《与你同行》栏目看到过不少署名记者苏锦心、实习生盛可可的新闻。"

盛可可甜甜地在一旁巧笑。现在新学期开学了，她当然得重新回到课堂上来。"我配合你苏老师，肯定将王教授报料的这条新闻做得相当出色，因为题材本身相当感人嘛。"

老教授给苏锦心提供的是这么一条新闻线索：一个年轻的打工仔，虽然当初自己在高中时的成绩相当优异，却长情大义地将上学的机会让给了少不更事的弟弟。一直以来靠打工挣钱来支助弟弟上学，直至弟弟如今考上了研究生。而这位打工仔一直没有放弃大学梦，打工期间始终刻苦自学，历经磨难，终于金榜题名了，而且是一步到位考上了研究生。王教授就是这个打工仔的指导老师。

昨晚王教授只说了个大概，现在听王教授细说了一遍，苏锦心高兴得差点跳起来说："王教授谢谢您。这个题材好，是个励志的好选题。同时也歌颂了人性美人情美，太好了。"又忍不住将心里的疑问说了出来："这个选题王逸晨也一定做得很好呀，你咋不叫他来做呢？"

"算了，小苏别提他了，近段日子他像掉了魂似的，萎靡不振。叫他来做这个选题？我怕他糟蹋了好东西。"

接着王教授告诉说他已经调到研究生院了，负责教授那个学生，手里有了这么个争气的学生，是他一生的骄傲。

"是把那个学生叫来，还是你们到他宿舍去？他刚来报到，还没有正式开课，而且我还给他打过招呼的，他应该没有外出。"

苏锦心说："我们到他那里去吧。拍摄起来应当有点大学的背景与氛围，这样节目做出来显得真实些，不然就比较假了。"

王教授吩咐盛可可领着苏锦心去，说："你既是向导又是助手。像以往你在南源电视台实习那样，共同把这条新闻做得完美无缺。"

于是苏锦心由盛可可带领着很顺利地就来到了研究生院，果然通过辅导员，很快就找到了那个自学成才的考生。苏锦心用早就打开的摄像机把宿舍拍了几个镜头，刚要问那个学生呢？一个正在整理床铺的新生回过头来，苏锦心心里怦怦乱跳了好一阵，怎么茂达超市那个离职的华诗辉在这儿？真是踏破铁鞋无觅处，谁知得来全不费功夫。台里上天入地寻之遍，两处茫茫皆不见。哪知道在这儿见到他了。啊！太好了！"华诗辉！你在这儿！"苏锦心差点大叫起来，"我们找得你好苦哇！你是送你弟弟还是哥哥来上学的？"她突然想起昨晚那个很奇葩的梦，真是个好征兆呢。果然灵验了。

华诗辉淡淡笑笑说："都不是。我是送我自己来上学的。"

几个人都被说得大笑起来。苏锦心顿时明白了，禁不住激动地说道："原来王教授所说的那个打工仔跳过本科阶段，一步跃入研究生行列就是你呀！"

闻讯赶来了不少新老同学，将个小小的宿舍围得水泄不通，七嘴八舌地议论得好不热闹："寒门出英才！华诗辉给天底下的草根阶层子弟做出了表率。""华哥创造了人生的奇迹，可以角逐今年年度感动中国人物评选了！"

苏锦心已经将眼前的场面与热议录了下来，就对辅导员说："我们想单独采访一下华诗辉。"

辅导员兴奋地说："你需要我们怎么配合？"

苏锦心说："不需要围这么多人了，安静一点儿。"

于是辅导员就说了苏锦心的采访意图，众人也都理解，不少人便纷纷离去，留下的同学也静悄悄的。苏锦心便进入采访程序，她将摄像机交由盛可可操作。自己则拿着采访话筒。

苏锦心热情地问道："华诗辉同学，你是怎么由一个打工仔考上了研究生的？能够将你的勤奋与历经曲折的过程说说吗？"

华诗辉有些不好意思地回答说："简单地说就是我始终心怀梦想，并且执着地通过追求，让梦想变成现实。虽然我是打工仔，可是我并没有觉得我比别人低一头，每当下班后，草草地吃过晚饭，一个人就躲在破烂的宿舍里攻读书本知识到凌晨三点，瞌睡袭击得人东倒西歪，就要倒地时，我就对自己说：'华诗辉，你要是倒下去或者躺下去，那你就是个可耻的叛徒——你背叛了你自己对人生的承诺与誓言。'我便重新燃起了生命的激情。"

苏锦心问："据王教授介绍，你是为年幼的弟弟上大学而含泪离开高中课堂的，是这样的吗？"

华诗辉答："那时我弟弟还在上初中一年级哩，却表现出了异于常人的天赋，因为学校极力推荐他跳级直接上高中一年级。我这个作哥哥的当然不忍心让他离开他心爱的课堂。"

苏锦心说："据说你在重点高中时的成绩也很优异呀，你怎么就轻易放弃了可以说改变人的一生命运的大好时机呢？"

华诗辉说："因为当时家里很穷，只能保证一个孩子上学，我父母亲愁得常常坐在饭桌边愣愣地不吃饭，深更半夜犹闻叹息声，我于心不忍，便毅然提出我不再上学了，不等我父母亲点头，第二天天朦朦亮，我就悄悄地离家出走了，找到一份工作后才给家里打电话报平安。"华诗辉说到这儿，眼眶里已经有了泪水。

苏锦心又拍摄了些华诗辉平时所记的学习笔记,所用的课本等等。然后又采访了几个同学与老师对华诗辉跳出农门跃龙门的看法,感到都谈得非常到位,做一条新闻的素材绰绰有余了,唯一感到不足的是如果采访到他的父母与他弟弟就好了。可是那样一来,时间肯定来不及,不待你电视台播出来,别的媒体就已经铺天盖地地抢先一步公之于众了。那么你的新闻还能叫作与生活同步吗?岂不是与历史同步了么?

她多么想单独问问华诗辉她与王逸晨、常谷川采访茂达超市售卖问题猪肉时,那块她原准备作铁证的瘦肉他知不知道下落?再就是最后核实一下那个从茂达超市打出来的报料电话是不是他打的?最最重要的是请他出庭做证等等。她转而一想,这么重大的事情,不得贸然自行决定,事情必须分两步走,第一步不涉及别的任何事情地将这条励志新闻播出来,第二步再找华诗辉好好谈谈物证与请他出庭做证的想法。

采访完毕,她火速赶回台里。按照以往抢到重大新闻事件的流程编好素材带,回过头来再记录采访对象对着话筒所讲的内容,然后叭叭地键好解说词,并且将采访对象所谈的内容也都一一键出来以便出字幕用。审看几遍后将稿子交给了施蔚然。施蔚然如今对她不好意思刁难了,大略地看了一遍就夸奖说:"新闻很有特色,很有故事性,很能调动人的感情,大悲催啊!我光看解说词与出字幕的文字都快流泪了。好好好!算得上是重磅级的档次,肯定是头条,并且应当报提要播出。这么出色的新闻线索你是怎么样获得的?"

苏锦心笑笑谦虚地说:"一个熟人恰好在南源大学工作,新生一报到,他知道了这个新生的身世感到很不错,就电话里面告诉了我。没有你这个好编辑也难得显出它的本色来呀,真谢谢你慧眼识珠。"她心里说,难怪华制片言传身教说一个出色的记者必须要建立起自己的人脉,人脉是什么?对于记者就是新闻线索。

见这条新闻余下的工作就是配音与节目包装了,她就悄悄暗示在格子间忙碌的华颜杰出来一下,华颜杰会意地来到外走廊上,等在那儿的苏锦心将苦苦寻找证人而不可得,如今证人却来到了我们眼皮子底下的事情悄声告诉给了他。华颜杰一听,高兴得恨不得杵她一拳头:"真有你的……"如果苏锦心是个男士,他肯定接下的话是"好小子,这个奇迹怎么叫你轻而易举地得到了?"他当然只能很温和地笑笑说:"真有你的苏锦心,想不到你这么神通广大,居然将二审需要的证人寻找到了!好好好!我立即报告给龙总监,由他报告给郭台。毕竟事关重大,台里会有一个意见的,暂时哪儿也不要说穿这事儿。"

"可是新闻今晚播出去了,岂不是人人皆知了么?新闻是不是暂时不要播呢？"

"不，照播不误。你不播，南源的其他新闻媒体就报道出去了，还不是家喻户晓了？现在没有什么可怕的。华诗辉既然考上了南源大学的研究生，他岂能立即消失不见踪影了？只是必须很快与他沟通，将做证一事抢先一步说到前头，争取他能站在公正的立场上，出庭做证。我想他这种人传奇的求学经历已经说明这是个具有'我心如秤，不能为人作轻重'品格的人。今晚你就得与他接触，将事情大致谈妥，需要台里出面帮忙的赶紧提出来。当然最后怎么行动，郭台肯定会很快有个明确意见的。"

说完华颜杰匆匆离去了，苏锦心知道他找龙总监汇报去了。她便躲在一旁给王教授打了个电话，只是说台里对这个典型高度重视，她晚上准备去找华诗辉再深度采访一次，请王教授给提供个方便，并请王教授给华诗辉通知一下。

王教授一听高兴地连说："好的好的！现在的年轻人是得要有一些励志的生动教材熏陶一下，激励一下，感染一下。"说完王教授哈哈大笑起来。

苏锦心也陪着笑了一会儿。果然不多会儿，华颜杰发语音微信通知她："龙总监直接向郭台汇报了，郭台非常重视，他叫你立即行动，今晚就跟华诗辉沟通。如果遇到阻力台里另想办法疏通。"

苏锦心顿时感到如山的重任落在了肩上，大有一种临危受命的使命感。她来到台附近的一个快餐店吃了点东西，天就渐渐暗下来了。她给华诗辉打了个电话，因为她白天采访完华诗辉后就要了他的手机号，所以靠电波联系很方便，华诗辉一接到她的手机，痛快地答应说："没问题，王教授已经通知我了，我就在研究生院等你吧。"

"好的。我来了后我们再找地方谈。"

苏锦心急忙用打车软件要了个的士，直奔南源大学研究生院而去。

一刻钟后，苏锦心与等候在研究生院外面树下的华诗辉见面了。

苏锦心高兴地说："你真守时。这样我们到哪个咖啡馆里去聊聊吧？"

大约华诗辉预感到会谈什么重要事情，点头答应了。于是二人打的来到城里一个小有名气的咖啡馆里，坐在临街的一个包间里。苏锦心要了两杯价格都在50元左右的咖啡。华诗辉说："其实我喝惯了白开水。"

苏锦心说："点了你就尝尝吧。这也是生活，对于生活的各个方面，只要是对人生有益的，有条件体验一下的最好都不要放过。"然后言归正传。苏锦心自然直奔主题，说："华诗辉，你可能知道也可能不知道，关于那次我与王逸晨还有常谷川到茂达去采访问题猪肉的新闻，竟惹出了一场官司。王如瑾老总竟将我们告下了。而且一审我们台居然败诉了。我们当然不服，上诉到市中级法院，近

第二十章 喜出望外

……(181)

两天就要开庭了，可是却缺乏新的证据，台里很担心二审会败诉。在上告到中院时，我们就到处寻找新的有说服力的证据。最后把希望寄托在你的身上。我们为寻找到你，可以说是上穷碧落下黄泉，两处茫茫皆不见。哪知冥冥之中上帝作了如此令人喜出望外的安排。"苏锦心轻轻地啜了一口咖啡，接着说："我说的可能太啰唆了，明天下午那场官司二审就要开庭了，台里就是希望你到时能出庭做证，你能做到吗？"

华诗辉面带难色说："自从前一个多小时接到王教授的电话说你们要找我，我就意识到可能就是为你说的这么回事。我心里就开始矛盾犹豫起来……"

"怎么呢？"苏锦心惊异地问道，"出庭做证是每个公民应尽的义务呀？"

"话当然可以这么说，但是……"

苏锦心心里凉了半截，急切地说："我问你，给我们台里报料说茂达超市出售问题猪肉的是不是你？我们当时有录音的，并且还请声纹专家鉴定过，从音质音色语速与节奏来分析，那个报料的就是你。"

"是的，正是我。我不能眼看着一个在全国都有影响的商业王国干出这么危害消费者身体健康的事情来。希望你们曝曝光，阻止他们的不法行为。"

"对呀。当时我们就感到你的正直，而且据我分析判断，那块用作罪证的瘦肉你可能还知道它的下落，对吗？"

"对的，我悄悄地专门将它委托我表哥家将它作为证据保管起来了。"

这一说，苏锦心禁不住又高兴起来了，说："既然如此，你出庭做证太有说服力了。而且最重要的是，你具有一个公民心忧天下的情怀，一个公民应当具有的国民良好的素质。请你出庭做证，我算请对了人，那你还犹豫什么呢？"

"苏记者，我真的很矛盾，"华诗辉恳切说，"官司如果你们最终胜诉了不会伤害到王如瑾老总吧？"

"这不能叫做伤害。如果真的叫作伤害的话，那也是法律对他最公正的待遇，他毕竟是总部派到这儿来的老总嘛，也算二级法人代表吧。因为王如瑾负有不可推卸的责任。你顾虑到他还是……"

"你知道我本是农村的一个穷小子，一个一无所有的打工仔，王总却对我有知遇之恩。当他得知我爱学习时，就专门安排我到办公室干一些轻松的活儿，并且还给了不少方便，所以他对我的恩情我一直铭感在心。"

苏锦心这才知道面前的年轻人是个懂得感恩的人，一方面他不能容忍祸害人民群众的行为发生，当他发现茂达超市售卖问题猪肉时，他就义无反顾地悄悄给新闻媒体报料，他的本意可能是制止这种罪恶行径就行了。那么他又为什么将作为罪证的问题猪肉暗暗地捡拾到手里，然后藏起来呢？哦，社会良知敦促他必须这么做，或许他早就预料到会有一场官司？抑或监管部门出面制裁茂达超市，他好用它来作为证据？当然他不会公然拿出来，肯定会迂回地让它露出真面目。在他的内心深处，占主导的仍然是"民族大义"。苏锦心完全有把握说服他："华诗辉，你既然考的文学专业，古文基础应当很好，当知'不以私爱害公义'的道理。该出庭做证的为什么不可以理直气壮地出庭呢？至于王如瑾老总对你的恩情那是私恩，你今后可以有很多种方式很多机会报答他。"

华诗辉沉吟了一会儿，终于点点头说："好吧，我愿意出庭做证。"

苏锦心激动得两眼热辣辣的。跟着她提出先必须火速取到罪证——那块问题猪肉。"我们去把它取出来吧。或是我与你去你表哥那儿看看，是不是完好无损。行吧？"

"可以。"

于是的士载着苏锦心与华诗辉奔驰在大街上，七弯八拐地跑了30多分钟，的士便按要求停在一个城乡接合部的土路上。再往前步行几分钟就到了一排亮着灯光的农村那样的房屋，穿过几户人家就来到了一栋砖混结构的两层砖瓦房。华诗辉说："到了。"接着就喊门，很快门就开了。在室内灯光映照下，一位快30的年轻人对她正笑脸相迎。

"对不起，打搅你了何先生。"

何家老老少少都在楼上客厅里看电视，听得楼下的动静，何先生的妈妈急忙下得楼来迎接客人，何先生的妈妈惊讶地说："这不是南源电视台的美女记者苏锦心么？我天天都是要看《与你同行》的，经常见到苏记者报道这报道那的，挺合我们老百姓心意。"称赞完苏锦心就与华诗辉打招呼："诗辉，上学的钱够不够？不够的话，我让你表哥再给你支助一些。"

华诗辉说："姑，够了够了。"然后转而问何先生道："表哥，我托付你好好保管的那块问题猪肉还在吗？"

没等何先生说话，何妈妈就抢先一步说了："在在在！你表哥叮嘱了又叮嘱，说这是祸害人的罪证，保管好，今后等待时机成熟，就交给有关部门，严惩那些不顾老百姓死活的黑心商家。"

苏锦心一听心里的石头落了地。待华诗辉的表哥领着苏锦心一行，从冰冻箱里小心翼翼地取出一个包裹着好几层的肉疙瘩那个塑料袋时，当即去掉几层包裹薄膜，苏锦心一眼认出正是它。太好了！苏锦心激动地说："就是它就是它！太谢谢你们了！"

何妈妈的一席话说得苏锦心感佩不已："谢谢我们？姑娘你把话说颠倒了，我们得感谢你，你们记者风里来雨里去，听说有时候还冒着凶险拍新闻，还不是为了我们老百姓么？"

华诗辉到底露出了笑意说："姑妈，你真会说话，其实各行各业只要本着诚信为人处事——也就是孔子所说的'己所不欲，勿施于人'的忠恕精神，世界上哪来的那么多的矛盾与纠葛。"

告别了何家，苏锦心与华诗辉重回到等在路口的的士，原路返回。苏锦心并约定好了华诗辉到庭的时间，说："那就这么定吧华诗辉，到时候我来车接你到庭！"

离开南源大学，坐在的士里的苏锦心仿佛打了一场艰苦卓绝的战争，终于胜利在望那样长出了一口气，她又一次想到了那个奇葩的梦境。

第二天上午，鲁怀远与施蔚然来到南源市第一人民医院门诊部大楼，施蔚然去打听要探望的病人去了，他则焦躁地徘徊等待着。他所盼望的施蔚然匆匆地跑来说："鲁台，好不容易打听清楚了，梅梦嘉在妇产科。"

鲁怀远说："这医院也混蛋！把一个一般性的感冒，整到那儿去了！走，看看她去。"

鲁怀远听说梅梦嘉患了重感冒住院了，特地叫上脑子很活络的施蔚然陪他来的。一来施蔚然守口如瓶，不随便瞎说八道；二来，自己单独来看望部下女职员，别人会借机八卦。

施蔚然领着鲁怀远往妇产科而去。推开病房门，见梅梦嘉很享受地躺在床上，吃着什么名贵补品。

施蔚然当着新闻播报："梅梦嘉，鲁台亲自来看望你了。"

鲁怀远挺关切地说："听说你病了，我代表台里来看看你。"

梅梦嘉说："嗨，一点小病，倒惊动台里，真是过意不去。不过已经没什么事了，正想今天出院哩。"

鲁怀远很奇怪地说："在台里听说你得了重感冒，怎么转到妇产科了？"

梅梦嘉说："医院的床位少，不知怎么的就把我七转八转地转到这儿来了。医生征求我的意见，我说哪怕转到太平间也无所谓，只要把我的病治好，那就是王道。"

鲁怀远点点头说："这也有道理。"

施蔚然见鲁怀远与梅梦嘉神态里有许多话要说，就说："对了，我得去买点水果什么的来。刚到医院光顾着打听你，把这茬儿给忘了。"

施蔚然一走，鲁怀远就坐到了梅梦嘉的床边问："小梅，究竟是咋回事？"

梅梦嘉乜斜了鲁怀远一眼，娇嗔地说："都是你干的好事，还明知故问！"

鲁怀远严肃地说:"小梅这事可开不得玩笑的。怎么把没有的事栽到我身上?"

"我就要栽到你身上。我就要称赞你是神枪手,百发百中。"

鲁怀远简直要暴跳起来。看他气急败坏的样子,梅梦嘉咯咯地大笑起来;"鲁台真不够爷们儿,开个玩笑也紧张得神经要绷断!"

鲁怀远擦擦额头上沁出的汗水,说:"我说嘛,这么识大体顾大局的好女孩怎么无中生有血口喷人呢?"他后悔不该来看望她的。真要是不看望吧,又怕她会怨恨在心,遇到合适的时机她就会不管不顾地造谣生事。这样他就来了。真是一失足成千古恨。陆耕田那里自己怎么就蹦出了不良企图呢?

梅梦嘉说:"我再好也赶不上苏锦心。哎,她为二审寻找证据有进展了吗?"

"看看住院了,还操心台里的事。"

"鲁台,用不着跟我保密了吧。"

"这有什么密可保的,你问什么我就答什么。苏锦心找了当初在茂达打工的叫作华诗辉的小伙子……"

鲁怀远与施蔚然走后不久,梅梦嘉就用手机招来了王如瑾。梅梦嘉说有十万火急的事情要通报。

王如瑾火速地赶了来。关切地问:"吃过保胎药吗?管用不管用?要不要转到省城大医院?"

梅梦嘉轻描淡写地说:"已经做了无痛人流了!"

王如瑾强忍着怒火说:"你鬼急鬼急地叫我不是为告诉我这个吧?我父母亲盼孙子盼得两眼滴血,你为什么不征得我的同意就擅自做主?"

梅梦嘉讥笑一声:"你怎么就敢断定是你的呢?"

王如瑾一听愤怒了说:"你还被别人泡了包了?"

梅梦嘉尖叫起来:"你这个流氓,不许你污蔑我的人格,本小姐一直清白为人!"

王如瑾冷笑一声说:"肚子里是谁的种都闹不清楚,还好意思说什么清白为人!"

梅梦嘉突然哈哈大笑,揶揄道:"真不像男人,一句玩笑话就像被挖了祖坟似的,本小姐是游戏人生水性杨花的人吗?"

王如瑾严肃地说:"梦嘉,我不是开不起玩笑的人,但玩笑不是这么开的。"

梅梦嘉说:"如果你心存疑虑,干脆做个亲子鉴定好了,我这就找医生去。"说着她装作要起身下床的样子。

王如瑾抢前一步将她按住说:"算我胡说八道好不好?"

梅梦嘉霎时哭得梨花带雨。王如瑾轻轻地拍她的背，亲吻她的头发与脸庞。将一张卡塞到她手里说："这卡里的5万你先用着，不够我再往里充。"

梅梦嘉将情绪调整到最佳状态说："这么说你不责怪我做人流啰。"

王如瑾情绪好了起来说："怎么会呢？我们以后还会有孩子的。这卡里的钱是预定与收买情报的报酬，身体恢复费用另给。官司你们败诉了，听说不服一审判决，已经上诉到中院了，台里目前抓紧搜集二审证据，每一步进展我都要及时掌握。"

梅梦嘉警惕地望望周围说："哈哈，我都成了特工了。目前我只知道苏锦心与你们超市给电视台报料的一个小个儿姓华的是危险人物。而且据可靠情报，姓华的穷小子已经来到了南源，愿意出庭为电视台做证，并且藏有当作铁证的问题猪肉，这也是我十万火急地把你叫来的真正原因。"

王如瑾一听完脸色刷地变了："什么？华诗辉答应出庭做证？而且还找到了当初拉拉扯扯中拉扯掉的那块当作铁证的猪肉？你听谁说的？准确吗？我是说千真万确吗？"

梅梦嘉哧地笑出声来说："我是谎报军情的人吗？"

王如瑾紧盯一句，"是不是你那个……"他差点脱口而出"蓝颜知己告诉你的"，赶紧改口说，"那个鲁台亲口跟你说的？"

梅梦嘉愤怒了说："少废话，你相信不相信与我有什么关系？你看着办好了！"说完就转过身去不再理他。

王如瑾没法不相信。昨天晚上他在《与你同行》栏目里看到华诗辉由农门一步跃龙门，考上研究生的报道时，就想，既然南源电视台能够采访他，焉知他们不会请他出庭做证。果然他将挺身而出！王如瑾急得就地转了几个圈，看了看表，现在才上午10点多，离下午开庭尚有5个多小时，他仿佛中了魔似的冲了出去，连向梅梦嘉说声告辞话都顾不得了。

第二十一章　证人失踪

　　10分钟后，王如瑾驾着那辆宝马直奔南源大学而去。电视里播得清清楚楚，华诗辉考进了研究生院，那么他人就一定会在研究生院的宿舍里。他动了一番心思，他有意将车停在了南源大学外面一个不易被人发现的角落里，一株绿叶盎然的大树将车子遮掩住了。他用手机很顺利地要通了华诗辉，这个手机号码是他昨天弄清楚的。他在电话里热腔热调地说："小华，我王如瑾，我现在就在你们研究生院外面一百多米的地方，我想见见你？"

　　华诗辉一听到王如瑾的声音自然相当高兴，很快就跑着来了。华诗辉一见到王如瑾就像见到亲人一样，兴奋得眉眼飞动连说道："王总，想不到你……你来看我，领当不起。"华诗辉也顾不得深究王如瑾专门跑来究竟为着什么样的事情。

　　王如瑾一把抓住华诗辉的手，笑声朗朗地说："小华，我在电视上一看到你的事迹，差点流下了眼泪。一个穷困的农家的孩子，能够跳过大学这一级，直接考上研究生，你创造了一个人间奇迹，我是特地来祝贺你的，快到我车上去吧，我们好好聊聊。"

　　待华诗辉一上到他的宝马轿车，他二话不说，就将车子启动了，很快车子就汇入到了马路上的车流中。两人说着客套应酬的话，车子不觉间就到了全市最著名的国际南源酒楼，王如瑾将车子停在了停车场，却并没有马上下车。车内应当是个不错的谈话地方。王如瑾拿出一个信封说："考虑到你刚上学，经济条件比较差，各方面都需要用钱，这个你拿上吧。不要太克扣自己，把饭菜吃得好一些，该添置衣服什么的一样都不要太俭省。"

　　华诗辉一刹时感动得热泪无声地涌流出来，却极力平静地推辞道："王总，我首先得感谢你，我在你那儿打工的时候，你像对待自己亲兄弟一样关照我，我终生铭记在心，这钱我不能要。"

　　王如瑾强行塞到了华诗辉的手里，说："你放心，这是我个人的奖金，不是拿公司的钱来做人情的。是不是嫌少了？再不收下我就要生气了。"

　　话说到这个份儿上，华诗辉哪好再推托，再推托就太不近情理了。他可以用这钱接济别的比他还要穷困的学生呀。

王如瑾拿出一瓶果汁来递给华诗辉，说："看得出来，你是个懂得感恩的孩子。"

　　"王总，人毕竟不是禽兽。况且羊有跪乳之恩，鸦有反哺之义哩。人，难道还不如它们吗？"

　　"呵呵！我没有看错人，你懂得这个就好。"王如瑾高兴地一口气将手里的饮料一饮而尽，嗨地一声，抹抹嘴，敛容正色地说道："我如今就遇到了一个关乎我个人生死攸关的大问题——要是闹不好，我可能就会叫总部解聘，这是说得好听的，说得不好听的话就叫作滚蛋。"

　　华诗辉顿时明白了曾经待自己不薄的王总何以这么隆重地款待自己了，一时不知说什么好。好一番踌躇，试探着说道："王总，对你的大恩大德我一辈子都铭感五内。如果在涉及做人的原则上，有什么对不起你的地方，还请你原谅。因为人毕竟要讲大义要守住大节，私恩与公德必须要分个界限。但这丝毫不影响我对你的感激之情……"

　　王如瑾咚地将空瓶子扔到一边了，沉默着半天没有吭声。

　　从见面到离开南源大学，王如瑾始终欣喜有加。华诗辉最为担心的就是王总提到打官司与做证一事上。他一路都在想，如果王如瑾提出请他不要出庭，他真不知该如何回答才好。现在他果真提出来了，自己也将心迹明白无误地告诉给他了，结果惹得他如此这般地怅然心烦。他一时惴惴，作声不得。不过这尴尬的场面只持续了几秒钟。王如瑾到底开口了："你凭你的心而为就是了。如果你觉得对得起自己的良心，你就大胆地随心所欲而不惧吧！"

　　在下车时，王如瑾似乎不经意地一把将华诗辉的手机抓在手里说："看，它破成了什么样子？如今都用智能的了，哪个还用这老掉牙的东西？还不扔了算了！"又变戏法似的从身旁拿出一个新手机说："用这个吧。专门为你买的，你是我们茂达的骄傲，茂达不能太小气。"说着好似很随意地将华诗辉的旧手机扔在了车上，也不待华诗辉作何反应，便砰地将车门关上了。最后告诉给了华诗辉新手机的号码。

　　华诗辉待要说别人要我怎么办？想想觉得你一个穷学生，哪个来找你呢？出庭做证的事情既然已经与苏记者定下来了，到时赶去就行了呗。

　　华诗辉被迫跟着王如瑾进到酒楼里早就预订下来的包间。

　　更叫人高兴的是，陪酒的竟然都是与自己一起打工的弟兄们，连保安曾强盛都被邀请了来。

　　再看看酒席之丰盛，白酒红酒之高档，众人之热情都叫人咂舌，叫华诗辉恍如隔世一般。但他始终告诫自己，别忘了下午出庭做证。一想到出庭做证，他心里又愧得慌。不管怎么说是将自己的恩人无情地送到了失败的境地，几次他想起这个来，都不好意思抬头看一眼王如瑾。几次与王如瑾目光相遇他都躲避掉了。他长到25岁了，才知道人真正要主持正义，凭着良心秉公办事是件多么艰难的事情啊，他没想到事情会走到这一步。好在王总大约为图一个热闹气氛，竟将当时与自己一同打工的众位弟兄们也邀请了来。这些人都一个劲地称赞他终于熬出了头，是打工仔们的千秋骄傲，夸奖他古代文学功底怎么会这么好，他便有意借这个话题过渡到横亘在心头的那桩心事上。

华诗辉顺理成章地借以隐喻式地诫喻与规劝王如瑾这个昔日的恩人。他说："要说最难考的就是古文了，那多么艰深难懂啊。但当你懂得它的含意，弄清了它的精髓了，弄懂了蕴含其中很深的人生哲理，你的心境就会豁然开朗，人仿佛站立在了一个很高的起点上，觉得做人做到那一步就不枉在世上白活了这一回。"

几个弟兄们就起哄说："真的呀，说给我们听听，看我们能不能够听得懂。"

华诗辉饱含深情地说道："比如'甘露时雨，不私一物'；比如'至公大义为之正'；比如'荣必为天下荣，耻必为天下耻'；比如'惟至公不敢私其所私，私则不正'；比如'为一身谋则愚，而为天下谋则智'等等。人如果做不到这些，那还叫人吗？这些想必王总比我懂得多，身体力行比我做得好。来，我敬王总一杯。我华诗辉若有做得不周的地方，还望王总海涵呀。"

王如瑾是何等灵光的人，哪听不懂华诗辉的言外之意？知道他肯定是被南源电视台说动了，要出庭做证了。他的心虽然跳得凶狂，但表面上还是若无其事似的一样喝酒敬酒，不断地递眼色叫众位陪酒的小伙子敬华诗辉的酒。华诗辉本不胜酒力，再加上他始终惦记着下午开庭，自己要出庭做证的事，坚持着不喝或少喝。可是那帮哥们儿却软话硬话说了几箩筐，非逼着他喝下去不可。他是个经不起劝的人，别人一劝他就得多少给点面子。这么三劝两逼的，不消多时，华诗辉就有点摇摇晃晃，眼睛看到的东西都是重影了。

王如瑾举起杯子豪爽地说道："来！干完最后一杯就散席吧！"

那个五大三粗的曾强盛硬要给华诗辉的杯子里续满，一把夺过他的杯子说："最后一杯你不喝，要么看不起曾经与你同甘共苦的弟兄们，要么是不领王总的情！"

将军将到这个地步，华诗辉只得眼睁睁地听凭曾强盛将自己的杯子灌得满满当当的。

"干！""干！""不干的是孬种！就不是男人！"面对着擦根火柴就会燃

烧的满杯白酒，华诗辉犯愁也没办法。他这才知道什么叫作被逼上梁山。他真个是舍命陪君子了，不得不眼一闭，一举杯咕咕倒个罄尽不剩。酒一进喉咙里，就眼冒金星，桌椅杯盘人影都一起晃动得厉害。他喃喃地嘟囔个没完："地震……莫非地震了……"

王如瑾盼咐曾强盛说："好好把小华安排到一个房间里睡上一觉。守护好他，不得出任何差池。"

曾强盛自然懂得不得出任何差池是什么意思。因为王总曾个别悄悄地叮嘱他如此这般，他便鸡啄米似的点头不止。

市中级人民法院对问题猪肉所谓假新闻一案二审开庭审理是在下午3点整。

2点半，作为南源电视台的法人代表郭海山就领着台里的有关人员到庭了。台里一些编辑记者没有紧要采访任务的也都赶来旁听。

负责接证人华诗辉的苏锦心坐在台里专门为她安排的小车里，几乎快哭出来。龙总监亲自给她交代，说台长郭海山决定由你负责接送证人华诗辉，切切不可误了大事，这场官司胜负关键就在于证人华诗辉了，她自然感到责任大如天。不到11点她就叫上台里的那名小车司机，急急火火地赶到了南源大学研究生院，她原想请华诗辉吃个午饭，然后不慌不忙地来到中级法院，时间应当绰绰有余。哪知她来到研究生院，楼上楼下地寻了个遍，却没有找到华诗辉的影子。华诗辉的同学说不知道哩，他好像出去了。苏锦心心下着急了，赶紧来到研究生院外面去寻找，问遍了周围的人，哪怕在学院外面修鞋的师傅她都不放过，众人都摇摇头。手机不停地拨，几乎快打爆，怎么打都是通的，可就是没人接听，这一下她慌神了，赶紧给华制片打电话报告这个不幸的讯息。

华颜杰一听也着急了说："不要急，你再好好找找他，我现在立即向龙总监汇报。"

一会儿龙总监打来电话，责问苏锦心："你是怎么搞的。再给我找，好好找！"马上手机里传来一个严厉得好像战场上长官对受领任务的部下下达的死命令："苏锦心！找不到证人你就不要来见我！"

她听出来这个人就是副台长鲁怀远，她心里不由得一紧，声音里都有了颤抖的成分。她无声地抹去眼眶里的泪水，极力忍耐着回答道："好的，我再找找去。"

这么找来找去时间已经到了开庭的神圣时刻了。

这时坐在审理大厅的法人代表郭海山趁着还没开庭的空隙，四处扫描了一下台里的关键人员，不见苏锦心，他也不由得着急起来，赶忙低下头去在手机里问龙得云是咋回事，怎么不见苏锦心？苏锦心不出现，那么中间是不是证人出现了什么变故？如果苏锦心出现了，那么证人就可能被法院安排在庭外一个地方等待着。龙得云更是急得像热锅上的蚂蚁，立即报告了刚才反馈回来的情形。郭海山一听就火了骂道："你们几个都是干什么吃的？怎么不将证人到庭一事预设几个预案，做到万无一失？"

可是光发火有什么用，法庭又不是电视台里编排新闻节目，哪条放在哪个位置都可以作些调整的，或者今天用不了的，明天再安排播出也没关系。而法院则是有着严格的程序的：既然上诉人与被上诉人都通知到庭了，哪有不开庭的道理？

再看看坐在被上诉人席上的茂达超市的王如瑾，神情自若地吹着手里的茶杯。

墙上挂钟咔咔地走得像战鼓一样响在郭海山等人的心头，似乎眨眼工夫就到了下午3点整。坐在庄严的国徽下的审判长很响地击了一法槌，宣布开庭。

按照庭审程序，上诉人——法人代表郭海山陈述请求法院驳回茂达控告的理由。郭海山因为苏锦心至今都没有现身，心里自然无底，但也不得不据理力争，他慷慨地说道："尊敬的审判长，尊敬的审判员书记员，自从一审我台败诉了，我们当然不服，便收集新的有力的证据，证明茂达超市确乎存在有销售毒害消费者猪肉的违法行为，这是铁的事实。一个新闻记者肩负的社会道义敦促我们必须要采访，要公开曝光。我们大海捞针般地终于寻找到了新的证据与证人。证人就是茂达的原员工华诗辉。他可以出庭做证，而且我们还获得了当初我台的记者苏锦心采访时，悄悄保存的茂达销售的证据———一块问题猪肉原始证据。"说到这儿，郭海山无意一抬头发现法庭里悄无声息地进来了苏锦心，本来他应当心头一喜，可是却发现苏锦心垂头丧气的样子，知道关键证人华诗辉至今踪影全无。虽然他明显地感到底气不足，可是他必须继续说下去："证据之一，从报料茂达售卖问题猪肉的电话录音来看，就是茂达的员工出于正义感所为。而这个人就是华诗辉。这是千真万确的，有北京权威部门根据报料的声纹鉴定的书证。证据之二，就是我刚才所说的，当初我台记者采拍时意欲保留下来的那块问题猪肉终于找到了。难道不能彻底推翻一审的原告所说的捏造事实，为达到轰动效应编造假新闻的诽谤吗？我的陈述完了，请审判长查验。"

审判长面无表情地问道："南源电视台的记者苏锦心到庭了吗？"

苏锦心站起来答道："我是。"

审判长说："请你将当初采访的实际情况简明扼要地再陈述一遍吧。"

于是苏锦心极力平复着疾跳着的心脏，将当初如何接到报料，如何采访，茂达如何阻挠，事后老总王如瑾如何出乎意料地分外热情地接待记者一行等等说了一遍。

审判长开始问到关键问题了："你是不是仔细听过报料的电话录音，报料的正是茂达的员工华诗辉吗？"

苏锦心肯定地回答说："是的，我与华诗辉多次打过交道，熟悉他的声音，电话录音就是华诗辉的声音。如果说我所说的还不足以采信的话，那么北京权威专业部门的声纹鉴定可以做证。"然后律师将声纹鉴定书呈递给审判长。

审判长扫视了一眼，继续问道："你找到那块当作新的证据的猪肉了吗？"

"从华诗辉考上南源大学研究生报到那天，我就与他取得了联系，并于当晚从他表哥家里冰箱的冷藏室里取了它。"

"你能拿出来让本庭工作人员验看吗？"

苏锦心小心翼翼地从提包里拿出了那块保存完好的猪肉，呈送给来到身边的法警。法警将包裹着的好多层塑料袋一层一层地慢慢打开，然后送给了审判长陪审员。这些人一一传看了一遍，然后令法警还给苏锦心。

审判长开始询问被上诉方王如瑾："被上诉方有什么话要说的？"

王如瑾冷笑一声道："我只感到滑稽好笑，荒谬与荒唐。难道只凭上诉方的一席巧舌如簧，编造的谎言就说明问题了吗？焉知不是上诉人因为不肯承担新闻报道的失实，或者说为了引起社会轰动，争取更多的收视率而精心刻意上演的一出闹剧呢？上诉人一口一个华诗辉，可是华诗辉的人呢？他不到庭，我认为一切都是虚构的。"当然王如瑾心里清楚，也暗自高兴，你们找华诗辉去吧，他还在宾馆里呼呼酣睡哩，等审判结束，一切都成了定局，他可能才会醒来。不是一切都晚了吗？

"南源电视台方面说这块猪肉是茂达的，"王如瑾继续振振有词地说道，"谁能证明？恐怕是从哪个地摊上买来蒙哄人的吧？我不告你南源电视台栽赃陷害就算是仁至义尽了。败诉就败诉了，何必死要面子活受罪呢？一个新闻媒体是不是有公信力，不仅仅表现在媒体向外界传播上，其实你们播发新闻以外的许许多多方面都可以体现出来。"

苏锦心两颊涨得通红，晃晃手里作为证据的猪肉驳斥道："这就是当时我去茂达超市拍摄时，专门从一个顾客手里接过来预留下的，这能够有假吗？请审判长充分考虑这个事实。"

"苏锦心小姐不感到自己的要求太荒唐吗？"王如瑾理直气壮侃侃而谈，"前不久南源市一桩杀人案，我随便到街上买把刀，我说这刀就是你用来杀人的，人是你杀的可以吗？哼哼！光凭你不知从哪儿找来的一块臭肉就断定是茂达售卖的，这合乎逻辑合乎法理吗？苏锦心小姐与你的电视台的人可得弄明白了，现在已经不是糊涂官乱判葫芦案的时代了。我强烈要求法庭驳回原告的无理要求！"

王如瑾似乎越战越勇，他心里有数，只要华诗辉不到场，他不说出真相，就凭南源电视台的几个人哪怕搬出天王老子来，法庭也是不会采信的。

果然郭海山气得恨不得拍桌子，说："声纹鉴定应当可以作为证据。请审判长采信！"

审判长沉吟了一瞬，说："本庭已经考虑到了这一重要的情节。"

这就是说，法庭只是考虑到了这一重要情节，还不能有百分之百的把握保证二审官司胜诉了。辩护律师很快领会了郭海山的忧虑，立即举手表示自己有话要说。审判长同意了。辩护律师郑重地说道："原告方请求法庭延缓到明天继续开庭。因为证人出了点目前暂时还不清楚的意外，竟然没有到庭做证。请求法庭采纳。"

王如瑾方的律师立即提出抗议："按照《民事诉讼证据规则的规定》，当事人在二审程序中提供新的证据的，当事人应当在举证期限内向人民法院提交证据材料，当事人在举证期限内不提交的，视为放弃举证权利。基于这种精神，我们强烈要求法庭当庭宣判。"

这的确难住了法庭的审判长与各位陪审员。被上诉方提出的要求合乎法律依据。那么此时该怎么办？按理应当当庭宣判了。

郭海山与苏锦心等人急得不知如何是好，再次将渴盼的目光投向自己的律师。

辩护律师咳嗽一声说道："且慢审判长，我提出如下理由请审判长考虑采纳。根据《最高人民法院关于民事诉讼证据的若干规定》：'一方当事人提出新的证据的，人民法院应当通知对方当事人在合理期限内提出意见或者举证。'因为我的当事人已经找到了新的证据，只是由于证人目前尚不清楚的原因，不能到庭做证，这的确是个意外。审判长应当充分考虑到这一重要事实。所谓合理期限，就是法庭根据实际情况确定的期限。因此根据这一精神，故请审判长将审理时间往后延长一些，应当视为比较合理。如果可能的话，请放到明天开庭。如果仍如今天这般情形，我的当事人愿意接受法庭的裁决！"

整个审判大厅顿时出奇的安静。无数双目光一起盯着审判台上的法官们。法官们当庭聚在一起窃窃私议起来。

上诉方与被上诉方都感到时间过得相当漫长。终于法官们重新回到自己的座位上了。在双方紧张的期待中，审判长到底开口了："上诉方要求合理，本庭予以采纳，本案明天上午9点继续审理。这应视为合理期限。如果上诉方仍不能保证你们所找到的证人到庭的话,本庭则考虑相关因素,当庭宣判结果!"

在当事人与旁听的众人纷纷离去时,台长郭海山铁青着脸站在法院外自驾的小车旁,命令龙得云把鲁怀远叫来。二人本也看脸色行事,见郭海山那般怒气冲冲的神情,哪敢各顾各地钻到车里跑掉。现在见郭海山要他俩到跟前去,便赶紧走过去。

"你们说今天这事窝囊不窝囊?"郭海山不管不顾地质问道,"你俩有没有责任?板子要打到具体人身上。查查苏锦心究竟是怎么回事?证人怎么就不能到场?她是怎么跟华诗辉交涉的?"说完便拉开车门,本来应当砰的一声将车门摔上的,却又想起一件事情来,回过头去斥问道:"叫你们查查台里的播出带究竟是什么人给捅出去的,查到现在你们搞清楚了吗?台里如果没有吃里扒外的员工,一审怎么可能播放那份作为证据的带子?"

鲁怀远扭过脸去一时吭声不得,因为他将皮球踢给了龙得云,而自己又没当回事,也就没有问他调查的结果。想想还是翁声翁气地望着龙得云说:"叫你落实郭台的指示的,至今也未见你回过话,那就当着我与郭台的面说说吧。"

龙得云只得将曾询问苏锦心的情况说了说:"据分析,苏锦心应当知道,可是她却一问三摇头。说什么不能将猜想说成事实……"

鲁怀远一听就发怒了,说:"那她还有没有原则性了?难不成她与人合谋的不成?"

"对人难道就没有个基本面的看法?啥人能干出啥事来,心里应当有个数!"郭海山说罢就钻进车子里,一番轰轰的发动后,那小车便怒吼着冲出了密密麻麻的车阵。

鲁怀远也怀着一肚子的火,对龙得云说:"上我的车回台去吧!到你办公室叫来苏锦心,问她是怎么搞的?"待龙得云不得不上到他车后,他发动车便跟郭海山一样冲也似的开跑了。一路上并不与龙得云说话。他心里清楚得很,别看龙得云有时对郭海山一肚子意见,可是他仍然属于郭海山的心腹死党。沉寂伴随着鲁怀远与龙得云回到台里。一下得车子,龙得云就按通手机通知华颜杰:"叫苏锦心到我办公室来!"

果然当龙得云回到办公室时,苏锦心正在门口等着哩。龙得云也不与她废什么话,将门打开,皮肉不笑地说:"进来吧!"

苏锦心惴惴地轻步进到里面,谨小慎微地坐到沙发的一角。她刚一坐定,鲁怀远就脚步溅火地进来了。一眼瞟见了苏锦心,劈头盖脸地就是一通批:"苏锦心,你是怎么搞的?关键时刻掉链子!既然把落实证人的任务交给了你,他怎么就不到庭呢?这桩官司从根本上说,是你惹下的,你要是按组织程序来,不捅到郭台那里去,那条惹是生非的新闻能够播出来吗?不播出来岂不是没有了这场风风雨雨?你说说为这桩官司台里耗费了多少人力财力。如果官司打败了,茂达超市就会捅到网上去,弄得普天下都知道了,南源电视台的面子里子就都丢光了,你是不是特别称心如意?嗯?"

苏锦心静静地听着,紧咬住嘴唇,眼睛红红的,却强忍着没让泪水流出来。

鲁怀远继续喷吐着心里头的火气:"据说你明明知道究竟是谁将台里的播出带倒腾出去,送给了王如瑾,你却咬紧牙根就是不松口,不肯吐露半个字,你还有没有点儿是非观念了?"

"我只是一种猜想,说出来只能扩大怀疑面,搞得员工们人心惶惶,对人对事都没有好处,故而我缄口不语。我认为这与是非观念是两回事。如果你需要我现在说出来,我也没什么好说的……"

鲁怀远生怕苏锦心扯出个梅梦嘉来,赶紧挥手打断了说:"够了。当务之急是二审官司的证人为什么没有落实到位。至于后一个问题,到时候我会找你问个一清二楚的!"

一旁的龙得云觉得鲁台批评得太过严厉。头一桩事情怎么说还没有调查一番,就把责任一股脑儿地推给了苏锦心,这好像有点不公平。二一桩事情问个半截话就刹住了,这葫芦里卖的到底是什么药?但他深知,苏锦心没有听从鲁台的招呼,他当然恼火。可是话得说回来,一个作领导的,事情都过去许久了,还装到心里去记恨着,太小肚鸡肠了。听说他早就与播音组里的那位红颜知己打得火热,播出带捅出去她就是重点怀疑对象,鲁台哪能不偏向她呢?当然生怕苏锦心说出她的名字来。听说梅梦嘉不服气苏锦心,背地里在鲁台面前烧了她好几把火,自然二人要一致起来。而苏锦心却是以德报怨,这个姑娘的人品却是上品。龙得云待要劝解几句,又怕鲁台批评说不与他一条心。不管怎么说,新闻频道旧鲁台管辖,如果不与他一条心,哪怕表面迹象表明有这么个倾向,今后都不会有好日子过。他当然没权撤自己的职,可是他可以闹得你不愉快呀。只得当个聋子听鲁怀远喷吐着满腔的怒气算了。

鲁怀远说完,苏锦心这才平静地重又开口了:"我对证人华诗辉是尽到了自己的责任的。至于他为什么没有到场,我现在的确不好回答您。这个我会很快再次到南源大学去弄清楚的。我要说的是,那条揭露祸害人民生命健康罪恶行径的新闻,如果不播出,作为一个有责任感有社会良知的新闻记者,他或她一辈子都会有负罪感的。这就是说,是神圣的使命感敦促我坚持播出那条新闻的。如果台领导觉得我有什么不妥的话,我愿意接受任何处分!"说完,苏锦心缓缓地站起身来,一步一步地往外面走去。一出得龙得云的办公室,她立即飞快地上气不接

第二十一章 证人失踪

······195

下气地奔到了楼顶的天台上。她蹲在地下，剧烈地抽动着瘦削的肩膀，双手捂住脸颊也挡不住泪水汹涌而出，迸飞在手指间，她哭得快要昏厥过去，仿佛遭遇到了一世的不平，她要将心中的痛苦倾泻殆尽。当然她的意识是清醒的，她努力克制着自己，不要让哭声惊动了外面的任何人。

等她轻松一些后，禁不住又想起那个奇葩的梦，感到梦嘛，毕竟是虚幻的，如果等同于现实生活就太幼稚可笑了。

第二十二章　冤家路窄

　　也不知过去了多长时间，大地变得朦朦胧胧的了，遥看城市，已是灯火一片，大街上车水马龙融入在灯海里。或者毋宁说是灯海在流动，在奔腾，在轻舞飞扬。苏锦心到底心里好受多了，她从坤包里抽出面巾纸将脸上，将眼睛里的泪痕擦拭干净了，正准备下楼时，手机突然响了。她一看来电显示，是个陌生的电话，想了想还是接听了，天哪！竟然是华诗辉打来的："苏记者，真对不起。"

　　苏锦心激动地问道："你换电话了？"

　　"嗯。我的手机……这个……算了以后再说吧。总之它已经掉了，害得我只得重新换一个。"

　　"哦。出了什么事？华诗辉，我感觉得出来，你是个非常守信用的人，究竟出了什么事？"

　　"听说明天上午继续开庭？那我明天一定去。真的对不起，在你们面前失信了，我感到良心有愧！"

　　"别这么说华诗辉，可能你遇到了不被别人一时理解的难处吧。你也不必过于自责了，我完全相信你。那好，明天我开车接你。"

　　"谢谢你苏记者，谢谢你善解人意！"

　　苏锦心到底有了些许宽慰。她心事重重地回到格子间办公区。时间都到了晚上7点多了，居然有许多记者还没有离去。刚刚还在议论得好不热闹的众人中有人一见苏锦心，赶紧用胳膊捅捅旁边的老兄，或用手指竖在嘴巴上。苏锦心自然明白这些动作的含意。果然一个个噤声不语了，都拿眼睛看着她。

　　苏锦心只当不知道大家正在议论自己似的，轻手轻脚地来到自己的办公桌前。坐下后就擦拭起照片相框里法拉奇的照片。她擦拭得是那么的虔诚那样的专心致志。不知是谁大喊一声："吃饭去哟，操那么多闲心有什么用？"众人哄的一声，就走了。

　　最后就只剩下苏锦心，哦，还有一个施蔚然与宋汝成。宋汝成坐在办公桌前没有动。施蔚然则走到苏锦心身边，用一种亲切得让人生疑的口吻说道："还没吃晚饭吧？走，姐姐我请客！"

　　宋汝成忍不住愤愤不平地说："听说鲁台不分青红皂白地把你批了一通？"

苏锦心不置可否地回答道："没什么。"

"有些人，哼！就是专欺负本本分分的老百姓。干脆一不做二不休，现在就找郭台去评评这个理。"

施蔚然发怒了，喝吼道："死胖子，你出什么馊主意？"

苏锦心摇摇头淡然地说："我已经为越级的事儿吃了大亏了，还不汲取教训，那我还活不活了？"

宋汝成仍然顽强地企图说服苏锦心："你刚才进来时，应当看到或听到大伙也在议论你哩。大多说你遭到批评是冤天枉地，为你打抱不平，你为什么就不能找找郭台呢？"

苏锦心知道他的出发点是好心。进入电视台这么些日子来，慢慢地她也不很单纯地看人与事了，必须加进自己的分析判断。不然真像俗话说的，别人把你卖了你还傻乎乎地帮别人数钱哩。如果自己真的找郭台，可以对证人没到场作一些解释以及自己遭到鲁台怎样严厉的批评，可是郭台那人的脾气一般人是难以招架的。如果他要找鲁台问个子丑寅卯，谁能保证二人不会吵起来？纵然鲁台不会与郭台闹腾起来，难道鲁台不知道是什么人在郭台面前告了状吗？他岂不可以报复这告状的人吗？苏锦心自然知道，如果这个官司最终打胜了，自己则不会背黑锅了，或者台里领导层有人称赞她是有功之臣，那么等待自己的则是辉煌的前途。而整天盼着升职的一些人哪个不是虎视眈眈觊觎着一个未知的好前景？就说施蔚然吧，表面看起来与自己好得像亲姐妹，实际上她时刻害怕自己跑到前头去了。苏锦心当然不能听从宋汝成的建议。

见苏锦心仍然不为所动，宋汝成着急地叫起来了："哎呀我的个傻妹妹，你不把问题反映上去，你就得当窦娥……"

那边施蔚然则学着宋汝成的招牌动作，打出了"默哀"的手势，嘴里也在斥责他："死胖子！你烦不烦哪，人家苏锦心既然不想喂肚子，想好好坐一会儿，你就别打扰她了。"

"那我们就先走了，走走走！蔚然，咱俩先去吃饭吧！"

施蔚然骂道："死胖子，你就知道吃吃吃，难怪胖得像猪。"

宋汝成憨厚地笑了说："我要做猪也只做瘦肉猪。"

一句话把施蔚然惹笑了，起身离去时，嘴里并没闲着，继续骂道："怎么着你也成不了瘦肉型的猪。"

一席话又触动了苏锦心的绵软而敏感的心肠。问题猪肉，害得我里外不是人。这新闻界竟是这般的波诡云谲。好像处处都隐藏着什么暗道机关，一不小心就会触碰上去，随时都会炸得你粉身碎骨。那么哪是我的安全岛呢？常谷川不是说不要这山望着那山高，回过头去，又觉得原先的那座山头高？

正当苏锦心这么翻江倒海地想着时，手就下意识地点击开了电脑上的视频播放器。视频那头竟然是商煜辉，他正守候在电脑前，好像专门等候着她一样。她惊讶了自己怎么就断不了与他的牵扯呢？此刻她最想听到她期盼已久的几句，不知他能不能如己所愿。于是她强撑着妩媚地一笑。商煜辉则笑得很爽朗说："你可知'清风明月休问价，卖与愁人值几钱'这两句诗吗？你望望你的窗外应当有明月吧？如果走出室外肯定也有清风，可惜你却珠泪涟涟，何来这多愁？"

苏锦心望望窗外，恰好见一轮刚刚爬上高楼的红月亮闪射着橘红色的光，不觉伴笑笑说："你是巫师，怎知我的窗外有月亮？"

"推断呀。今天是阴历初九，如果没有刮风下雨应当有我说的那两种自然现象出现吧。"

"可是我却并没有忧愁什么的，你别瞎说一气了。"

"你还想瞒过我？看你的眼角眉梢无不透着郁闷之气。怎么说没有烦心事呢？告诉我，又遇到什么堵心的事情了？"

苏锦心当着自己曾经的恋人——虽然现在有些陌生，有了严重的隔阂，却毕竟仍有几分情义在，自然不好隐瞒，说："都怪你当初要我去找什么台长惹的祸，至今后遗症都没有褪干净。"

商煜辉面无表情地说："你的顶头上司至今都耿耿于怀？那心胸也太狭隘了。现在应当条件成熟了吧，我明天就给你快递去留学手续。"

苏锦心知道商煜辉那里一切具备只欠东风了，而她希望听到的不是这个，便说："让我再想想吧！"

商煜辉果断地说道："别再考虑了！你的心智还不成熟，所以你目前还适应不了残酷的职场生活。或者说职场的纷争，说得刻薄一点叫作职场的战争更恰当些。"

"够了商煜辉！"苏锦心被激得愤怒了，差不多喊起来，"我怎么就心智不成熟了？就当我心智不成熟，我总不能逃避吧！总得投身到你所说的残酷的职场里去适应吧！我就不相信我永远都是个愁绪万千的小女子！"

商煜辉绷着脸说："法拉奇还在你的桌子旁边随时看着你呢！你对待前行中的问题究竟应该选择何种态度，最好问问她。她应当活在你心里准备着随时回答你的问题的。"

"她告诉我，人对环境有四种反应：第一是离开环境；第二是改变环境；第三是适应环境；第四是抱怨环境。对于前三种反应都有可能从中找到新的生机。如果选择第四种反应那就是死路一条了。"

"哈哈，"商煜辉差不多是揶揄地说道，"道理是不错的道理，可是凭空杜撰到法拉奇头上，就是对心中的偶像的亵渎。"

"不！首先你这种理解本身就是一种亵渎。她要是活着，我能够请教她的话，她一定会这样告诫我的！"

"嗬。看来你成熟了，悟出了职场的一些道道，并且你已经找到了如何解决前行中问题的最好的路径了。不谈这个了。快到意大利来吧！最好不要叫我发出最后通牒了！"

接着商煜辉勉强地笑着望着她说："你还想向我说些什么呢？倒是我想对你说，我的亲，关于颐和园你的固执……"

他终于说出了她最期盼的事情上："那叫固执吗？"她盼望听他亲口说，我服了你了。我错了……

可是接下来商煜辉却如此这般地说道："我恳切地请求你收回颐和园的想法与做法……"

苏锦心差点叫起来："闹了半天，你前面的谈话都是铺垫……"她心潮起伏，她曾经日思夜想，盼望他主动来个电话，轻轻地说声"对不起，我没有尊重你"。那么一切都风云流散。可是他却要求自己放下尊严，抛弃深入骨髓的梦想向他认错，他真正是太不了解她了。

"应当收回的是你与你父亲的毫无原则毫无底线的要求。"苏锦心有些失控地喊一样对曾经誓言地久天长相爱的恋人说道。

商煜辉冷冷地笑了笑，说："你真狠心，曾经的海誓山盟曾经的刻骨铭心，爱到江水为竭的真情眼看着一江春水向东流？你知道吗？我俩颐和园的相会，我父亲当晚听了我的汇报后，明确表示我们的家庭不能接纳一个六亲不认的女孩做儿媳妇……"

"这，我不感到奇怪，问题是你的真实态度真实想法！我在乎的是这个。"

"我不能背叛我的家庭。我爸爸只有我一个儿子。"

"何必说得这么冠冕堂皇呢？归根结底你舍不得富二代的身份吧？我们不是生活在世外桃源，我能理解。我们只能分道扬镳了！"

苏锦心飞快地说完这些，叭地将播放器关上了。她害怕自己软下心来。她后悔自己怎么这般没出息，竟然瞎了眼，乱了心智，找到了他！如果再主动找他丢人现眼，你干脆跳楼算了！

不迟不早，宋汝成与施蔚然相跟着进来了。宋汝成提着个塑料袋，里面装着一份盒饭，说："苏锦心，我们给你带了一份回来，给。"

苏锦心很是感动，正要接过来，无意间发现了一个小细节，施蔚然狠狠地在宋汝成的腰里杵了一下。宋汝成连忙改口说道："是施蔚然要我给你买的。"苏锦心哪里知道，刚才宋汝成与施蔚然吃过后，宋汝成说："给苏锦心带一份回去吧。"居然惹得施蔚然老大的不高兴说："她都快成了大小姐了，还要你去献殷勤？"宋汝成憨厚地说："人家一个刚从大学毕业进台里来的学生，又是与我们同在一个单位共事。今天二审官司她负责的证人没有到场，被鲁台狠狠地批了一通，心里该有多难过。我们给她带回去一份饭菜虽然算不得什么，却能在她心里产生温馨的感觉。何乐而不为呢？"

施蔚然到底觉得苏锦心对自己一直都很尊重，施放出许多善意的行止，想了想就说："好吧。"

对于施蔚然的小动作，苏锦心哪有看不懂的。她觉得这位同行身上有股子说不出的东西，她有时候就像个知心姐姐，有时又像个随时都在暗算你的人。好起来的时候，好像把心都能交给你，狠起来的时候，恨不得一刀劈了你，你很难与她达成真正的沟通。她绝对不会向你说心里话，总是用一种很亲切的表象将真实的内心包装起来。

苏锦心如今也已经学会了与一些人打交道了。

她接过饭盒说："这恐怕都是施姐的好心，宋老师也按照施姐的盼咐做了一个顺手人情吧。"几句话说得施蔚然很开心地笑起来。

苏锦心吃过饭后便将饭盒拿到垃圾桶去。刚刚把手洗过后，华颜杰来电话了，说："郭台说，明天开庭的证人还得你去请。接送与出庭做证等关键环节你全权负责。"

苏锦心不敢相信自己的耳朵，说："还交给我？华老师你没有搞错吧？"

"没有。这是龙总监受领的任务哩。听龙总监说，这是鲁台布置下来的。鲁台说这是郭台的意见。是按组织程序层层传达的，还能有错。并且我刚才还遇见了鲁台，问是不是属实？他恼火地说：'你告诉苏锦心，如果再出现差错，后果她自己去想想吧。'"

苏锦心眼泪都差点流出来了。这说明台里还是相信自己的，并没有对自己失望，从郭台、龙总监到华老师都并没有因为今天庭审出了乱子就对她有了不好的看法。虽然鲁台言语中透着威胁与恐吓，但也是没办法的事情。她也不知道是哪儿得罪了鲁台？真是因为那次越级行动吗？如果是，鲁台也太小心眼了。她从来都是很尊敬鲁台的呀。唉，在一个单位里，如果能够与所有的人都处理好关系，自然是件再好不过的事情，但是人毕竟生活在滚滚红尘中，各人都是有血有肉有情感有思想的人，哪怕一件无意间的小事就将人得罪了，而你并不知道。正像常谷川说的，哪儿都是一个样子，千万别因为一时的挫折或遭人冷落而放弃自己，看扁自己，只要自己不垮下去，那么谁也没法将你打垮。打垮你的往往是你自己。只要你在努力改变自己，发展自己，你人生的旅途就会生机无限。她想通了这层道理顿觉天高地迥，心旷而神怡。

苏锦心立即给华诗辉打了一个电话，告诉他明天她去车接他。"你就在研究生院门前等着我吧！"

"不！到我表哥家门前吧！我的手机今天是接你的最后一个电话，马上就关机了。我必须要在一些人那里消失掉！"

"好的！"她激动地答应着。她明白他为何这么安排了，她相信华诗辉的为人，她相信他的诚信正直与信守诺言的品格。今天他之所以爽约了，肯定有他不为外人所知的原因。他恐怕也在心里懊悔哩。对这样的人，你还有什么可怀疑的？如果喋喋不休叮嘱这交代那，就是对人的不尊重。给华诗辉打罢电话，她又立即给行政办公室打电话请他们明天派车。

这刻儿，南源大学王教授家里正发生着激烈的争吵。

王教授看到儿子好像总也抬不起头来的样子，就生气，忍不住斥问道："你怎么整天像掉了魂似的？有什么心事总不能老装在心里吧。能不能告诉我？"夫人晚饭后串门去了，家里只留下父子俩，他可以毫无顾忌地发作一通。

王逸晨埋下头小声嘀咕说："记者真不是人干的活，一年到头都是五加二白加黑，哪天都忙到两头见星星。我哪能有那么多欢声笑语呀？工作压力快要将人压扁了。"

"你说你忙，可是我在电视上怎么很少看到你采拍的新闻呢？倒是那个叫苏锦心的女孩子采访了好些轰动性的作品问世。"

王逸晨不服气地反驳说："那条如今走红网络的打工仔考上研究生的新闻，其实我也可以做好它的。可你偏偏向苏锦心报料。为啥不让我来做这条新闻？"

"少跟我啰唆！"王教授发火了，"那条新闻必得苏锦心那样的记者才能挖掘出它的价值来，你整天魂不守舍的，我怕一条好新闻叫你给糟蹋了。"

"你这是胳膊肘朝外拐。天底下真少见你这种做爸爸的！"

王教授气得腾地从沙发上跳了起来，扬起手就要揍他个臭小子。王逸晨急忙躲避，嘴里还不住地还击："亏你还是教授，还带硕士研究生，就凭这一点你就不够格。"

王教授其实也不是真想打他，只是恨铁不成钢地做个凶狠的姿态给儿子看，他不满意儿子现在的精神状态。他追着儿子要给点厉害让他尝尝，这样父子俩一个在前面跑一个在后面追。如果夫人在家准保笑得前仰后合。正在这时，突然响起门铃声，叮咚叮咚得好不悦耳。王教授示意儿子开门去。

王逸晨拉开门，门里门外的人都大吃一惊，几乎同时发出一声讶然的惊呼："你？"

原来来人竟是茂达超市的总经理王如瑾。

"你来我家干什么？你摸错门了吧？"王逸晨不客气地说。

"哦。这就巧了，想不到你竟是王教授的儿子。哈哈……"王如瑾笑得太过夸张，"这说明你我有缘分嘛，在采访茂达时咱俩还哥们儿似的交往过，怎么一忽儿就不给个面子了？"

王逸晨生气地一摔门跑了出去。

留在里面的王如瑾倒不显得尴尬，而是冲着王教授笑得亲如家人。

"王教授，我冒昧地擅闯贵府了。"王如瑾落落大方地表示出做晚生的谦逊，"我没有事先与您约定就撞了进来，您不会见怪吧？"

"请坐吧。"王教授虽然很恼火一个素不相识的人擅自摸到家里来，但做人的礼节不能不要。

"谢谢。"王如瑾很坦然地坐到了沙发上，嘴里也没忘记送出谦恭的话语，"在电视上一睹您的风采，真佩服您的睿智与犀利，和对于事实鞭辟入里的指陈。"

"你说了这么多的恭维话，可是我连你是谁都没有弄清楚。"王教授自己并不坐，"那么请问你是？"

王如瑾赶紧双手呈送一张精致的名片说："这上面都介绍得很清楚了。想必您知道我不是个莽撞之人了。"

"哦。闹了半天原来是茂达超市的王总经理，贵客嘛。"王教授笑着悠悠地踱着步子，"只是不知你找我这个不大愿意与外界打交道的人来究竟为了什么事情？"

"王教授德高望重。我作为小字辈贸然闯来是有点不大通情理，"王如瑾谦恭地说，"可是不来我又心有不甘。"

"究竟为了什么事情，说吧，能帮忙的肯定帮，帮不上的那就请你原谅了。"

"华诗辉这小伙子如今考上了贵校，成为了您的研究生，这当然是他个人勤奋的结果，也是我们茂达超市的光荣。他在茂达打工的时候，我就看出来了他将来定会成为一个人才，所以立马给他调换工作岗位，名义上是到办公室打打杂，实则是给他创造相对宽松的学习环境。专门给了他一个单间，好让他好好复习，别人坐班制的人走了，他还可以在里头专心致志地钻研他的功课。"

"王总还真是个富有爱心的好老板。在物欲横流，人人为金钱可以不顾礼义

第二十二章 冤家路窄

廉耻的今天，这种老板算得上是有良心有爱心的好老板。难怪他接受采访时，由衷地对记者说了许多对你感恩戴德的话。一口一个我们的老总如何如何对他好，如何如何对他关怀备至，看来这是个懂得感恩的孩子，真不简单，王老板能对农民工做到这样真不简单。"

"您过奖了。"

"噢，说了半天，你找我究竟为了何事呀？难不成是专门来聊天的吗？"

"当然不是。我找到研究生院，想找到华诗辉，可是楼上楼下地找了好几遍都寻他不着。"

"他的手机关机了吗？"

"是的。"王如瑾字斟句酌地说道，"我希望您能告诉我，他会到哪儿去了？您是他的导师，可能知道吧？"

"这个我可不知道。"王教授考虑了片刻，继续说道，"你有什么急事吗？"

"是有点急事要找到他，请您帮助成全一下吧。"

"如果你现在急着要找到他，我可办不到，晚上学生外出一般是用不着请假的。那么你能不能将你的急事告诉我，明天我转告他？"

"这个……"王如瑾一副犹豫状，到底鼓足勇气说了出来，"明天我们超市与南源电视台有一场官司要开庭了，他可能作为证人出庭做证。"

王教授似乎明白了说："你是害怕他说出不利于茂达的证据来是吗？"

"这件事情很复杂，他只是站在当时他那个角度看问题，可能看得不太准确……"

"那么你需要他怎么说呢？"王教授也不怕客人尴尬，直截了当地问道。

王如瑾也顾不得那么多了，说道："既然他对整个事件过程只不过看到了一个片面或局部，我希望他不必出庭。"

"出庭做证是法律赋予每个公民的权利与义务。如果他知道那个你所说的片面也好局部也好，他都有责任出庭做证。法官也长着一副会分析判断的头脑，绝不会偏听偏信的。"

"嗯，"王如瑾脑筋急转弯地想辙以达到此行的终极目的，"话虽如您所说，可是中间的变数谁能说得清楚呢？"

"我就不明白了，"王教授停住踱步说，"你既然有恩于他，他到庭做证，一般来说应当有利于你呀，你还担心什么呢？一般人恐怕求之不得哩！"

"这……"王如瑾揣摸了半晌不得不说道，"问题如果如您所说的这么简单的话，我也不来找您了。"

"那么复杂到哪个程度呢？"

"这个……三言两语说不清楚……我找到您的府上来，一来希望知道他人会在哪儿，二来是希望您能够叫他明天开庭时不要到庭就行了。譬如安排他到哪个大城市去搜集有关资料——随便找个由头打发他外出都行。我也是懂得感恩的，我会对您感激不尽的。"说着王如瑾拿出一张支票来，"这算我们超市给您个人的教学赞助费吧。"

王教授似乎很感兴趣地走过去，拿起支票仔细地看起来，然后将支票往王如瑾面前的茶几上一扔说："出手很大方嘛，八万元哩。这相当于一个农民工四五年打工的总收入。王总真是慷慨呀。"

"王教授若是能成全一下，我们超市还会表示心意的。"

"绕了这么多弯子就是要想办法叫华诗辉不要到庭做证，我说的对吧？"王教授已经沉下脸来。

王如瑾硬挺着赔着干笑说："您硬要这么理解未尝不可。"

"这么说这个华诗辉如果到庭做证了，那么你们的官司就输定了，可以这么理解吗？"

王如瑾窘迫地搓着手，说："王教授，我们经商的也是一碗不好吃的饭，也要历经九九八十一难。一个商业品牌树起来不易，垮下去却如浪推沙……"

"不用说了！"王教授突然愤怒了，戳指着他说道："这个你给我快拿走！你们为什么自己不像爱护眼珠一样爱护自己的品牌呢？为什么自己兴风作浪硬要将它推向大海深处淹死呢？归根结底责任全在于你们自己！"

王如瑾还想作挽回的努力，王教授却一把抓过那张支票朝他手里一塞，寒气逼人地吼道："跟我来这一套，你算打错了算盘！"

想不到王如瑾冷笑一声道："您儿子却比您通情达理多了，他到我们茂达去采访，他帮了我们公司不少的忙。"

这一说倒把王教授给说愣了，那塞给王如瑾的动作不觉迟缓了稍许。

"王教授，您看着办吧，您儿子的事我不会说出去的。亦如我赞助您的这点小意思一样，我绝对守口如瓶！"说完，王如瑾迅疾地拉开门逃也似的跑了。

青春因梦想而绚丽

第二十三章 二审风云

就在王如瑾与王一帆费尽口舌对阵时，院子外王如瑾停车的地方竟然有人正在发生激烈的争吵。

原来王逸晨从家里跑出来后就想回到台里去，随便找个单身汉挤一挤凑合一个晚上算了，这个家他真的不想待了。爸爸老是阴沉着个脸，除了教训还是教训，他受不了这个。他出得小区大院，皎洁的月光下，他一眼瞥见外面不远处居然停着一辆宝马轿车，再一细看，在车旁还徘徊着一名身材高挑的女孩。那女孩无论从轮廓上看还是神韵上看，当是一个妖娆妩媚的美女。他不禁心里一跳，立即他认出了那美女是何人，憋在心里的气就砰地爆炸了。他当然不好冲上去扭住她狠命地打她，骂她。但毕竟有气还是要出的，在路过那辆车子时，他恨恨地飞起一脚踢了过去，骂道："谁这么缺德，把车子这么停！好狗不挡道，这么挡着，别人咋出入？"

想不到那女孩也不是省油的灯，回击道："你骂谁？这么停有什么不可以的？挡住你什么了？你不会从侧旁绕过去？"

"这么说你是这车的主人喽。"王逸晨讥讽地一笑说，"能买得起这么高级轿车的身家起码在千万元以上，你的底子我还不清楚，你把自己炸成油恐怕也办不到吧？所以我骂车子你大可不必帮它的主人说话。"

"王逸晨，你不要含沙射影地骂人，都怪你自己不争气……"

"梅梦嘉，我再怎么争气也争不来这千万的家产呀。你有本事傍上大款当然是你的福气，可是我不佩服。不光我不佩服，恐怕全台好多人都耻笑哩。"

梅梦嘉气得满脸通红。当二审推迟于明天再审时，王如瑾怎么也没法联系上华诗辉，急得快要发疯了，到底从她那儿弄清楚了华诗辉就是王教授的学生，急得热锅上的蚂蚁一般的他如获至宝。突然想到怎么不找找王教授呢，便在几经犹豫中终于下定决心去会会王教授，于是他请梅梦嘉带路。坐进到他的车上，她提出我只给你指指哪栋楼哪个单元哪一间就行了，我是不会进去的，你把车子停在小区外面，我守车就行了。王如瑾连说好好好。哪知王如瑾一去竟然漫长得了得，她耐不住寂寞，索性拉开车门围绕着车子踱着碎步。真是冤家路窄，哪想到，竟会遇到昔日的恋人。

"你当然不会佩服我,只有羡慕妒嫉恨,因为我比你干得好。怪只怪你不争气。你又何必把火发到我的身上？"

"梅梦嘉!"王逸晨终于找到了这些日子来,郁积在胸的苦闷发泄的出口了,不觉提高嗓门吼一样说道,"亏你说这话不脸红,你知道台里的编辑记者是怎么评价你的吗？汉奸卖国贼！还有,心甘情愿地让人给包了,还有比这更难听的话都有几箩筐,我就不说了。我要说的是像你这种人也好意思说比我干得好。恐怕是卖得好吧？卖萌啦卖情报啦,真是不知天下有羞耻二字！"

幸好时间是在晚上,家家户户都少有人出来走动,不然肯定会围上一大堆人看热闹,那要弄得人多么尴尬！二人这么吵着时,王如瑾的身影终于出现了。

"哟,这不是王记者么？"王如瑾故作轻松地叫道,"想不到我们在这儿见面了！"

王逸晨瞟了王如瑾一眼,冷冷地说道:"刚才不是在我家见面了么？你找我父亲究竟为的什么事？"

"这个你待会儿回家就知道了。"王如瑾似乎挺大度地一笑说,"自从你到我们茂达采访以来,我们一直合作得都非常愉快,我希望这种局面能够继续下去。"

王逸晨恨恨地瞪了他几眼硬邦邦地说道:"鬼才跟你合作,我只是走神冲掉了镜头,至今我都有一种负罪感。"

"社会嘛,区区小事一桩还值得记挂在心里头。"

当初王逸晨与苏锦心、常谷川一行赶到茂达超市采访后,回到台里,一个人正在看刚刚从茂达拍摄回来的素材带时,梅梦嘉竟不迟不早,阴魂一样出现在了他身后……他想起他与她的过往,一走神,关键的镜头就没了。

想不到事情竟闹到对簿公堂的地步,他后悔啊。真是掏尽三江水也洗不净满面羞啊。自那时起他最恨的就是两个魔鬼:一个死死攥住他的把柄的王如瑾——王如瑾一口一个合作,仿佛他是王如瑾同伙一样。一个就是出卖情报的姓梅的女巫。

这刻儿,听了王如瑾的话,王逸晨转身就往电视台方向匆匆奔去。后面王如瑾的声音还是追赶了上来:"王记者,明天法庭上就要见分晓了,你最好赶紧回家劝劝你爸爸,别像传说中的知识分子那副德行,别太清高,别太死心眼,顺从大流,人就活得舒心多了。明天如果官司朝着不利于我茂达的方向发展,我可就不管不顾了！当说的不当说的我可能通通都得说出来！"

这些话叫王逸晨心惊肉跳,他不由得停留了一瞬,最后狠了狠心,还是大步地向电视台的方向跑了。

第二天上午9点钟，法庭正式开庭了。法庭上弥漫着一种紧张的气氛，当然首先来自南源电视台的那一方。除了当事人——前往茂达超市采访的两名记者外，还来了许多旁听的编辑记者。法人代表郭海山自然到庭。这些人都捏着一把汗，胜负全在这一搏了。如果官司失败了，电视台的名声怎么说都要受到极大的损害。对方便会发动一切攻势，把南源电视台涂抹得一塌糊涂，单就一个南源电视台记者为了制造轰动效应，哗众取宠，蛊惑人心，有意编造假新闻这一条就叫人抬不起头来。再看看王如瑾，好像也有些隐隐的担心。他担心什么呢？

在众人这么猜度中，法槌一响，法庭正式开庭了。审判长声音洪亮地说道："继续昨天的审判。现在仍然进行庭审调查。上诉方言之凿凿地说那块保存着的问题猪肉就是茂达超市售卖的，谁能证明其真假？昨天本庭审理到这儿时，上诉方的证人没有到庭，那么现在能不能到庭？如果今天仍然没法到庭，那么本庭就视为上诉方放弃举证权利。"

此言一出，整个审判大厅开始小小地骚动起来，上诉方与被上诉方都神色大变。拖了这么久，闹得沸沸扬扬的问题猪肉新闻真假一说就要揭开谜底了。谁胜谁负，立马就要见分晓了。结果一出来，各家媒体就会铺天盖地地将其爆炒得神鬼皆知。被上诉方如果最终败诉了，那么等待它的将是世纪的末日，声名狼藉一败涂地，总部追查起来，他王如瑾还在原位置上待得住吗？想到这儿，王如瑾背上沁出了涔涔的冷汗，但愿华诗辉被王教授安排到外地出差去了，但愿华诗辉还念旧日的恩情，即使出庭做证也不忍心伤害昔日的恩人。

上诉方虽然心里有底，这场官司可能会扭转一审的败局，还原事件的本来面目，最终判自己一个"胜"字。那么电视台作为媒体的公信力就会借势提高，就能鼓舞士气。如果失败了，那么后果就不堪设想了。如今人们似乎对新闻单位出新闻特别感兴趣，只要一出，就会投入巨大的热情去关注去评说去抨击，网上肯定铺天盖地一边倒地谴责谩骂。甚至年终必定排列出什么十大假新闻。那么南源电视台就会大伤元气，观众谁还会相信南源电视台呢？

法人代表郭海山人虽然表面冷静地坐在上诉方席位上，心却始终在这上头萦绕不去。尽管他相信苏锦心做事稳当，是个优秀新闻记者的样儿，甚至有点大新闻记者的范儿，但他仍然有几分担心。即便是华诗辉愿意出庭做证，谁能说得清楚这中间究竟有几多变数呢？最后结果出来之前，一切猜测预测推断都是靠不住的。听到审判长发问，他满怀信心地答道："能够到庭做证！"

"好！传证人到庭！"

随着审判长果断地一声喝喊，法庭里所有的人都刷地将目光转往通向证人席的审判庭侧旁的小门。只见门开处，从外间缓步走进来一个身子单薄，显得分外清秀的年轻人来。此人就是对今天案子胜败起着决定性作用的华诗辉。

　　华诗辉的步履是沉重的，心情亦是沉重的。昨天他被自己一向敬重的王总邀请去吃饭喝酒，尽管他想着自己不应当在此时赴宴的，可是怎么好意思拂了王总的一片真诚？尤其当他想到还有四五个小时就要出庭做证，明显地触到茂达的痛处，必定会惹得王总极大的愤怒，真个是应邀难，不应邀亦难，最后还是硬着头皮去了。哪知自己竟被茂达的同事们灌醉了，灌到梦乡里去了。待到自己醒过来，他惊讶地发现自己竟然睡在那家酒楼宽大的席梦思上。再一看表，天哪，时间都过去四五个小时了，这就是说他爽约了，失信于人了。他多么懊悔啊！立世为人，必先有信而后求能。失信于人，今后还怎么与人相处？他心里异常清楚，这是王总有意做的圈套，他不禁有些悲哀，那么豪爽慷慨的人也会使出这种小伎俩。王总做出这种事情来，时耶势耶？还是——人是个多面体有血有肉的万物之灵，在利与害面前必有所动？

　　现在华诗辉管不了那么多了，当他按照法警要求走上证人席，刚一站定，审判长就按照程序提问了一长串相关问题，诸如姓名、籍贯、职业等等，他都据实一一作答了。

　　"你能保证如下作答都属实吗？"审判长盯着问道。

　　"我以人格和做人的良知担保，如实回答审判长提出的问题，如果我知道的话。"华诗辉理直气壮地回答道。

　　"好。第一个问题，四个月前，茂达超市有人往南源电视台打电话报料，检举揭发该超市售卖问题猪肉，这个电话是不是你打的？"审判长这一问把整个审判庭都弄得肃静下来。

　　"是我打给电视台的。因为我觉得国家三令五申，一定要保证人民群众吃上放心安全的食品，并且把这个问题提到民族大义的高度。作为一个公民，我觉得我有责任有义务制止这种行径。那些天我好痛苦好矛盾好犹豫，因为王总待我不薄。我叩问我自己的良心：我这是不是恩将仇报……"

　　审判长打断他的话说道："你只回答'是'与'不是'就行了，不必作过多的阐述！"

　　王如瑾急得忍不住大叫起来，"他在哗众取宠！华诗辉当时是一个普通的办公室的工作人员，超市销售的事情他根本就不知道，他完全是凭自己的主观臆断得出的结论！"

　　咚的一声，审判长将法槌砸在桌子上，警告道："没有得到本审判长批准，法庭上任何人不得插话！华诗辉，本庭向你提出第二个问题。"扭过头去对法警说道："取出证据来。"

一个大个子法警从临时搬来的小冰柜里取出一个塑料袋来。里面包裹着一块沾满如同白霜粉末的东西。法警按吩咐送到了华诗辉的手里。审判长问道:"证人华诗辉,你手里的这块冷藏过的猪肉,请你好好辨认一下,是不是南源电视台记者前去采拍时,被拥挤推拉掉的那块问题猪肉?"

华诗辉仔细地翻看了一会儿,轻轻地摩挲着,待上面的霜粒融化了,露出了本来面目,这才肯定地点头说道:"这正是我保存在我表哥家冰箱里的那块猪肉。当时我就意识到它今后可能会当作证据……"

"好了!证人不必细说了。"审判长宣判似的说道,"对于证人所说的两件证据,本庭予以采信。物证本庭已于昨天请食品卫生鉴定所检测过,它正是苯乙醇胺A喂养出来的猪肉。这里有鉴定结果!"审判长转过头去问王如瑾:"被上诉人,现在你有什么话要说与本庭知道的?"

王如瑾已经明了官司彻底败诉了,他此刻真有点气急败坏。他既恨华诗辉忘恩负义背叛自己,又为王教授不守诚信而痛恨。昨晚明明收下了我8万元的支票,怎么就没有一点效果呢?想到这一层,他失控地大声说道:"我当然有话要说!"他嗵地站了起来——本来他可以不必站起来的,但他控制不住自己,只有站起来,才能痛痛快快地将胸中的烈焰喷吐出来:"我要说的是,现在经商如同上了战场一样,虽然没有枪林弹雨,没有血雨腥风,没有刀光剑影,没有成片的活生生的生命倒在血泊中,可是那种你争我斗的残酷程度一点儿也不亚于真枪实弹的战场。你要生存要发展,你就得绞尽脑汁想辙设计战胜对手,不然你就可能被对手打败,你就死定了。谁愿干一些出格的事情?这都是被严酷的现实逼迫的。"他滔滔滚滚地倾泻到这里,突然觉得不能就这么便宜了王家父子俩,特别是那个老狐狸王教授,你要么不收我的钱,既然收了就得为人消灾。你做得了初一,我难道做不出十五吗?"远的不说了,就说为了今天庭审的胜利,我也干过法律不允许的勾当。我曾给人送出过8万元钱。当然法律要追究我的刑事责任,我豁出去了。什么知识分子的良知与社会责任感?谁相信谁就是王八蛋!"

法庭的所有人都不知他所云何事,但知道他一定有所指,一个个定定地望着他,连审判长也都禁不住惊异地盯着他。一时竟忘了应当打断拦阻这些与本案不相关的胡言乱语。

这时谁也没有想到,坐在旁听席上的王逸晨却满脸通红地站了起来,手抖抖地将一张收据高扬起来,因激动有些结巴地说道:"王总你……你……你不要诽谤我父亲了,他……他……他已经将你的8万元交给了南源大学校纪委,这是校纪委的收据……"很快有人将那张收据击鼓传花似的传到了王如瑾的手里。王如瑾大吃一惊,仔细看了两眼,见上面写着"今收到王一帆上交的茂达超市的好

第二十三章 二审风云

211

处费8万元整"的字样，他顿时像鼓足了气的皮球被戳了个洞一样，愣愣地盯着那张收据半天说不出话来。尤其令他想不到的是王教授还是照顾了他的面子，只是要校纪委写个"好处费"，而没有写上"行贿"的字样。只是如今在气头上的他，为了最后捞一根稻草，鼓足勇气，继续发泄似的揭发道："你南源电视台就那么干净吗？"

审判长大概是个颇有人情味的人，他知道官司失败了的人的心理，可以留点时间让他发一通牢骚未尝不可。便一边收拾面前的各种文字材料，一边听着败诉一方噼里啪拉发出的怨尤。

王逸晨害怕王如瑾毫不客气地将他钉到耻辱柱上。他头上开始冒虚汗了。如果王如瑾说了出来，他王逸晨顶多受个处分或者被台里开除，无论哪种结果，那么他就再也不会有这种时时刻刻有道阴影似的罩在自己的头上，重石一样压在心里头。他需要轻松，他需要获得解脱。

一旁的苏锦心将王逸晨的神情看在了眼里，她于是缓缓地站了起来，亦如王逸晨刚才一样，从坤包里摸出一张收据来，声声慢地说道："请王总不要将脏水泼到南源电视台头上。我要说的是我们电视台记者都是好样的，绝不会如你所说的糟糕得一塌糊涂。我们将拍摄这条新闻的部分奖金邮寄给了市慈善分会了。要不要看看——这就是邮局的收据。当然你也可以到慈善分会去查询一下。"

王如瑾瞪大了眼睛。他万万没有想到，当他特别需要抓住谁的把柄当庭痛快淋漓地发泄一通时，都叫对手——迎头痛击得粉身碎骨。他气得一拳砸在自己的大腿上，仇恨而痛苦地闭上了眼睛。

这一切，都叫华诗辉看在了眼里。他心潮起伏，晶莹的泪水慢慢溢满了眼眶。

审判长郑重宣布："上诉方与被上诉方是否愿意庭下合解？本庭衷心希望看到你们走到一起握手言欢，一笑泯恩仇的情景。"

上诉方的法人代表郭海山立即召集本案的当事人、辩护律师、苏锦心与王逸晨到一旁商量共同的意见。"我们还需要坚持原来的诉求吗？"

律师笑笑说："南源电视台胜局在握了，最大的诉求达成了。余下的你们看着办吧！"

苏锦心胸脯起伏，静默了几秒钟，在郭海山两眼的敦促下，她说道："如果硬要我说个意见的话，我觉得只要他们改过自新，不再售卖有害人民群众身体健康的食品就可以了。其余的诸如公开赔礼道歉，上诉费用都可以免掉。"

郭海山惊讶地忙问道："有什么理由吗？"

苏锦心低下头去，谨言慎语地说："在这上头我们可以大度一些，不必穷追不舍，譬如官司虽然胜了，我想最好不要当作特大新闻在电视上大肆炒作它，发个简讯就可以了。只不过给一直关注案子的观众有个交代。我们得理要让人，不能运用手里的工具闹得天下无人不识君的地步，要给人留个面子。特别是证人华诗辉担当了多大的道义上的重负，我们要体谅他，不然他会很失望的。"

郭海山连连点头，然后问王逸晨道："你说呢王逸晨？"

王逸晨避开郭海山探询的目光，闷声闷气地说："我同意苏锦心的意见。"

另一边，华诗辉已经走到王如瑾的跟前，就像当初在他手下打工时一样毕恭毕敬地说道："王总，实在对不起，我有负于你。你的恩德……"

王如瑾愤怒地低声吼道："别跟我猫哭老鼠了。既然知道我有恩于你，你为什么还要这么做？一个不懂得感恩的人，与禽兽何异！"

华诗辉满眼噙着泪水，颤声说道："王总，你怎么骂都有理。可是我要说，做人要有底线。古人云：'不以私爱害公义'。自从南源电视台请我出庭做证这些时日来，我无时无刻不在良心煎熬中度过。如果我不出庭说出真相，我必定一辈子都有负罪感，那如山一样沉重的罪恶感会折磨得我寝食难安的。当庭说出了真相，我的良心亦感到仍处于折磨中。可是两下一比较，我觉得有负于你的只是私恩私谊，我还年轻，今后有的是时间报答于你。总之请你原谅。"华诗辉恭恭敬敬地朝王如瑾鞠了一个躬，然后捂面悄悄地走到一旁，向隅而悲。

这一切郭海山都看在了眼里，感慨万端地说道："好！苏锦心说得对。庭审过后苏锦心与王逸晨请华诗辉吃个饭。钱我出。另外看他学习中有什么困难没有？我们应当对这种大义灭私的人以帮助。"

当审判长询问双方有没有和解的意向时，郭海山慷慨大义地说道："我台不需要茂达超市公开赔礼道歉。只要他承诺从今以后再不要犯同样性质的错误就行了。"

审判长于是转问王如瑾道："被上诉方的意见呢？"

王如瑾恨声恨气地说道："你们判吧！"

当审判长宣布庭审结束的话音刚落，王如瑾气冲冲地起身而去。在经过苏锦心身边时，他恶狠狠地骂道："算你狠！我们之间并没有完。你等着吧！"

苏锦心淡然一笑说："好的王总，我衷心盼望你心态放平和些，在经商与做人的原则上，都得要把握好道德底线，在前行的路上一路走好。否则一失足成千古恨！悔之晚矣。"

离开法庭回台时，台长郭海山喊住苏锦心与王逸晨说："你俩坐我的车回去吧。"

苏锦心感激地微笑了一下说："王逸晨说有事要与我在路上谈。"

很少开玩笑的郭海山善解人意地幽了一默说："还怕我听到呀？好吧。你俩尽情地私聊吧。"

　　坐进的士往台里开去时，王逸晨仍是满腹心事地问道："苏锦心，你替我圆了场，谢谢。唉，我现在才懂得心底无私天地宽，睡觉直到大天明的道理。"

　　苏锦心此刻真想大哭一场。可是当着王逸晨与的士师傅的面，她哪好意思抛洒眼泪？再说王逸晨已经为这个背负了沉重的十字架，刚刚有了赎罪感，灵魂有了一丝轻松。于是强颜笑道："其实你大可不必为那件事情备受煎熬的，这个新闻当时台里给我们的奖金，你那部分已经捐献出去，岂不是减少了心灵的许多重负？"

　　王逸晨叹了一口气，感慨地说："也怪我一时疏忽，总是困在一个牢笼里出不来。难怪西方人需要神父的，当芸芸众生有了心灵的渴求，他就可以向神父去倾诉，那么他才能减轻心理负担，他的灵魂才会得到救赎。这钱我会还给你的。"

　　"还我什么钱？"苏锦心微微一笑说，"你咋忘了，你不是还有奖金在我手里么？当初台里奖的五千元，我请栏目组的同事吃饭，执意要给你一千元——本来这是你应当分得的。常谷川不像你，干脆利落得很，很坦然地就收下了。你怎么当初就高低不肯要呢？哦，当初你不是说把它捐出去么，我捐了慈善组织应当说就是你的意志。"

　　"唉，当时我不要，是因为我心里有愧，觉得我不配。"

　　"我当时就明白了你的心里有了阴影，如今再不要执迷不悟了吧。其实心理的牢笼都是自己锻造的，你要是换个角度去思考，不就找到心灵的出口了吗？"一句话说得王逸晨点头有了笑意。这在苏锦心看来，好像很久很久以前的那个王逸晨又回来了。她分外高兴，说："心底敞亮了这就好，准备迎接新的重大的战斗吧！"她想到了如今还在危害人民群众的用苯乙醇胺A喂养猪肉的深层的线索。那是她在赵大爷家里做客时，秘密访察亲眼所见的。只要紧追不舍，追根溯源，说不定就能找寻到它的源头。岂不是为人民除了一个祸害？想到这儿，她有了一种紧迫感与使命感。

　　王逸晨现在对苏锦心打心眼里感激与佩服，愉快地说："我太高兴跟着你前行了，你指哪儿我保证打到哪儿！绝对不辱使命！"

第二十四章　即将出击

第二天一上班，苏锦心正准备到设备库申领摄像机时，不巧遇到了匆匆路过的播音员梅梦嘉。她正想与梅梦嘉打个招呼，没料到梅梦嘉瞟了她一眼，那眼里就有了冷漠的成分。苏锦心并没有减去半分热情，说："梦嘉，好久没有与你单独坐坐了，啥时我们聚一聚？"

梅梦嘉鼻子一哼说："你还看得起我这个小小的草根阶层？"

真是无头无脑的，怎么一脸的不屑，满面的愠恼？自己并没有得罪她呀！苏锦心一下子被罩进了十八重迷雾里，眼看着梅梦嘉风摆杨柳一点点地远去了，苏锦心仍是迷惑不解。梅梦嘉当初因茂达超市的官司一审台里败诉了，她生怕自己说出她从磁带库私自借出那条新闻带，替茂达超市复制了一份的事实。那时，台长郭海山在追查台里究竟是什么人吃里扒外。她怕闹得郭海山知道了，而宴请自己，求祈为她严守秘密，那时是何等的谦虚谨慎？假如当初有人起哄要她喊自己为姑奶奶恐怕她都放得下身段，现在怎么翻脸不认人了呢？莫非因为自己作为二审当事人之一，终于找到了极具社会良知与责任感的华诗辉出庭做证，终于获得了最终胜利，而使王如瑾遭到了惨重的打击？嗯，恐怕茂达总部近几天就会作出反应，可以肯定那将是对王如瑾不利的，说不定给予他很严厉的处罚。难道这些王如瑾都通通告诉了梅梦嘉？因而梅梦嘉便怀恨在心？那么她嘴里蹦出来的什么"看得起"与"小小的草根阶层"这又是什么意思呢？

正在苏锦心这么胡思乱想时，制片华颜杰来电话："苏锦心，赶快到龙总办公室来一下。"她只得将签批的设备单装进口袋对保管员说："对不起，我过一会儿再来领摄录设备吧。"然后她急急地乘电梯来到龙得云的办公室。里面已经坐着了副台长鲁怀远、龙得云与华颜杰。

"坐吧！"龙得云少有的热情叫她受宠若惊。她当然不至于感激涕零，略略矜持地点点头，坦然地坐了下去。只是她不明白副台长鲁怀远怎么满脸都是无处发泄似的愤怒，而又好像极力克制着。他冷冷地瞟了苏锦心一眼，毫无表情地说："苏锦心，经过台领导昨晚的会议研究，决定任命你为《与你同行》栏目的制片人。"

苏锦心以为自己听错了，没有立即表示态度，而是定定地望着鲁怀远缄默不语。

"苏锦心，你得向鲁台表示个态度呀！"龙得云催促道，"从今天起，你得领导一个小团队战斗了，肩上的担子重了，你有什么想法可以向鲁台说说嘛。"

苏锦心算是听清楚了，她没有一般人想象的那么激动，而是淡淡地说道："华老师领着我们干得好好的，还是华老师继续领着我们前进比较有利于工作。"说完她低下了头。

鲁怀远恼怒地说："对于台里的决定，你说你是执行还是抵制？"

苏锦心惊愕地抬起头来陌生地望着鲁怀远，良久，她淡然说道："我没有抵制台里的决定。我很感谢台里对我的信任，我是这样考虑的：我毕竟从事电视新闻时间不长，如果由华老师领着我们继续前行一段时间，比较有利于工作。我说的是心里话。"

龙得云赶紧出来打圆场说："华颜杰升任新闻频道副总监。他并不会对《与你同行》撒手不管，他会随时对《与你同行》进行指导的。"

"好吧，我服从台里的决定。"苏锦心仍然淡淡地说道。

"那就这样吧。"鲁怀远站起身来，说罢就往外走，"你们接着谈吧。"说着他拉开门走了。

闹得几个人面面相觑，不知鲁台究竟为何情绪这么反常。

他们哪里知道，昨晚台里开会时，台长办公会议发生过激烈的争论。郭海山是个工作狂，一旦有了新的设想，而且这新的设想正是事业发展所必需的，他往往会连夜召开会议贯彻下去。当然台长们总得议论一番。昨晚，当郭海山郑重地将几件关乎台里长远发展的大事交给大家研究完后，并没有宣布散会，说："我考虑了好长时间，觉得应当将华颜杰与苏锦心提拔起来。华颜杰应当升任新闻频道副总监，苏锦心可以任《与你同行》栏目的制片人。看大家有什么意见？"

鲁怀远本能地表示反对说："华颜杰我是同意的。至于苏锦心恐怕不合适吧。她给台里闯下的祸还小吗？要不是郭台亲自掌舵，指导有方，步步跟进，事情恐怕不可收拾。如果提升了她，怎么说服广大的编辑记者？许多辛辛苦苦打拼了多少年的编辑记者都像叫水泥浇铸了似的一动也不动，猛地跑出来一个新手，跑到他们前头了，会不会挫伤了大部分人的积极性？"

"我不赞成鲁台的看法！"又是那个金佩琪，他反驳鲁怀远说，"职级提拔怎么可以论资排辈？苏锦心几件很有影响的新闻得到社会的广泛赞誉，这是有目共睹的。而且在与茂达的官司二审上诉一事上，终于找到得力的证人，最终台里胜诉了，这一事实充分说明，这个表面看起来柔弱的女孩其实内心是很坚强的。是有着很强的社交能力与单独处理重大事情能力的……"

郭海山接过话头继续说道:"二审官司我并没有出面,并没有掌舵,全凭她一个女孩子四面奔走八方寻觅,所找到的那个证人太给力了。我想那个叫作华诗辉的之所以愿意背负忘恩负义的恶名出庭做证,一是他具有正义感,同时恐怕也是为苏锦心的真诚与人格魅力所折服吧。"

鲁怀远自然不好接过话头说几句硬气的话来。

金佩琪接着说:"台里的事业必须靠人才来发展,对于发现了的人才,应当及早给她一个施展抱负的舞台。不然电视台的持续发展就无从谈起!至于挫伤大多数人的积极性是没有多少理由的。为了让大多数人满意,是不是每个人都升职一级呢?我相信'21天习惯法则'。苏锦心的能力与为人是有目共睹的,大约二十多天后你所说的大多数就会接受这个事实,而且还会激发大家追赶向上的热情!"

鲁怀远本想争辩一番的,可是转而一想,觉得干脆闭上嘴巴不吭声才是最明智的态度。

本来一肚子的不满,令他鲁怀远前来新闻频道传达台长会议形成的决议,他哪能做到平心静气和颜悦色呢?离开龙得云办公室远去的鲁怀远感到格外别扭窝火。昨晚开台长会议之前,梅梦嘉就给他打电话发泄了一通说:"鲁台,把人家茂达超市打败了你们是不是特别解恨吗?"他耐着性子说:"怎么,茂达的那个王如瑾是你的亲戚?"梅梦嘉冷冷地一笑编故事说道:"要这么说也成。他妈妈与我妈妈是结拜的好姐妹,我自然对王如瑾很熟悉,就像亲兄妹一样要好。"她继续说:"人家在电话里说得怒火腾腾又扼腕叹息,说他的末日来临了,北京总部恐怕饶不了他,他恐怕无法在茂达待下去了,很快就成为无业游民了。"

"那只怪他自己违反了经商之道,自作自受。活该!"

梅梦嘉居然还是那副咄咄逼人的口气:"鲁台你这样说话就太不近情理了。要不是苏锦心公然违抗你的指示,事情哪会发展到今天这一步?一个分管的台长撤条把稿子的权力都没有,那么这个副台长是不是当得太窝囊了?而且台里每年还可以从茂达获得几百万的广告费呢。"

要是别的什么人用这种藐视的口吻跟他说话,他定会勃然大怒大吼一声:"住嘴!你在跟谁说话呐?"可是对于梅梦嘉却硬气不起来。他不得不强压怒火,让语调变得温柔些亲切些。唉,难怪说人如果抵挡不住诱惑,必定会被诱惑一步一步地拖到深渊里去,被水淹死之前还叫不出苦来。

"以后再说吧,我还有事。"在他就要扣掉手机通话键时,他听到梅梦嘉嘲讽的声音传了来:"连个苏锦心你都没本事收拾得了,听说还叫她升职了,真是莫大的讽刺!"

龙得云的办公室里，龙得云正在安慰苏锦心："华副总监近一段时间重点帮助你办好《与你同行》栏目，所以你不必担心什么。"龙得云自然清楚，对华颜杰与苏锦心的提拔，完全是郭海山的意见，他当然要百分之百地服从，并且要真心实意地贯彻执行到位。

苏锦心想了想就将下一步那个未了的用苯乙醇胺A喂养家猪的线索谈了出来。她向两位领导汇报完后，说："我想继续把这个很有新闻价值的选题做完。当然栏目组的事情我也不会撇开不管。"

"噢。"龙得云一拍桌子说，"这是个重磅炸弹一样的系列新闻或揭露黑幕的新闻。典型的危害人民身体健康的不法行为。这颗毒瘤不除，就是新闻记者的失职行为。苏锦心的想法相当好。我正准备提出来的，想不到苏锦心抢到前头了。"他皮与肉一致地笑了两声继续说道："我的意见是不仅要做，而且一定要派得力的记者做。"

华颜杰也感到事关重大，说："这个初步扯出头绪来的新闻采访起来风险大，必须要估计到这一点。这样吧，苏锦心你点将，新闻频道全力配合你。哪怕是块钢铁铸就的貌似坚不可摧的铁疙瘩，也必须将它砸个稀巴烂。"

苏锦心顿时感到即将到来的战斗的艰巨与神圣。她无来由地想到如果法拉奇碰到这类选题会是怎么个态度呢？答案是肯定的，她一定是犹如身经百战的将军闻鼙鼓而跃然，豪情勃发，浑身都是巾帼英雄的英霸之气，哪怕面对的是刀山火海，是狼窝虎穴她也敢钻敢闯，不获全胜决不收兵。她说："我想叫王逸晨配合我一道采访。另外如果常谷川能够回到台里来，我希望他能重新回到《与你同行》栏目组来。"

"可以。"龙得云满口答应。接着对华颜杰说："晚上下班前栏目开个会，将苏锦心的升职一事宣布一下。"

华颜杰笑着说："恐怕全台除了地上的蚂蚁全都知道了。现在好多情况下没密可保。"

龙得云被惹笑了——皮笑肉也笑说："程序还是要走的，民间的组织部长任命了不算数。"

苏锦心告别两位领导，匆匆回到办公区。还离着老远就听到施蔚然在骂宋汝成："死胖子，你到台里已经两三年了，怎么像浇了水泥似的凝固不动呢？"

接着听到宋汝成调侃地回答说："我咋没有动？每天上《与你同行》的新闻是鬼帮我拍的？不动哪来的新闻作品？"

这下狠狠地激怒了施蔚然，厉声说道："真看不出，原来憨厚老实的窝囊废也变得调皮了。我说的动是指像苏锦心那样升升职。你看一个黄毛丫头都跑到你的前头去了。你还有脸跟我诡辩个啥？"

宋汝成毕竟是个男子汉，虽然不敢跟施蔚然狡辩，却也要为自己的自尊辩护，说："你不也来台两三年了？你怎么就没有向上爬一坎两坎的？"

苏锦心明白自己的升职已经全台都知道了，恐怕早晨到设备库领摄录设备时遇到梅梦嘉，梅梦嘉阴阳怪气地发作一通，就是因为提前知道自己升任制片人而发作的吧。难怪华老师说现在恐怕什么密都难保得住了。她就想不通，自己升职碍着谁了？怎么就引得一些人没来由地羡慕嫉妒恨呢？这"恨"自然各有各的理由，但有一点可以肯定，因为不服气，因为人人都有那么一种虚荣的欲望。那么作为焦点人物的她必须以平常心对待，以胜人一筹的操行与业绩来征服人。

想到这儿她坦然地装作什么也没听到的样儿匆匆走进了办公区。办公区里现在空空落落地只剩下宋汝成与施蔚然了。难怪施蔚然敢于无所顾忌地大骂宋汝成。

一见苏锦心进来了。施蔚然立即川剧变脸一样变得有几分谦恭了，热腔热调地很夸张地喊叫起来："哟！苏制片大驾光临了。今后还得要你关照我们这些部下哩。"

苏锦心笑笑说："施姐，别说得羞死人了。我几斤几两你还不知道吗？今后还需要你与宋老师多多指点帮助。"

这几句说得很得体，施蔚然脸上笑成了一朵花，宋汝成也跟着笑得憨态可掬。边说边将手里的刚刚领到的摄像机收拾好，往肩上一拷说了声："你们二位继续谦虚吧，我得去拍摄一条社区新闻去了。一个老大妈义务照顾瘫痪在床的邻居十三年，事迹挺感人的。我该出发了。"说着就急急地走了。

苏锦心说了句："施姐，我们以后再聊，我穷忙去了。"

施蔚然很理解地说："好的。现在跟过去不同了，肩上的担子重了，要操心的事情多了，时间不可随便抛洒掉。"分明又是一副教导的口吻。

苏锦心当然只是一笑了之。立即要开了王逸晨的手机说："你现在在哪儿？"

对方回答说："我正在拍摄一场车祸现场。很惨，重伤一人，轻伤两人。"

"好。我马上赶去。"

当苏锦心打的飞快地赶到车祸现场时，伤员已经被送到医院急救去了。原来是一辆装满各种蔬菜的大卡车在红灯亮起的十字路口停下等候时，后面一辆高档轿车司机也许是个新手吧，猛地撞上了等候绿灯亮起来的大卡车。车祸于是发生了。轿车里包括司机与乘客都负伤了。交警事故大队的警员也来勘验了，责任全在轿车，装蔬菜的卡车没有任何责任。而且据了解，装蔬菜的卡车司机还主动掏钱为伤者垫付了两千多元的医疗费。

"这就是人性的光辉。得采访一下运蔬菜的卡车司机,他是哪个单位的?叫什么?他毫无责任,按说交警勘察完毕宣布他没责任他完全可以开车跑了,还这么大义大爱地掏钱垫付医药费。"苏锦心叮嘱王逸晨从这个角度采访一下卡车司机。因为地市一级电视台不像国家大台,摄像与记者往往是分开的。而这一级电视台的新闻记者则是多面手,常常一个人孤军奋战,摄像与采访兼任。苏锦心叫王逸晨这般采访自然有她的道理。说着便叫王逸晨执机,自己则拿过话筒采访那位拉蔬菜的司机。面相憨厚的司机本本分分地说:"我的车子牢实没有撞坏,倒是小车司机遭了殃。刚才因为到医院急救时他没有带钱,恰好我身上有些钱,哪能见死不救呢?就替他代交了。人嘛,总得有点同情心。"

采访完,想到后期制作时必须加字幕,就问这司机叫什么,是哪个单位的?司机推辞了一会儿到底被逼得说了:"我叫田新国,是绿色农庄的司机。"

苏锦心惊讶了说:"原来你就是陆耕田老总的员工呀!"

"嗯。"田新国说着就往驾驶室爬去,说,"我得赶紧将车子里的蔬菜送到超市去,时间再耽误不起了。"说着就发动了车子,很快开跑了。

苏锦心心里一动,一个更远的想法随即涌上心头,便悄悄对王逸晨说道:"我正想办法要到绿色农庄去一趟哩,想不到机会来了。"接着就将乔装打扮成假小子潜入城郊的屠宰场的情形,很机密地说了说,道:"绿色农庄不是建有养猪场么?而我窥探到的那家屠宰场里的猪基本上是陆耕田那儿运去的。这就是说超市也好,农贸市场也好,他们所卖的问题猪肉源头应当与绿色农庄大有关联。"她特别说了那次奉鲁台指示与盛可可到绿色农庄采访时,发现有的猪往跳板上爬时腿子发抖的细节。"专家们告诉说,凡是靠苯乙醇胺A喂养出来的猪都会有这种症状。只是不知道他们喂养猪的苯乙醇胺A打哪儿来的,目前尚没有点影子。我们得追根溯源,弄清它的真正的源头,好为民除害。"

王逸晨郑重地说:"这一说我心里也有本账了。"

"这样你现在很快赶回台里把刚才拍摄到的新闻编辑出来,今晚发了。然后我与你再商量一下借采访那个司机的名义到绿色农庄去一趟,见机行事。真没有想到,瞌睡来了天上掉下个枕头。"

"好。"王逸晨差不多跟军人一样脚跟一碰,神情严肃地说,"坚决服从命令!决不有辱使命!"跟着就咧开嘴巴笑了起来。

苏锦心抿嘴笑了,她的心情格外舒畅。自从茂达超市的新闻播出以来,她就未曾见王逸晨笑过,更没有见他居然有几分幽默滑稽。知道他已经卸掉了精神负担,青春的阳光已经照进了心田。苏锦心立即就在街头给陆耕田打了电话,用赞美的口吻说道:"陆总你们公司培养出了这样高素质的具有大爱之心的员工,从一个侧面反映了贵公司企业文化建设的成就,这是个好典型。我想与另一个记者到贵公司采访一段时间,拟用系列报道或者长篇深度报道的形式好好宣扬一下,你看如何?"

电话那头,陆耕田高兴得传来几声响亮的大笑,连说:"哈哈!好好!好哇!欢迎!我一定像接待最珍贵的贵宾一样接待记者们!你们什么时候来?到时我们用车子去接记者。"

"最迟明天吧。陆总也不需要搞得像国家领导人到贵公司视察一样那般隆重了,我们初步将采访时间定为一二天吧。吃员工食堂,住呢就在你们公司里安排一个能睡觉的地方就行了。这样好近距离地感受贵公司是如何构建良好的企业文化的。"

直到陆耕田嘿嘿笑着说"来了再说吧,准保叫苏记者满意"。苏锦心才合上了手机。

这样她便与王逸晨立即打车赶回台里编辑车祸的稿子。王逸晨已经像是解脱枷锁一般,浑身都充满了活力。他见苏锦心一会儿电话,一会儿楼上楼下地奔走找什么人,就大包大揽地说:"你去忙吧。这条稿子我一个人拿下来,今晚肯定能播出来。肯定能叫陆农民看了笑得鼻子眼睛挤成一条缝儿。我重点突出绿色农庄的员工心灵美的主题嘛。"

"那好吧。"苏锦心离开了编辑制作室,找到副总监华颜杰,有些警惕地小声说道:"华老师,我想单独向你汇报那件事情。你什么时候有时间?"

华颜杰心领神会地说:"那就到旁边小会议室去吧。"

二人进到小会议室,将门掩上,苏锦心就将自己准备与王逸晨到绿色农庄去住几天的想法一五一十地进行了汇报,说:"主要是想借这个机会弄清绿色农庄的养猪场里藏着见不得人的内幕。我曾向你汇报过的,城郊接合部赵大爷常去农贸集市买问题猪肉,我顺藤摸瓜摸到屠宰场,结果牵扯到绿色农庄的养猪场,那么绿色农庄养猪场是从哪儿进的苯乙醇胺A呢?现在风声紧了,他们不敢明目张胆地用它来毒害人民群众了,但也得想方设法搞清楚他们是从哪儿弄到的国家明令禁止的苯乙醇胺A的。"

华颜杰一脸严峻,略一思索,郑重说道:"这事儿现在哪儿都不能走漏一点风声。龙总监那里我见机行事给他个别汇报一下。"

苏锦心连连点头,心里却不免嘀咕:此事干吗不让鲁台知道呢?这之中有什么玄机吗?既然华副总监没说,苏锦心自然不好发问。

恰在苏锦心受领了任务准备离去时,有人敲起小会议室的门。苏锦心起身拉开了门,原来竟是责编施蔚然。施蔚然看似很生气的样子:"王逸晨的那条新闻恐怕今晚播不出来了。"

苏锦心忙问:"怎么呢?明天播岂不是成旧闻了?"

"梅梦嘉不肯配音。她说她头痛脑热的,中午饭都没有吃,身体撑不住。"

苏锦心心想可能梅梦嘉见是王逸晨的新闻,故意找个由头一推了事吧。便说道:"我去找她谈谈吧。如果仅仅就这一条新闻也就罢了,问题是今后工作上的交道还要继续打下去的。"

华颜杰赞许地点点头,没有作声。他盼望着苏锦心在处理各种矛盾中迅速成长起来,必须放手让她单独处理一些棘手的问题,以便增长见识积累经验。

苏锦心也不乘电梯了,几大步就上到五楼,寻找到配音间,几个配音间里独独有一间里头空空荡荡的。其他的几间则关着门有人正在里面配音。她耐心待一个配音间里配完了一条新闻,便推门进去问那个播音员道:"你知道梅梦嘉怎么不在配音间吗?"

那个播音员老实作答说:"不知道哩。前一会儿我还见梅梦嘉与施蔚然嘀嘀咕咕,怎么眨眼工夫就走人了。"

与施蔚然嘀嘀咕咕?难道施蔚然会与梅梦嘉搅到一起,互相宽慰或有着共同的心理发一通牢骚?说不定都是针对自己来的。升职那么一点点,怎么就惹得那么些人的嫉恨呢?她感到人性的弱点也太可笑可怜可悲了。当然自己不会为别人所左右,不然那还叫"我"吗?苏锦心边这么想着边往播音员办公室走去。她要找到梅梦嘉,与她沟通一番。不然形成了这么一个惯性,今后需要播音员配合的新闻节目多着哩,都这么着,岂不误了按时播出的大事?隔着播音员办公室老远,就听得梅梦嘉忿忿的抨击声:"她凭什么呀?跟我同一天进台里,要资历没资历,要新闻才干没新闻才干,就是一个脸蛋一个身材叫一些臭男人们神魂颠倒罢了,第二天爬起来就成了制片人。虽然叫我干我还看不上哩,可是凡事都得讲究有个公平与公理。我就是不服气她。"

室内另一个声音答话道:"话不能这么说吧,她短短的时间拍摄了好多条重磅新闻,在全省甚至全国都打得很响,并且与茂达超市的那场官司,多亏她费尽移山心力才最终胜诉了。应当说她是个很称职的记者。升一职我觉得是应该的。"

"哧。想不到你还是她的钢丝!幸好你我是个同性别的女同胞,要不然我还以为你会打她的歪主意哩。"

"看你说的,工作嘛。"

"反正节目部门又不管我们的工资奖金,总编室才是我们的娘家,这个是不能得罪的。《与你同行》能把咱怎么样?"

第二十五章　开始突破

苏锦心一时倒拿不定主意是进还是退。略一迟疑便大步地走了进去。她觉得回避并不是高明的，只有迎着污泥浊水上，才显得自己有勇气，说不定能够化解与调和一些不和谐音。越是躲躲闪闪，越会使人变得胆小怕事谨小慎微，那还怎么有胆量走自己认准的路？有人泼污泥脏水那顶多弄得自己的外表看似狼狈不堪，其实根本没法撼动自己的内心一分一毫。

"梅梦嘉，我到处找你，哟！还真让我找到了。"苏锦心装作什么也没有听到的样子，一脸的微笑，开口朗声说道。

梅梦嘉不禁吃了一惊，不得不强撑着硬气，不冷不热地回答道："找我？你找我有什么事呀？私事我即刻就为你鞠躬尽瘁死而后已。"她企图将气氛调节得轻松起来。

"我暂时还没有私事请你帮忙，倒是工作中的事情需要你出面。王逸晨采拍的一条新闻立等着配音，今晚要播出。听说这条新闻是分配给你了。你还没有配一个字哩。"

"对不起。我身体不舒服，这几天咳嗽得厉害，嗓子不行。真的配不了。"

"别谦虚了。我听你的嗓音比百灵鸟还要好听，去吧，你肯定行的。"

"你别哄幼儿园的小朋友了。我说不行就是不行。我自己的嗓子我还能不清楚？"

想不到她竟是这么个态度。"那好，你先好好休息吧。"苏锦心说着就迈步走了。她立刻来到配音间，将王逸晨的那条新闻配了音。回到办公区后，她左思右想，一个想法渐趋成熟了。她决定今晚将它键出来。

《与你同行》栏目播完后，苏锦心随便吃了几口盒饭，就坐在了自己办公桌前，将自己思虑好的一个设想叭叭地键了出来。题目是《必须建立一套切实可行的播音员与主持人的管理体制》。文中对这些人的工作首先给予了肯定与赞扬，然后话题一转，指出目前管理体制的弊端：主持人与播音员隶属于台总编室管理，而他们的工作则是分到具体的节目部门。这就不可避免地出现管人的却不能管事，而管事的却不能管人。不然不便于集中管理、培训与统一考核标准。但两下脱了节，就不可避免地出现扯皮拉筋的矛盾纠葛，从而耽误工作。为了切实解决这个问题,应当理顺与创新管理体制,或者有分有合:总管仍然归总编室,但可将他们相对固定地分配到节目部门,由节目部门将其表现与工作情况及时地反馈给总编室。一般一个礼拜汇总一次交给总编室。或者将他们的绩效考核干脆下放到节目部门。由节目部门考核评分,交由总编室,统一衡量给予发放工资奖金。不然职责不清,管理界线不分,形成新的吃大锅饭的混乱局面。既耽误了工作,也不利于主持人与播音员的成长。署名旁观者。

键完后,苏锦心推敲再三,见比较切中弊端,就发送到总编室负责编辑内部刊物《新视野》的电子信箱,然后打手机给总编室负责编辑《新视野》的副主任夏大瑜。夏大瑜一听高兴得不得了,说:"谢谢。我正愁这期刊物没有重头稿子哩。有了它就可以把刊物撑起来,有些分量了。刚好明天要出刊。"

次日上午一上班,绿色农庄的车子就到了电视台大院子外面停着了。事先陆耕田就在电话里很亲切地说过派车来接的。苏锦心感到好笑。苏锦心想起自己上大学毕业旁听新闻课时,老师讲的一则典型事例:说美国的《纽约时报》一个新手到一家公司采访,回到报社后老总问他对方对他怎么样,这新手说对方很热情,而且还款待我吃了一顿饭。老总严肃地说:"对不起,你采访的这篇稿子不能刊用了。"她当时琢磨老总害怕作者的感情在吃请中产生了偏向,稿子就不可能客观公正了。她当然也难以做到没有偏颇,她唯一可以做到的是,该坚守的原则与底线决不能放弃。她对王逸晨说既然对方来车了那就坐呗。

她与王逸晨坐上车后不到一个小时便到了绿色农庄。陆耕田早就领着办公室后勤人员候在大门口迎接。一见苏锦心与王逸晨从车里下来,陆耕田就与众人一拥而上帮助拿摄录设备等物。陆耕田乐得涎水都挂在了嘴边,说:"照苏记者的吩咐,住处也安排好了,我们已经腾出了两间大点的办公室,把床铺都给安置好了。电话电脑也配置齐全了。"

苏锦心说:"如果顺利的话,天把两天就成。先跟陆总说好,贵公司哪个单位我们都得采访到,既然反映绿色农庄公司的企业文化建设成就,不能浮光掠影地仅仅拍摄几个主打镜头,节目就会做得不好看,画面不丰富不行。"

陆耕田一迭连声地说:"那当然,那当然,我们公司不存在禁区,只要采访需要,你们愿意怎么采访就怎么采访吧,我们极力配合。"

苏锦心说:"陆总,我与王记者想把贵公司关于建构新型的企业文化这篇文章做好,至少做到省卫视台去。让全国观众都知道南源有个绿色农庄公司了不起。"

云天雾地地这么扯了一通后,按照事先设计的方案,各自忙碌各自的去了。苏锦心就与王逸晨先采访陆耕田,并且请陆耕田来到最能体现绿色农庄欣欣向荣景象的实景地作为背景，请他谈如何打造先进的企业文化的经验。陆耕田哪里懂得什么企业文化不企业文化的，他本来就是一个大老粗，靠农民式的聪明智慧与狡黠，通过一些拿不到台面上的手段，才逐步使得他的企业形成了一定的规模。他一上来就大谈如何组织员工学文化，如何组织员工业余时间演节目什么的。听得出来，陆耕田根本就没有理解什么叫企业文化。把个王逸晨笑得浑身一抽一抽的，来了个全身欢乐总动员。苏锦心轻轻咳嗽了一声，王逸晨算是勉强抑制住了自己。

　　苏锦心解释说："陆总：企业文化重点包括三个方面：一是物质文化，二是制度文化，三是精神文化。即'企业精神'，包括贵公司职工的群体价值观、精神面貌、经营哲学、审美观念等。精神文化是企业文化的核心，是职工在企业的经营管理活动中逐步树立起来的共同价值取向和心理趋势。你刚才所讲的也很贴题，只是需要稍稍往我所说的几个方面靠一靠就更好了。"

　　陆耕田不免有些尴尬。

　　王逸晨赶紧打圆场说："嗯，陆总讲的也不错。我们编辑制作时用解说词来把陆总的接受现场采访梳理一下，应当还是很有新意与创意的。"

　　陆耕田这才露出了满嘴的黄牙很开心地笑了。

　　苏锦心说："先就谈到这里吧，需要什么我们再补拍什么。时间还有的是，我们好好采访一下你们那位替肇事受伤司机掏钱治疗的田新国师傅吧。这个可以作为新闻的开篇，讲故事一样引出绿色农庄构建先进的企业文化的全貌来。"

　　王逸晨停住了笑声说："嗯，这个开头好，突破了一般。"

　　苏锦心继续说："采访完田师傅就到田间地头或者到车间采访去吧。"

　　陆耕田笑得脸上百花齐放，说："行！咱这儿不是军事重地，哪儿都没有禁区，你们想怎么采访都成，一路大开绿灯。"

　　苏锦心一听高兴得心都快跳出胸腔了。她要的就是这句话，连说："好好好，谢谢陆总的开明，替记者想得周到。"

　　于是苏锦心领着王逸晨采访过检验车间后就到大田里去采访。他俩不得不佩服陆耕田经营农业企业有方：车间里整洁明亮，各种化验仪器之先进，检验员对于各种蔬菜检测之严格细致，打包成捆那个认真劲都叫人不得不叫好：这才是叫人放心的绿色食品。——自从闹出毒菜事件，监管部门严肃惩处后，他们再不敢拿人命当儿戏，开始改邪归正了。当他俩来到大田采拍时，田野里似乎绿遍了天涯，各种蔬菜诸如西红柿、辣椒、茄子、豆角以及少量的水果类如草莓，与快要成熟的葡萄等等，色彩缤纷地在阳光下闪耀着熠熠的光泽。散播在田地里采摘成熟果实的职工谈得也很到位——一个职工满怀喜悦地说："我们种的蔬菜绝不滥施化肥与毒性很强的农药，我们的理念是，能为市民提供绿色环保放心的食品，我们的公司才尽到了社会责任。否则卖再多的钱，那钱也是不干净的，是罪恶的。如果靠这个拿再多的工资也是有负罪感的。"

执机的王逸晨高兴地喊了声："OK！"就由苏锦心领着采访其他职工去了。

这个上午的采访收获是大大的，苏锦心与王逸晨当然高兴得很。自然不会忘记此行的终极目的。吃过午饭后，苏锦心提出采访一下养猪场，说："听说陆总的养猪场也挺有特色，这也是贵公司的重要组成部分，缺少了这一块恐怕不能算作完整的绿色农庄公司了吧。"

陪同吃饭的陆耕田面有难色地说："这个……嗯……不采访也无所谓，那儿脏死了，臭气熏天的，采访个啥！"

苏锦心顿时明白，恐怕里面隐藏着天大的秘密，越发说明有鬼。自己与王逸晨借着由头前来采访算是一下子按到了他的死穴上。于是笑笑说："我俩只选择性地拍摄画面很美的那一面，至于陆总说的脏与臭肯定不会拍摄的。这样吧，下午我们先去看看，再决定是否拍摄，行吧陆总？"

陆耕田无可奈何地说："行——吧。这个……谁呀……小叶你全程陪同苏记者他们吧。"

苏锦心自然清楚陆耕田所说的全程陪同是啥意思。

吃过午饭稍事休息时，苏锦心就来到王逸晨房间商量了一会儿，二人分析，陆耕田吞吞吐吐，肯定大有名堂。余下的时间重点攻下这个堡垒。如果天遂人愿，今天攻下那个堡垒明天就回台里，如果今天攻不下来就继续延长时间攻，叫陆耕田请客容易送客难。苏锦心与王逸晨意见形成一致后，就扛上摄像机，由那个唤作小叶的员工陪同着往养猪场走去。

真正到了养猪场，根本就闻不到臭气，更别说脏乱差了，一排排窗明几净的猪舍颇有现代化气息。几个员工穿着深筒胶靴，拿水龙头冲刷猪舍，冲刷供饲养员行走的走道。有几个员工则在给猪们添加饲料。

姓叶的员工说要不要请猪场的经理到现场来接受采访？苏锦心忙说暂时不用，我们先走马观花随便看看，感受感受，然后再找经理谈也不迟。苏锦心与王逸晨于是装模作样地拍摄了一些镜头。

苏锦心一直在想如何跟其中的员工混得烂熟，然后好见机摸摸他们喂养生猪时，有没有添加过别的什么成分。要达到这个目的恐怕很难。但难并不等于可以放弃。自己与王逸晨费尽心思跑来就是为了这个目的的，岂能打退堂鼓？

正当她这么想着时，只见一个年轻员工挑着一担猪食吭哧吭哧地从远处踉跄而来。那年轻员工嘴上戴着个大口罩，头顶上扣着个大草帽，身穿一身大白褂，除了那双眼睛在眨巴外，身体的其余部位基本上都被裹得严严实实的。猛地一见那名年轻员工，苏锦心就觉得此人有几分面熟。好像是在屠宰场见过的那个基本上也是如此打扮的年轻人。

她在这边回想时，那边王逸晨却打开摄像机拍摄开了。直到那名年轻员工将一担猪食按规定倒进标着号码的猪舍食槽里，王逸晨便将一组长镜头拍摄完毕。那名年轻的员工这才复又旧路回转，冲着苏锦心别有深意地笑笑，便很快消失不见了。苏锦心本想撵上那年轻员工攀谈一番，打探一下她所关心的问题的，又恐紧紧跟随在侧的叶姓员工起疑，反而坏了事，便作罢了。

接着苏锦心与王逸晨拍摄了些有用无用的镜头，还采访了打扫卫生的员工，却再也没见到刚才叫人疑心的那名年轻员工了。不禁有些怅然。

看看红日西斜，岚气起于远处山岗，弥漫于广袤田野，附近村庄牛羊归来，鸡鸣嘹亮。苏锦心便与王逸晨回到住处。吃晚饭时又是陆耕田陪同。好不容易散席了，双方说了许多客套话后才缓步回到住宿处。苏锦心推开王逸晨的房间，警惕地张望了几番是不是隔墙有耳或房间暗藏探头什么的，直到确信没有可疑之处了，这才附耳小声说道："在养猪场我看到一个可疑的人了。"

王逸晨也不答话，只将摄像机拿过来，打开，将在猪场拍摄的那个年轻人的镜头调出来给苏锦心看，待毛片跑到那年轻员工的脸部时便定格，轻声说道："就是他吧？你看他像什么人？我可是认出他来了的，不知你认出来没有？"

苏锦心仔细地审看了好一会儿，突然睁大了美丽的眼睛惊讶地轻声叫起来了："常谷川！对，就是他！"

王逸晨得意地笑起来，不无骄傲地说："尽管他把自己包裹得严严实实的，生怕露出了庐山真面目，可是我还是一眼就认出来了。"

"这么说他已经潜进来了。他说，将手头的一个重大选题完成了再考虑回到电视台来。原来竟是这么一个任务。看来他来这儿已经好多时日了。"

"真是个搞间谍的料。不知他是通过哪个渠道顺利地打入进来的。真得佩服这小子。"

苏锦心也笑起来，仍然小声说道："他装扮成打工仔潜了进来，肯定与我们的目的一致。这样我来问问他吧。"

说着苏锦心就用手机发短信——因为对着手机讲话可能会坏事——苏锦心在短信中问道："常谷川，你好。你真行，竟然潜进绿色农庄来了。"

很快常谷川的短信回过来了："我真没想到你俩也杀进来了。好。有你俩在明处，藏在绿色农庄养猪场的秘密就要揭开了。真是太好了。"

苏锦心又发一则短信问道:"事情进展如何?"

常谷川回复短信说:"已经有些眉目了。"

苏锦心赶紧将常谷川的短信给王逸晨看。王逸晨看了几眼就无声地鼓起掌来,悄声说道:"可惜不知他可曾带着隐形摄像机,不然没有镜头谁能信服?"

苏锦心立即发去一则短信问道:"你带有隐形的摄像机吗?不然没有画面佐证,就太可惜了。还会被对方诬为伪证栽赃陷害!"

"哈哈。锦心只想到电视台的特征,报纸要什么镜头?不过呢小生并不糊涂,打算潜进来时就专门买了个有录像功能的智能手机。凡是可疑点都给拍摄下来了。只是不知你们南源电视台能给多少钱买我的画面?不然我不会轻易给你们的。"

苏锦心知道常谷川喜欢开玩笑,就回复说:"价钱就由你开吧!"

"行!我肯定要狮子大张口的。其实我担着猪食进到猪舍就一眼认出你俩来了。你俩倒言正名顺地进来了。目的一致。共同攻下这个堡垒吧。呃,把我俩刚才互通的短信请通通删除掉,不留一丁点儿痕迹,否则后果不堪设想。"

苏锦心愉快地回复道:"好!5秒钟后统统让它见鬼去吧!"

第二日中午,苏锦心与王逸晨就向陆耕田辞别,说原准备采访个几天的,想不到采访这么顺利,采访的素材够用了。搞一组系列报道应当不成问题。又兼台里打来电话,下午要开中层干部会议,她不得不赶回去。这样他俩便由陆耕田派车送回台里。由于路上遇到一个交通事故,车子被堵了差不多一个小时,紧赶慢赶还是没能在下午上班时赶回台里。苏锦心吩咐王逸晨赶紧编辑绿色农庄的企业文化建设的片子,今晚就播出一条,内容就是从概貌方面介绍一下绿色农庄企业文化建设的成就,明天就编辑制作他们如何构建新型的企业文化的做法——播不播到时再说。吩咐毕王逸晨便赶紧往会议室跑。一进到会议室,里面已经坐满了人,台长郭海山好像正在发脾气。他拍打着手里的一份新出版的《新视野》愤愤地说道:"这是谁写的?为什么就不敢署真名?唵?"

鲁怀远厉声地接过话头问总编室的夏大瑜说:"这篇《必须建立一套切实可行的播音员与主持人的管理体制》是什么人吃饱了撑的?胡说八道一通,嗯?你们总编室也太无组织无纪律了,像这种东西怎么不经我这个分管的领导审看就开印了?"

"哎哎,老鲁,"郭海山这刻儿反倒冷静下来说,"我看你比我还激动!我是说这个笔名叫作旁观者的有眼力,看问题一言中的。那么我们台里还有没有类似的或者其他同类性质的问题?旁观者发现了,而且提出了很好的建设性的意见,别的人怎么就发现不了呢?"停了停继续说道:"我们应当给这个旁观者以奖励！夏大瑜应当知道吧？奖励作者3千元。并且通报全台！"

噢，闹了半天，苏锦心误会了郭台长讲话时生气的真正原因。再看看鲁怀远，脸上红一阵白一阵，讪讪地问总编室的副主任夏大瑜说："你应当知道是谁写的吧？"

夏大瑜不得不站起来回答说："这是苏锦心写的。"

"好！我们就是要培养更多的苏锦心式的员工。这是种主人翁的精神。"

鲁怀远终于找到了出气筒，爆发似的说道："苏锦心，怎么就不敢署真实姓名呢？"

难道这也成为了受到责难的理由？苏锦心强忍着委屈说："我不署真名是不想被一些人说是出风头。"

"既然如此你写它干吗？"

"因为目前的现状已经影响了工作。基于这一点我有感而发，就写了这篇探讨性的文章。"

鲁怀远的脸都气红了，也不管场合合适不合适，还准备发作一通的，不料郭海山敲着桌子接过话头说道："老鲁，不要把批评的对象搞错了。苏锦心的这篇探讨性的文章里罗列的现象，早就存在着，为什么我们有些领导就看不到呢？怎么就没有这种职业敏感？一个用心的领导是不会出现这种情况的。苏锦心看到了，而且还有创新的实践性很强的解决办法。其他的人都干什么去了？领起工资来嫌少了，怎么干起工作来嫌多了？作为领导你们的眼睛整天盯在哪儿了？为什么就没有善于发现的眼光呢？这难道不值得我们深思吗？我生气就生气在这里！"

鲁怀远恨得脑门冒青烟，他本想把苏锦心狠狠地批一通的，不料却叫苏锦心又赢得了一个满分。

"老鲁老鲁！"郭海山喊叫道，"我同意苏锦心的后一条意见，把播音员分到各栏目部门，考核交由所分部门负责，而后交由总编室统一综合平衡，然后给予发放工资与施行奖惩。必须雷厉风行，今天晚上就传达下去。"

鲁怀远不得不答应说："行。我散会后就与总编室的主任们商量一下，再晚也得把这件事情办妥办好！"

晚上将7点半钟，《与你同行》栏目已经播完了。苏锦心安排人买盒饭去了，她自己匆匆准备了一下，也就是将会议的要点骏马奔驰地往笔记本上记了记，就召集栏目所有的采编播人员开会。宋汝成、施蔚然、王逸晨等人都按时到会了。苏锦心特地请来新闻频道副总监华颜杰坐镇。苏锦心瞟了瞟在座人员几眼就说："怎么分到我们栏目的播音员还没来呀？"说着就要打电话给总编室副主任夏大瑜。

华颜杰说："别给他打电话了，梅梦嘉分到你们栏目组。"

"哦。她呀？"这个安排大大地出乎苏锦心的意料，她本想说能不能换个人来，想了想好像自己太小肚鸡肠了。难道梅梦嘉是老虎会吃人么？越是有个性的员工，越是能锻炼与检验出管理者的水平来。管理者就是善于与各色人等打交道嘛。

华颜杰作了点解释说："有五六个播音员分到了新闻频道，我与龙总监商量了一下，决定将梅梦嘉放到你们栏目组。其实这有点照顾性质。因为你们栏目播出时间早，结束得也早，梅梦嘉好赶回去照顾她奶奶。"

"她怎么还没来？"苏锦心着急地说着，就拨打手机问道："梅梦嘉，我们栏目组开个简短的小会，你分到我们这儿了，怎么还没来呀？"

手机那头梅梦嘉没好气地说："管天管地还管人放屁吗？我在洗手间忙活一下。你们开嘛。难道没有我会都开不成了吗？要不你叫其他人把会议精神给我传达一下不就得了！"

苏锦心耐心地说："这个恐怕不行。那我们等等你。"正这么说着，买盒饭的那个刚进栏目组的年轻男性新闻系毕业的记者就将饭菜买了回来。苏锦心征求华颜杰的意见得到同意后就说："干脆大家吃晚饭吧。"于是众人便与饭菜亲密接触了。不多一会儿，喂肚子的问题就基本解决了。梅梦嘉这才袅袅娜娜地走了来。随便找了个位置，嘟着嘴坐了下来。

苏锦心虽然看在眼里，却并不介意，知道往后与她打交道的时间长着哩，磕磕碰碰恐怕不会少。便冲华颜杰征求意见说："开始吧？"

华颜杰点点头说："开始吧。"

苏锦心平静地说："开个简短的小会。主要谈两个问题，一个是关于绩效考核问题；一个是关于工作流程问题。"她接着细说起来："关于绩效考核明确这么几个问题：要求栏目组的人员24小时不得关机，做到随叫随到，没有正当真实的理由不得请假。"她特别强调播音员的工作细则："播音员配音对于读音不准的，错一个字，扣1分；现场直播时，整体感觉差，临场发挥不好，语病频出，扣5至10分。关于工作流程问题：对于记者的新闻解说词，责编应很快编辑好文字稿，传回给该记者。该记者应立即交由播音员配音，该记者编辑制作时要做到声画对位，声画同步。节目做完立即请制片初审。制片初审通过后，立即报总监或副总监终审。无论初审还是终审，当事记者均要在场，以便有了问题可及时修改……"接着苏锦心讲了有关奖励的若干条。

总之苏锦心讲得很周全，头绪很清晰，而且具有很强的操作性。宋汝成、王逸晨等几个男记者不住地点头。没等苏锦心说完就表态说："好！好！好！没规矩不成方圆，同意！"

哪知施蔚然狠狠地踩了宋汝成一脚，那眼神里满是愤怒，意思好像说死胖子你看我怎么收拾你吧。梅梦嘉则鼻子一哼，脸扭到一边说："就是中央电视台的播音员都往往读错字哩！定得这么苛刻，还叫人活不活了？"

苏锦心望了一眼华颜杰，说："制度对事不对人。既然这么定下来了，那就先试行一段时间再说吧。"

华颜杰从来都是老大哥式的人，这刻儿竟然铁青着脸说："不折不扣地坚决执行。谁违反了谁就得受到应有的惩罚。会议是不是就开到这里？"

华颜杰征求苏锦心的意见，苏锦心点点头说："既然事先说过是开个短会嘛，散会！"

苏锦心一眼瞟见梅梦嘉边走边抹开了眼睛，不觉与华颜杰交流了一下眼神。待众人走尽后，华颜杰说："看来梅梦嘉抵触情绪很大，你得做好思想准备。她会找台里的个别领导告状的。"

苏锦心自然明白台里的个别领导是谁，坦然地一笑说："她愿意找就找了。看她怎么说得出口？有什么理由推翻？刚才会上规定的这些，哪一条都可以拿来到阳光底下，我不相信台里个别领导会向着她，即使向着她，也不可能将栏目组制定的规章制度宣布作废。"

"是这么个理！"华颜杰斩钉截铁地说，"不要考虑得太多了，把精力都牵扯到这上头了反而耽误了正事。"接着华颜杰四下望了望，见没有别的人影儿，就小声地问起绿色农庄采访所获得的情况。

苏锦心说："我正要向你汇报哩。有个意外的收获，人特别可靠，否则我也不会急着赶回台里来。"接着将遇到常谷川一事说了说，"看来常谷川是个相当出色的记者。他竟抢先一步打入到绿色农庄了。而且突破就在眼前了。"她将与常谷川手机短信交流的情况也详细地作了汇报。

华颜杰很是感慨地说："常谷川真是块好材料，却叫我们的一些领导看不惯，硬是被逼跑了。不过郭台已经发下话来，谁把他逼走的，谁就把他请回来。待他把这个采访任务完成了，我就奉郭台之命去请他回来。就放在《与你同行》栏目里。"

苏锦心笑起来说："太好了。"正说到这儿，手机响了，苏锦心立即笑起来，低声说道："常谷川来的。"

华颜杰高兴地说："你赶紧接听吧。"

苏锦心立即接听说："我身边没有可疑的人，你就大声说吧。"

常谷川高兴地说:"我躲在一个绝对秘密的地方——在旷野里池塘边的小树下给你打电话。我已经打入绿色农庄快半个月了。"

苏锦心很感兴趣地问道:"你是怎么打入进去的?一定比《潜伏》里面的余则成还要精彩吧?"

"我吗?其实在你之前就追根溯源追到这儿了。就请城里的整容师来了个可恢复性的整容,专门跑到城郊农村买了几套农村青年的衣服,把自己打扮成农村青年模样,就来到绿色农庄,操着外地口音——你知道我的模仿能力恐怕在整个南源市都是头一块牌子。我请他们收留我当个打工仔。他们可能看我身子虽然单薄,却精神抖擞,果真就收留了我。我说我愿干最重最脏的活儿。这样他们就说养猪场缺人手,就把我安排在了养猪场。真是天遂人愿。我本来就是直奔养猪场而去的嘛。他们用苯乙醇胺A喂猪现在不敢大张旗鼓地干了。与你和王逸晨相遇那天我来到绿色农庄养猪场已经是第十三天了。当时真把我喜坏了,原来我并不是孤军作战。哪晓得你们却半途而废,跑了。"

苏锦心笑了说:"常谷川,别说话不凭良心,我们是因为有你在那儿,完全放心了,就打道回府了。把全部希望都押宝似的押在了你的身上。"

"哈哈,这么说,是你们对我的信任了。不胜荣幸。"

"哎,如今进展如何?华总也在我身边。他说到时他亲自去晨报接你回台里。"

"哦!听说华制片升职为新闻频道副总监了,那么他留下来的那个空位置谁填补了?"

一旁的华颜杰将手机里对话声听得清清楚楚,不禁插话说:"苏锦心现在已经升职为《与你同行》栏目的制片了。她特别盼望你回来助她一臂之力!"

手机那头常谷川高兴地叫起来:"啊太给力了!华制片与苏锦心升职太得民心了。众望所归,万岁!"

苏锦心知道常谷川的痞劲又上来了,也知道他是情之所至,不能自已。他是一片至诚之心。她当然不好在手机里与他打趣,就赶紧抓住最主要的问道:"你追根溯源追到了哪一步?我与华副总监最为关心的就是这个!"

"如果没有点曙光,我还能给你打电话?你知道我花了多少钱买通里头知情人?"没等苏锦心回话,常谷川接着卖弄似的说道,"我老常就有这个本事,花点小钱就可以把事情搞定——一条香烟就买通了内奸。那位年岁五十多的农民工一边喝着我给他的茶,一边悄悄告诉我,如今谁还敢明目张胆地给猪喂那玩意儿?都悄悄地干活,打枪的不要。隔三差五地去买点回来,待把猪养得快出栏了,就停止不喂了。我说你老究竟从啥地方买来的那东西呢?那农民工说你小子打听这个干啥？我说我并不准备老待在这儿，我也得回我老家去开个小型养猪场，好发家致富呀。他犹豫了半天当时到底没有说，待吃过晚饭后，咬着我的耳朵告诉说，只知道是南源市东边一个什么化工厂生产的，中间没有别的流通环节，价格比较便宜……"

"啊？东边？那个工厂在东边？快说说，东边叫什么工厂？是不是……"苏锦心一刹那呼吸都不均匀了，"是不是叫作凯悦精细化工厂？"

"啊！你是怎么知道的？你去过？"这次轮到常谷川惊讶了，忙问道，"你知道那个厂子？"

苏锦心一字一顿地说道："我的确去过，而且我与他们的厂长打过交道。当时我只是一般地怀疑，并没有想到他们会生产这种祸国殃民的东西。"

"我初步弄清楚了，采访起来相当难，"常谷川声音里没有了痞劲与笑声，"据说陌生人或他们不可信赖的人员要想进去，都难于上天。难怪美国著名记者海伦·托马斯说：'在过去，即使你在战场上亮明身份，你也会作为中立事实记录者被保护。而现在你需要暗访才能求生。'我准备继续当间谍达到我的目的！"常谷川说到这句话时倒有种悲壮的豪情。

苏锦心沉默了一会儿，突然激昂地说道："你不是单个人孤立战斗。为了忠实地履行一个记者的神圣职责，你尽到了最大的努力，你是好样的。我决不会袖手旁观。我既然认识他们的厂长，恐怕比你更有利地进到里头去。我会找出更多理由的。你要相信我的智慧。"

双方通话毕，苏锦心转身对一直在旁边谛听的华颜杰说道："华老师，你刚才也许听清楚了。常谷川遇到了前所未有的困难。我必须继续参与进去！"

华颜杰面呈激动之色，慨然正色地说道："行。我很快向龙总汇报，全台支持你。这是场特殊的战争。只是要不要通知警方？"

苏锦心摇摇头说："暂时不需要。因为一切我与常谷川都只是在怀疑之中。没有抓住黑手的真凭实据，过早地惊动警方，也就惊动了对方。对今后以记者的身份去获得它的全部事实真相就更加困难了。所以我希望你向龙总监汇报时，尽量把知情人缩小到极小的范围。"

华颜杰郑重地点头说："对。事关重大。一走漏风声要么对手就会当缩头乌龟，就成了无头案。如果记者打入进去了，说不定就会酿成血光之灾。自然当不得儿戏。"

第二十五章 开始突破

233

青春因梦想而绚丽

第二十六章　囚进黑窝

　　与副总监华颜杰分手时，苏锦心想说这事儿可以悄悄汇报给郭台，但不得叫鲁台知道。想了想，她知道华副总监是个办事极其谨慎，且对人对事相当有眼力有头脑的人，便没有将那层意思说出来。

　　苏锦心边想着边走，出门时无意发现了梅梦嘉，见梅梦嘉面带一丝慌乱，惊鸿般地从小会议室跟前逃也似的离去了。望着她的背影，苏锦心心一惊，想，不知她刚才是不是偷听自己在手机里与常谷川，继而与华副总监的对话。只是不知她是无意间碰到的，还是专门寻来的？怔忡间华颜杰出来了。苏锦心于是将刚才蓦然发现梅梦嘉离开小会议室的情形说了说。华颜杰沉吟了一会儿，郑重地叮嘱道："刚才你说的是对的，'尽量把知情人缩小到极小的范围'，除了我们所谈到的那几个人外，其他的人暂时都不得让他们知道。没有什么大不了的，她不可能听个来龙去脉，只语片言罢了。警惕一些就是了。"

　　第二天，苏锦心一边考虑着如何打进凯悦精细化工厂的方案，一边与王逸晨编辑制作绿色农庄的稿子。当然这只是应景之作。真正值得称道的则是绿色农庄蔬菜的安全性。根据采访的事实来看，绿色农庄如今已经痛改前非了，不敢在蔬菜上使假掺毒了。她决定把这作为果，把企业文化建设作为因来报道。一来对绿色农庄有个交代。二来好借以麻痹一些关键人物。与此同时，她得要负责整个栏目的运作情况。施蔚然倒是不折不扣地按工作流程办事，可是分到栏目组的梅梦嘉却不大买账。苏锦心初审成片时，发现梅梦嘉配音有错讹，竟将陆耕田的"耕"读得不准确。另外还有几处读得也不正确。苏锦心便寻到配音间找到了梅梦嘉，温和地说："梦嘉，耕字应当有后鼻音，你读成了前鼻音。再辛苦一下改改吧。"

　　梅梦嘉正在专心致志地修剪指甲，听到苏锦心的问话，头也不抬，继续修她的指甲，几秒钟后，就噗噗地吹吹，两眼看着指甲，不紧不慢地说："南源市民谁能够听得出来。重新配有这个必要吗？"

　　苏锦心极力克制着自己说："这是工作要求，也是我们对工作的标准，我们必须做到尽善尽美，不然栏目组里那么多制度岂不白定了？"

　　"白定黑定我管不着。"梅梦嘉将指甲剪装进坤包里说，"这根本就不是问题。何必多此一举呢？真是。"

苏锦心沉着脸说："如果你坚持不重新配音更改过来，规章制度可就把它算作一个问题了。"

"随你的便吧。"

说着扭过头嘟嘟囔囔道："难怪说一朝权在手，便把令来行。芝麻点权力也生怕过期了，也来试试它的威力。你试吧。"

苏锦心强力吞咽着喉咙，站立了一会儿，就拉开门走了。

晚上栏目播完后，苏锦心匆匆离开演播室。来到四楼，隔老远就听到施蔚然愤怒地批评宋汝成："她叫我怎么记就怎么记，其他的记者还不恨死我了！"

宋汝成宽厚地笑笑说："按章办事嘛，谁恨你呀？怕是你想多了吧？"

施蔚然鼻子一哼说："想不到你倒是个铁杆拥苏派！是不是因为她长得比我漂亮，你就天然地向着她？她分工我记分，分数是要与编辑记者、播音员的利益分配挂钩的。如果谁谁少了几分就得扣掉大几十上百元的工资，别人不会恨死我吗？"

宋汝成依然不紧不慢地说："栏目组里有言在先嘛，这是规章制度嘛。没规矩不成方圆嘛。我看苏锦心的制度定得天然合理嘛。要怪只怪他自己罢了，谁还会怪到你的头上呢？"

施蔚然骂道："你个死胖子！她是你的姑奶奶吧。你这么崇拜她，说明你的另一条腿已经踏上了她的贼船吧？你是不是想玩劈腿？滚一边去，少跟我'嘛嘛'的了！"

苏锦心一时拿不定主意是走去劝劝这二人，还是装作什么也没听到的样子走开为妙。反正施蔚然攻击性的话语很无聊，算了。苏锦心悄悄地走了。

当晚，梅梦嘉接到施蔚然的电话说："梅梦嘉，今天你被扣掉了3分呐。以后得注意点了。"

梅梦嘉一听火了，呼吸急骤地说道："3分就是150元了。她凭什么扣我这么多？"

"她说你前后有3个字读音不准。唉，你是不是与她争吵过？她对你的配音扣得好过细呀，重新听了一遍，鸡蛋里头挑骨头重新挑了一遍。就对我这个负责登记分数的说，梅梦嘉必须扣掉3分。我不得不执行哟。"

梅梦嘉叫起来了："叫她扣吧扣吧。我还活不活了？我这个月喝西北风去？"

"她太苛刻了。"施蔚然火上加油地说，"过去你应当学过一篇古文，叫作《苛政猛于虎》，她简直行苛政有过之而无不及。唉。认命吧。我不是被扣了1分么？因为编辑文稿中一个字没有键正确，将'床笫'键成了'床第'了，她就对我'执法从严'。"

"哼，只要她把事情做得这么绝，那就绝没有好下场！"

梅梦嘉在电话那头恨声恨气地说完，就送来一句感激的话："谢谢你施姐。

我不想再听这种把人往死里整的话了。我有点事，要走了。"

施蔚然知道她所说的"有点事"极有可能是与她的恋人相会去了。施蔚然自然清楚她的恋人就是生死仇敌似的茂达的那个帅气的男人，叫作王如瑾。

施蔚然猜想得一点不错。梅梦嘉的确与王如瑾约会去了。确切地说，是王如瑾约的她。他说他有要紧事情与她谈谈。自然王如瑾一如以往那样，开着宝马来接她。她一上到车里就忍不住问道："看你满脸黑煞煞的，这哪儿像谈恋爱，倒像是拐卖良家妇女似的。究竟为的是啥事？"

王如瑾也不吭声，只管开他的车。梅梦嘉有些紧张了，毕竟二人相识时间不长，虽然感觉到他对自己有好感，谁能知道男人变脸翻脸后会是一副什么样的嘴脸呢？该不会是自己与别的人有暧昧叫他晓得了？要知道男子汉是最受不了这个的，那就等于将他的尊严踩到了脚底下，情绪一激动起来，杀人的心都有了。想到这儿，梅梦嘉不禁害怕起来。说："你倒是说话呀！啥事闹得这么森然恐怖？"

车内寂静了好一阵，王如瑾到底说话了："到时候你就知道了。"

这更叫梅梦嘉惴惴不安。她从小说与电影里看过类似情节：当有血性的男子汉弄清楚了自己心爱的女人有了外遇后，往往当时不发作，一忍再忍，终于寻找一个机会，在一个隐蔽的地方一拳将女人打倒，然后嗖地一把抽出寒光闪闪的刀子来，大吼着逼女人说实话。那么王如瑾是不是这类血性与血腥的莽汉呢？他应当不是。他是堂堂的知识分子，断断不会做下无法想象的事情来。唔，可能是自己把事情想歪了吧。

梅梦嘉心里这么打着鼓时，车子到底停在了当初他与她相约的那家高大上大酒店了。梅梦嘉于是将心放回到了原处。坐进精致的包间，当服务员送来果品与咖啡后，梅梦嘉用兰花指拣了一粒晶莹饱满的葡萄，边吸吮着里面的汁水，边问道："你一路上脸上都乌风黑浪的，我还以为你要杀人灭尸哩。"

王如瑾咧嘴苦笑了一下说："再怎么着我也不会拿我的心肝宝贝出气呀。"

"那，到底出了啥事儿？"

"我想向你出一道考题：如果你爱着的一个人突然变成了一个穷光蛋，那么你还爱不爱他呢？"王如瑾紧盯着梅梦嘉追问道。

梅梦嘉惊异地望着他，脱口问道："你怎么？是不是……官司一败就就……就被北京总部解聘了？"

"你还没有回答我的问题：如果我不再是你心目中的理想男人，你还爱他吗？"

"那我也要问问你，你相信自己的眼光吗？我是说你看人——认识你的另一半时眼睛是不是瞎了一只？"

"我看人从来都是准确无误的。我始终相信我的眼力！"

"这不就对了。"

"你呀，真是日本人的说话，狡猾狡猾的。你并没有回答我的问题。那我就告诉你好了，我炒了总部的鱿鱼！"

梅梦嘉愕然地脱口而出："你——不在茂达干了？总部不要你了？"

王如瑾愤怒地骂道："听说董事会的几个家伙一致提议不要我干了，董事长一个人顶不住。董事会的几个董事真他妈的不懂事。离开了我，他们到哪儿找这么出色的人才？我不愿意在他们的统治下继续卖命了。他们要我换个地方，到北方一个省会城市仍然干现在的这个差事，我不准备干了，我要辞职了。"

"就为那场官司不提拔你了？"

"不提拔算什么！老子还不稀罕哩。老子在南源有如花似玉的女朋友，叫我猛地离开这儿我还舍不得哩！"

梅梦嘉顿时涌出一丝感动说："其实到北方省会城市过渡一下未尝不好。何必赌那么一口气呢？我可以离开南源电视台，跟随你走遍海角天涯！南源电视台我算是待烦了。我恨死那个叫作苏锦心的小娘们儿。如今她处处得宠，升职升得快，还把我弄到她手底下管辖着，专门整治我似的，她就是跟我过不去。也许她怀恨我不该向着茂达的，致使他们的官司当初一审时失败了。这口气我咽不下！"

"哦。她都提拔了？从她采访我茂达时我就感到这娘们儿表面看起来，性子绵软，骨子里却是个厉害的角色。志向不可小觑！"

"你怎么倒夸奖起她来了？"

"只要是人，心里总有一杆秤。对另一个人哪怕是生死仇敌，总得有个实事求是的评价。这并不能说明我就喜欢她。相反的我恨她恨得牙痒。就是她害得我落魄潦倒，把我推到这进退两难的尴尬境地的。"

"那么你当真要辞职吗？明确地向总部表态了吗？"

"反正我已经明确表态我不愿意去北方那个省会城市任职。他们要我冷静考虑考虑。"

"现在考虑好了吗？"梅梦嘉停止了咀嚼盯着王如瑾问道。

"考虑不考虑答案还不是明摆着的。南源他们不让我继续待下去。北方我又不愿意去。闹到最后还不是被他们解聘了么？既然升不到北京总部任职，打死我也不得听从他们的调遣！"王如瑾说得怒火腾腾的，"离开了茂达我在南源一样可以发财致富。一样可以给你优裕的生活。只是你得跟我把姓苏的那小婆娘盯得牢一些，别再让她继续与我作对了。"

"难道你还有什么短处叫她捏住了？"

王如瑾哈哈一笑——这笑笑得梅梦嘉毛骨悚然，只听他收住笑声说道："我会有什么短处叫她捏住？"

梅梦嘉此时已经完全明白了：王如瑾恐怕不爱自己了。她看过一本书，上面说的两句话据说百试不爽：女人如果不爱男人了，她就毫无顾忌地骗他。如果男人不再爱女人了，他就懒得骗她了。王如瑾过去把自己装扮得文质彬彬，温文尔雅的样儿。而现在他却赤裸裸地表现一个无赖本色来。不再包装自己来骗取她的好感了。其实她根本就没有爱过他。只不过爱他腰包里的钱，为什么不叫他掏几个出来孝敬一下姑奶奶呢？他的那些钱好多都是靠骗来的嘛。

"跟我说正经话，她最近想采访哪类东西？"

"正常采访活动呗。看不出什么异样来。"

"这说明你还不具备特异功能。我都知道她近期采访过绿色农庄，想从那里捞点别样的东西。她居心不良，恐怕她嗅到了什么味儿吧？"

"算了吧，纯粹是你疑神疑鬼，那是常规采访。"

"好吧，就算是吧。你听没听到过她在你们部室里说下一步采访什么东西呢？"

"下一步？"梅梦嘉想了想就将在无意中听到苏锦心与华颜杰说到的一个半截子话倒了出来。"下一步好像说嗯……这个……缩小到极小的范围……至于采访什么东西，那就不清楚了。"

"啊？啥极小范围？"

"这就是说苏锦心者之流要将下一步采访的内容暂时控制在极小的范围！""那么她具体是怎么说的？"王如瑾迫不及待地追问道。

"那是昨天晚上我到办公区去问问施蔚然——我的一个姐们儿，却没有找到她的人，倒听到旁边小会议室里传来有人说话的声音，正是苏锦心那个小寡妇与什么人在讲手机，偶尔飙出了这么几个字眼，其他的真的一概不知。我怕她知道我在偷听，赶紧逃跑了。"

"好！有时只语片言也很起作用。我这才想起间谍战中为什么露出几个字来都会招致杀身之祸。几个字往往透露出至关重要的信息与情报来。好样的，你跟我把苏锦心盯紧点，当务之急是要弄清楚她到底要采访什么内容。弄清楚了我会有奖，巨额大奖发给你！"

梅梦嘉的心疾跳了几下，既对王如瑾所说的巨额大奖艳羡不已，又怕陷进一个什么阴谋里头去了。忐忑了半晌，到底开口答应下来："好！我多长个心眼儿就是了。"

王如瑾一听她这么回答，嘿嘿怪笑两声，一把将梅梦嘉既像抱住又像挟持就往酒店的房间而去。梅梦嘉挣扎着甜甜地骂道："你个冤家要死了么？我的衣服都是前好几年买的，不经扯，该换换新的了。可是这牌子的只有到香港或国外才

第二十六章 闯进黑窝

239

能买到真东西……"

"无非是机票钱与买衣服的钱嘛。我马上给你8万够不够？"

"别说得好听。"

"行。现在就给你一张卡，里面好像刚好有8万吧。可得说好，很快帮我弄清楚那小寡妇要采访只能控制在极小范围的东西到底是什么？我明天要到北京总部去一趟，跟他们掰扯个清楚明白。"

梅梦嘉将卡装进自己的贴身内衣里。她为轻轻松松地得一笔还算说得过去的钞票而暗暗高兴。

第二天上班后，苏锦心将栏目组的采编播一应事项安排好后，就带上王逸晨打车直奔城东凯悦精细化工厂而去。苏锦心升职了，王逸晨却觉得她理应如此，他既佩服又服气。因此跟她出外采访，而且采访这么机密的选题，他感到高兴感到几分自豪。她与他已经商量好了，一定要将这家化工厂生产国家明令禁止的违禁产品的真凭实据抓个正着。当然直扑这个而去会遇到许多困难，二人商量后编造了一个理由：就说回访一下凯悦化工厂净化设备运行情况，如果仍然变臭水污水为清亮无害的净化水流出厂外，那么南源电视台将把他们的厂作为环保典型重点报道一番。

来到凯悦化工厂时，苏锦心抬头一看，心里不禁一跳：怎么茂达超市的保安，那个凶神恶煞五大三粗的年轻汉子曾强盛居然跑到这儿当起门卫来了？难道预感到末日来临了？莫非这儿真的生产着毒害社会毒害人民群众的东西？见不得人？正这么想着时，曾强盛将个往横端发展的身板往大门中间一站，喝喊一声道："怎么又是你？来干什么的？"

对于这种场合苏锦心已经见得多了，自然轻松自如地应酬道："怎么？你们这儿是军事禁区？记者采访嘛，还值得闹得风声鹤唳草木皆兵？"

曾强盛横蛮地一口拒绝道："不行。我们这儿不欢迎记者！"

两下正僵持着，不料一个声音热腔热调地传了来："曾强盛，请都请不到的客人嘛，放他们进来。"曾强盛不情愿地让开了道。

苏锦心笑笑就走了进去。刚才下达指令的年轻人正是厂长徐荣辉。徐荣辉一见苏锦心的面，年轻的面孔顿时生动起来，一嘴的洁白牙齿都在朗朗的笑声中露了出来，人显得特别帅气俊朗。话也说得好听："哎呀！天空出彩霞了，地面开红花了。南源市最美的记者再次光临我们厂，不胜荣幸之至，不胜荣幸之至！"

苏锦心笑笑说："徐厂长不必将那些美好的辞藻用在我的身上。"

能够进去本身就是个胜利。苏锦心与王逸晨进到里面，厂长徐荣辉将他二人领着进到院子一侧的办公处，在一间小型会客室坐下，吩咐工作人员献上茶来后，就盯着苏锦心问道："苏小姐前来敝处采访什么呢？"

苏锦心于是说了采访的意图。不料徐荣辉沉吟起来道："你们不是已经采访过也报道过么？老炒这个剩饭还有多大个意思？"

"那么按照徐厂长的意思，我们应当采访什么为好呢？"

徐荣辉的眼珠子一秒钟就转了几十个圈，说："这样吧，就采访我们厂实行人性化管理怎么样？"

人性化管理？这就是说只需要他对着话筒说上几句不痛不痒的废话，再拍几个导出来的镜头就算大功告成了。那么他们生产的最内幕的东西就根本无法拍摄得到了。这分明是糊弄鬼子的策略嘛。于是苏锦心佯笑笑说："这可不行哟徐厂长，自从前次我采访过你们厂兑现承诺，买回近百万元的净化设备，让厂里流出的再不是污水了，而是泉水叮咚一样的清泉。这就很了不起，往小里说，使得附近的农民感激不尽，为他们谋福祉了。往大里说，就是关乎人类的生死攸关的严峻问题。省卫视台听了我们的汇报后，就一直记在心里了，说像你们这样具有社会责任感的企业，敢于壮士断腕，哪怕企业再困难也要买回价格不菲的净化设备，应当大书特书。如今凡是在中国搞企业的，像贵公司这样的环保意识强且行动力度大的单位并不多，足可以垂范于全国哩。这是每个季度向省卫视台报选题时我们台里汇报的，他们相当感兴趣。所以我们只能采访治污环保方面的。你看呢徐厂长？"

徐荣辉嗑着牙花子为难地说："按说我连门都不能让你们进的，我老板就不乐意新闻报道那一套。但我总不能棍棒相加，把你们撵走吧。"

苏锦心自然知道他说的老板其实就是王如瑾。当然也不便点穿。说："你们的老板没有道理嘛。"

徐荣辉："你们打算怎么拍摄？"

苏锦心说："自然要拍摄净化的全过程，还得请你对着话筒谈如何做到把社会效益放到第一位的想法与做法。"

王逸晨补充说："还得请附近的农民谈谈对你的实事求是的评价。"

"我看这样吧。"徐荣辉盯着苏锦心姣好的容颜说，"如果我拒绝了美女，还有这位帅哥就显得不近人情了，你们重点就拍拍净化过程就可以了。行吗？"

苏锦心与王逸晨迅速交换了一下眼神，就说："行。先就这么定下来，如果镜头够就打道回府，如果欠缺什么再说行吧？"

这样商定下来后，苏锦心与王逸晨就立即忙活起来。正当他俩要实施拍摄时，徐荣辉歉意地说："我就没工夫陪你们了，其他的人手也紧，就叫曾强盛为你俩跑腿吧。"说话间那个进门时凶神恶煞的曾强盛就来到了身边。苏锦心明

第二十六章 闯进黑窝

……241

白,这是徐荣辉专门安排的监视他俩一举一动的一只狼眼,她自然不好拒绝。这样苏锦心与王逸晨装作很高兴的样子,安排曾强盛领路。当然不能直奔主题,就吩咐曾强盛领着先把污水净化器拍摄了一组镜头。并且将污水如何经过净化设备一阵轰鸣后,从另一个出口则变成淙淙清水的过程拍摄得很仔细,又请操作工人讲了讲工作原理。之后苏锦心很真诚地说:"曾先生,光有这么几个镜头画面不丰满,必须把车间也拍摄几组画面。"

曾强盛一口拒绝说:"不行。老板只允许我这样服务你们。超出我的服务范围我的饭碗就得被砸。"

"未必你们的生产车间藏着绝密的军事内幕?"

曾强盛露着凶光的眼睛瞪得老大说:"你们咋这么啰唆?虽然里边车间不属于军事机密,可是也有商业机密呀!万一泄露出去了,你能负得了这个责?"

王逸晨温和地说:"这样我们只远远地把车间大略地扫描几个镜头总该可以吧?这个总不会将你们的商业机密泄露出去吧?"

"我不跟你们啰唆,不准拍摄就是不准拍摄。"曾强盛说着便一夫当关地挡着他俩的去路,苏锦心与王逸晨不能往车间里头走去了。

苏锦心与王逸晨交换了一下眼神,认定一如前来采访时分析判断的那样,生产车间必定藏着大名堂。拍摄到生产过程就等于抓住了它的铁证。理所当然地他俩不能就此打住。正当二人想辙时,打工厂大门外匆匆进来一个好像长途跋涉而来的土里土气的年轻人。苏锦心猛一看那人好像很面熟。王逸晨也用胳膊轻轻碰碰苏锦心,她自然会意。再仔细一看,原来进来的那人竟是常谷川。只见常谷川边摘下草帽扇着风,边嚷道:"喂,那位先生,我找你们的徐厂长。该到哪儿去找到他?"乔装打扮过的常谷川边嚷着边往曾强盛这边走来。

曾强盛只得迎过去警惕地问道:"你找我们的徐厂长有什么事?"

常谷川一副机警模样,附着曾强盛的耳朵说道:"我是来买贵厂生产的苯乙醇胺A。你恐怕当不了家做不了主。快快领我见见你们的徐厂长去。"

尽管常谷川将药品名字说得极机密,但"苯乙醇胺A"还是听到耳朵里了。苏锦心禁不住赞叹,常谷川真是个鬼才,居然将自己成功地装扮成千里迢迢赶来的客户。

曾强盛犹豫着是领着客户去见徐厂长还是当好守护神时,常谷川就径直朝生产车间闯了去。曾强盛一见就慌神了,急忙几大步抢过去,一把将常谷川扯住说:"你这人要找我们的徐厂长怎么往车间里闯?"

常谷川装出很恼火的样子说:"我奔波了几天几夜赶了来,你们竟是这么个不理不睬的态度,若是不改变这种慢待客户的作风,那么就恭喜你,你们这个厂子迟早要垮掉要倒闭的！"

曾强盛摸不清楚常谷川的来历，只得缓缓语气说："我领你去见我们的厂长去。"又回过头来对苏锦心一行叮嘱道："你们千万不准到里边车间去！"

待曾强盛一走，苏锦心便与王逸晨耳语般地商量了一下，觉得最好先与常谷川碰碰头，把双方的行动一致起来。如果现在硬行闯到生产车间去，说不定反而把事情弄得露出了马脚，恐怕打不着狐狸反惹一身骚。干脆扯个由头，明天再来，见机行事，说不定效果要好些。于是二人便一起往徐荣辉办公室走去。刚拢到厂长办公室跟前，就听徐荣辉哈哈大笑着说道："你这位客人真是搞笑，你在哪儿听说我们生产那玩意儿？什么苯乙醇胺A不苯乙醇胺A的，我们什么时候生产过这种东西呀？要不是你说什么苯乙醇胺A，我还根本就不知道世界上还有这种东西呢。听说这是国家不允许生产的。你莫往我们头上栽赃了。快走吧！"

"徐老板也太小看人了吧？"这是常谷川气呼呼的声音，"没有把握的事情，我的老板也不会交给我一笔巨款，命令我千里迢迢地来到南源，问遍了无数人，找遍了好多处地方才找到这儿来。你却推得一干二净。"

"那么你是哪儿的人，你的口音也听不出来，一口标准的普通话。你的老板叫什么？要买你说的这玩意儿用途是什么？"

"我是陕西渭南市的。我的老板叫作吴大明。他要干什么用途，他本人没有告诉我，我咋会知道？"

苏锦心顿时明白了一切，常谷川就是前来买她与王逸晨企图拍摄的苯乙醇胺A这东西的。徐荣辉却不肯轻易相信他，故而不敢轻易松口，却又分明处在犹豫之中。否则问常谷川问那么多那么细干什么？她现在急需要与常谷川取得联系，便决定如此这般了。她装作很随意的样子，款款地走进去对徐荣辉说道："徐厂长，我们得暂时告辞了。回台去看看，如果拍摄的素材不需要补拍了，就不再来麻烦你们了。"

徐荣辉很讲礼节地站起来说："好的苏记者，今天对不起了，改天我请你们吃饭吧。"

这样苏锦心与王逸晨便离开了凯悦精细化工厂。走过一段土路上到的士奔驰了一段路程，便弃车来到一个名叫研磨时光咖啡馆里找到一间便于谈话的包间，刚一坐定苏锦心就给常谷川发短信："我俩在研磨时光13包间等着你。"

不消一刻工夫，常谷川便不声不响地掀起门帘跨了进来。

"我摸的情报真是准，"常谷川一坐下就得意地笑起来说道，"凯悦精细化工厂看来是个非法的企业。它的的确确在生产着苯乙醇胺A之类的违禁添加物。"

苏锦心知道他已经在绿色农庄弄清楚了苯乙醇胺A的来历，高兴得笑靥如花地将早就要下的一杯咖啡推到他的面前说:"亲们,说话声音小一点。"她的这声"亲们"是满含深情对着常谷川说的。如今她看常谷川怎么好像有新的发现。个子虽然不高大,却有着别的男人不曾具备的独特的魅力。眉眼飞动,透着机警与灵动,微黑的脸上棱角分明,很富有层次感,说不上帅气,却耐看。越看越有魅力。那微微上翘紧闭着的嘴唇,好像随时迸出风趣幽默的话来,他真正是个很有趣的人。这是西方人眼中的精品男。苏锦心不禁多看了几眼,却无来由地耳热心跳开来。

王逸晨忍不住说道:"你真是个天生的搞特务的料。"

常谷川笑嘻嘻地说:"苏锦心其实是个很出色的女特务。当我混进城乡接合部屠宰场时,跟着苏锦心就乔装打扮成村姑混了进去。"

苏锦心佩服地说:"快说说你是怎么从绿色农庄弄清楚这一重要情报的。"

常谷川快意地笑着说:"我装扮成一个打工仔打入绿色农庄养猪场,什么苦活累活脏活都抢着干,还不时买来好烟好酒给大伙享用,果然很得人缘。你们杀到绿色农庄时我已经与那些工人们混得烂熟了。慢慢我发现那个经常外出采购的老兄是个重点人物,就极力与他套近乎。一天他又从市里采购回来,交给一个专门负责配料的师傅一包东西,那东西是白色的,类似白色的结晶粉末,无臭、味苦——这是我后来大着胆子偷偷从猪食里掂出一点尝过的。采购的那位老兄叫他赶紧搅拌在猪食里。我问负责配料的老师傅,这东西是不是猪吃了多长瘦肉?那老师傅倒没有隐瞒说那当然啰。我又问这是从哪儿买来的?他说这个我就说不清楚了。我就把工作重点放到了那位采购的老兄身上。待我与他混得哥们儿爷们儿一样烂熟后,我就买来一条高价香烟悄悄地送给他。他接过烟问我是不是有什么事需要他帮忙?我说大叔你老说对了。我不想在这儿打工了,20好几了连个媳妇儿都没讨上。想回到陕西老家去养猪发家致富。只要一富了,年轻的姑娘们争着往我怀里钻。他沉吟了半响,说我可以告诉你,但别人不一定信任你。卖不卖给你还很难说。我说只要你告诉我,我就会说动他的心的。如今这年头谁还与钱有仇?他犹犹豫豫地到底告诉给我了。就说是从凯悦精细化工厂买的。"

说到这儿,常谷川啜了一口咖啡,问道:"你们今天去也是为着这个共同的目标吧?"

苏锦心笑笑说:"一点不错。可惜我没有你的点子多,我们只拍摄了几个没用的镜头。明天当然还得去。"

"我也是准备明天再去的。这最后一公里说什么也得走完。那个姓徐的厂长不敢贸然卖那种东西给我。他要试探我几次,当他确认我没有欺骗他后,恐怕就会大方出手了。怎么样?像不像毒品贩子交接货物时的干活?"

第二十七章　死里逃生

这样说笑了一阵后，几个年轻人商定——苏锦心提议，明天苏锦心与常谷川去，王逸晨潜到凯悦化工厂外围见机行事。

她说去的人多了动静太大，更不利于实施行动方案。苏锦心又具体与常谷川商量了一番：如何将戏演得天衣无缝。然后，苏锦心立马赶回电视台，一是将行动方案向华副总监与龙总监作个汇报。二是检查与初审一下《与你同行》的节目采访与编辑制作情况。

第二天，苏锦心将当天的栏目一切事项安排妥当了，就打的匆匆赶往凯悦精细化工厂。

就在苏锦心重又现身凯悦化工厂时，播音员梅梦嘉轻俏地进到了副台长鲁怀远的办公室。听到轻柔的敲门声，鲁怀远拉开门一看，不由得心里一惊。他就是怕她狗皮膏药似的与他黏乎到一起。他堵在门口问道："小梅有事吗？"

梅梦嘉薄怒满颊地推开了他，径直走了进去，大大方方地坐在了他的沙发上。她最恨这种又有想法又怕事的男人。她气冲冲地说："当然有事，没事我能发神经往你三宝殿里跑？"

听听这口气！鲁怀远深深懊悔自己对她的迷恋与纵容，让她总是在自己面前平起平坐，有时甚至凌驾于自己之上。他悔青了肠子。他有种被绑架的感觉。他现在最怕暴露他与她在一起，好事之徒撞见了不定怎么编段子哩。

这刻儿，见梅梦嘉闯进来了。他不能将门关严，也不能大大地敞开，想了想就将门半掩着。自己呢则坐到办公桌后面的椅子上。"什么事说说吧。"他不能不显出几分关切来。

"我不想被分到《与你同行》栏目组，你跟我调换个栏目吧。"

"为什么？都是配音嘛，都一样嘛。"

"苏锦心刚当上个制片人，就耍起当权派的威风，前后扣了我10多分，恐怕我一个月的工资都会叫她扣光，我喝西北风呀？"她有意把问题往严重那个档次说，她深知只有耸人听闻才能引起别人的注意与重视。

"哦？扣了这么多呀？她肯定是按规章制度扣的吧？当然规章制度不能定得太苛刻……"

"苛政猛于虎！我往后还怎么活？"梅梦嘉擦起了没有泪水的眼睛，声音里好像也加进了些如哭声般的颤抖。

鲁怀远知道她是装的，但他不能不表示同情："待我把情况了解清楚后再与新闻频道商量一个解决的办法。你看怎么样？"

"新闻频道新闻频道！他们能听你的么？"梅梦嘉有意将话题往既定的方向引，"他们做的好多有关栏目的决定也好，方案也好，他们请示过你么？你名义上是分管新闻频道，不就一个空摆设么？"

"这你就不顾事实瞎说一气了吧？"鲁怀远装作很大度地一笑说，"我毕竟分管新闻频道，中心里啥事我不知道？他们从总监到制片有了问题哪能不请示汇报呢？"

"咻！自我感觉还史无前例的好。"梅梦嘉讥讽地冷笑一声，揶揄道，"人家把你卖了你还兴高采烈地以为去旅游哩。我问你，苏锦心这些天神出鬼没的难得见到她的人影，她在采访什么重大选题？你知道吗？"

"我要知道这个干什么？"鲁怀远感到莫名其妙，"一个领导事无巨细都去过问，都要抓在手里，那还不累死呀？"

"听说，我只是听说她在采访一个相当重大的选题。说是把消息'控制在极小的范围内'，你也被控制住了吧？"梅梦嘉其实找到鲁怀远办公室来就是完成王如瑾交代给她的任务的。她慢慢地终于将话题引向她所关心的问题上了，不觉暗暗高兴起来。当然她必须不动声色地达到自己的目的，起码得对得起王如瑾的那8万元的定金吧。

鲁怀远一听，那火果然被点燃了，也不与梅梦嘉说话，抓起电话就要通了龙得云，吼一样斥问道："龙得云，我这个副台长是不是被撤职了？"

对方传来的声音很清晰，整个办公室都能听到——鲁怀远用的是免提，为的是让梅梦嘉知道他的权威仍在——龙得云谦恭地说："鲁台，你是我们最尊敬的领导，你咋这么说呢？有什么做得不到位的请你批评指正。"

"那好，我问你，苏锦心近段时间采访什么重大的选题？我怎么就不知道？唵？"鲁怀远越说火越大，"居然背着我！"

"是这样的，鲁台，"龙得云回答得小心谨慎，"因为她所采访的选题八字还没见一撇，所以怕把事情闹得复杂化，所以就没有向你汇报！"

"说了半天你还在跟我打哑谜：她究竟采访什么你们认为的重大选题？"

"是……是……是……这个……"

"到现在你都跟我吞吞吐吐的，可见你们对我怀有戒备心！"鲁怀远怒不可遏了，"你们还把我这个分管的副台长放在眼里吗？"

"不是不是！她到城东采访估计与孵化问题猪肉的添加剂化工产品……这类违禁品的这个……选题，怕情报摸得不准确，就就就……"

鲁怀远气得叭地扣上电话，嗵地从座位上站了起来，脸上乌风黑浪，在室内急骤地转了几个来回，似自言自语又似对梅梦嘉发誓："这股歪风邪气不整整还得了！"

梅梦嘉甭提有多高兴了，她终于弄清楚了苏锦心的行踪与企图，她可以向王如瑾卖个好价钱了。便装作激起义愤的样子，站起身来，轻声说道："都怪我不该向你提起这事儿的。他们做得也实在太过分了，这么大的事情居然瞒着分管台长。唉！"她边表示着同情的愤怒，边退了出去。

待离开鲁怀远的办公室后，她迅速地寻找一个没人的偏僻地方，手抖抖地拨通了王如瑾的手机。

苏锦心来到了凯悦精细化工厂。远远就见坐落在绵延而至的小山岗下的几间简陋的厂房仍然飘出若有似无的白色烟雾，传来轰鸣着的机器的喧嚣。她心想难怪他们要把厂子建在这个偏僻的地方，盖因生产的竟是些于法纪所不容的毒害人民群众的东西。

苏锦心出现在工厂的大门前时，被那个凶神恶煞的曾强盛给拦住了。他吼道："你还有完没完？怎么又跑来了？"

苏锦心轻蔑地回击道："你这人说话怎么这么不客气？我说过你这儿不是军事重地，我想来几次就来几次，谁也没权干涉。我找你们的徐厂长！"

"不行！谁也不能打扰徐厂长！"曾强盛横蛮地将宽大的身躯挡在了大门的中央。

"你们徐厂长难道是皇上么？"苏锦心后面一个熟悉的声音响起，"我今天必须要找到他！"苏锦心心里一喜，她就盼望着常谷川快点到来。昨天他俩就合谋好了的，共同演好今天这出戏，可以说成败在此一举。不迟不早常谷川就出现了。

常谷川说完就硬往里面闯去。一个要闯一个要拦，这样就不可避免地发生激烈的肢体冲突。常谷川故意大喊大叫道："凯悦的保安打人啦！保安打客户啦！凯悦的保安打客户啦！"

这一喊，到底将徐荣辉给引了出来。徐荣辉一见眼前的阵势，就喝住曾强盛："暂且把他们放进来，买卖不成仁义在嘛。客户与记者都是我们珍贵的稀客。"

话虽说得好听，却不请苏锦心与常谷川进到里边去坐，而是拦住冷冷地问

第二十七章 死里逃生

道:"苏记者,你昨天不是来采访过的么?今天怎么又跑来了?"

苏锦心就将早就编排好的托词搬出来道:"昨天只拍摄了几个外围的镜头,当夜传到省卫视台,他们说内容很好,时代感很强,画面却不丰富。要我补充采访——就是多拍摄一些表现力强的画面。"

"算了吧苏记者,"徐荣辉笑笑说,"我们对上省卫视台不感兴趣。"

"可是凯悦精细化工厂毕竟是南源市的骄傲,我们不能无动于衷……"

哪知徐荣辉根本就不跟她废什么话,而是转问常谷川道:"你今天怎么又跑来了?"

常谷川故意诡秘地一笑说:"我要买的东西贵厂明明有,却不肯卖给我,我当然要作最后的努力哪。"说着就迈步往里边走去。

徐荣辉并不拦阻他,而是喊道:"你等等,到我办公室去谈吧。我负责任地告诉你我厂就是没有你说的那种东西,但我不能得罪客人。"这说明徐荣辉对远方来的客人还是抱有一丝幻想的。他把常谷川与苏锦心是划出界线来看待的,压根儿就没有怀疑这二人就是一伙。常谷川所带的买货的钱太诱人了。

正在这时,王如瑾十万火急的电话就打到了徐荣辉的手机上:"徐荣辉!快快快!据南源电视台内部的人士提供消息,那个叫作苏锦心的女记者心怀歹意,她挖空心思从你那儿弄到那种违禁的东西,再次将我们逼到绝境,这次绝对不能让她得逞。给曾强盛十万元,叫他收拾那破婊子一番就远走高飞。"

徐荣辉神色大变,几步奔到曾强盛身边,附耳低声说道:"姓苏的是个间谍!对她要严加看管防范,必要时把她好好收拾一下。哪怕一片树叶也不能叫她带出凯悦!"

曾强盛庄重地点点头,一双狼眼就狠狠地盯着苏锦心。

那边,徐荣辉领着常谷川往自己的办公室走去。

苏锦心感到奇怪,刚才还显出几分彬彬有礼的徐荣辉咋接了个电话就凶神恶煞的了。不管他,表面文章照样做。她一边拍摄工厂车间外面的净化设备,一边等候着徐荣辉办公室的动静。

那个样子凶恶的曾强盛就寸步不离地跟着苏锦心。苏锦心一边装模作样地拍摄些无用的画面,一边等待着常谷川的配合。那边怎么没有动静?正焦急间,猛听得徐荣辉办公室里传来激烈的吼叫声:"姓徐的,你不要欺人太甚!你以为只有你这儿才有这玩意儿?你今天不给货,急红了我的眼,咱把丑话说到前头,咱就白刀子进红刀子出,不是你死就是我亡。"接着很响地传出狂砸瓷器一类东西的声音。

苏锦心故作惊诧地叫起来:"糟糕!徐厂长那儿好像打起来了!快快快!

千万别弄出血案来了！"

曾强盛一听此言二话不说，拔腿就往徐荣辉的办公室奔去。

原来常谷川进到徐荣辉的办公室，自然三句话不离本行。希望徐荣辉卖给他至少一公斤苯乙醇胺A，价钱由他开。徐荣辉哈哈一笑说："你怎么哪壶不开提哪壶？我到哪儿给你弄你说的这个东西？"

常谷川这时发作起来，刷地将随身携带的黑色皮包一拉，露出里面几捆硬扎扎的钞票来，吼一样说道："你怕我不给你钱么？告诉你，要我买一架飞机可能没有那么大的一笔钱，可是要买你的货物这钱还是绰绰有余的！"

徐荣辉似笑非笑地沉吟着还是说没有客人所要的货物。常谷川便发起炸来。这是常谷川为配合苏锦心故意寻衅滋事，一瞬间他中了邪似的拳头擂得桌子叭叭如山响，急红了眼似的专拣声响大的茶杯、烟灰缸狠命地砸，边砸边虚张声势地大喊大叫。

趁着曾强盛跑到徐荣辉办公室的当儿，苏锦心飞快地钻进机器轰鸣的车间，用那个隐形摄像机对着可疑点拍摄起来。她的头脑里始终跳荡着一个物体：类似白色的结晶体粉末状，无臭、味苦。可是到哪儿寻找到生产出来的这种东西？厂房虽然不大，加起来不到七八上十间，可是到处都听到机器轰鸣，一时难得找到终端出口处。假如找到终端出口处，说不定白色的结晶粉末状的东西就能摄入自己的镜头。好在里边生产的工人并不注意她，给了她一个寻找的好机会。她飞快地冲一样地寻找产品终端出口处。一个出口处没有，两个出口处没有，三个……仍然没有。到处都是工人们忙碌着的身影。她心一横，把希望寄托在最后一个车间。啊！太好了！这儿白花花的源源不断地喷涌着那种颗粒状的东西来。好极了！就是它！苏锦心抑制住狂跳的心，慌忙用那个小巧的隐形摄像机扫描了几个大全景，然后将镜头对准出口处，对准流泻而出的白花花的颗粒状的粉末拍摄了好几十秒。这就足够了。拍摄完她就飞快地将摄像机里的纽扣大小的芯片取了出来，眨眼间就装进了一个指甲大的小巧精致的薄膜塑料袋里，握在了手心。人便急忙往外奔跑起来。

可惜晚了，那个凶神恶煞的曾强盛急吼吼地赶了来。一见到苏锦心的身影，便怪叫一声："在这里！果然在这里！"说着几步抢上前来，一把将苏锦心扭住。苏锦心这刻儿虽然心里绝望地叫喊起来："完了！一切都完了！"人，却出奇地冷静。也不反抗，跟着曾强盛往外走出来。

来到厂区院子里，一眼发现厂长徐荣辉铁青着脸，他身前身后不知啥时竟冒出了三四个彪形大汉，个个面露杀气，个个挺胸叠肚，只等一声召唤，就会像狼一样扑上来，咬断她的脖子。再一细看，常谷川从徐荣辉办公室跑出来了，天哪！常谷川已经叫他们捆得结结实实，连嘴巴都用破布给塞上了。

"请问徐厂长你们这是干什么？"苏锦心极力镇静着问道，"你们把人家远方的客人捆绑起来干什么？未必对我也这么对待么？"

这时在神不知鬼不觉中潜伏在凯悦化工厂屋顶上的王逸晨将院内这一切看在眼里，他对着手机小声而机密地呼喊："110，我是电视台的……啊我们的龙总监、华副总监正与你们的局长坐镇在那儿？太好了！赶快出警！"

院内空地上，徐荣辉一刹时变得阴鸷起来，厉声说道："那小子不是个好东西！发疯了！"按照徐荣辉的吩咐，几个大汉分头履行自己的职责：有的看守住常谷川，有的严守着大门，有的则守候在通向大路口的几个地段上，以达到任何可疑人员插翅也飞不走的地步。

苏锦心已经做了最坏的打算：万一形势严峻了，她就将那个冒着巨大风险拍摄到镜头的芯片吞进肚子里。她顿时有种慷慨悲壮的感觉。

一旁的徐荣辉面目狰狞地骂道："姓苏的，你恐怕有盗取商业机密的嫌疑。而且我敢肯定你与他是一伙的。"徐荣辉刚才收拾完常谷川就将王如瑾的指令悄声跟曾强盛细说了。

曾强盛气壮如牛问道："收拾到什么程度？"

"绝不能叫她将我们的商业机密窃走！为了达到这个目的，只要不将她弄死就成。待真凭实据弄到手后就报警，通过法律程序来严惩他们一伙！"

曾强盛知道后面一层意思徐荣辉是在蒙哄人。但十万元太具诱惑力了，他点头不迭。直到今天他才明白王总为什么把他从茂达超市保安位置上调遣到这儿来，且工资加了一倍。王总是养兵千日，用兵一时啊。这刻儿，他等待着徐荣辉的指令。

突然，苏锦心不知哪儿来的力气，奋力一挣就挣脱了曾强盛铁钳似的双手，照准曾强盛的胖脸就是几记啪啪的耳光。正当曾强盛眼冒金星时，她已如脱弦的箭矢一般飞也似的向大门外狂奔起来。大门内的几个人一下子被搞愣了。当曾强盛醒过神来时，苏锦心已经冲出了大门。那个守大门的年轻汉子也许觉得一个柔弱的女孩，还怕飞天了不成，于是没有当一回事。哪知她却从自己的眼皮子底下冲了出去。

从狼窝虎穴里冲出来的苏锦心抬头一看，发现路口那儿守候着几个汉子，知道他们已经在关键地段上严防死守了。往大路口那儿奔去不啻死路一条，便转身朝厂子后面的一片小荒山那儿狂奔而去。曾强盛到底是男子汉，飞步向她追赶而来，眼看就要贴近她了。她听得他在后面鄙夷嘲笑道："哈哈，这儿不是当初的茂达超市，人多眼杂，我们还有顾忌。如今这儿荒郊野外的，看你往哪儿逃！"

这些呐喊声、奔跑声如雷一样震响在常谷川的耳畔。他现在最担心的是苏锦心的安危，不仅仅因为她身上藏有绝对机密，还在于她是他倾心仰慕爱慕的女孩，他愿意用自己的命去换她的人身安全。可惜他如今犹如镣铐在身的死囚，他唯一能做的是瞄准围墙根那儿一垛砖头，趁众人不备，猛跑几步，飞身跃了上去，他看到了苏锦心奔跑的身影，禁不住狂喊——可惜因为嘴巴被破布严严地堵塞住，只能发出谁也无法听清的呜呜咙咙的声音："快跑！钻进土窑！苏锦心快跑！钻进土窑！"他知道苏锦心根本就听不到。可是他就是要喊，果然苏锦心正是朝那儿狂奔而去。几个留守的汉子冲上前一把将他拉了下来，接着拳脚相加，他痛苦地闭上了眼睛。

　　这时的苏锦心听到身后嗒嗒的追赶的脚步声，她实在跑不动了。但她必须拼命跑，越过了一个小山岗，当她钻进一小片树林，向另一个小山岗跑去时，不巧脚下被什么东西绊了一下，她重重地摔倒在地。原来是一块有点凹槽的石头与她捣蛋了。她突然灵光一闪，她飞快地将手里的芯片塞进了那块石头的凹槽里，一块泥巴随即塞上了。做完这一切她仅仅用了不到两秒钟。她顿时有了一种轻松感，便爬起来继续奔逃。逃出那片小树林时，她耳边响着呼呼的风声，她感到自己从来没有跑得这么快过。身边的树木小草仿佛一掠而过。她觉得自己就是漏网之鱼就是丧家之犬。而身后越来越急骤的脚步声已经紧逼上来了。

　　猝然风声响过，她的后脑勺遭到了千钧重锤似的一击，她眼前一黑，便重重地跌扑到了地上，顿时失去了知觉。

　　不知过去了多久，苏锦心在几声暴戾的喝喊中醒过来了。她强力睁大因晕眩而昏花的眼睛，到底看清楚了，她被捆绑着置身在了一个废弃的土窑里。那土窑如同古罗马的斗兽场，没有顶盖，废弃的土窑其实就是个土围子。四周风声一阵比一阵凄厉。面前这个怒喝的大汉就是那个曾强盛。此刻他手里攥着一根带着绿叶的粗大的藤条。他一边催逼着苏锦心："老实交代！你盗窃（拍摄）的那些商业机密究竟藏在哪里了？"一边将藤条抡得呼呼生风。

　　完全清醒过来的苏锦心怒斥道："你手里的那支钢笔不就是记录你所说的商业机密的武器么？你还在装腔作势地要什么商业机密的设备？"她知道这个混蛋肯定为寻找自己身上可能藏有的所谓商业机密，那双魔爪在自己周身上下摸索过，她顿时感到一阵阵恶心。她切齿痛骂道："你已经丧失了作为一个人的起码伦理道德。你趁我晕厥时，你犯有流氓罪！而且你们随便限制记者的人身自由，更是罪上加罪。等待你们的将是法律的严厉制裁！快放开我！"

　　曾强盛根本不理她，他将那支与众不同的钢笔翻过来倒过去地看了几遍，发现里头空空如也，只不过是个笔套而已。突然冷笑一声喝道："快跟我闭上你的

第二十七章 死里逃生

251

臭嘴。你究竟将偷偷拍摄到的商业机密藏到哪儿了？"

"胡说！你们犯了不可饶恕的罪孽！"苏锦心在大学旁听新闻课程时，老师慷慨激昂的疾呼犹言在耳："新闻记者应当是社会良知的承载者！一个优秀的新闻记者应当尽自己的所能，做好社会矛盾的化解、平衡的工作，从而促进社会的和谐与稳定。这样的新闻记者才是值得人民尊敬的！"这，她已经作为职业信仰植根于自己的头脑里了。从业这段历经风雨的时日来，她方始明了践行这种信仰是何等的艰难！当然你想做一个没有任何风险的平庸记者也不难，你可以拍摄一些歌舞升平、河清海晏或栽花颂德的东西，不仅没有任何责难与风险，而且还会得到许多小恩小惠。这，难道也好意思称之为新闻记者吗？它亵渎了垢污了新闻记者神圣的称谓。苏锦心此刻已把生死置之度外。全世界每年死于履职的新闻记者达一百多人，自己也许是其中一个吧。想到这儿她不仅没有恐惧，相反的倒有一腔浩然之气沛然而生。她怒不可遏地痛斥道："你会为你今天的罪恶付出惨重代价的。如果你能够放我走，那么法律就会宽宥于你。是人，就得有点人性，你知道精细化工厂生产的是些什么危害社会，危害人民身体健康的罪恶东西吗？你也许清楚，也许不清楚。那么我现在告诉给了你，你应当清楚了。你能容忍这种犯罪行为吗？"

曾强盛哪耐烦听她叨叨这些东西？暴喝一声："快给我闭上你的嘴！不然我就不客气了！"

"冥顽不化的东西！硬是要沿着罪恶的深渊滑到地狱里去！"

"少他妈的废话！说！你偷偷拍摄的那些东西到底藏在哪儿了？"

"我根本就没有拍摄成。我正准备拍摄时，你们就做贼心虚大声喝喊起来。我还能拍摄么？"

"你哄鬼吧。那一次你到茂达超市去拍摄，我明明把你摄像机里的带子扯面条一样扯出来了，给毁了，最后你们怎么照样播出来了？听说你们鬼精鬼精的，防不胜防。难怪这年头要防火防盗防记者的。你们神通广大得很。老实告诉我，你究竟将拍摄下来的东西藏到哪儿了？"曾强盛暴跳如雷，扔掉藤条，嗖地从腰间拔出一把寒光闪闪的匕首来，在苏锦心面前挥舞着，有几次那把舔血的匕首差点戳到了她的脸上，扎到了她的身上。

苏锦心冷笑一声呵斥道："放下屠刀！不然你将后悔终生！"

曾强盛已经零容忍了。他不能就这么轻易败在这个小娘们手里。他不知道她哪来的那般骨气，竟然不怕死，硬是死扛到底。时间已经不允许他再耽搁下去了，时间一长，就有可能发生变故。他狂怒地再次大幅度地挥舞起匕首来，吼道："再不说我就戳瞎你的眼睛！你信不信！"那把匕首果真嗖地抵着了苏锦心的眼睛。

苏锦心知道面前这位凶神恶煞的人是说得出做得出的，但她已做好了最坏的打算："该说的我都说了。我到哪儿去交给你所说的那东西？"

曾强盛已经咬牙切齿了："好吧！你咬紧牙帮骨就是不肯松口，那我就对不起了。剜掉你的眼睛，看你还怎么寻找目标？还怎么追逐奔跑？我现在开始数一二三四五。如果数到五仍然撬不开你的嘴，那就休怪我不客气了。一、二……"

苏锦心的心紧张起来了。她知道这家伙是说得出做得出的。她真的害怕他一怒之下朝她下毒手。那还怎么追求自己当初的梦想与信念？浑身如同烈火一样焚烧的她已经顾不得吉凶祸福了。撕心裂肺地狂喊起来："救人啦！救人啦！有人要杀我！"

土窑外面此时没一个人影儿，她的声音再大可是有谁能够听到？周围的葳蕤生辉的丛丛树木小草都在微风中飒飒起舞，躲藏在草丛中的虫儿唱着歌儿。

曾强盛有点猫捉老鼠，得意扬扬地激起一番玩耍猎物的快感。他居然不慌不忙地举起寒光闪闪的匕首，半眯着一双眼睛，开始使猛劲地朝苏锦心扎去，奇迹就在这一刻发生了。全靠泥土垒筑起来的土窑围墙上一个人影一晃，仿佛从天而降，那人影飞身跃起。于是一道黑色的闪电划过，凌空而降的人影双脚嗵地砸到了毫无戒备的曾强盛后背上，"哎哟！"曾强盛扑倒在地。

苏锦心定睛一看，原来是常谷川来到了身边。常谷川抓起曾强盛掉到地上的匕首喝道："小子，你的死期到了！"受到重创的曾强盛拔腿就跑，因为这时猝然响起了警笛声。常谷川手脚麻利地替苏锦心去掉身上的绳索，心痛地问道："没有伤到要害吧？"

苏锦心因疼痛丝丝地吸着凉气，说："你扶扶我吧。"常谷川刷地将自己的衬衣扒掉，哧啦几下扯成一条一条的变成"绷带"，赶紧给苏锦心包扎上。他弯下腰，说："我背你吧！"苏锦心那不争气的眼泪顿时溢满了眼眶。她趴在常谷川光洁的背上，一股奇妙的，比世界上任何一款香水都好闻的男子汉的气息袭来。她贪婪地大吸了几口，她忍不住抚摸着他的背，这小鲜肉令人心醉神迷。她颤声亲昵地对常谷川轻轻地说道："川娃子——我……的……男……神，你……冷吗？"常谷川浑身打摆子似的抖个不停，他俏皮地以同样的声调说："妹娃子——我的女神，是你传染给我的，分明是你在抖嘛。"

这时警笛声响起，并且传来喊叫的命令声："先从四面包抄小土窑。如果里面没有人影儿，那就赶快扩大范围搜查！快快快！不得叫犯罪嫌疑人逃掉！"

苏锦心这才回到理智的现实中来。她轻声叮嘱常谷川："快放下我，川娃子。"

就在苏锦心离开常谷川肩背时，抬头一望，扛着摄像机的王逸晨出现了。飞

第二十七章 死里逃生

……253

奔而来的王逸晨将摄像机对准了她。对着苏锦心胳膊上、腿上、身上鲜血淋漓的伤口拍摄了几个大特写。

原来警方早就接到电视台的报告。得知电视台的记者正冒着生命危险闯入狼窝虎穴捕获罪证,就传下指令:立即做好出警准备。人马提前埋伏在化工厂附近,一接到电视台的求救电话就火速驰援。因此接到王逸晨的请求后,便飕飕如离弦利箭跳上警车,鸣着警笛,直扑凯悦精细化工厂。

顷刻之间,这儿便乱成了一锅粥:大呼小叫奔进奔出的简直如同汤浇蚁穴一般。兵败如山倒般地向外面奔逃而去。是时候了,王逸晨飞身而下,跳进院子中间,一眼就瞭见,乱糟糟的徐荣辉的办公室里绑缚着个常谷川,他奔向前去三下五除二地解除掉他身上的绳索。

这时带队的警察朝天连开两枪,锐声喊叫道:"工人们不要跑!我们要找厂里的头头说话!"

徐荣辉立即被控制了。守候在工厂大门外那段土路上的几个打手也都束手就擒了。脱离灭顶之灾的常谷川大叫道:"快快快!快救苏锦心去!她落到打手手里了,恐怕凶多吉少!"事后他自豪地说他那时简直有着灵异的功能。他没命地往野外飞奔而去。不迟不早就碰上了曾强盛要朝苏锦心下毒手……

警察一部分人便在工厂周围紧急搜查起来。一部分人扩散开来搜寻到了后山的野地里。在急迫而凄厉的警笛声中,警察手握大张着黑洞洞枪口的手枪与王逸晨冲进土窑,打手曾强盛已经不见了人影儿,警察大喊:"犯罪分子已经抢先一步逃跑了,赶紧分头行动。"果然在这座破窑里找到了苏锦心。

这刻儿苏锦心多少带有几分娇嗔地对常谷川说:"其实不包扎忍一忍也是可以的,何必把一件好好的衬衣给毁了。"

常谷川骄傲地晃晃胳膊鼓鼓的小鲜肉,笑笑说:"我川娃子光膀子也是一道风景。"

那个佩戴二级警衔的警官急切地问苏锦心:"犯罪嫌疑人是从哪个方向逃跑的?"

苏锦心已从惊魂中缓过神来,说:"东边缺口处!"

这位警官如同打仗一般,将手里的枪朝东边一指,下达命令:"小刘、小昌,你们跟我来,分头追捕逃犯。"

王逸晨跑过去关切地问苏锦心:"要救护车吗?"

啊!太好了!苏锦心仿佛死里逃生终于又回到亲人身边那般激动与欣喜,急忙回答道:"有警察作保护神,我胳膊腿都还完整着哩。"她心情大好地伸伸胳膊,双腿跳了跳,"完好无损!完好无损!幸好你们赶来的是时候,不然就与你们永别了。"

三个年轻人就像亲兄妹一样又是笑又是蹦的乐个没完。常谷川忍不住问道:"锦心,阴谋得逞了没有?"

王逸晨咚地打了常谷川一拳说:"你这家伙,光明正大的事情,怎么叫作阴谋?"

常谷川抚着挨揍的胳膊,故作痛苦状地说:"你大学学的专业是什么?阴谋并不是个贬义词。《管子·轻重甲》里说道:'内则有女华之阴,外则有曲逆之阳,而得成其天子。此汤之阴谋也。''阴谋,兵谋也。'"

王逸晨哈哈笑着说:"对对对!阴谋只要不与诡计相结合着用,恐怕不会产生歧义吧!"

苏锦心见二人亲昵地打趣说笑,忍不住莞尔,说:"阴谋阳谋的如果不得手,岂不是白白受了这一番苦?走,我们这就去将战利品取到手里。"

苏锦心领着二人来到曾强盛追赶她时,她摔了一跤跌倒在地时那片小树林里的一块石头那儿,苏锦心在二人相帮下,将石头凹坑处的泥土去掉,便立即发现了那个小纽扣样的芯片。苏锦心小心翼翼地将它放在手里,炫耀地说:"这就是敌人的战利品,你们不佩服不行。"说着咯咯地笑起来。

常谷川与王逸晨从来没有见苏锦心这么开心过,从来没有见她这么调皮谐趣过,看来人生有了得意事,不高兴都很难。他俩自然也喜欢看苏锦心性格的另一面,她一笑起来,格外的妩媚与温婉可人。相约好了似的一起打趣她说:"又一枚重磅炸弹叫苏锦心抢了头功。说好哇,如果这次得奖了得再次请请哥们儿。"

苏锦心笑得很响亮说:"怎么是我一个人的功劳?是我们三人合作的结果嘛,功劳三人都有份儿!"

三人光明正大地回到凯悦精细化工厂,找了几个工人采访他们是否知道生产的是什么产品等等一系列做节目用得着的画面,并录下了现场声,之后便打道回府。常谷川与王逸晨硬是指挥的士往医院去了一趟。奔跑的的士上,常谷川还赤裸着上身,苏锦心这才发现,常谷川脖子上的翡翠佛雕像原先用红丝线串着的,如今换成了赤金项链。苏锦心深情地抚着佛雕打趣说:"佛祖显灵了,才使我们打了胜仗。"

常谷川说:"总有一天我会戴在我心爱的女孩脖子上的。"

苏锦心娇艳的脸庞上顿时绯红一片。

待到了市一医,他俩高低要苏锦心去门诊部消毒,实施专业的包扎。

苏锦心听从了安排。这样常谷川便到附近商场买了一件衬衣,将就着穿在了身上。

青春因梦想而绚丽

第二十八章 轰动全城

来到马路上，常谷川用手机要快的打车。

很快常谷川指着远处说："用这玩意儿还真灵，看，那边来了一辆，你们先回吧。"

王逸晨奇怪地说："你不跟我们一道回呀？"

常谷川熄灭了眼眸里的光彩说："目前我还是晨报的人。"

苏锦心急切地说："郭台早就说过，要把你请回去，现在我代表郭台请你回台。"

常谷川愉快地点头说："行，那我就跟随你们回去吧。"

三个人一起上到的士。

这时，电视台大院门口内外排列着挤挤挨挨的编辑记者，一见的士驶来了，从车里走出来苏锦心、常谷川、王逸晨，夹道欢迎的人们手持手喷礼花，刹那间一起凌空喷射。于是彩带与彩色无味的烟花一起缤纷绽放。郭台与其他台领导以及龙得云迎接上前，热情地拥抱他们。花屑飘飞到他们身上头上。雷鸣般的鼓掌经久不息。郭海山极动感情地紧紧地拥抱着常谷川说："小常，你受委屈了。回来就好回来就好！"常谷川禁不住热泪盈眶，哽咽着一时说不出话来。

苏锦心置生死于不顾，勇闯制毒黑窝子，拍摄到了第一手录像素材的消息，立即成为了各个角落三一群五一伙地议论的热门话题。有的小声嘀嘀咕咕，眼红地说："苏锦心运气真好，每每一出击准能捞回重磅炸弹。炸得南源市街谈巷议，有如烈火烹油。""这一次又叫她hold了，又捞到资本走红了。"有几个男士大声武气地嚷得文绉绉的："须眉已逊巾帼，活活气煞我也！""不佩服人家不行。人家一个弱女子刚从大学毕业进台里不久，就干出了我们许多老记们奋斗了好多年都不可能达到的高度，是不是自愧弗如？甘拜下风？"

特高兴特感动的就数台长郭海山。当天下午，他召集新闻频道所有的头头脑脑与分管的副台长鲁怀远开会，专题听苏锦心汇报，然后决定下一步如何动作。

在走进台长会议室之前，苏锦心已简要地将情况向华颜杰汇报了。华颜杰立即作出如下安排：王逸晨到台长会议室开过会后，就赶紧将苏锦心的新闻编辑制作出来，安排今晚播出。并叮嘱施蔚然，必须作头条报提要加评论播出。

台长会议室里,苏锦心略显几分羞涩地低着头,手里捧着郭海山亲自给她泡的茶水,一时不知从何说起。常谷川与王逸晨则略有些拘谨地笑而不语。他俩是苏锦心提出一并请来的。当郭海山要亲自听她的汇报时,她本本分分地说:"这次有惊有险的采访是与常谷川、王逸晨共同完成的。特别是常谷川他先我打入绿色农庄,然后有智有勇地闯入化工厂,无论吃苦冒险的精神,还是智慧策略,都在我之上。可以说没有他俩,特别是如果没有常谷川,这次采访任务是不可能完成得了的。"

郭海山难得一见的一改黑煞煞的严峻神态,笑声朗朗地说道:"你们谁先说?怎么做的就怎么说吧。有胆量闯进狼窝虎穴,当着'一家人'怎么还不能够放胆说说惊险过程呢?常谷川虽然现在还是特邀性质,好像身份还是客人,但我早就找龙得云要过人,命令他是怎么把你撵走的就怎么请回来。因此常谷川永远都是南源电视台的人!"

龙得云自然知道郭海山不好批评鲁怀远,其实话是说给鲁怀远听的。他连忙学着郭海山的"亲民"样儿,说:"郭台叫你们讲你就从头讲来嘛。不要紧张。都是台里你们尊敬信赖的领导。"

苏锦心谦让地说:"还是常谷川先说吧。他的勇气、智慧与新闻的敏感、新闻的嗅觉都是一般记者没法比拟的。"

常谷川说:"我现在还是客人身份。我不能喧宾夺主,再说要讲一个新闻记者的素质,一般人还真难以比得上苏锦心。她是我的——不——我是她的——最忠实的钢丝。"

常谷川说得率性真诚,措辞很搞笑。众人却没敢发笑,本来鲁怀远想斥责常谷川几句的,见郭海山兴致很高,他当然不好发作。

华颜杰提醒说:"你们别推来推去的了。这样吧,还是苏锦心先说吧。就从如何从赵教授那儿获得了问题猪肉的线索,然后怎么潜入进城郊接合部的屠宰场进一步获得了真凭实据,而后怎么联想到去绿色农庄采访时,意外地很奇怪地见到出栏的猪爬上跳板时腿子抖动得厉害,便起了疑心等等方面一步挨着一步地讲起吧。"

华颜杰这样一提示,苏锦心真的感到有很多话要说。于是她抑制着疾跳的心,轻轻地抿了一口茶,不得不细说从头。其他的人也都听得肃然起敬。关于问题猪肉一条黑色的利益链条很清晰地呈现在了众人面前,她讲起来很真切自然。脉络清晰,条理顺畅,一环紧扣一环,就像在讲述一本拍案惊奇的小说里的情节一样。只是在说到常谷川与王逸晨等人时,她真诚地感激他俩的强力配合。当然她也没有把自己放在主角的位置上。一再强调说,在她关注这条新闻时,常谷川已经采取行动了。

　　说得一向满不在乎的常谷川都不好意思了。他冲地站了起来，满脸涨得通红，激动地说："苏锦心，这条重磅新闻或者这组很有分量的系列新闻，你是付出了血的代价的。请各位领导看看她胳膊上绑着的绷带吧，到现在都渗着血迹。当犯罪嫌疑人狂舞着寒光闪闪的匕首，逼她交出偷拍的'罪证'，狂暴地警告说再不交出来就要剜掉她眼睛的时候，她仍然不肯低头，绝不屈服。如果不是王逸晨强力配合，十万火急地报了警，十万火急地领着警察赶到了出事地点，苏锦心的眼睛就可能被剜掉了。那就毁了她的一生。想想我都有点后怕。"

　　一席话说得满座一片唏嘘。

　　当然也有例外，鲁怀远很不以为然。觉得当记者的嘛，这类选题哪个碰到枪口上还不放它几枪？何必大惊小怪小题大作？当然他不好明着将这些说出来。

　　事后，郭海山将已经暗拍到手的素材如何按系列报道的形式，一天一集隆重地推出作出了缜密部署。并且要求最终综合汇总做一部有深度的纪实片。汇报会结束后，郭海山说："你们三位有功之臣都不要走了，我私人宴请你们喝杯庆功酒。请客买单都是我的，不会花公家一分钱。"

　　当晚苏锦心身陷狼窝虎穴宁死不屈的新闻果真报提要播出了。施蔚然在题目上还是费了一番功夫的。先是将新闻解说词键得很是煽情，诸如嫌犯如何凶恶如何将她打得昏死过去等等渲染得很有几分战争气氛。中间将"铁骨铮铮奇女子""视死如归"等等字眼都用上了。整个来看并没有夸大其词，通篇倒是用一些白描的手法将一个巾帼英雄似的女记者刻画得相当生动感人。题目也做得很有特色：《记者苏锦心：冷对血刃，死里逃生》。她的编辑思路是这样的：先把最精彩的部分播出来，然后再倒叙细说从头。这种编辑思路得到龙总监与副总监华颜杰的赞同。宋汝成认真看了看，说："这我就放心了。"

　　施蔚然眼一瞪说："你放心什么？莫名其妙！"

　　"这说明你已经没有或者至少稀释了原先的羡慕嫉妒恨了。这就对了，看到同事超过了自己应当感到高兴才对嘛。有些人为什么就天然地生出一种嫉妒心呢？这样你就与苏锦心和好了。你俩之间没有了纷争，整个栏目组就有太平日子了。认真说起来人家苏锦心倒是处处……"

　　"住嘴胖子！"施蔚然见旁边没有其他人在场，骂道，"死胖子。你懂个什么？苏锦心已经为自己垫下了几块基石了。现在这一着不仅仅是基石了，是云梯，今后她肯定……"施蔚然已经彻底醒悟了，苏锦心必将成为台里的重要人物，自己则只能在她手下去动作了。那么当个小职员的父亲告诫的"警世恒言"对自己怎么就不灵呢？

第二十八章　麦动全城

"哦。我明白了。她今后肯定要升职到台里的高层去,而你我呢则是她的治下了,越是趁早臣服于她,越是有百利而无一害。对不对?敝人佩服你的眼光!"

"胖子,你啥时学会了油嘴滑舌?你为什么就不能采访几条有点影响的新闻来哩。"

"都是胖惹的祸。"

"胡搅蛮缠,这与胖有什么关系?"

"胖了跑不动呀。"

"算了。今晚我们喝咖啡去吧。"

"又是碳烧什么的吧?"宋汝成如今学聪明了,眼看着被她隔三差五地找个由头敲骨吸髓一番,至今连手都没有让他碰过一回,哪有这么谈恋爱的?这么着迟早是要吹灯熄火的,不能老叫她让自己当冤大头,该觉醒了。"我都快被碳烧烧得遍体鳞伤了。如果你付账我就去。不,就是你付账我也得考虑考虑去还是不去!"

施蔚然一刹时愣住了,定定地像望着一个天外来客一般望着他,惊讶地反问道:"什么?你说什么?哦,你是说叫我埋单?"

"敝人还不仅仅是这个意思。"宋汝成一字一顿地回答道。

施蔚然怔怔地出不了声了,良久她叹息一口气道:"看来……"她本想说:"你已经不是过去的你了。你不在乎我了。"她本想大吼一声:"死胖子离开了我,你会注定打光棍的。"想了想,她没有吼出来。她得好好想想今后该怎么与宋汝成相处了。女孩子嘛是该叫男孩子宠呀,未必我做得太过分了吗?

宋汝成不知是终于醒悟了,心里敞亮了,还是因为要发泄日积月累郁闷在胸的情绪,走出去时,还哼着这么两句哪本书上的话儿:让思想冲破牢笼,除此以外我别无选择。

施蔚然定定地望着他,久久地陷入沉思之中。

自这天起,连续五天,南源电视台播出了一组轰动全市,震动上下爆炸性的重磅新闻。这就是电视台记者与警方端掉了一个牟取暴利,祸害人民群众而制造苯乙醇胺A与饲养问题猪肉等环环相扣的黑据点黑窝点。新闻是作为系列报道形式播报出来的。编辑制作这组新闻的编辑记者很具匠心,摒弃了一般化的处理。而是像电视连续剧那样一步一步地展开故事情节,步步引人入胜,使人欲罢不能。

据台里总编室负责收视调查的简报称:这些天南源市的观众天天守候在电视机旁,等着收看《与你同行》栏目里播出的《潜入虎穴　除掉毒瘤》系列报道。

观众无不受到强烈震撼，有的啧啧称赞这个叫作苏锦心的女记者真是好样的，机智多谋，英勇无畏，有股子视死如归的气概。一个在网上浏览了这组系列新闻的研究传媒的中国著名的老专家撰文惊讶地说，想不到这个小地方的电视台还有这么杰出的记者。有大记者风范，从她身上看到了闻名全球的著名女记者法拉奇的影子。

全台上下一派欢欣鼓舞。有的羡慕有的嫉妒，有的竖起大拇指，有的则预言要不了多久苏锦心就要进入到台里的更高一级的管理层。

这天夜晚，梅梦嘉奶奶胡曼莉无比后悔地感叹说："唉，都是姓王的钞票蒙住了眼睛……"

梅梦嘉恼怒地说："你别吐槽废话了！"一直在惊恐中度过的她到底忍不住给副台长鲁怀远打了电话："鲁台，据说警方已经顺藤摸瓜，不仅将前台的徐荣辉控制了，而且也把王如瑾列入黑名单了，是这样的吗？"

鲁怀远正恨着她哩。自从警方几拨人马进出台里时他便得知，王如瑾其实就是凯悦精细化工厂真正的老板，现已被监控起来了，将会从他嘴里得知更多内幕讯息时，鲁怀远就不免心惊肉跳：他立即联想到，那天梅梦嘉逼着自己弄清楚苏锦心最近究竟拍摄什么新闻选题时，她就在场听得一清二楚。也得怪自己，怎么被她牵着鼻子走？而且自己在给龙得云打电话催问时，竟然用的是免提，以致叫她听到耳朵里了。那么她是不是当即通报给了王如瑾呢？据说警方很奇怪，凯悦精细化工厂那儿在苏锦心前去采访的关键时刻，突然加强了严密与严格的防范措施。不排除台里有人将记者的行动有意泄漏了出去。得知这个消息后，鲁怀远一直提心吊胆。他愤恨梅梦嘉生生地把自己拉下了水。他这才痛彻地懊悔：人若是寻找刺激去玩火，到头来烧死的必将是自己。有时他想着想着不禁不寒而栗。听了梅梦嘉的问话，他没好气地呛她道："恐怕不仅仅是一个王如瑾吧，还有电视台内部的人将记者行动泄漏出去了的，一个都跑不了！"

梅梦嘉也不傻，自然听得懂鲁怀远所指何人何事，反唇相讥道："当然。我看尤其是将紧要机密消息泄漏出去的始作俑者。这人才应当是第一个跑不了的！不信我们走着瞧！"

"我只是在私密的情况下让你听到了内幕情报……"

"你既然这么没有担当精神，那就别怪我不客气了。你对我有非分之想……"

鲁怀远叫起来："天地良心，我并没有进入你……"

梅梦嘉露出泼妇嘴脸："是的，你只是被动地吻了我，没有实质性的性侵，但我就是要赖你强奸了我……"

鲁怀远当场就将电话机砸了个稀巴烂，一屁股瘫在了沙发上。

第二十八章 轰动全城

这些天苏锦心真正进入到了制片人的角色。而且指挥起手下的人马来，一个个没有不听招呼的。常谷川、王逸晨、宋汝成等男士们人人心悦诚服地听从召唤服从调遣，台里也按照苏锦心的请求，将盛可可招聘来了。这小姑娘本来快毕业了，正愁难得找到工作，现在电视台点名招聘她，她自然喜出望外。她以往一段时间当实习生时，就佩服苏锦心的为人与专业素养，如今在这么好的领导手下工作自然欣喜得不得了。有着远见眼光的施蔚然自然不消说，就是梅梦嘉也彻底变了个样，分派的播音任务从来不讲价钱了，而且完成得相当出色，每个字都咬得很准。她身边就放着一本字典。对于拿不准的读音，她就翻字典查看个仔仔细细。有时还抢着帮助别的播音员配音。

苏锦心很是感动，几次对梅梦嘉真诚地说："别累着了。悠着点。"

梅梦嘉献媚讨好地说："如今我最佩服的就是你，你为我们女孩子争了光。我再不好好支持你的工作，那我还是人吗？"然后问了个傻傻的问题："锦心，你能保护我吗？"

与鲁怀远争吵后，她心里总不踏实，试着给王如瑾打过几次电话，都被告之对方已关机了。她预感到大事不好了。王如瑾真的被警方控制起来了。她最为担心的是姓王的会不会在警方讯问中供出她来。如实供认他之所以十万火急地命令徐荣辉加紧防范记者前来"捣乱"，是因为他已经从南源电视台内部获得了千真万确切的情报……

她像个文艺青年创作小说一样，将每个细节想象得肉血丰满，活灵活现。每想一次，她浑身就冒出一次虚汗。

苏锦心被问得莫名其妙，疑惑地问道："我听不懂你说的是什么？"

梅梦嘉忸怩了半响，欲语还停，停停想想又说道："譬如……譬如……我不知情却叫别人利用了我……"

苏锦心似乎明白是怎么回事儿了，真诚地说道："如果涉及的只是我个人，我肯定如风过耳，不改我们姐妹情分。假如是法律上的事，那得由法律说了算。"

梅梦嘉慌了神，平时那种处处像个高傲的公主神态不见了，低下头去，竟然抹开了眼泪。苏锦心到底于心不忍，正欲过去安慰她，不料常谷川噔噔地出现在了苏锦心的面前，说："锦心，我想请你吃饭。"

常谷川突然发现了梅梦嘉，便意有所指地说："凯悦精细化工厂我们去采访突然对方高度警惕高度防范，我看八成我们台里出了内奸，将我们的行踪卖了个好价钱，哼！等着吧，法律有同她算账的时候！"

苏锦心用眼神制止了常谷川图嘴巴一时痛快，专朝别人痛处戳的德行。常谷川心有不甘地闭上了嘴巴，却突然没头没脑地说道："我最近看了几本如何在职场混的书。我的心得是别人总结得再好，也得靠自己去体会，别人的东西也只能大致指个路而已。至于践行得怎么样，全凭自己的悟性与创造发挥。当然最主要的是自己的人品。人品差的家伙永远都不可能称心如意。"

苏锦心说："怎么突然说这个？"其实她心里明白，他是专门用来刺刺梅梦嘉的。

常谷川继续说道："其实这个规则那个经验，懂得再多也没有用。如果为它所囿，倒处处被束缚住了手脚。照我看，一个职场中人，说上天落下地，只需八个字即可：正直，真诚，敬业，奉献。具备这几个方面就是最高境界，就能立世为人，包打天下。可惜有的人却偏离了这个人生的航道，往往后悔莫及。"

苏锦心豁然开朗。

别看常谷川平时喜欢嘻嘻哈哈插科打诨，其实他一直就是个喜欢动脑筋，善于从生活的表象悟出人生经验来的人。别看他刚才所说的只是短短的八个字，真是一语中的，既点出了做人应当具有的品格，也深刻地道出了职场中生存发展的法则。当然要践行好它难乎其难。有些人在前行的道路上之所以触礁翻船，往往因为没有恪守好它。想到这儿，她不觉望了一眼梅梦嘉。

晚上，她很意外地接到了商煜辉的电话，提出要与她在视频里聊聊。不知为什么她仍然盼望商煜辉真诚地向她道个歉，收回他的想法。

播完《与你同行》后，街上华灯初上。她沉浸在急切期待又有几分苦涩的情绪中，饭也顾不上吃，就急急地奔回人影寂寥的格子间。正待打开电脑时，手机响了，她一看，竟是台长郭海山打来的："苏锦心吗？到我办公室来一下吧。"

她乘电梯上到13楼郭海山的办公室时，发现龙得云、金佩琪等人也都在场。她一时手足无措。倒是里面的几位领导热情地给她让座，给她递来早就泡好的茶水。她不知啥事闹得这般隆重。

郭海山开口说道："有件事情想找你核实一下，台里的播出带被人复制送给了王如瑾一事，你是不是知道却不肯说出来？"

轰的一声，苏锦心头脑里一阵发懵一阵晕眩。平心而论，她根据种种迹象，通过分析，是知道究竟为何人所为。可是她却总感到事情既然发生了，再怎么着也挽不回来了。何必把一个单位搞得紧紧张张呢？她低着头，紧咬着嘴唇暂时没有吭声。

郭海山严肃地说："宽以待人是对的。我听说梅梦嘉几次诋毁你，不服从你管理，而你却毫不计较，甚至以德报怨。这自然是种难能可贵的品格。可是也得讲个原则。既然梅梦嘉作出了损害台里利益与声誉的事情，你当尽你所知告诉台里呀。对全体职工是个教育，对她本人作出处理，让她吸取深刻的教训。坏事岂不是变成了好事吗？要不是我找你们的华副总监详细地问了问，又亲自找磁带库的保管员盘问一番，这桩事情就会隐瞒下去了。据你们华总监说他找梅梦嘉好好谈了谈，当说到你如何保护她时，她激动得哭了。她的确被你的人格征服了。她是何等高傲的品行，居然感到有愧于你，越发说明你的人品高尚。当时我只是在气头上吼得凶，怎么可能把她开除呢？"

苏锦心愕然地抬起头来，说："郭台长，我太讲忠恕了……"她这才知道梅梦嘉专门寻找到她，恳请她的一番话语为啥那么热情了。这对于梅梦嘉可是开天辟地第一遭啊。原来原因就在这里。

金佩琪接过话头说："祖宗传下来的这种精神也需要，可也得讲个度。当然这对于你做人是个了不起的优点，可是作为一个领导就有失偏颇。当然这也算不得多大个问题。今后记取就是了。"

"好啦，现在谈正事！"郭海山脸上的颜色霁和下来说，"本来也通知了鲁台长的，他因为有事不能来。也征求过他的意见。我与有关台领导和新闻频道的龙总监一起商量了一下。鉴于华颜杰要调到其他节目中心任总监，那么他的位置空缺了下来，想叫你兼任新闻频道副总监。我们几个人想听听你的意见。"

苏锦心大感意外，她不知怎么回答才好。在众人静静地等待中，她思索了好一会儿，为难地说道："我怕是难以胜任了。我还是暂时不要离开栏目吧。"

郭海山笑了，打趣道："嘀！这倒成了烫手的山芋了。别人却是使尽十八般武艺都难得夺到手里哩。"

金佩琪解释说："没有叫你离开栏目呀。你升任新闻频道副总监后，仍然兼任《与你同行》的制片嘛。"

龙得云真诚地说："台领导是立足于给脱颖而出的人才一个舞台，好早日让他（她）为台里扛大梁。"

苏锦心还是沉吟着没有明确表态，说："我明天回答各位领导好吗？"

郭海山痛快地说："好的！看样子你还没吃晚饭吧？吃饭去吧。"

苏锦心刚一回到格子间办公区，手机就响了。她一看是商煜辉打来的："锦心，我发过'邀请函'。想与你聊聊。"她犹豫着打开了电脑，调整好了视频播放器。视频里出现了帅气俊朗的面庞。商煜辉已经没有了往日那种盛气凌人的气势了。他说："这次与我倾心相爱的女孩好像换了一个人。过去是一个小学生一样，处处要请教人的谦谦君子，如今却是一个小有名气的记者了。谁能说再过若干年她不能成为一个一品大记者呀？"

苏锦心应酬地说道："谁是有名气的记者了？仍然是个寂寂无名的小兵

小卒。"

商煜辉说："《问题猪肉：揭秘暴利惊人的地下黑色产业链》的系列报道与纪实片一播出，网上传得沸沸扬扬的。每条新闻都署有你的名字。而且中央电视台新闻联播作为重头新闻也隆重推出了，网上可以完整地看到系列报道与纪实片的视频，你的名字已经传到天涯海角，就是在西方新闻业界里也开始有人未曾谋面初识君了。我明显地看到了法拉奇年轻刚出道时的影子，感到你有世界级的大记者的范儿。"

"别尽给我戴高帽子了！"苏锦心此刻有些不耐烦地说，"比起国际上那些名牌大记者来，人家是浩瀚的大海，我只不过是大海里的一滴水，快别羞死我了。"

"有这种谦虚精神就相当可贵了。有些人一旦做出稍微有些影响的成绩，就以为地球正围绕着他转哩。"

"我对自己还是有个清醒的认识的。能吃几碗干饭心里还是有数的。我还不至于被一点点成就冲昏了头脑，找不到北。"

"嗯！好。这说明你已经找到了在职场混的感觉了。我说得对吗？"

苏锦心脱口而出道："应当是的吧。我看做到简简单单的八个字就是最高境界。"

"哦？八个字？还简简单单？"

"正直、真诚、敬业、奉献。如果做到这些，那他就是一个职场的称职好员工了呗。这难道不对吗？"

商煜辉乐得哈哈大笑，这笑声她明显地感觉到有点做作，他好像压根就忘记了他与她之间的根本分歧，连连称赞说："曾经有一次你问我职场法则时，我说其实职场最高法则就是没法则。你现在已经找到了，并且践行得相当出色。这样的员工到哪儿都会干得很好的。"

苏锦心强自一笑说："本来简单的事情为什么一些专家学者偏要云天雾地，把它描述得太过复杂？算了，你还希望我收回我的颐和园的想法吗？"这是横亘在她心头挥之不去的一道阴影，阴影不除，她啥时都不得开心颜。她期盼他立即改口，说出她想听的话来。不知为什么，在渴盼中的她突然提心吊胆起来。

"亲，我现在特别希望你能改变颐和园的想法。你能成全我吗？"他说得情真意切，字字都是从心底流露出来的。这就是说他仍然舍不得富二代的身价。

"咦？你的电脑背景换了？"既然对方坚持他的"原则"，那么还有必要跟他啰唆吗？苏锦心将话题岔开，"是你搬家了，还是你为换个心情有意把室内弄成现在这个样子的？"

第二十八章 轰动全城

商煜辉淡淡一阵笑，说："真是个细心的女孩。告诉你吧，我已经回国度假来了。明天就飞南源，奉我父亲之命，得打探一下我表哥的情况。中午就可以见到你了。"

"你表哥？"

"就是王如瑾呀。你是明知故问吧。不是被你送进监狱了么？"

"商煜辉，你说话怎么这么不公平？归根结底是他自己把自己送进监狱的。这叫咎由自取。"

她简直是在喊叫。

苏锦心生气地想说你有没有点做人原则性了？想了想，起码的礼节还是要的。就弱弱地说道："告诉我几点的飞机吧？我好到机场去接你。"临关掉视频播放器时，她抹了一把眼泪，自言自语地说出声来："原来你是来看你表哥的。与我有什么相干？"

第二天中午，心里矛盾了一夜的苏锦心打车向机场奔去，车里还陪伴着一个常谷川。这是她特意邀请的。她找到正在忙碌着编辑制作新闻的常谷川："你陪我到机场去接个人，行吗？"常谷川大喜过望，露出满嘴洁白整齐而漂亮的牙齿，连说："好好好！我编辑的是条软新闻，今天赶不出来，明天播也行。"

她如今对常谷川从外表到内在都有了全新的认识：常谷川虽然有几分青涩，却不乏别有风味的帅气，至少属于暖男那类帅气的男孩。男子汉的成熟与责任担当都在她心里生动地显现。往常几分玩世不恭的习气如今都觉得那是风趣幽默。她现在总喜欢看到他，与他说几句话。不然，她就感到心里空落落的，总觉得缺少什么似的。这些天有一道功课她每夜是必须要做的，这就是常谷川当初出走时，发给她需要鼓足一生的勇气说出来的"我爱你"的那则语音微信。每听一遍内心都漾动着甜蜜的、略带几分醉意的情愫。她捂着发烫的脸颊。

的士里，常谷川眉眼飞动地说："要不要听美联社最新消息？"

苏锦心知道他又该贩卖插科打诨的段子了。说："好久没有抽筋了，说吧，叫我好好活动筋骨吧。"她是指听了笑话会笑得浑身抽动、颤动与震动。

常谷川却没有了雅痞兼嬉皮士做派，而是以正宗的轻熟男的口吻，告诉说——王如瑾才是凯悦精细化工厂的真正老板，他聘请徐荣辉出任厂长，非法生产苯乙醇胺A成了千万富翁。常谷川还告诉她，食药警察不仅传唤了绿色农庄的陆耕田，而且已传讯鲁怀远与梅梦嘉……

这些对于她来说已是明日黄花了。她没心思推敲台里会不会发生地震似的事件，她再次想到，自己升职的事要不要请常谷川帮忙作出抉择。她太喜欢第一线的记者生活了，它富于挑战性，能够激发出永远进击的激情来。如果走上副总监的位置，那她还怎么冲锋在第一线？第一线才是她梦想的追逐地。电视台虽然也是个职场，但它是个特殊的职场，它不像商海里打拼的员工，不升职则可能证明你才能平庸。而一个新闻记者呢，最终只能用新闻作品说话，用新闻作品证明自己的价值。她甚至想到应当向台里建议，可以由常谷川出任《与你同行》的制片人。至于副总监嘛，她决定谢绝掉。担任制片人，常谷川完全能够胜任。她有很多有力的事实说服台里的领导，常谷川真的是个很出色甚至卓越的人才。她不知道台里听了自己的意见后会作何反应。她觉得自己会说服他们的。她有这个把握。她的思维此刻是跳跃式的。她突然想到了商煜辉，他说专程到南源市来，就是看望他表哥的，她突然产生了一种难以自制的冲动。她声音里有些激动中的战栗："我的男神……"

常谷川满脸涨得通红："我是你的男神……"

苏锦心娇羞地大声说道："你就是上帝为我私人订制的男神。"她大胆地将温柔的手在他的脖子那儿摸索起来："把你爷爷年轻时赠给你奶奶的定情信物让我把玩欣赏几天……"

常谷川大喜过望地摘下来，郑重地替她戴在白皙的脖子上。说："你知道我为什么将红丝线换成赤金项链吗，因为我想将你牢牢地锁住……"

离机场还有两公里的样子，远远地她就见白云悠悠的蓝天下，一架波音737正在下降高度，朝机场跑道俯冲下来。

苏锦心突然觉得既然商煜辉不是冲自己来的，自己何必把他当作座上宾呢？

她倚在常谷川的身上，一种奇妙的感觉一种令人迷醉的晕眩旋袭击了她，她意识是清醒的。她突然对的士师傅说："师傅，请原路返回吧……"

青春因梦想而绚丽